安徽大学文学院
文典学术论丛

徽学与明清文学论稿

耿传友 著

凤凰出版社

图书在版编目（CIP）数据

徽学与明清文学论稿 / 耿传友著. -- 南京 : 凤凰出版社, 2019.12
（安徽大学文学院文典学术论丛）
ISBN 978-7-5506-3092-5

Ⅰ. ①徽… Ⅱ. ①耿… Ⅲ. ①中国文学－古典文学研究－明清时代－文集 Ⅳ. ①I206.4-53

中国版本图书馆CIP数据核字(2020)第016540号

书　　名	徽学与明清文学论稿
著　　者	耿传友
责任编辑	汪允普
装帧设计	徐　慧
出版发行	凤凰出版社(原江苏古籍出版社) 发行部电话025-83223462
出版社地址	江苏省南京市中央路165号,邮编:210009
出版社网址	http://www.fhcbs.com
照　　排	南京凯建文化发展有限公司
印　　刷	南京新世纪联盟印务有限公司 江苏省南京市建邺区南湖路27号春晓大厦5楼,邮编:210017
开　　本	718毫米×1005毫米　1/16
印　　张	24.5
字　　数	340千字
版　　次	2019年12月第1版
印　　次	2019年12月第1次印刷
标准书号	ISBN 978-7-5506-3092-5
定　　价	128.00元

(本书凡印装错误可向承印厂调换,电话:025-68566588)

安徽大学文学院文典学术论丛

总　　序

吴怀东

这套丛书是安徽大学文学院一批在岗教授各自的专题论文集，内容涵盖文艺学、现当代文学、古代文学、古代汉语、现代汉语等学科，是诸位专家多年研究心血的沉淀，其学术质量、学术贡献都得到各自学术领域同行专家的认可，对此读者自有公论，无需辞费。我们集中推出，既是学术积累的需要，也是对我们这个团队多年科学研究和学科建设工作的一个小结，在此我们郑重感谢诸位专家的辛苦劳动，感谢凤凰出版社的大力支持！这套丛书以刘文典先生的名讳命名，至关这套丛书的撰述动机乃至我们学院的学术追求，值得郑重说明。

如果将民国时期建立于当时安徽省会安庆的安徽大学算作 1958 年重建于今天省会合肥的安徽大学的前身，安徽大学的校史已近百年。出生于合肥的刘文典与安徽大学及安徽大学文学院有着深刻的渊源：早在 1927 年，刘文典就受邀主持安徽大学的筹建工作；1928 年，安徽大学正式成立并招生，刘文典任预科主任兼文学院院长，并实际主持校政。刘文典主政安徽大学，是安徽大学的荣幸和精彩开始，而刘文典主政文学院，更给文学院的建设、发展奠定了崇高的起点和正确的方向。

刘文典，原名文聪，字叔雅。原籍安徽怀宁，1889 年出生于合肥。1906 年入芜湖安徽公学学习，为该校教师陈独秀、刘师培所欣赏。1907 年加入中国同盟会，1909 年赴日本留学。辛亥革命爆发后，他于 1912 年回国，在上海于右任、邵力子等主办的《民立报》担任编辑。1913 年再度赴日本,1914 年加入中华革命党,任孙中山先生秘书。1916 年,刘文典回国,一直在北京大学任教,研究诸子著作。1923 年出版专著《淮南鸿烈集解》,后从事《庄子》、《说苑》等书的校勘,撰写了《三余札记》。1927 年参与筹建安徽大学;1928 年 11 月,安徽发生学潮,刘文典被迫离开安徽大学,回到北京,就任清华大学中国文学系教授、主任。1939 年,刘文典完成《庄子补正》、《说苑斠补》等著述,著名学者陈寅恪为《庄子补正》作序,云:“先生此书之刊布,盖将一匡当世之学风,而示人以准则,岂供治《庄子》者必读而已哉!”抗战期间,刘文典任教于昆明西南联合大学;抗战结束直到新中国成立后,他一直在云南大学任教,直至 1958 年因遭批斗而突发急症,病逝于昆明。

简单而庄重地回顾刘文典的经历是要说明,他从革命家实现华丽转身而成为杰出学者。乍看起来,这两种身份似乎没有什么相关性,其实,革命是改造社会最激烈的方式,而在大学进行学术研究、培养优秀人才、开启民智为人类生存、发展而求解,何尝不是改造社会的重要而有效的方式?放眼刘文典做出选择的那个时代,他的选择并非特例、孤例。同样是同盟会会员出身的蔡元培,于 1916 年受命出长北京大学,其就职演说明确提出“大学者,研究高深学问者也”,坚持“思想自由,兼容并包”的办学思路。1915 年,自由革命家陈独秀在上海创办《青年杂志》,因其于 1916 年受聘为北京大学文科学长而进入高等教育领域,这份杂志也随之迁到北京并易名为《新青年》出版,并立即产生巨大轰动效应。正是在刘文典所处的北大时代,开放的学术孕育了伟大的思想文化,影响中国百年命运的新文化运动因此而蓬勃展开;也正是在这种自由而激进的氛围里,推动近代以来中国实现变革、真正改变中国国运民心的伟大组织——中国共产党应运而生。

刘文典及其并世知识人,遭遇了中华民族“亡国灭种”的巨大危机。其时,传统文化面临断裂,中外交流、对撞剧烈,工具理性严重冲击价值理性。他们做出了艰难选择。他们以学术报国,努力开启民智,在学术方法上实现了古典与现代、中与西的融汇,从而走在时代前列,建构了百年来中国学术乃至思想的基本框架，这种学术精神、学术品格和学术方法具有超越时空的意义。我们不排除学术研究对于个人具有劳动交换而谋生的性质与功能——“著书都为稻粱谋”（龚自珍《咏史》），但是，社会之所以需要知识和思想，需要我们知识分子这个群体，根本上需要我们像马克思那样“为人类而工作”（《青年在选择职业时的考虑》），正因如此，马克思才说“在科学的入口处，正像地狱的入口处一样”（《政治经济学批判序言》）。在英国伦敦海格特公墓马克思的墓碑上，便镌刻着马克思的名言：“哲学家们只是用不同的方式解释世界，而问题在于改变世界。”（《关于费尔巴哈的提纲》）知识者正是通过科学地研究自然界和人类社会，“解释世界”，发现真理以影响大众从而“改变世界”。中国最伟大的思想家孔子两千多年前就倡导“为己之学”，反对“为人之学”（《论语·宪问》）。宋代著名思想家张载说，知识者应该将“为天地立心，为生民立命，为往圣继绝学，为万世开太平”（《横渠语录》）作为自己的信仰。一百年前的 1919 年，现代学术大师马克斯·韦伯说：“今天，作为‘职业’的科学，不是派发神圣价值和神启的通灵者或先知送来的神赐之物，而是通过专业化学科的操作，服务于有关自我和事实间关系的知识思考。”（《以学术为业》）这也正是二十世纪中国最杰出的学者、一生追求“自由之思想，独立之精神”的陈寅恪在 1927 年所说的“吾侪所学关天意”（《挽王静安先生》）的核心内涵。现代大学是现代社会生产知识与思想的专业“工厂”，是“研究高深学问”的地方，决定现代大学地位的就是其卓越知识与思想的生产能力。“大学之道，在明明德，在亲民，在止于至善。”（《大学》）大学的知识者应该具有最纯粹的学术信仰，是人类文明的研究者、创造者和守护者、传播者。学术信仰、学术精神，就是深入地研究世界、勇敢地发现真理并追求真理。清代著名学者章学诚对堪称“乾嘉学术第一人”的戴震学术特点的评论，其实可为今日学界之镜鉴：“戴君学术……戒人以凿空言理，其说深探本原，不可易矣！”（《文史通义·内篇·书〈朱陆〉篇后》）在“地球村”的时代，中国亟需面对真问题的真学术，因为，没有严格的“实事求是”（《汉书·河间献王传》），必然不会有方向正确且真正有效的“经世致用”。

时间已经走到二十一世纪，可是，从人类文明发展史和中西关系史来看，我们仍然面对刘文典所面对的时代命题——国家要强大，民族要复兴，人民要幸福，人类文明要交流互鉴。如今，人类科技发展到了一个产生颠覆性突破的关键时刻，世界上的国家关系到了数百年来最大转折的十字路口，中国的发展、中国文化的发展也迎来一个重新审视的历史机遇期，创新能力的竞争更加激烈。虽然我们研究的不是现代科学技术，也不是实用的经济学、法学、社会学等，可是，我们研究的学问至关民族精神的塑造和每个人的精神生活，至关中国的“软实力”提升和中国之崛起：如果没有汉语，中国人必然无法沟通、交流，文化必然无法传承；如果缺少文学的滋养，中国人的心灵将无处安顿，人将因为单纯追求物质利益而沦落。在此背景下，研究中国语言文学，责任重大，使命崇高，任重道远，这也是我们时代所有中国语言文学研究者共同的责任和使命。

奠定刘文典在现代学术史上地位的就是《淮南鸿烈集解》，此书已被公认为《淮南子》研究的学术经典；刘文典当初受命负责筹建安徽大学，社会各界看重的正是其超卓的见识、杰出的学术成就和重要的学界地位。安徽大学文学院既然是国学大师刘文典亲手开创的学院，理当继承前辈高尚的学术品格，弘扬前辈执着的学术精神，开展“高深学问”之研究以丰富时代精神生活，甚至引领社会进步，并在此过程中确立我们学院的研究特色甚至优势，彰显我们的贡献。应该说，曾经在非常艰难的环境里，在资源严重不足的条件下，经过多年的卧薪尝胆，我们在某些研究领域所取得的成就与特色已得到学术界认可，但我们学院的整体研究特色还不够鲜明，学科的综合实力还有待于提升。如今，在伟大的新时代里，我们文学院的全体同仁必将进一步“澡雪精神”，坚守“板凳要坐十年冷，文章不写一句空”的态度，“衣带渐宽终不悔”，努力创造出能够引领学术发展、不负先贤的学术成就、思想成果。

附:《安徽大学文学院文典学术论丛》总目

王达敏《中国当代长篇小说论》
赵　凯《马克思主义文论与当代文艺批评》
欧阳友权《走进网络文学批评》
刘　飞《中国文学批评散论》
周志雄《批评之途》
王泽庆《文学的跨界诠释》

丁　放《中国词学论集》
陈道贵《六朝唐代文学论丛》
吴怀东《杜甫与唐代文学论稿》
方盛良《清代文献文学探微》
耿传友《徽学与明清文学论稿》

杨　军《汉语音韵丛考》
曾　良《俗写与历史词汇丛札》
吴早生《汉语的信息结构与主观表达研究》

2019 年 10 月 13 日于合肥

序

朱万曙

传友告诉我,因单位学科建设的需要,要将他撰写的论文结集为《徽学与明清文学论稿》出版,希望我能够写个序言。作为他的研究生导师以及曾经的同事,我似乎难以推却。

传友是我在安徽大学指导的第一届研究生。1999年秋季他们入学时,我正受命筹建安徽大学徽学研究中心,并申报教育部首批人文社会科学重点研究基地。由于是筹建阶段,没有专职工作人员,又不敢花钱请人做事,便只有抓第一届研究生的差。现在我还清楚记得,他们推着借来的三轮车,一趟一趟的将原古籍所的书籍从教学大楼搬到徽学研究中心,可以说,徽学研究中心的资料室,最开始是他们用三轮车推起来的。今天的徽学研究中心已经很"阔气"了,大概没有人记得,在筹建和获得教育部人文社科重点研究基地的过程中,传友那一届四个研究生也流了不少的汗水。正因为有徽学研究中心筹备和建设的背景,在确定硕士论文的选题时,我便让传友以《汪道昆商人传记研究》这一徽学与中国古代文学相结合的选题作为论文题目。传友硕士毕业后,被录取到复旦大学中国古代文学研究中心跟随著名学者章培恒先生攻读博士学位,在新的学术平台上,他在学术视野和研究方法上都有了飞快的长进。博士毕业后,他进入安徽大学中文系工作,从事中国古代文学的教学和研究,因之又和我同事数载。

这个集子所收的22篇论文,有的是在我指导或受我影响下撰写的,有的是他写好初稿后发给我，让我提提意见；或者在见面时他和我介绍了自己的基本想法和研究思路。从内容看，这个集子的论文可分为三组：一是徽学与明清文学的交叉研究；二是辨伪、商榷和答辩之作，是对一些重要作家作品的实证研究；三是对王彦泓文学史意义的揭示及相关文献研究。

我在安徽大学徽学研究中心工作七年，作为中心主任，我必须努力地熟悉徽学研究的各种资讯和资料，甚至需要在理论和方法上担当学术引领者的角色，以促进徽学健康、可持续性发展。以我的总体观察，徽学至少在两个方面需要认真考虑。其一，徽学不是地方学，它是以徽州留存下来的大量的文书和典籍文献以及文物遗存为基础，以徽州为主要研究对象、进而认识整个封建社会后期的文化。如果不从这一高度来认识徽学，徽学只会越做越小，越做越萎缩。如果徽学只是地方学，其学术意义和价值都要大打折扣。其二，徽学的发展和大批徽州文书的发现与研究是密不可分的，但必须强调的是，传统的典籍文献特别是集部文献仍然非常重要。有新资料固然才有新学问，但不能只关注新资料而忘却已有的资料，否则我们的研究就是自设藩篱。其实，徽州遗留下来的大批集部文献中承载的历史文化信息，要比徽州文书多得多。所以，从对文献的使用来说，徽州的文书和徽州的典籍文献特别是集部文献应该得到同样的重视，这样我们的研究才会更全面，才会少留遗憾。实际上，大量存世的徽州集部文献并没有得到很好的研究。只关注徽州文书，不关注徽州典籍文献，徽学研究是难以走向深入的。我的这些想法在传友论文集第一组 4 篇论文中已得到部分反映和印证：汪道昆是徽州的名人，但他不仅仅属于徽州，他是明代隆庆、万历时期文坛上非常活跃的人物，影响甚大，使徽州一度成为当时两个文学活动中心之一。徽商成为众多传记的主角是明清文学值得重视的现象，徽商传记具有重要的历史价值和文学价值，我们今天心目中理想的徽商形象，很大程度上是徽商传记建构起来。我想，这样的学术成果既属于文学史研究，也可算得上徽学研究。当然，传友《视域的偏离和重合——徽学与中国文学关系论略》对此也有自己的思考和探索。

第二组 6 篇文章可能会引起一定的争议。由于所依据的文献基础比较薄弱，而学者之间对文献的理解分歧又较大，《儒林外史》原貌问题一直存在较大争议，但从事《儒林外史》研究又必须直面这一问题，颇为棘手。近年来，中国人民大学郑志良发现了宁楷《〈儒林外史〉题辞》等新的文献，《儒林外史》原貌问题再次成为《儒林外史》研究领域争论的焦点。作为"中国《儒林外史》学会（筹）"的负责人，我见证了彼此的争论和分歧。传友《〈儒林外史〉原貌新探》《〈儒林外史〉原貌再探——兼答李鹏飞先生》写作的背景我都很熟悉。2017 年 7 月，在湖南怀化召开了"《儒林外史》与中国传统文化"国际学术研讨会，在刘勇强先生的主持下，传友与郑志良、李鹏飞、叶楚炎、井玉贵等人并排而坐，"当面鼓，对面锣"地各抒已见，展开争论，这被有的学者戏称为"世纪大战"，虽然大家的意见最终未能统一，但学术研讨的氛围很好。论文集收了几篇辨别袁枚著作真伪的文章，我对袁枚没有作过专门研究，这些文章的学术价值当由相关专家来评判，我注意到，王英志先生虽然并不赞同《随园集外诗》为伪书，在《袁枚全集新编》中将《随园集外诗》作为袁枚的作品收入，但对传友《关于〈随园集外诗〉真伪问题》一文的质疑处出校记说明，王先生这种宽广的胸襟、审慎的态度让人钦佩。

第三组 12 篇文章都与传友的博士论文有关。传友《王彦泓诗论——兼及文学史研究的观念问题》曾叙及章培恒先生指导他论文选题时说的一段话，不妨转引于下：

> 假如论文能成功，即通过这个论文而引起大家对于王彦泓的注意，实际上是显示了我们现在在古代文学研究中具有普遍意义的问题：就是我们现在所肯定的作家其实都是根据前人的东西肯定，真正我们自己发现的很少。从受外国人的影响有中国文学史以来，中国文学史的书上所肯定的作家实际上都是《四库全书总目提要》上肯定的那些作家，真正是自己发现的就是五四时候提倡新文化的人所发现的，一个是从李贽到袁宏道、晚明小品的一条线，另外一个就是戏

曲小说。除此以外就是《四库全书总目提要》的评价,不过我们翻新花样,杜甫原来说是忠君,现在说是人民诗人,换个标签而已。王彦泓是晚明精神的产物,五四新文化运动的人,周作人、林语堂等虽然对晚明精神肯定,但实际上他们在这方面做工作的时间不多,从二十年代到抗战爆发。抗战爆发后大家没时间去搞这些东西,而且后来评价的标准也越来越功利主义,他们没有来得及发现的王彦泓等人就没有人管了。清代到乾隆后,文学思想上有个很大的反复,对李贽、晚明的一批人全部加以否定,所以原来在康熙时期评价还不错的王彦泓后来虽然有袁枚在那里大声疾呼,说他是明代最好的诗人,但最后还是没有能够被重视。就是说在文学史上因为我们长期的评价还是受《四库提要》等传统思想的影响,许多应该提出的作家还是没有提出。另外,我们的评价标准还有许多和《四库提要》差不多,即不注重文学心灵上的作用,偏重文学所谓功利性的作用。如果你的论文能够成功就意味着在我们文学史上还有许多课题可以做。新的课题的注意并不是说所谓部长级的作家、局长级的作家都研究完了,我们开始研究处长级的,而是说以前的评价标准需要新的思考,等我们对评价标准有了新的想法以后也就有许多新的课题可以做,没有受到注意的我们可以发现应该注意的作家,已经受到注意的作家我们要看还可以从什么角度对他做评价。

章培恒先生的这段话,从学术史和评价标准两个方面阐述了如何重新认识文学史的问题,说得很深刻。传友按照章先生的指点,对王彦泓及其创作做了深入的研究。不过我对王彦泓也没有任何研究,对集子所收与王彦泓相关的论文的评价,还是交由有研究或感兴趣的专家来评判吧。若能由此引发学者们对文学史评价标准的审视和深入思考,我想这对当前的学术研究来说不无裨益。

我和传友结缘已逾二十年,见证了他的成长。这些年来,传友秉承着章培恒先生的治学精神,摒除浮躁,沉潜学海,不断有成果问世。该论文集所收论文的观点或可进一步讨论，有的论文的文献或需进一步充实，但让我欣喜的是，集中所收论文，都出之以认真严谨的学术态度，更没有一篇随声附和之作，每一篇都是他勤奋努力的果实、深入思考的结晶，无论是于徽学还是明清文学的研究，都自有其价值。我祝贺这部书的出版，也期待他在学术研究上取得更大的成绩：慢慢来，长努力！

2019 年 11 月 26 日于中国人民大学

目　录

视域的偏离和重合

——徽学与中国文学关系论略

作为学科概念，徽学是20世纪80年代提出的，由于当时从事徽学研究的主要是历史学学科的学者，徽学自然而然地被归属于历史学学科。随着研究的深入开展，徽学的丰富内涵得到越来越多的体认，进入21世纪，对徽学进行多学科综合研究的趋势不断加强，除历史学外，哲学、文学、语言学、法学、艺术学、社会学、教育学等学科的学者也开始将目光投向徽学，取得了可喜的成果。① 不同学术背景的研究力量进入徽学研究领域，彰显了徽学十分广阔的学术前景，同时也提出了一些需要回答的问题：徽学的学科性质到底是什么？它和历史学、哲学、文学等相关学科有什么联系和区别？如何利用这些相关学科的学术资源开展徽学研究？我主要从事中国古代文学的教学与研究，这里想结合自己的专业背景和学术积累对这些问题略作探讨，为徽学发展稍尽绵力。

一　陪客和配角：作为交集的徽州文学

要认识徽学与中国文学的关系，首先需要对学界已有的有关徽学内涵和学科属性的思考和探索进行梳理，这关系到研究方向和内容的规定。

① 参见李琳琦、孟颖佼：《20世纪80年代以来徽学研究的回顾与思考——以国家社会科学基金立项项目为中心》，《安徽师范大学学报》（人文社会科学版）2017年第2期。

2004年，时任教育部人文社会科学重点研究基地安徽大学徽学研究中心主任的朱万曙老师主编了《论徽学》，①该书共收录30篇论文，从中可以看出学界在徽学内涵和学科归属研究上取得的成果和认识上的分歧，此后仍不断有学者撰文对徽学的内涵和学科属性提出看法。综合已有相关研究成果，目前对徽学的学科属性及其与中国文学关系的认识主要有以下几种：

（一）将徽学归入历史学学科。具体又可分为以下几类：1. 徽学是"一门以徽州历史文化为研究对象的地方史学。"②2. 徽学是"自徽州文书发现以来，一个以研究徽州历史文化为对象的新学科。"③3. 徽学不仅仅是地方史，主要是以徽州社会经济史特别是明清社会经济史研究为主体，"更多的应当归属于历史学中的专门史或历史文献学研究的范畴"。④4. 徽学属于专门史学科中的区域史。⑤

持上述观点的学者虽都把徽学作为历史学学科的分支，但对徽学与中国文学关系的认识并不一致。有的学者恪守学术畛域，还不习惯于用文学作品来说明历史，有意无意将文学资源排除于徽学研究之外。有的学者意识到徽学具有鲜明的学科交叉性和综合性特征，在勾稽研究资料时也能注意到诗文集甚至笔记、小说中的徽文化信息，但他们的学术目标是为了解决历史学领域的问题，对与徽州相关的文学领域的研究成果有时也会瞥上两眼，但很少主动吸收。简言之，徽学的学科性质既然被确定为历史学，文学研究就只能是徽学研究中的陪客，而非徽学学科体系的构成部分。

（二）将徽学列入综合学科。在教育部下达的批准首批15家人文社

① 朱万曙：《论徽学》，安徽大学出版社2004年版。

② 《歙县县委常委王德琪同志的讲话》，《徽州学丛刊》创刊号，1994年10月。

③ 周绍泉：《徽州文书与徽学》，原载《历史研究》2000年第1期，被收入朱万曙《论徽学》。

④ 卞利：《唯物史观与徽学研究的发展》，朱万曙《论徽学》（下编），第52页。

⑤ 徐国利：《徽学学科理论基本问题再研究》，《安庆师范学院学报》（社会科学版）2016年第6期。

会科学重点研究基地的文件里，徽学被列入“综合学科”，目前持这种观点的学者较多，但在论及徽州文学在徽学中的地位、徽学与中国文学的关系时，存在一定分歧。大致有以下几种看法：

1. 徽州文学缺乏特色，文学研究在徽学中意义不大。如张海鹏强调徽学是在原徽州所出现的“既有普遍性又有典型性并且具有一定学术含量的各种文化现象的整合”，认为从研究角度来看徽学涉及“哲学、历史学、社会学、经济学、语言学、艺术学、教育学、谱牒学、建筑学、医药学、民俗学以及一些交叉学科”，将文学予以忽略。① 张先生大概觉得徽州文学成就不够突出，未形成“派”，缺乏“典型性”，故文学研究在徽学中无足轻重，不值得一提。

2. 徽州文学是徽州文化的基本内容，徽学不能让文学研究缺席。如刘伯山认为徽州的诗词文学“虽然难以断定它存在一个流派”，但徽州出现了一些文学造诣很深的杰出人物，“至少是存在一个庞大的创作群体，影响甚大”。② 王振忠认为虽然“徽学”的核心是明清以来徽州的社会经济史，但徽州文化博大精深，“除了史学外，哲学、文学、艺术、宗教等诸多侧面的研究均有待深入，唯有如此，方能全方位地支撑并推动一门学问的各个分支齐头并进”。③ 吴兆民虽承认徽州文学与徽商、徽派建筑等领域相比似乎稍显不足，但同时也指出，徽州文学毕竟是徽学大家族中的一个成员，在徽学中是不容缺席的。④ 朱万曙老师指出，徽学与中国文学的交叉向着两级延伸，一是对徽州地域文学的研究，二是与中国文学史相结合的研究，因为有一些徽州的文学家属于徽州地域，又超越了徽州地域，在中国文学史上有一定乃至重要的影响。⑤

---

① 张海鹏：《徽学漫议》，原载 2000 年 3 月 24 日《光明日报》，被收入朱万曙《论徽学》。

② 刘伯山：《徽州文化的基本概念及其研究价值》，原载《徽州社会科学》1999 年第 3 期，被收入朱万曙《论徽学》。

③ 王振忠：《徽学研究入门》，复旦大学出版社 2011 年版，第 5 页。

④ 吴兆民：《徽州文学概论》，合肥工业大学出版社 2017 年版，第 3—4 页。

⑤ 朱万曙：《论徽学》，《论徽学》下编，第 11 页。

应该说，改革开放40年来，徽学研究取得了令人瞩目的成就，徽学研究的价值得到了政府和学界的高度认可，人们对徽学内涵和学科属性的认识也在加深。但是，目前徽学界对徽州文学在徽学中价值的认识并不充分，对徽学与中国文学的关系的理解尚需进一步梳理。为节约篇幅，这里以徽学研究方面两项标志性成果为例来略作说明。2005年，安徽人民出版社出版了二十卷本《徽州文化全书》，该书对徽州文化进行了全面展示，包括徽州土地关系、徽商、徽州宗族社会、徽州教育、徽州科技、新安理学、徽派朴学、新安医学、徽州戏曲、新安画派、徽派篆刻、徽派版画、徽州工艺、徽派刻书、徽州文书档案、徽派建筑、徽州村落、徽州民俗、徽州方言和徽菜。在这部被学界誉为“徽州文化研究的集大成之作”的丛书中，[①]徽州文学竟然被有意无意地“遗漏”了。2015年，安徽人民出版社推出了三卷本《徽州文化史》，该书的学术目标是“从史学的角度，将徽州文化放在历史长河中进行全面系统的考察，对徽州文化的起始渊源、形成原因、发展阶段等，进行深入的探索和研究，追溯徽州文化的渊源，探寻徽州文化的生成机制，阐释徽州文化的发展特征，从纵向上揭示徽州文化的演变历程”。[②]《徽州文化史》可视为《徽州文化全书》的姊妹篇，从章节安排上看，前者已把后者所未涉及的徽州文学作为徽州文化的基本内容进行叙述。如果对目前通行的中国文学史著作有所了解的话，不难发现，《徽州文化史》所论及的徽州作家极少被提及，几乎可以忽略不计。如徽州歙县的汪道昆，他在明代隆庆、万历文坛上名声显赫，影响甚大，一度与后七子的领袖王世贞齐名，徽州也因他而成为当时两个诗文活动的中心之一。[③]汪道昆无疑是徽州文学史上标志性人物，《徽州文化史》花了较大的篇幅

---

① 洪永平：《徽州文化研究的集大成之作——20卷本〈徽州文化全书〉评价》，《学术界》2005年第4期。

② 安徽省徽学学会：《徽州文化史·后记》，安徽人民出版社2015年版。

③ 参见耿传友：《汪道昆与明代隆庆、万历间的诗坛》，《中国文化研究》2006年冬之卷；《明代徽州文人结社综论》，《安徽大学学报》（哲学社会科学版）2012年第3期。

对汪道昆和他的《太函集》予以介绍[1]，但在通行的中国文学史之类的著作中，对汪道昆或者只字不提，或者只用寥寥数语介绍他的杂剧《大雅堂乐府》。汪道昆和他的《太函集》尚且被如此对待，遑论其他徽州作家。[2]

概言之，按一般理解，徽学与中国文学的联系点为它们的交集徽州文学。[3] 与徽商、徽州宗族、新安理学等徽文化的主体要素相比，徽州文学的成就确实不够突出，只能充当陪客或配角，而按照目前的文学观念和文学史研究范式，徽州籍作家能进入中国文学史的很少，徽州文学在中国文学史上的价值确实不必估价过高。既然徽州文学在徽学里可有可无，在中国文学里又微不足道，[4]那么，徽学与中国文学的联系似乎并不紧密。

二　关注日常生活：徽学与中国文学学科对接的新契机

乍看起来，上述对徽学与中国文学关系的概括似乎有一定道理，细加推敲，则发现存在很大问题，视域被严重窄化了。徽学与中国文学的联系决不仅仅限于徽州文学，要丰富复杂得多，尤其不能将二者的联系拘囿于徽州籍作家所创作的文学，寓居徽州的作家与徽州相关的文学创作、域外作家与徽州相关的文学创作，也应纳入认识徽学与中国文学关系的视野。例如：李梦阳、王世贞的诗文集中有不少作品是为徽州人而作的，它们无

① 参见周晓光主编：《徽州文化史》(明清卷)，安徽人民出版社 2015 年版，第 117—124，第 137—139 页。

② 据谭正璧主编的《中国文学家大辞典》统计，徽州籍文学家有 121 人，而被袁行霈主编的《中国文学史》提到的，只有方回、汪道昆、方成培等几位，且介绍的篇幅很少。

③ 对徽州文学的范围尚有不同的理解，姚邦藻主编的《徽州学概论》作了这样的界定："所谓徽州文学，就是由徽州本土文学家和客居他乡的徽州籍文学家所创作的文学以及供职与游历徽州的外籍文学家所创作的有关徽州文学的总称。"(中国社会科学出版社 2000 年版，第 279 页)

④ 也有学者持不同意见，如吴兆民认为徽州文学并非像人们想象的那样简单平凡，而是"一个在徽州文化、安徽文学和中国文学中体现了自己的历史地位的特有标本"。(《徽州文学概论》，第 85 页)

疑既是中国文学研究的对象，也是徽学研究的对象，但目前我们并没有可靠的证据证明李梦阳、王世贞到过徽州。这方面的材料极为丰富，有待进一步深入发掘。就目前的研究实践而言，徽学研究与中国文学研究的联系还可以作如下补充：

1. 文献资料的共享。在我们传统学术研究中，文史哲是互相融通的，文献资料的使用并不存在楚河汉界。刘师培《读全唐诗发微》倡导以唐诗考补唐史，陈寅恪《元白诗笺证稿》利用元白诗阐释唐代社会史事，陈垣强调学历史必须熟读各朝一二大家诗文集，他们所使用的研究方法被誉为"文史互证"。[①] 但是，随着现代学科制度的确立，文、史、哲各为一家，不同学科背景的学者研究目的、问题意识截然不同，使用文献的习惯也有了偏重，久而久之，文献资料也有了文、史、哲的分别。近年来，已经有不少有识之士倡导贯通研究，呼吁破除文、史、哲学科之间的藩篱。徽学的综合特征比较明显，就学科的研究基础来说，"文书档案、典籍文献、文物遗存实为支撑徽学研究的三大支柱"，[②]这三大支柱，均包含有丰富的文学文献。王振忠自 20 世纪 90 年代以来收集了大量徽州文书档案，其中有徽商詹鸣铎创作的小说《我之小史》及其文集手稿《振先杂稿》等文学资料，利用这些文书档案，他在徽州社会文化史研究上取得了丰硕的成果。[③] 据胡益民《徽州文献综录》载，徽州典籍现存数量很大，其中诗文集就有 2000 种左右，这些诗文集虽绝大多数为非经典文学文献，但有关徽州社会的方方面面在这些诗文集中都有反映，无疑是徽学研究的史料渊薮。[④] 文物遗存中也有一些文学文本，如徽州大量的人物传记碑刻就是

① 参见于溯：《文史结合的三种类型》，《文汇报》2018 年 4 月 27 日第 W04 版。

② 栾成显：《再论徽学的界定和构建》，朱万曙《论徽学》，第 22 页。

③ 参见王振忠：《徽州社会文化史探微——新发现的 16—20 世纪民间档案文书研究》（上海社会科学出版社 2002 年版）、《徽商章回体自传〈我之小史〉的发现及其学术意义》（《史林》2006 年第 5 期）等。葛兆光《本无畛域——从〈我之小史〉说到资料的解读》（《读书》2008 年第 5 期）讨论了像《我之小史》这样的无名小说如何可以作为大历史的文献问题，很有启发意义。

④ 胡益民：《徽州文献综录》，安徽教育出版社 2014 年版。

研究徽州历史人物的第一手资料，具有重要的学术价值。[①] 换个角度看，现存的所有徽学文献都可能成为文学研究资料，也都可以纳入文学研究的范畴。徽州文书档案中的文集稿抄本、戏曲抄本、小说及其评本等自不待言，[②]连商人的一张账单也可以为解读文学作品提示注脚，如商伟利用王振忠发现的一份徽州盐商举报节孝的费用单，探讨了《儒林外史》节孝祭礼象征意义背后的权利和经济利益关系。[③] 徽州城乡各地文物遗存极其丰富，也为中国文学研究贡献了不少具有独特价值的新资料。[④] 至于徽州典籍对于文学研究的价值，就无需辞费了。

2. 研究上相互渗透和相互印证。徽州本土虽然没有产生在中国文学史上具有重要影响，能在中国文学史著作上占有重要位置的作家作品，但徽州人与不少重要作家有密切交往，对其创作产生很大影响。如袁枚与淮、扬徽商的交往就相当引人注目，严迪昌《清诗史》从文学角度入手对此作了深入考察，指出袁枚与淮、扬的汪氏徽商有姻亲关系，且曾涉足商界，商贾文化意识是"构成袁枚类型的诗文化形态的核心基因"，[⑤]王振忠《袁枚与淮、扬盐商——十八世纪士、商关系的一个考察》则从历史学的角度对袁枚与淮、扬徽商的交往加以透视，探讨了其典型意义。学界已注意

① 卞利：《徽州碑刻资料的主要内容和学术价值》，《明清徽州社会研究》第二十一章，安徽大学出版社 2004 年版，第 373 页。

② 如刘伯山主编《徽州文书》第二辑第五册所收的《红楼梦问鉴》，就是研究《红楼梦》传播和阅读的重要史料（广西师范大学出版社 2006 年 12 月出版）。另参见《当〈红楼梦〉遇见徽州文书》，广西师范大学出版社公众号 3 月 31 日推送，http://www.vccoo.com/v/35gd44。

③ 参见商伟：《礼与十八世纪的文化转折——〈儒林外史〉研究》，生活·读书·新知三联书店 2012 年版，第 134—135 页，第 142—144 页。

④ 例如：李汉秋《王玉辉的悲剧世界》（《文学遗产》2000 年第 6 期）利用歙县棠樾鲍氏宗祠中的《鲍氏义田记》《公议敦本户规条》等碑刻资料，探讨了《儒林外史》中王玉辉矢志编纂的"乡约书"的性质；朱万曙《明清两代徽州的演剧活动及其与区域文化的互动关系》（朱万曙、卞利主编：《戏曲·民俗·徽文化论集》，安徽大学出版社 2004 年版）利用"罚戏"碑考察了清代徽州的演剧活动。

⑤ 严迪昌：《清诗史》第三章《袁枚论》，浙江古籍出版社 2002 年版，第 754 页。

到,徽商与明清文学生态的构成与变化关系甚大,这显然既是徽商研究者关注的话题,也是明清文学研究者感兴趣的话题。① 又如,桐城派古文的代表作家刘大櫆、姚鼐与徽州汪梧凤、程瑶田、戴震等学者的交往无论对于徽派朴学的发展还是对桐城派文学的发展都意义重大,②值得深入加以探讨,这既是徽学研究的领域,也是中国文学研究的领域。

由此可见,徽学与中国文学的联系远比一般学者理解的要宽广得多,有很多的论题可深入研究。更进一步看,随着徽学、中国文学研究视野的拓展和研究模式的调整,徽学与中国文学研究的联系有了新的契机。

近三十年来,国内的史学研究目光开始向下,实现了从政治、军事史研究为主向社会史研究为主的转移,开辟了许多新的研究领域,人们对历史图景的认识越来越具体和丰富。近几年,中国社会史研究方向又作了新的调整,从以传统的社会生活史为中心转向以新的日常生活史研究为重点,“从日常生活切入把握中国历史”。③ 与之相呼应,徽州社会史研究也呈现出由注重传统社会生活史等领域向日常生活史领域转变的新趋势和新动向。④

现代视野下的中国文学史研究已走过了一百多年的历程,历来的中国文学史著作大都以王朝和文体为经纬、以作家和作品为中心展开叙述,形成了一套研究模式,只有一小部分作家作品能跻身其中,大多数作家作品被忽略了,徽州文学家及其作品基本上都处于被筛掉的行列。这样的文学史格局的形成自有其合理性,因为文学史本质上就是遗忘的历史,但现在流行的文学史“在整体上给人们的面貌是一种英雄史观指导下的文

① 参见朱万曙:《徽商与明清文学》,人民文学出版社 2014 年版。

② 参见蔡锦芳:《刘大櫆与徽州学术文化——兼为吴孟复〈刘大櫆简谱〉作补正》,《中国典籍与文化》2002 年第 3 期;王达敏:《姚鼐与乾嘉学派》,学苑出版社 2007 年版。

③ 常建华:《从社会生活到日常生活——中国社会史研究的再出发》,《人民日报》(理论版),2011 年 3 月 31 日。

④ 卞利:《从社会生活到日常生活——徽州社会史研究的新转向》,《安徽大学学报》(哲学社会科学版)2016 年第 3 期。

学史建构”,[①]无法看到普通百姓文学生活的状况。在具体的中国古代文学研究中,普遍存在重复、琐细和疏离的现象。针对中国古代文学研究的现状和危机,探索文学史研究和书写的新的范式成为不少学者努力的方向。有的文学研究者借鉴历史学领域的理论探索,将日常生活史引入中国文学史研究,提出研究目光向下,发掘非经典文学文献的价值。[②] 可见,无论徽学领域还是中国文学研究领域,从日常生活的视角切入开展研究成了一种新趋势。

如何从“日常生活”的视角实现徽学与中国文学研究的对接呢?我们认为廖可斌如下论述颇具指导意义:

> 凡是与文学有一定关系的生活现象、心灵现象,不管是文人的,还是平民的,都可以研究。研究对象不限于文学本身,不仅仅研究文学反映了怎样的生活和心灵,而且研究文学所反映、所涉及的生活、心灵本身,以及文学如何反映生活和心灵。……举凡古代人在政治、经济、军事、教育、法律、科技、宗教、艺术、民族、伦理等各方面的社会生活和精神现象,都可以成为古代文学研究的对象。[③]

这样的研究思路不仅为古代文学研究打开了无比宽广的空间,也为徽学研究与中国文学研究找到了接榫处。在处理与徽学和中国文学共享的文献资料时,一旦进入日常生活和人们的精神世界,二者必然相互贯通。这里举两个例子:

笔者在撰写硕士论文《汪道昆商人传记研究》时,[④]曾引用《明故处士

---

① 郭英德:《明清文学史讲演录》,广西师范大学出版社 2005 年版,第 27 页。

② 参见张剑:《日常生活史与中国古典文学研究》,《苏州大学学报》(哲学社会科学版)2018 年第 1 期。

③ 廖可斌:《回归生活史和心灵史的古代文学研究》,《文学遗产》2014 年第 2 期。

④ 耿传友:《汪道昆商人传记研究》,安徽大学 2005 年硕士论文。

豁阳吴长公墓志铭》下面这段话来说明汪道昆比较注意人物的心理描写和刻画：

> 处士生九年而孤，戴子之如嫡。既从程登仕受室，请授经为儒。戴泣下，而执处士手命曰："自而之先，诸父鼎立，而父从诸父，固当岳立，不幸崩析，独不得视三公。未亡人从梱内而相形家，得而父兆吉，直将树衡霍而夷泰华，日几几于孺子望之。且而父资斧不收，蚕食者不啻过半。而儒固善，缓急奚赖耶？"处士退而深惟三，越宿而后反命，则曰："儒者直孳孳为名高，名亦利也；藉令承亲之志，无庸显亲扬名，利亦名也。不顺不可以为子，尚安事儒？乃今自母主计而财择之，敢不惟命！"……之吴淞江，以泉布起。时时奉母起居，捆载相及，月计者月至，岁计者岁输。戴孺人笑曰："幸哉孺子。以贾胜儒，吾策得矣！脱或堪舆有验，无忧子姓不儒。"①

吴良儒本欲为儒，而母亲却命他为贾。为儒还是为贾，吴良儒面临着艰难的选择。"退而深惟三""越宿而后反命"，说明他在作出决定时经过反复的思想斗争。斗争的结果，他在儒与贾之间找到了平衡点，并以儒家传统的孝悌观念为准则，听从母命而为贾。从文学的角度看，这段文字确实涉及人物的心灵活动，有一定特点，但心理描写其实很简单，吴良儒"弃儒从贾"时的内心挣扎是我们从"退而深惟三"推测出的，既不具体也不生动。简言之，这段文字的文学性并不是很强，单纯的文学分析难以施展拳脚。但如果按照廖可斌先生所说的研究路数，从生活史和心灵史的角度进入，不在乎是否属于纯文学的研究，这段文字可探讨的空间就宽广得多。首先，在《明故处士豁阳吴长公墓志铭》开头，汪道昆说："古者右儒而左贾，吾郡或右贾而左儒。"当时的徽州真的是"右贾而左儒"吗？从上述引文

① 汪道昆：《太函集》卷五十四，胡益民、余国庆点校，黄山书社 2004 年版，第 1143 页。

看，吴良儒之所以选择弃儒从贾，是尊奉伦理道德的要求，不愿意让母亲伤心，其实他本人心底里根本不愿废儒而贾，而戴孺人之所以让吴良儒从贾，是现实需要，在业贾致富后，她也赞成子孙“归儒”。简言之，从贾是出于基本的生存需要，而为儒则为发展需要，是自我实现的需要，二者处于不同的层次上，在生存问题解决后，“归儒”便成了正途。其次，提到中国社会伦理关系时，我们常常会想到男尊女卑，想到“在家从父，出嫁从夫，夫死从子”这样的话。在普通民众的家庭生活中，女性真的如此没有话语权，完全是服从的角色吗？答案显然是否定的。吴良儒已经选择为儒，但母亲戴孺人却命他从贾，在家庭的重大决策上，母亲起着决定性的作用。不仅母亲角色与通常认为的“三从”不一致，在明清徽州人的家庭里，妻子的角色同样非“夫为妻纲”所能简单概括，在为徽州女性所写的传记中，我们不难发现妻子在家庭日常生活中发挥支配性作用的例证。[①] 其三，文中的“未亡人从梱内而相形家，得而父兆吉，直将树衡霍而夷泰华，日几几于孺子望之”，笔者在写硕士论文时将其省略了，觉得意义不大，现在看来，这几句话其实很值得注意，它们反映了当时徽州社会一般的精神信仰。在徽商传记中，形家之言、梦中之兆、隐德之报等话语出现的频率很高，在今天看来或许是迷信，但在当时的徽州，大都是信以为真的。

从明万历至清乾隆年间，徽州人大批麇集于扬州，他们在社会文化发展中扮演着重要的角色。王振忠很早就指出：“如果说苏州文化代表了东南传统文化的主流；那么，扬州的城市文化则是自明中叶以来东南地区新兴的徽州文化之表征，它以集大成的形式成为闭关时代东南地区城市文

① 这里略举一例。汪道昆《明故封太孺人黄母吴氏行状》载，黄太公外出经商时，太孺人处守，把家管理得井井有条：“日讨其家属而训之曰：‘耕者馌、征者衣，妇子事也。良人出贾千里外，凡以为家，而家秉在吾，毋令不治，以勤内顾。’其训诸子也，则曰：‘男事犹之女红，力则兴，不力则废。尔曹幸有余力，其务兴乎！’训诸妇，则曰：‘尔翁席故资，致今日，岂徒一手一足哉！翁以钟釜入之，吾以圭撮出之。翁以钧石入之，吾以毫厘出之。吾无他能，早服重积之义，盖兢兢矣……’训诸舍人，则曰：‘吾闻之，富为怨府，怨岂在明？若等第屈首下人，毋自招怨。’”（《太函集》卷四十二，第893页）

化发展的顶峰。”[①]目前学术界研究徽州人与扬州文化关系的论著已非常多，但眼光多聚焦于郑元勋、“二马”、江春等“大人物”身上，普通徽州人与扬州文化的关系很长时间被有意无意地忽略了。近年来，一个徽州的“小人物”闯入了文学研究者视野，他就是明末清初流寓扬州的休宁人孙默。孙默为当代学人关注，不仅因为他编撰了清代最早的一部当代词集《国朝名家诗余》，更重要的是他以归返黄山为由征集诗文，引发了一场声势浩大的创作活动，构成了当时扬州文坛一道独特的风景，“广陵处南北文人往来之交，孙子又酷好而力致之，故所得为多，篇什近万矣”。[②] 这样巨量的文学作品，与孙默多有交往的闵麟嗣却视而不见，在编撰《黄山志》时摒而不录，邓孝威曾非常遗憾地表示：“送无言诗文有绝妙者，而志中不录，今恐零落殆尽。”[③]从艺术水平看，孙默所征集的诗文可称“绝妙”者并不多，按现在通行的研究模式，它们很难进入文学史的叙述。但若向生活史和心灵史研究回归，其学术意义就凸显了：孙默“名士牙行”的身份不正类似于今天的文化经济人吗？他征集诗文的活动其实与“名士牙行”的日常活动不可分开，是他四处游走的重要借口和平台，不正好可以据以探求当时文学生态的一些细节吗？[④] 而数量如此巨大的文学资源，又何尝不可据以考察流寓扬州处于社会基层的徽州人的生活状态和心灵世界？而后者，不也正是徽学研究的内容吗？

宋代以降，文学和日常生活的联系越来越紧密，至明清，描写家庭生活中日常琐事已成为文学创作的发展趋势，学术界在研究这段文学史时，

① 王振忠：《明清徽商与淮扬社会变迁》，生活·读书·新知三联书店 1996 年版，第 8 页。

② 施闰章：《孙无言六十序》，《学余堂集·文集》卷九，《四库全书》本。

③ 孔尚任：《〈闵宾连寄所辑黄山志赋答〉评语》，《湖海集》卷三，影印清康熙介安堂刻本，《四库全书存目丛书》集部第 257 册。

④ 参见杜桂萍：《“名士牙行”与孙默归黄山诗文之征集》，《社会科学战线》2015 年第 1 期。

自然会关注当时的“日常生活”，只不过尚未形成理论和方法上的自觉而已。① 朱万曙老师在《徽商与明清文学》一书的结尾说：

> 文学史的研究，需要我们扩展视野，无论是政治、经济、思想文化诸要素，都需要我们深入底里，细心挖掘；更需要在这些惯常的要素之外，发现新的要素，进行综合的分析和研究。文学史的研究，还需要我们打破以往的思维局限，不断挖掘新的材料、发现新的问题，从而使我们越来越接近历史的原貌，获得新的认知。②

顺着这一思路，日常生活视角的引入，或可为徽学与中国文学研究的渗透和融合提供新的契机。

三　文体意识：徽学研究深化的内在需求

尽管对徽学学科性质的认识尚存在分歧，但就广义而言，徽学的各个领域分门别类的研究都属于历史研究，徽学与中国文学研究的交叉领域当然也可归入广义的历史研究领域。历史研究应该遵守的学术原则之一便是所有的研究结论都必须建立在充分占有证据的基础上，所谓“有一分材料说一分话”。因此，材料的搜集、整理和研究是徽学研究的基础性工作。以徽商研究为例，张海鹏、王廷元主编的《明清徽商资料选编》是国内徽商研究的第一部资料集，也被誉为是“迄今为止徽商研究最具代表性和

① 笔者的硕士论文《汪道昆商人传记研究》有一节的标题即为《题材选择：“日常生活”的发现》，后来在撰写《论明代徽商传记的历史价值与文学价值》[《南京师大学报》(社会科学版)2012 年第 2 期]时再次强调：“日常生活成为文学主要的描写对象是明清文学的一个显著特征，明清徽商传记的写作取向正是这一文学走向的重要组成部分。”

② 朱万曙：《徽商与明清文学》，第 428 页。

权威性的原始资料汇编”,[①]该书对推动徽学研究起了重要的作用,被引用的频次极高。《明清徽商资料选编》共涉猎各类书籍230余种,有史籍、方志、谱牒、笔记、小说、文集、契约、文书、碑刻、档案等。[②] 在中国古代,这些复杂多样的文献载体有不同的写作目的和功能,各自体性完全不同,而不少研究者仅仅将它们视为平面的史料,以证明各种各样的研究结论,而对文献类型本身的体性漠然视之,不考虑其生成语境和表达方式,这最终会影响对于历史真实面貌的探索。因此,文献使用的精细化是提升徽学研究水平的重要途径之一,利用文集、笔记、小说等文学资源研究徽学时,尤其需要关注所用文献的文体属性。

这里不妨从徽商形象的建构谈起。余英时在《士商互动与儒学转向——明清社会史与思想史之一面相》中说:“今天我们对于明清商人的活动情况能够有所认识,主要材料都是士大夫提供的,他们在别集与笔记中保存了大量的商人传记,对商人的生活形态给予生动的描绘(尤以墓志铭、传记、寿序等最为丰富)。其他的材料如官方文献、史书、小说,甚至所谓‘商业书’等都只能处于辅助的地位。”[③]余英时说的是自己的研究,也大体符合目前徽商研究的实际,徽商传记是研究徽商的主要材料,我们对徽商的印象主要来自对这些徽商传记的解读。笔者曾对明清文集中的徽商传记作过较为细致的考察,将其所塑造徽商形象的基本内涵概括为如下几个方面:1. 大都受过一定教育,具有较高的文化素养。2. 有的集精明才干于一身,在经营活动中表现出非凡的勇气和智慧。3. 最为关键的,大都坚守儒家的伦理道德:尊奉孝悌之道,把儒家的伦理道德放在第一位;讲求商业道德,以义为利;乐善好施,“富而好行其德”。[④] 然而,明清小说中的徽商形象与传记中的徽商形象有很大不同,既有集文化、才

① 卞利:《20世纪徽学研究的回顾》,朱万曙《论徽学》,第114页。

② 张海鹏、王廷元:《明清徽商资料选编·前言》,黄山书社1985年版。

③ 余英时:《儒家伦理与商人精神》,广西师范大学出版社2004年版,第168页。

④ 耿传友:《论明清徽商传记的历史价值与文学价值》,《南京师大学报》(社会科学版)2012年第2期。

能、道德于一身的“儒贾”，也不乏鄙陋不堪、利欲熏心的“奸商”。《明清徽商资料选编》在“商业道德”一节下，收有沈起凤《谐铎》卷七《鄙夫训示》，摘录如下：

> 新安某富翁，挟千钱至吴门作小经纪。后家日泰，抱布贸丝，积资巨万。常大言曰：“致富有奇术，愚夫自不识耳！”有数人齐款其门，乞翁指授……翁命之坐，曰：“求富不难。汝等先治其外贼，后治其内贼。起家之道。思过半矣！……”众曰：“何谓内贼？”翁曰：“内贼亦有五：仁、义、礼、智、信是也。仁为首恶，博施济众，尧舜犹病，我神前立誓，永不妄行一善，省却几多挥霍。匹夫仗义，破产倾家，亦复自苦，我见利则忘，落得一生享用。至礼尚往来，献缟赠纻，古人太不惮烦。我来而不往，先占人便宜一着。智慧为造物所忌，必至空乏。终身只须一味混沌，便可长保庸福。若千金一诺，更属无益，不妨口作慷慨，心存机械，俾天下知我失信，永无造门之请。此五者，皆除内贼之诀也。精而明之，不爱脸，不好名，不惜廉耻，不顾笑骂。持此以往，百万之富，直反掌间耳。”①

这段故事中的徽商极为“缺德”，丝毫不讲仁、义、礼、智、信，为谋求财富而不择手段、不顾廉耻。像这样行为如此极端的徽商或是出于“谐谑”的需要虚构出来的，现实中未必有原型，但在某些方面与之类似的徽商当是存在的，在“二拍”、《杜骗新书》等小说中，见利忘义、为富不仁、吝啬成性的“徽狗”并不鲜见，可以与“新安某富翁”的致富奇术相印证。② 徽商传记中的徽商形象和小说中的徽商形象，哪个更符合徽商的历史真实面貌呢？

在不习惯用小说来说明历史的学者看来，这个问题的答案不言而喻，实际上并非如此简单，要准确回答这一问题，需要首先了解传记和小说的

① 张海鹏、王廷元：《明清徽商资料选编》，黄山书社 1985 年版，第 290 页。
② 参见朱万曙：《徽商与明清文学》第六章《明清文学中徽商题材的创作》。

文体特点。明清文集中为徽商而作的传、记、行状、墓志铭、墓碑、墓表、神道碑等，学界通常都将其纳入广义的传记考察，实际上它们虽都记述徽商传主的生平事迹，但却各有特点。文集中的传和史书中列传的体例大体类似，徐师曾云："按字书云：'传者，传也，纪载事迹以传于后世也。'自司马迁作《史记》，创为列传，以纪一人之始终，而后世史家卒莫能易。"①汪道昆《太学生潘图南传》明确指出："传者，传也，述逝者之美以传之后世者也。"②记与传比较接近，不过传"载一人之事"，记原本是"纪事之文"，后来在演变的过程中，议论的成份逐渐增多。行状是一种具有特殊用途的传记文章，刘勰说："状者，貌也。体貌本原，取其事实，先贤表谥，并有行状，状之大者也。"③后来，行状的用途有了变化，吴讷《文章辨体序说》云："按行状者，门生故旧状死者行业上于史官，或求铭志于作者之辞也。"④明清文集中的徽商行状，多是由死者家属或了解死者的人事先所写的有关死者生平事迹的资料，为备请人撰写墓志之用。墓志铭一般都是死者家属请有名的文人所写，文的前面部分为记述死者生平的传记，后面部分为颂赞体的铭文，表示对死者的赞扬和悼念。墓碑、墓表、神道碑则多称述死者的学行德履。从总体上看，明清徽商传记的写作大都有明确的目的性和功利性，均包含有赞颂、旌扬传主之意。因此，徽商传记中作为传主的徽商基本都是正面形象。但是，在记述传主的生平事迹时，传记作者有时会提及与传主同时代的其他徽商。试看汪道昆《明故封南京兵部车驾司员外郎程公行状》：

公名與，字守约，号野亭，鼎山府君季子也。日者谒府君：季子必贵。府君亦以其有贵征也，遣伯仲入浙受贾，独季受经。居无何，家难作，府君命季释业。时公为童子，辄以良贾闻。其后伯仲自请于府

① 徐师曾：《文体明辨序说》，罗根泽校点，人民文学出版社1962年版，第153页。

② 《太函集》卷三十，第653页。

③ 刘勰：《书记》，《文心雕龙》卷五，上海古籍出版社1984年影印本。

④ 吴讷：《文章辨体序说》，人民文学出版社1962年版，第50页。

> 君，愿挟赀入闽，利且倍。府君戒勿往，伯仲遂行。公独奉府君居浙中，修故业。既而伯仲皆不利，损资斧有差，则又抵府君，请复合如故。府君有难色，私语公。公谢曰："贾为利谋耳。伯仲慕利故去，失利故来，愿大人勿距其来，儿何敢论赢诎。"府君谓善。居二十岁，业乃大成。当是时，伯仲诸子长矣。公举三丈夫子，皆幼冲。伯仲亟欲分财，公固请合，不可。①

在使用这段资料时，研究者常将其作为徽商尊奉儒家道德观念、注重孝悌之道的例证。就传主程僎来说确实如此，但他的两位兄长恐怕就不是那么厚道了，他们不听父亲的劝告，分出资本入闽经商，经商失利后又要求复合，为了在财产分割中处于有利的地位，他们趁程僎的三个儿子年幼时坚决分财。程僎的两个兄弟利益至上，根本没有孝悌观念，这与徽商传记中的徽商群体形象完全是不同的类型。与程僎的两个兄弟类似的徽州商人当不乏其人，甚至具有一定的普遍性，只不过在阅读徽商传记时都把注意力集中在作为传主的徽商身上，有意无意将这些"隐形"徽商给忽略了。换言之，徽商传记中的一些"隐形"徽商与小说中的负面徽商形象具有类似性，呈现了徽商的另一面相。

凌濛初《二刻拍案惊奇》写道："元来徽州人有个癖性，是乌纱帽、红绣鞋，一生只这两件不争银子，其馀诸事悭吝了。"②"红绣鞋"说的就是徽商贪恋女色的习性，小说不乏这类徽商，笔记中也有一些记载，谢肇淛《五杂俎》所说的"新安奢而山右俭也。然新安人衣食亦甚菲啬，薄靡盐，欣然一饱矣。惟娶妾宿妓争讼，则挥金如土"即可印证。③ 阅读徽商传记，我们确实能发现有纳妾记录的徽商占了很大比例，但有的是在叙及商人子孙后代情况时提及，有的是为了赞美主妇的贤德，专门描写徽商纳妾的甚

---

① 汪道昆：《太函集》卷四十一，第 878 页。

② 凌濛初：《二刻拍案惊奇》卷十五《韩侍郎婢作主人　顾提控掾居郎署》，人民文学出版社 1996 年版，第 304 页。

③ 谢肇淛：《五杂俎》卷四，辽宁教育出版社 2001 年版，第 77 页。

少。至于宿妓，直接描写更少了，但有时也会露出蛛丝马迹。汪道昆在《先大父行状》中曾叙及他的祖父汪玄仪的一段经历："公客海上最久，绝足不入娼家。去之日，客醉公酒，强授一姬尝之。公命秉烛作书，烛三跋而书成，旦矣。"①不言而喻，汪道昆是怀着欣赏与褒扬的态度写这段话的，而这又从一个侧面透露出这样的信息：徽商"入娼家"，绝非个别现象。可见，徽商的某些习性，在传记中往往不会述及，但在小说中可以得之。

马克思表彰巴尔扎克小说如何反映历史的经典说法已经为人所熟知，无需再转述。在马克思之前，中国已有一些文人注意到小说反映社会现实的真实性问题。冯梦龙《警世通言叙》云：

> 野史尽真乎？曰：不必也。尽赝乎？曰：不必也。然则，去其赝而存其真乎？曰：不必也。……人不必有其事，事不必丽其人，其真者可以补金匮石室之遗，而赝者亦必有一番激扬劝诱，悲歌感慨之意。事真而理不赝，即事赝而理亦真。②

简言之，小说作者无论如何驰骋想象，但涉笔叙事时不能脱离其所处的环境，要合乎生活本身的逻辑，总会带出时代的背影，留下历史的足迹。由此可见，徽商传记所写徽商历史上虽实有其人，有内在的非虚构要求，但所记之事是作者选择的结果，基于颂扬传主的目的，会将传主不好的事迹隐而不彰，难以避免有所偏倚；笔记、小说所写徽商历史上不一定实有其人，所记述的具体事件或许有虚构的成分，但作者会不知不觉将当时的真实背景写出来，从中可以窥探当时徽商的某些共性特征。③ 因此，若想准确把握徽商群体的基本倾向和基本特征，就需要关注据以立论的文献资料的文体特点，在解读和分析文献资料时，也需要具有明确的文体意识。

---

① 汪道昆：《太函集》卷四十三，第920页。

② 《古本小说集成》影印兼善堂本。

③ 参见耿传友：《徘徊于真实与虚构之间——徽商的文学呈现》，《古籍研究》2003年第4期。

这里顺便谈谈“贾而好儒”是否徽商的特色的问题。学界目前大多数都认为“贾而好儒”是徽商的特色，但有的学者在对明清时期的江浙、山西、广东、陕西、江西等地域的商人考察后发现，这些地域的商人同样较为普遍地存在“好儒”的习性，进而提出“贾而好儒”并非徽商特色，而是明清商人的普遍特征。① 已有学者指出，意见分歧缘于反对“贾而好儒”是徽商特色者将“好儒”与“崇儒”、群体特色与个案特征混为一谈。② 这是有道理的，但可以补充的是，在谈到“贾而好儒”是明清商人的普遍特征时，研究者使用的例证基本来自于方志、文集中的商人传记，在具体论证时似乎并没考虑传记本身的文体特征和创作语境。直截了当地说，明清商人传记中作为传主的商人，无论是徽商还是江浙、江西、广东等地的商人，都是作者肯定和赞美的对象，讲求商业道德、爱好读书、重视子孙教育等行为极为寻常，不太容易从中看出徽商和其他地域商人群体的区别。因此，要弄清“贾而好儒”是徽商的特色还是明清商人的普遍特征，不能仅仅从商人传记本身着眼，而必须结合其他类型的文献综合加以考察，才会有一个比较接近历史真实的认识。

（原载《学术界》2019 年第 4 期）

① 参见张明富：《“贾而好儒”并非徽商特色——以明清江浙、山西、广东商人为中心的考察》，《中国社会经济史研究》2002 年第 4 期。

② 参见王世华：《也谈“贾而好儒”是徽商的特色》，《安徽史学》2004 年第 1 期；梁仁志：《也谈徽商“贾而好儒”的特色——明清贾儒关系问题研究之反思》，《安徽史学》2017 年第 3 期。

论明清徽商传记的历史价值与文学价值

在明以前的文人文集中，商人传记非常少，而随着商业经济的发展，文人和商人关系的密切化，在明清文人文集中，商人传记触处可见，其中很多是为徽商而作。徽商传记的大量存在是明清文学十分突出的现象，这一现象已引起学界的关注，如张海鹏主编的《徽商研究》、①余英时《士与中国文化》、②陈兰村《中国传记文学发展史》、③陈建华《中国江浙地区十四至十七世纪社会意识与文学》、④郑利华《明代中期文学演进与城市形态》、⑤邵毅平《中国文学中的商人世界》、⑥韩结根《明代徽州文学研究》⑦等均有章节涉及徽商传记。另外，还发表了一些相关研究论文。⑧ 然而，目前的研

---

① 张海鹏等：《徽商研究》，安徽人民出版社 1994 年版。

② 余英时：《士与中国文化》，上海人民出版社 1987 年版。

③ 陈兰村：《中国传记文学发展史》，语文出版社 1999 年版。

④ 陈建华：《中国江浙地区十四至十七世纪社会意识与文学》，学林出版社 1992 年版。

⑤ 郑利华：《明代中期文学演进与城市形态》，复旦大学出版社 1995 年版。

⑥ 邵毅平：《中国文学中的商人世界》，复旦大学出版社 2005 年版。

⑦ 韩结根：《明代徽州文学研究》，复旦大学出版社 2006 年版。

⑧ 涉及明清徽商传记的论文很多，如许敏《试析明代后期江南商贾及其子弟的文人化现象——从方用彬谈起》（《中国史研究》2005 年第 3 期）、陈书录《士商契合与文学思想的演变——以中唐至明清为考察重点》（《文学评论》2007 年第 4 期）、朱万曙《明清徽商的壮大与文学的变化》（《文学遗产》2008 年第 2 期）、胡中生《徽商的人文精神与明清徽州社会》（《安徽大学学报》2009 年第 4 期）等。

究或把徽商传记附在所研究的题目内作部分的探讨,或把徽商传记作为史料以证明自己的观点,尚未发现将明清徽商传记作为专门的对象进行整体观照者。本文试在上述研究成果的基础上,结合明清徽商传记的文体特性与写作宗旨,对明清徽商传记的历史价值和文学价值综合加以探讨,以求教于方家。

一、“述逝者之美”:文体特性与写作宗旨

为清楚地显示明清徽商传记创作情况,我们不妨以统计数据来说明:

明清作家徽商传记数量表①

	传(记)	行状	墓志铭	墓碑	墓表	神道碑	总数
李梦阳	2		2				4
王世贞	3	1	14		2	2	22
汪道昆	27	8	36	2	3		76
李维桢	22		21	3	2		48
吴子玉	9	20	15		6		50
方　扬	2	2	1				5
刘大櫆	5		6		3		14
袁　枚	4		3				7

除上表所列外,汪循、陆深、严嵩、王慎中、唐顺之、归有光、李攀龙、方承训、郑若庸、徐学谟、屠隆、朱之蕃、顾起元、袁中道、钟惺、焦竑、程嘉燧、鲍应鳌、杭世骏、戴名世、方苞、姚鼐等人的文集中也有为徽商而作的传记,若考虑我们观览未能周洽的因素,明清文人文集中还应该有不少学界尚未注意到的徽商传记。

明清文人文集中为徽商而作的传记虽都记述传主一生的事迹,但在

① 本文论述的徽商传记主要是指明清文人文集中记载徽商一生事迹的文章,包括为徽商而作的传(记)、行状、墓志铭、墓碑、墓表、神道碑等。清乾隆间姚鼐编《古文辞类纂》,分古文辞为十三类,徽商传记属其中的传状类或碑志类。

文体上却各有特点。传和史书中列传的体例大体相同，徐师曾云："按字书云：'传者，传也，纪载事迹以传于后世也。'自司马迁作《史记》，创为列传，以纪一人之始终，而后世史家卒莫能易。"①汪道昆《太学生潘图南传》明确指出："传者，传也，述逝者之美以传之后世者也。"②行状是一种具有特殊用途的传记文章，刘勰说："状者，貌也。体貌本原，取其事实，先贤表谥，并有行状，状之大者也。"③后来，行状的用途有了变化，明清文人文集中的徽商行状多是由死者家属或了解死者的人，事先所写的有关死者生平事迹的资料，为备请人撰写墓志之用。墓志铭一般都是死者家属请有名的文人所写，文的前面部分为记述死者生平的传记，后面部分为颂赞体的铭文，表示对死者的赞扬和悼念。墓碑、墓表、神道碑则多称述死者的学行德履。从总体上看，明清徽商传记的写作大都有明确的目的性和功利性，均包含有赞颂、旌扬传主之意。

同时，文人谀墓取酬，由来已久，而在明清，此风尤盛，逝者亲属在请人作文时，往往有重币入贽。王世贞为徽商所作的传记中多次提到徽商的亲属持币请文的情况，如汪道会曾"布币具司马之状若辞而附以所缀遗事"问志铭于王世贞。④ 李维桢为商人作"碑版之文"而受取金钱，《明史》本传就有记载：

> 维桢为人，乐易豁达，宾客杂进。其文章，弘肆有才气，海内请求者无虚日，能屈曲以副其所望。碑版之文，照耀四裔。门下士招富人大贾，受取金钱，代为请乞，亦应之无倦，负重名垂四十年。⑤

---

① 徐师曾：《文体明辨序说》，罗根泽校点，人民文学出版社1962年版，第153页。

② 汪道昆：《太学生潘图南传》，胡益民、余国庆校点《太函集》卷三十，黄山书社，第653页。

③ 刘勰：《书记》，《文心雕龙》卷五，上海古籍出版社1984年影印本。

④ 王世贞：《罗山汪次公继配杜孺人合葬志铭》，《弇州续稿》卷一百二十三，文渊阁《四库全书》本。

⑤ 张廷玉等：《明史》卷二百八十八，清乾隆武英殿刻本。

正因为如此，一些作家对传记可能存在的问题有清醒的认识，在为徽商作传时，特别强调“实录”，对“谀墓”之语、“溢美”之辞保持着警惕，注重传信足征。这里以为徽商作传最多的汪道昆为例。汪道昆《明故宛平丞吴长公元配汪孺人合葬墓志铭》说：

> 夫孝子慈孙，务溢美以侘先世，作者藉其口实，谬以为传信足征。核则不雠，率以谀墓见坐。谀墓无当，君子耻焉。不佞以善病废修辞，庶几为寡过地。在昔吴处士荣让即世，则尝志其墓而铭之。其人以长者特闻，非谀也。①

类似的郑重声明，在汪道昆《太函集》中还有不少。如《明故太学生九州汪公行状》云：“公诸子抵余为公传，余务传信，故与公无溢辞。”②《先伯父汪次公行状》说：“余为次公近属，故举其质行大较，毋敢入溢美之言。”③这并非仅仅停留在理论层面，在具体的创作实践中，汪道昆也在努力践行着这一追求，他在《明故通议大夫南京户部右侍郎程公行状》中曾不无自诩地写道：“不佞草状即成，就尚书质当否，尚书长太息曰：‘实录也。辞无溢美，公足以当之。’”④

二、历史价值：徽商“儒贾”形象的建构

单篇徽商传记，所提供的只是徽商生活的某些方面或某些侧面，但若把众多的徽商传记结合在一起，即可呈现徽商形象的方方面面，我们今天对徽商的印象，就主要来自于明清文人为徽商而作的传记。综观明清徽商传记，徽商形象的内涵主要有以下几个方面：

---

① 汪道昆：《太函集》卷五十五，第1151页。
② 汪道昆：《太函集》卷四十一，第889页。
③ 汪道昆：《太函集》卷四十三，第924页。
④ 汪道昆：《太函集》卷四十三，第915页。

1. 徽商大都受过一定的文化教育，具有较高的文化修养。明清徽商传记所写的徽商，大都经历过儒家正规教育。张海鹏主编的《明清徽商资料选编》第七章《徽商与学术文化》第一节《贾而好儒》提供了120条徽商“贾而好儒”的例证，其中，有一部分资料就来自于明清徽商传记。[①] 汪道昆76篇徽商传记所写的徽商中，有过学儒经历的达43位。袁枚7篇徽商传记所写的徽商，均有较高的文化素养。在其他徽商传记所写的徽商中，也多有“好儒”的经历。如袁中道《吴龙田生传》中的吴文明：

> 公外朴拙，而胸中了了。中郎游广陵，公乐与亲近，尝云：“吾虽游于贾，而见海内文士，惟以不得执鞭为恨。”中郎亦爱其贞淳，有先民风，与之往还。每得中郎一纸，即什袭藏之。予过广陵，待之如中郎。以二子纳贽从游。予校新安，长君竟入新安校。[②]

再如李维桢《程翁吴媪墓志铭》中的程子彬：

> 公之学于儒也，以孤夺之；良于贾也，以儒缘饰之。米盐烦碎，舟车委顿，小间，未尝不持一编咿唔。旁人窃笑之，公不顾。而最喜为诗，情景所会，长篇短咏，骈衍丰沛。……卒之前数日，犹为诗二章，以寿其友人；诗成而歌之，锵然如出金石。[③]

程子彬曾与徽州率滨一代的程氏家族成员结率滨吟社，他们的创作在《率

---

① 张海鹏等：《明清徽商资料选编》，黄山书社1985年版，第438—481页。

② 袁中道：《珂雪斋集》卷十七，上海古籍出版社1989年版，第739页。

③ 李维桢：《大泌山房集》卷九十七，《四库全书存目丛书》本。

滨吟社录》里有比较集中地反映,《率滨吟社录》收录了程子彬21首诗。①

受过一定文化教育,具有较高文化素养的徽商,有的运用获得的知识来经营商业,"以儒术饰贾事",②从而树立了一种全新的商人形象。如鲍应鳌《瑞芝山房集》卷十中的赵元值:

> 公贾,顾以儒工,所过都会,必从天下贾客之凑,周诹五方万货良楛衰盛赢诎之数,牍记之;又泛览陶朱、白圭、计然百家货值之说,度可施行者裒集焉。其书《五策》,曰:"执此以往,以征贵贱,以调盈虚,以收奇羡,如睹白黑而探囊取之也。"以故,公贾,所向辄售,售又辄倍他贾。或骇其神算,公曰:"此自备儒书,顾故诸君不习耳。"③

赵元值正是充分利用精通儒术的条件,在谙熟商业规律、充分把握市场信息的基础上进行决策,获取了丰厚的利润。

2. 有的徽商集精明、才智于一身,在经营活动表现出非凡的勇气和智慧。汪道昆《明故处士谿阳吴长公墓志铭》云:"古者右儒而左贾,吾郡或右贾而左儒。盖诎力者才不足于贾,去而为儒;赢者才不足于儒,则反而归贾。"④明清徽州人对儒与贾关系的认识大都非常通达,一些集精明与才智于一身的人加入了营商的行列。钟惺《程次公行略》载,程希皋"生而端慧,就外塾,所授书,一再过,辄上口",如果从儒的话,是非常有潜力

① 朱万曙:《明代徽州的民间文人》,《中国文化研究》2004年秋之卷。值得特别指出的是,在明清徽商传记中,徽商与文人结社的记载很多,如屠隆《方建元传》中的方于鲁曾入汪道昆兄弟为中心的丰干社(参看拙文《汪道昆与明代隆庆、万历间的诗坛》,《中国文化研究》2006年冬之卷)、汪道昆《明处士吴邦珍墓表》中的吴琼曾与陈达甫、方定之等"为社南山之下"(《太函集》卷六十二)。徽商与明清文人结社的具体情况,笔者拟另撰专文介绍。

② 徽商"以儒术饰贾事"的具体情况,可参看李琳琦《"儒术"与"贾事"的会通——"儒术"对徽商商业发展的工具性作用剖析》一文(《学术月刊》2001年第6期)。

③ 鲍应鳌:《迪功郎敬堂赵公行状》,《瑞芝山房集》卷十《迪功郎敬堂赵公行状》,明崇祯刻本。

④ 汪道昆:《太函集》卷五十四,第1142页。

的。然而，因为“有干局”，身为名儒的父亲程嗣勳并不愿意“限以学究”，毅然让他从商，并对他说：“货殖非小道也。经权取舍，择人任时，管、商之才，黄、老之学于是乎在。”①类似程希皋这样端慧而又有干局的徽商并不鲜见，潘仕即是一例。汪道昆《明故太学生潘次君暨赔王氏合葬墓志铭》载，潘仕小时候非常颖敏，记忆力惊人，因经商的父亲晚岁倦游，十四岁便顺从父意废儒从贾：

先是，处士（潘仕父——笔者注）贾昌江，居陶器，分道并出，南售浙江，北售銮江。次君以三江相距各千里而遥，左右狼顾，惧不相及，非策也。銮江为江淮都会，当舟车水陆之冲，其并浙江归銮江，于策便。既又以古之货殖者必因天时，乘地利，务转毂与时逐，毋系一隅。于是以盐策贾江淮，质剂贾建业，粟贾越，布贾吴。方其早计，人不及知，往往策其必败。卒之赢得过当，皆自以为不如。②

年轻的潘仕审时度势，大胆改变父亲的经营模式，灵活经营，“因天时，乘地利，务转毂与时逐”，显示出杰出的经营才干，获得了经商的成功。但在父亲丧毕之后，潘仕却舍贾而归儒。后来，潘仕再次到昌江经商：

昌江巧败者卒以下齐杂良金。次君至，则治牛酒会诸贤豪，与之约：“自今以往，毋杂下齐以厉陶。”众服盟言，乃黜下齐。旅社故洼下，中夜水大至，众讳而急登楼，旋没梯，众无所出。次君编户为筏，毕济之。岁既侵，诸陶家佣而掠食，居民聚族为御，率相格斗，而启兵端。次君脱身间道归，贷母钱数千缗，无所问。寻襁千金授用事者，阴戒之曰：“诸佣无它，独望屋糊其口耳。有司之白挺在，今散矣。若往而觇之，彼散则进，彼聚则退，幸而得达，则招诸贷者俱来，能偿则

① 钟惺：《隐秀轩集》，明天启二年刻本。

② 汪道昆：《太函集》卷五十一，第1083—1084页。

缓为之期，不能偿则焚其券。诸以陶器售者，无良苦悉居之。”后三日，复遣人赍千金，受向者戒。又三日，次君亲行，诸失业者匍匐而归。既得次君宽责，即有余器，争售次君，陶室毕空，诸贾皆后至。顷之，易器者四集，悉抵次君。次君办给之，其利三倍。①

有过经商经验的潘仕，显得更为老练，表现出过人的勇气与胆识。他首先改变昌江不健康的经营环境，与“诸贤豪”建立盟约，在陶户中建立良好的声誉。又通过在危难中救人于水的善举，树立了较好的个人形象与威望。因为“岁侵”，诸陶家佣与居民发生冲突。在面对突发事件时，潘仕并没有退却，而是从中看到蕴藏的商机，成熟而稳健地运筹谋划，大胆决策，抢占先机，垄断了陶器的贸易，获得了巨大的商业利润。

“领袖淮纲数十年”的江春一生更具有传奇性，②袁枚《诰封光禄大夫奉宸苑卿布政使江公墓志铭》这样记述江春：

公阅历既久，神解独超。辅志弊谋，动中款要。每发一言，定一计，群商张目拱手，画诺而已。四十年来，凡供张南巡者六，祝太后万寿者三，迎驾山左、天津者一而再。……转运使出都，请训，上面谕江广达人老成，可与咨商。③

作为一个商人，因精明能干而能受到皇帝如此的重视，这在中国历史上是非常罕见的，连江春自己都“受宠若惊，穷穷如畏，亦不自知其所以然。”④

3. 最为关键的，徽商大都坚守儒家的伦理道德。汪道昆曾说：“儒者

① 汪道昆：《太函集》卷五十一，第1085—1086页。

② 赵翼：《江鹤亭挽诗》，《瓯北集》卷三十三，上海古籍出版社1997年版。

③ 袁枚：《小仓山房诗文集》，周本淳标校，上海古籍出版社1988年版，第1862页。

④ 袁枚：《小仓山房诗文集》，周本淳标校，上海古籍出版社1988年版，第1862页。

以诗书为本业，视货殖辄卑之。藉令服贾而仁义存焉，贾何负也。”①“仁义存焉”成了贾与儒平等对话的重要支撑点。戴名世也指出：“徽人善为生，往往徒手致素封，然其处家庭朋友多仁让有厚德，盖货殖之事，非有士君子之行，亦不能以有成也。”②文人给徽商作传，最为注重的是徽商的道德表现。传记所写徽商的道德，主要有以下几个层面：

其一，尊奉孝悌之道，把儒家的伦理道德放在第一位。李维桢《蒋次公墓表》说：

> 国有四民，士为上，农次之，最后者工、商，而天下讳言贾。新安贾人生好援内贵人，死而行金钱谀墓者之门，以取名高。士大夫至讳与贾人交矣。汉设科取士，首孝悌力田。新安地千里，山陵居七，田居三。一岁食仰给四方居半，夫安得田而力之？夫安得不为贾？贾矣与氓庶何异？即有材智气节，行不能出闾闬之外，舍孝悌安之乎？……而贾人有孝悌者，又讳不为传，何也？③

为徽商作传，还需为自己行为的合法性进行辩护，而更有意味的是，作为辩护的理由，是因贾人中有孝悌者，这表明李维桢评价徽商的标准，道德仍然是第一位的。刘大櫆的看法与李维桢相似，他在《乡饮大宾金君传》中说：

> 自管子相齐，而士、农、工、商之职分。汉兴，贾谊、晁错上书言政治，谓宜重耕农而抑商贩。然余观当时士大夫名在仕籍，而所为皆贾竖之事也。至若贾名而儒行，孝悌渊睦无愧于独行君子之德，是乃有道仁贤所重为宾礼也。彼职业恶足以定人哉？④

① 汪道昆：《范长君传》，《太函集》卷二十九，第638页。
② 戴名世：《杨允正传》，《戴名世集》卷七，中华书局1986年版，第207页。
③ 李维桢：《大泌山房集》卷一百零六。
④ 刘大櫆：《刘大櫆集》卷五，上海古籍出版社1990年版，第178页。

在这样的观念之下，文人为徽商作传，重点描写的往往并非徽商经营方面的能力与成就，而是徽商的道德品行。如刘大櫆所写徽商，多是不得已才选择经商，“虽溷迹贾人，而至性醇笃”这类的话在传记中时常出现，在描述徽商的人生轨迹时，即使是非常成功的徽商，也几乎不涉及其经营活动。就是被称为“新安商人的一个有力的代言人”的汪道昆，[①]在描写徽商时，同样注重的是徽商的德之立与否，贫与富倒不十分在意。当经商与传统伦理道德发生冲突时，商人往往会放弃商业利益而遵循道德伦理，如《海阳新溪朱处士墓志铭》中的朱云沾：

> 少从兄贾浙，闻父有疾，辄弃贾归。……又从兄贾闽。盖课铁冶山中，诸佣人率多处士长着，争力作以称。处士业大饶，会岁不登，处士贷诸佣人钱言百万。既而，兄有疾，辄舍业扶兄归。客谓今始有年，收债而归不后。处士谢曰：“钱易得耳，终不以此后兄归。”归而丧兄，既而丧母，哀毁甚，几不胜丧。计业已倍亲，亲丧未举，寻以资斧授兄子为他贾。[②]

朱云沾如此看重孝悌之道，乡人不甚理解，谓之“痴”。汪道昆对乡人的看法明确表示了否定：“贾人操利权，视失得为生死，即有不得，直将以七尺殉之。利令智昏，一何甚也！”并在传记结尾为之铭曰：“宁弃而金，毋倍尔兄；宁释尔贾，毋失父母归所。……谁其全归，唯处士则以。”赞誉之情，溢于言表。

其二，讲求商业道德，以义为利。汪道昆《赠方处士序》说：

> 昔太史公作《货殖传》，世儒犹或有所瑕疵。夫儒者以不欲为训辞，故罕言利。要以生财有道，治所必先；何以聚人？非财不可，则圣

① 余英时：《中国近世宗教伦理与商人精神》，联经出版事业公司 1987 年版，第 109 页。

② 汪道昆：《太函集》卷四十七，第 1002 页。

人未尝废财矣。太史公所载，其以奸富者，率卑之。独陶朱公褎然首举，彼固豪杰之士也。处士轻身而就贾，独以操行致不赀。语曰："廉贾归富"，处士是已。①

所谓"生财有道"也好，"以操行致不赀"也好，根底里讲求的是商业道德，以义为利。我们注意到，明清徽商传记中的徽商，大都是讲求操行的廉贾，这方面的例证不胜枚举，如焦竑《太医院吏目西山金公暨配江氏墓志铭》：

嘉善顾九槐以金五百，属公而息之，会倭变作，公避归，而顾随殁，明年以金子母还其家，诸子愕然曰："无此金也。"相让者久之，乃受。②

程嘉燧《文川汪公墓志铭》：

尝与其族人约，共贩卖，然未尝合资。公先行，会盐滞无所售，公急假贷，积若干。已，淫雨，翔贵且若干倍。客咸谓公曰："人未尝以资付公，公可独有也。"公笑曰："余岂忍为是哉，必推让与共。"③

其三，乐善好施，"富而好行其德"。综观明清徽商传记，几乎每一篇都要叙及徽商的义举：扶危救贫、赈灾济民、修桥补路、兴建书院、设置义田等。如李梦阳《潜虬山人记》中佘育，在弃商而归潜虬山后，"于山间构潜虬书院以馆四方交游暨来学者，而收训其族子弟于中；又构屋数十以居其族无屋者"，有人不理解而质问他："夫商出入风波盗贼中，远父母兄弟之亲，而生尺寸于千万里之外，亦难矣！宜若是费乎？"佘育"笑而不答。

① 汪道昆：《太函集》卷十四，第296页。
② 焦竑：《焦氏澹园集》卷三十，明万历三十四年刻本。
③ 程嘉燧：《松圆偈庵集》卷下，明崇祯刻本。

退谓其族子弟曰：'夫散者圣贤之懿，而聚者啬夫之行也。若以为金帛果足使子孙守哉？'"[①]吴子玉《汪长公善行传》中的汪玄珍："尝积米数千斛，贷与吴人，会水旱，吴人愿贸产市子女以偿。长公悉招诸人悉来合券，以债赐诸人，因烧其券。"[②]徽商鲍宜瑗常常表示："为善最乐。安得仿古人置书院以育人才，置义田以赡宗族乎？"甚至在"易箦"之时，仍谆谆训示儿子："儿能继我志，胜椎牛而祭我也。"[③]

徽商范汝珍曾这样教导两个儿子："泓椎少文，尔修吾业；涞有志于学古，尔为儒。里俗率操占毕以贾芬华，安事儒矣。尔曹第为儒贾，毋为贾儒。"[④]在《海阳长者程惟清传》中，汪道昆称赞程惟清"托贾名而饰儒行"，"是不逢掖而儒矣"，并托名泰茅氏曰："儒而贾，心则滫也；贾而儒，服则蜕也"。[⑤] 像程惟清这样"托贾名而饰儒行"的"儒贾"大概应是明清文人心目中理想的徽商形象。

综上所述，明清作家在建构徽商形象时虽然把商人的道德放在第一位，但同时也开始重视商人的经营才能，理想的徽商形象往往集文化、才干、道德于一身，而这也正是我们今天对历史徽商的正面印象。

三、 文学价值：徽商事迹的选取与徽商形象的塑造

明清徽商传记不仅是研究徽商的史料资源，是建构徽商形象的基本依据，而且也具有文学上的意义和价值。徽商成为一部分明清传记的主角，是中国传记文学发展的重要突破，有些徽商传记还具有很高的文学价值，产生了逸出应用功能之外的文学效应。现从徽商事迹的选取与徽商形象的塑造两个方面对明清徽商传记的文学价值略加讨论。

---

① 李梦阳：《空同集》卷四十八，文渊阁《四库全书》本。
② 吴子玉：《大鄣山人集》卷三十六，《四库全书存目丛书》本。
③ 袁枚：《小仓山房诗文集》，第1905页。
④ 汪道昆：《太函集》卷二十九，第638页。
⑤ 汪道昆：《太函集》卷三十七，第801—802页。

1. 日常生活的“发现”：徽商事迹的选取

在明以前的传记中，主角大都为英雄豪杰、帝王将相、名流高士等，因此传记以写传主在政治、军事、道德方面的表现为主，与日常生活的距离较远。而商人成了传记的主角，作家的笔触自然会更多地探及普通人的日常生活，出现了世俗化、人情化的倾向。如方扬《程次公行状》：

> 次公生而颖异，不好弄。乃翁占知其度也，第令治家人生产，以尝公。公曰：“诺！为贾人子，固当近市知贵贱耳，他尚何敢言？然吾闻古有儒者，治六经，明天人分际，此真大丈夫所为。故滋愿从乡先生游矣。”翁曰：“不然，儒大业也，累世不能穷焉。吾令若为之，吾不能待若成也。”次公乃号泣，不肯从。一日窃出，从其兄洒负笈之山中，尽受诸经大义。阅三月，谢其师归，师自以不及也。①

是从贾还是业儒，是明清许多徽州人面临的选择。虽然程滋的父亲从实际功利出发让他从贾，但程滋希望有更大作为，坚定地选择业儒，并离家出走，拜师求学。传记描写了日常生活中父子的冲突，从中表现出人物的生存境遇和情感希求，很富有生活情味。再如李梦阳《梅山先生墓志铭》：

> 正德十六年秋，梅山子来。李子见其体腴厚，喜握其手曰：“梅山肥邪？”梅山笑曰：“吾能医。”曰：“更奚能？”曰：“能形家者流。”曰：“更奚能？”曰：“能诗。”李子乃大诧喜，拳其背曰：“汝吴下阿蒙邪？别数年而能诗，能医，能形家者流。”李子有贵客，邀梅山。客故豪酒，梅山亦豪酒。深觞细杯，穷日落月。梅山醉，每据床放歌，厥声悠扬而激烈。已，大笑，觞客。客亦大笑，和歌，醉欢。李子则又拳其背曰：“久别汝，汝能酒，又善歌邪？”客初轻梅山，于是则大器重之。②

---

① 方扬：《方初庵先生集》卷九，《四库全书存目丛书》本。

② 李梦阳：《空同集》卷四十三。

目前两部通行的中国文学史著作对此传评价甚高:章培恒、骆玉明主编的《中国文学史》把其作为李梦阳的散文在当时树立了一种新的范式的例证,指出“在墓志铭中出现如此重视文学性的作品,表明一种新的文学观正在形成”;[①]袁行霈主编的《中国文学史》也把其作为李梦阳散文的代表,认为“形象生动,感情自然,与一般的应酬文字大异其趣”。[②] 作为评价依据的,正是因为传记对日常生活的描绘及所表现出的作者与徽商鲍弼之间的友情。

日常生活成为文学主要的描写对象是明清文学的一个显著特征,明清徽商传记的写作取向正是这一文学走向的重要组成部分。

2. 以“动作”展现性格:徽商形象的塑造

集中刻画人物,以表现人物性格是人物传记主要的创作目标。人物传记区别于其他散文的关键之处,就在于其以真实的生活材料表现人生际遇,创造出具有鲜明个性的艺术形象。明清徽商传记虽然大都属应用文范畴,但其中有的传记抓住人物的“动作”以展现人物性格,塑造出棱角分明的徽商形象。

选取典型行为,逐步展示人物形象,是明清徽商传记塑造人物的主要手段。如《潘汀州传》:

> 公尝从里社观剧,法当笞。公前谢曰:“朴固当,愿以文作赎。”师洒然异其请,命课三篇。公倚席立成,师大骇,以为天授。……郑太守以迁去,诸生饯之紫阳。先是,诸郡相帐具水西,速者趾相属,太守先即诸生席,抵暮且尽欢。既而召诸相君第移席就诸生饮。诸生既醉,或拊郡丞背而歌。席罢,太守语诸生:“旦日不可以不往谢。”公正色曰:“童冠之咏,夫子与之,谢者何也?必无往!”……公少为大言,人谓公且以贾废,里少年举以为口实,且以靳公。公裂眦目少年,矢

① 章培恒、骆玉明:《中国文学史》下卷,复旦大学出版社1996年版,第240页。

② 袁行霈:《中国文学史》(第二版)第四卷,高等教育出版社2005年版,第70页。

言如故:"吾头可断,妻子可辱,此志终不可谕。"及厄南宫,或劝之仕,"即不得公车,令视故吾犹贤。"公自谓:"吾志益坚,气益壮,神益王,天赞我也,倍天不祥。"再入京师,乡人某子甲依相舍,且言:"小相于公汲汲,某请绍介见之。是举也,得则天禄石渠,不得则绣衣骢马,毋后也。"公笑曰:"吾少年勃勃,视一第若搏牛虻。即自今得之,终不失一国史;不得,终不失一台郎。安能从牛马走,作平津客也。"①

作者描述了潘侃作文代罚、拒谢郡丞、裂眦目少年、拒通小相等几件典型事例,透过这些事例,一个豪迈自负、慷慨伉直、狂傲不羁,不为权势所左右,有着强烈自我意识的形象跃然纸上,给人留下深刻的印象。

在运用"行为动作"塑造徽商形象时,往往和人物对话——"语言动作"的使用相结合。如《潘汀州传》中潘侃路遇故人姜宝的"语言动作":

公故善丹阳姜太史,相与谭《春秋》。太史既贵,遇公市中,辄引车避之,大呼曰:"侃故人也,何避为?"太史执公手,且劳公:"宝耻以扬扬辟故人,故先自避尔。"公笑曰:"侃故以意气相许,公幸先鸣,顾策名卑卑,侃方为公怏怏,安得扬扬也?"②

在简短的对话中,一个论事慷慨、伉直敢言、狂傲自负的形象呼之欲出。又如唐顺之《程少君行状》:

少君虽游于贾中,然喜文雅。……及游吴时,慕张君东海之为人也。张君者,松江人,善诗、字,字尤工。程少君乃学张君字,至或罢眠食,居常以手画腹及堵,间作钩剔状;即又学张君所为诗,讽咏之。其妻宋安人诮曰:"君宁当作老博士耶?"少君笑曰:"汝谓必作博士始

---

① 汪道昆:《太函集》卷三十四,第 737—740 页。
② 汪道昆:《太函集》卷三十四,第 738 页。

事诗书耶?”①

徽商程楷为学字而眠食俱罢,学诗又讽咏之,可谓典型的“贾而好儒”。而夫妻对话的生活细节,加深了读者对程楷好儒的印象,令读者倍感亲切。

描写“心理动作”也是展示人物性格的重要手段。一般而言,人的个性特点深藏于其内心世界中,如不注意开掘,也就不易显出个性特点。明清商人传记在对徽商心理描写方面也取得了一定的成绩,如汪道昆《明故处士谿阳吴长公墓志铭》就有一段很成功的心理描写:

> 处士生九年而孤,戴子之如适。既从程登仕受室,请授经为儒。戴泣下,而执处士手命曰:“自而之先诸大父鼎立,而父从诸父,固当岳立,不幸崩析,独不得视三公。……且而父资斧不收,蚕食者不啻过半。而儒固善,缓急奚赖耶!”处士退而深惟三,越宿而后反命,则曰:“儒者直孳孳为名高,名亦利也。藉令承亲之志,无庸显亲扬名,利亦名也。不顺不可以为子,尚安事儒。乃今自母主计而财择之,敢不惟命!”于是收债齐鲁,什一仅存,瞿然而思:“去国三千余里,徒以锥刀而沮将母,即钜万何为?吾乡贾者首鱼盐,次布帛,贩缯则中贾耳,恶用远游?”乃去,之吴淞江,以泉布起。时时奉母起居,捆载相及,月计者月至,岁计者岁输。戴孺人笑曰:“幸哉!孺子以贾胜儒,吾策得矣!”②

吴良儒本欲为儒,而母亲却命之为贾。为儒还是为贾,吴良儒面临着艰难的选择。“退而深惟”、“三越宿而后反命”,说明他是经过反复的思想斗争的。斗争的结果,他在儒与贾之间找到了平衡点,并以儒家传统的孝顺观

① 唐顺之:《新刊唐荆川先生文集》卷十五,《四部丛刊》景明本,清《常州先哲遗书》本。

② 汪道昆:《太函集》卷五十四,第1143页。

念为准则，听从母命而为贾。在经商的过程中，他时刻把孝放在第一位，“徒以锥刀而沮将母，即钜万何为”的心理活动，清晰显现了他的价值取向。这段文字同时也展现了吴良儒母戴氏的内心世界。儿子选择从儒，从内心里说，她是支持的，然而“资斧不收，蚕食者不啻过半”，怎不让她焦急呢。泣下，执处士手，正是她焦虑无奈心理的外在表现。儿子经商取得了成功，证明了自己当初决定的正确，“吾策得矣”，显示了她自豪的心理状态。再如李维桢《朱次公家传》：

> 初服贾，击楫中流而誓之：“昔先人冀我以儒显，不得志于儒。所不大得志于贾者，吾何以见先人地下，吾不复归。”已而，贾乃十倍于旧。①

通过描写徽商朱模的内心独白，生动地表现了他破釜沉舟的英勇气概。

徽商成为众多传记的主角是明清文学值得重视的现象，阅读这些徽商传记，我们仿佛可以闻听明清徽商或欢乐或痛苦的謦欬，可以触摸明清徽商或好客乐群或特立独行的性格。这一个个活生生的灵魂，既跃动着时代的脉搏，也从一个侧面昭示出明清文人勇于突破文化疆界的价值趋向。

［原载《南京师大学报》(社会科学版)2012 年第 2 期，刊物发表时删去了文中的表格］

① 李维祯：《大泌山房集》卷六十九。

明代徽州文人结社综论

结社风气的盛行，是明代引人瞩目的文学和文化现象。明代文人结社与地域人文密切相关，主要分布在经济繁荣，文化活跃的东南地区，往往具有鲜明的地域印记。徽州号称"东南邹鲁"，文风昌炽，但在元末明初，徽州文学不但不发达，而且明显滞后。① 进入明代中叶以后，随着徽商的崛起，徽州文学逐渐活跃起来，文人结社蔚然成风，不但大量的民间文人社团层出不穷，而且出现了像白榆社这样引领时代文学风尚、具有全国影响的文学社团，徽州也成为在文学上比较先进的地区之一了。徽州文人结社的兴盛，是明代文人结社的一个缩影，具有一定的文学和文化意义，值得深入进行探讨。

一、明代徽州文人结社的历史进程

明代徽州文人结社具有明显的阶段性特征。吴子玉《汪禹乂诗集序》说：

> 余谓邑自正德前可谓质敝矣，大雅之窦未开。至嘉、隆之际，都

---

① 参阅韩结根：《明代徽州文学研究·总论》，复旦大学出版社2006年版，第3页。

市丘旦，诗有诗社，字有书社，熙妙彬彬，华采烨如。岂文朴递行，周则有始哉？亦承敝而起之，由乎诸人有所为昌也。[①]

吴子玉所说的是休宁一邑的情况，整个徽州也大体如此。与全国文人结社的发展轨迹相似，[②]徽州文人结社的高潮出现在嘉靖、隆庆之际，在此之前的一百多年间，徽州"大雅之窦未开"，文人结社活动并不多。不过，从相关文献的记载中，我们能探寻到正德以前徽州文人结社的一些踪迹。程信《吴节妇传》云：

予叨侍纂修之末，求贞节著闻可采如吴节妇者，阖郡仅三人耳。既名登郡志，备史笔以昭圣化，何待区区之赘？然居北郭，相去不百步，与修诗社友，故传其目睹耳。[③]

程信字彦实，号晴洲，正统壬戌进士。[④] 他称与吴节妇之子吴修为"诗社友"，可证二人曾经共结诗社。程敏政《程用光墓志铭》云：

欲举贤良，用光亦以亲力辞。久之亲终，遂无复用世之志。所居岐山下，林壑幽胜，筑藏修之所，曰岐阳书室。自号复春居士，结族之贤者为诗社以自适，于一切世故漠如也。[⑤]

据该墓志，程用光名允，休宁人。生宣德癸丑闰八月廿八日，卒弘治己酉

① 吴子玉：《汪禹乂诗集序》，《大鄣山人集》卷五，《四库全书存目丛书》集部第141册。

② 参阅何宗美：《明末清初文人结社研究》第一章《明代文人结社概说》第一节《明代文人结社的分期与发展演变》，南开大学出版社2003年版，第17—22页。

③ 程信：《吴节妇传》，程敏政《新安文献志》卷九九，《四库全书》本。

④ 陈有守、李敏：《徽郡诗》卷首《诗人爵里》，《四库全书存目丛书》补编第22册。

⑤ 程敏政：《篁墩集》卷四五，《四库全书》本。

十月八日。由此可知,程允与同族人结社当在成化年间。程敏政在弘治壬子也曾与冯兰(佩之)、黄伦(汝彝)等结社于休宁南山竹院,联句唱和。①

嘉靖、隆庆之际,为明代徽州文人结社的第一次高潮。据笔者所掌握的资料,文人结社多集中在休宁和歙县两地,这一时段的文人社团有:

1. 率滨吟社。首倡于程用贤,成立于嘉靖甲午(1534)。据《率滨吟社录》,②先后入社的有二十五人:程瞻、程玘实、程序、程永泽、程衢、程庶、程廷桡、程廷樌、程梧、程佩、程栖、程忠敬、程廷进、程应徵、程积周、程廷梓、程栋、程孟白、程汝祥、程忠润、程镇、程良瓘、程时仗、程子彬、程孟秋。

2. 天都社。天都社由陈有守、王寅、郑玄抚发起的,嘉靖壬寅(1542)九月九日正式成立,践约者共十六人,除发起者三人外,其他十三人为:程诰、程应轸、江瓘、江珍、佘震启、汪瑗、王尚德、方大治、方霓、方弘静、郑铣、郑懋坊、郑默。③

3. 汶江社。嘉靖时汪淮、方弘静、汪道昆、何少愚、王寅、郑鲁文等二十余人结社汶江之壖。④

4. 南山社。嘉靖时吴琼与江珍、方弘静、吴子玉等结社南山之下,"数盈廿余,斌斌大备于时矣。"⑤

5. 白岳社。嘉靖时程积周、程梧等除与族人结率滨吟社外,又与歙县的王寅、唐云湫、潘少逸、僧惠光及休宁名流陈有守、汪淮、李敏、吴锦等

① 程敏政:《与佩元及黄司训汝彝联句》,《篁墩集》卷八七。

② 《率滨吟社录》,明刻本,国家图书馆藏。参阅朱万曙:《明代徽州的民间诗人》,《中国文化研究》2004年秋之卷。本文中所述及的白岳社、中州渔社、七潭渔社、十逸社也都参阅了《明代徽州的民间诗人》一文。

③ 陈有守:《天都社盟词》,潘之恒《黄海·纪游》卷五《天都社诗》,《四库全书存目丛书》史部第230册。

④ 吴子玉:《汪禹乂诗集序》。

⑤ 吴子玉:《吴长公紫芝社诗序》,《大鄣山人集》卷五。参看汪道昆:《太函集》卷六二《明处士吴邦珍墓表》,《四库全书存目丛书》集部第118册。

人结社白岳山中。[①]

6. 紫芝社。嘉靖时休宁程琼、范如珪、汪猷芳、汪迟芳所结诗社，程琼为祭酒。[②]

7. 中州渔社。嘉靖时程积周、吴成美、程师道、汪古矜等人所结诗社。[③]

8. 七潭渔社。嘉靖时程梧与族人及郡士夫所结诗社。[④]

9. 十逸社。嘉靖时程添庆与族人所结逸老社，"诗酒怡性，不减香山风致"。[⑤]

10. 丰干社。嘉靖、隆庆之际由汪道昆发起成立，参加者有汪道贯、汪道会、陈筌、方策、方简、方宇、方用彬、谢陛、程本中、吴守准、方于鲁、潘之恒等。[⑥]

万历间，为徽州文人结社的鼎盛期，其间虽有短暂的低潮，但从声势和影响方面看，此期的文人结社达到了顶点。这一时段的文人社团有：

1. 白榆社。汪道昆与龙膺共同发起，万历十一年正式成立，成员有汪道昆、龙膺、郭第、汪道贯、汪道会、潘之恒、佘翔、丁应泰、陈汝璧、李维桢、朱多炡、沈明臣、章嘉祯、周天球、徐桂、屠隆、俞安期、吕胤昌、吴稼竳、胡应麟、张一桂等。[⑦]

2. 肇林社。肇林社初创于隆庆四年夏，主持的僧人为同受天池衣钵的胤公和珂公。据汪道昆《肇林社记》，参加该社首次活动的僧人有十二

① 《率东程氏重修家谱》卷六《明故处士闲庵程公行状》，明程涌来修撰，国家图书馆藏；吴子玉：《汪禹乂诗集序》。

② 吴子玉：《吴长公紫芝社诗序》。

③ 《率东程氏重修家谱》卷六《明故处士闲庵程公行状》。

④ 《率口程氏续编本宗谱》卷六《明故蒲溪处士程公行状》，明隆庆刻本，国家图书馆藏。

⑤ 《率东程氏重修家谱》卷六《桂麟程先生行实预状》。

⑥ 汪道昆：《丰干社记》，《太函集》卷七二。

⑦ 参看耿传友：《汪道昆与明代隆庆、万历间的诗坛》，《中国文化研究》2006 年冬之卷。

人：胤公及徒弟文静、文彻、文言、文浚，珂公及徒弟正观、明宗、德钦，徽州本地的自如、德昂，来自唐昌的祖意；缙绅学士有十二人：方定之、詹东图、陈仲鱼、方献成、方君在、方羽仲、郑夷吾、程子虚、吴无怀、吴延秋、汪仲淹、汪仲嘉；山人二人：王仲房、吴仲足。①

3. 颖上社。颖上社成立于万历初年，入社成员有六人：方君在、潘玄超、潘元仲、汪景纯、方子中和程用修。②

4. 松萝社。万历后期休宁人所结诗社，诗社成员有邵鲁、金季黄、汪贞卿、汪虞卿、江公叔、丁羽南、张伯冠、金孟明、程权格、邵终儒、程巨源、汪汝任、汪大吕、邵公荣、汪敬仲、朱孝伯、金孝先、汪永叔、李仲升、查次栝、金楚卿、吴虞伯、吴武仲等。③

5. 天都后社。万历庚戌，潘之恒与鲍元则、郑无著、丁自宣、丁虞采共同倡议复修天都社，推方弘静为耆旧典型。入社者还有鲍山甫、于中甫、黄贞父、洪平叔和吴无奇等。④

6. 普门社。为黄山法海庵僧人法藏上人提议，潘之恒首倡。普门社的入社条件比较宽松，只要是向佛之人，又能够出资若干，即可以入社。⑤

7. 慧林社。为休宁朱昆季与性仁上人等所结禅社。⑥

天启、崇祯时期，为徽州文人结社的延续期。天启元年，江天一与汪觉先、汪济淳、汪沐日、吴斌结古在社。天启二年，江天一、汪沐日又与程荩臣、程朗生等结同言社。其后里社林立，江天一与吴束三、方式玉等再结"十三子社"。崇祯五年，江天一、洪常伯等结选社，后改名为行社，成员

---

① 汪道昆：《肇林社记》，《太函集》卷七五。

② 汪道昆：《颖上社记》，《太函集》卷七五。

③ 詹天凤：《和松萝社草》，清刻本，中国社会科学院文学所藏。

④ 潘之恒：《天都社记》，闵麟嗣《黄山志定本》卷三，《四库全书存目丛书》史部第235册。

⑤ 潘之恒：《普门社缘起》，闵麟嗣《黄山志定本》卷三。

⑥ 李维桢：《题慧林社卷》，《大泌山房集》卷一三〇，《四库全书存目丛书》集部第153册。

有洪德常、吴尊古、汪济淳、汪沐日、方式玉等。①

以上所述主要是明代徽州本地的文人结社，且主要为文献记载较为确凿者。此外，明代中后期徽州文人与外界交往颇为频繁，经常在郡外主持或参与结社活动。如王寅曾参加杭州西湖八社；汪道昆曾主持杭州西泠社、南屏社；佘大问与方元经、郑子阳等在开封结社；谢陛曾参加或主持吴上方，越孤山，宣城文春，真州横山，关中青门，金陵白门、青溪、长干、新林等诗社；②潘之恒曾参加杭州的南屏社、芝云社，南京秦淮社集等；③吴兆曾入曹学佺金陵诗社，屠隆乌石山大会；任山甫、吴子玉、邵正魁曾入南京青溪社；④程允晋、汪沐日、江天一、许楚等六十九位徽州人为复社成员。⑤此类结社甚多，拟另撰专文讨论。

二、 明代徽州文人结社的类型和特点

根据性质不同，明代徽州文人结社大体有诗社、文社、禅社等类型，主要为诗社。不同类型的结社，其组织形式不同，活动特点也因之而异。

（一）诗社

明代徽州诗社，除汪道昆主持的白榆社外，大都具有鲜明的地域色彩，入社成员均来自徽州本郡，如天都社、汶江社、南山社、白岳社的成员来自于休宁、歙县两地；紫芝社、松萝社成员皆来自休宁一邑，其中紫芝社的几位成员相距在十里以内，率滨吟社参与者皆为率滨一带的程氏家族

① 参看江天一：《江止庵集》卷一《六水集序》，卷五《洪母许夫人五十寿序》《祭洪常伯文》等，《四库未收书辑刊》第 6 辑第 28 册；陈传席：《弘仁年谱》，《弘仁》附录，吉林美术出版社 1996 年版。

② 李维桢：《谢少连家传》，《大泌山房集》卷七〇。

③ 参看张秋禅：《潘之恒结社考论》，《黄山学院学报》2009 年第 2 期。

④ 参看何宗美：《明代南京文人社集与文学流变》，《明末清初文人结社研究续编》，中华书局 2006 年版。

⑤ 蒋逸雪：《张溥年谱》附《复社姓氏考订》，齐鲁书社 1982 年版。

成员，是地地道道的民间诗社。入社成员的地域分布范围，直接影响社团的组织方式和活动特点，对此首先可以从诗社的社约入手加以分析。如《率滨吟社录》卷首收有吟社条约，共八款：

1. 社中诸人同出一祖，而利名不以行者，以年有长少、学有先后、入社有早暮尔。今得若干人，后来有志者尚未艾，议许续入，盖与人为善、无己之心也。

2. 会期以四仲月朔日卯刻毕集，吟社同试一题，比较进修之功，以尽切磋之益。或命题，或限韵，或联句，弗之拘。

3. 作诗每月一首，务宜会日定课，如懈怠者及失旨者，罚呈纸五十张、坚笔四管、京墨二笏入社，以助誊录。

4. 至期或有远游不及赴会者，即抄题附去，若次会未归，须先期完课寄纳，违者罚如前数。

5. 同社诸人须德业相劝，过失相规，非徒虚声文字矣。设有操行不谨，为名教玷者，黜之。

6. 社中之为前辈者，固当恒存引进之心；而继来者，尤当诚敬听受。凡遇疑难，各宜虚心钩索，不可自作聪明，偏执己见，致生猜疑。此求益之道，亦敦睦之意也。

7. 每人敷纹银若干，轮流领放生息，以供誊录之费。务须冬存至公，以图久远。

8. 会日取次一人为首，首家预备小酌，贵在丰约适中，陶写性情，不可过奢，沉酣喧哄，以致不臧之诮。

社约具体规定了入社原则、会期安排、写作要求、处罚措施、相处纪律、经费来源和使用、承办方式等，操作性很强。这份社约的制定，与当时徽州商业经济的发展有一定的关系，如第四款，就是针对诗社成员中有一部分人经常外出经商，至期可能无法赴会的实际情况制定的；第七款规定的“每人敷纹银若干，轮流领放生息”，使诗社的活动经费有了保证；第八款叠为主宾、轮流做东的安排，避免奢侈的要求，确立了诗社成员之间的平等关系，易于在诗社内部创造一种和谐氛围。据程曾《率滨程氏吟社条约序》，这份社约制定时，率滨吟社已立社三载，且“月朔必会，会必有诗”，[1]社约的制定，使该社的活动步入了规范化阶段。在明代徽州文人结社中，率滨吟社持续的时间最长，这恐怕与诗社活动的规范化有一定的关系。

同族、同里的结社，活动比较容易开展，如上述率滨吟社开始时“月朔必会，会必有诗”，后来虽然改为“四仲月朔日卯刻毕集”，一年聚会四次，频率也是很高的。同郡之间的社集，则需要认真的准备或特殊的机缘，聚会的频率相应也小得多。如吴琼与江珍、方弘静等所结的南山社，“顾相去百里，率旷岁一会”。[2] 陈有守《天都社盟词》对天都社结社的情形有具体描述，摘引于下：

> 嘉靖壬寅秋月，有守与王子亮卿，过郑子思祈高唐，西望兹山，悠然兴怀，倡兴雅社，折简同志，期以九日登高修好。于时践约者凡十有六人，为程子自邑，江子廷莹、民璞，佘子复初，汪子玉卿，王子子容，方子际明、子瞻、定之，郑子子金、文仲、思道，程子汝南，亮卿、思祈及有守从而莅焉。
>
> 是日天高日霁，风肃气澄。策杖攀跻，凌崖如跃。移时跨绝，至止天都。于是北望燕京，东指日观，西瞩昆仑，南分百越，空旷宇宙，瞬息古今，命酒赋诗，豪兴逸发。自邑起执酒酬曰：“天都之峰，钟毓吾人，今日佳游，结要永世。达甫其司盟词。”有守载申言曰：“维天都之崇高，萃灵秀于万古。挺贤豪以亿百，侈兹游其不数。矧风雅之间作，属伊谁而接武。幸并生于熙朝，复同怀于乡土。舒吟咏以飞迅，凌苍虚而阔步。矢夹持于周行，毋颠隮其莫睹。齐物我而一致，追高调于三五。岂松岳之降神，独生申而生甫。将皇猷以鸣盛，导来许于前路。冀斯盟之弗渝，庶申好于胤族。”[3]

① 《率滨吟社录》卷首。

② 吴子玉：《吴长公紫芝社诗序》。

③ 潘之恒：《黄海·纪游》卷五《天都社诗》。

天都社的这次社集非常成功，创作作品甚多，潘之恒编撰的《黄海》收有《天都社诗》，共九十四首。结合相关记载，天都社具有如下几个特点：其一，该社由陈有守（达甫）、王寅（亮卿）和郑玄抚（思祈）共同发起，“折简同志，期以九日登高修好”，王寅为约长，雅集时陈有守司盟词，进行得井然有序。其二，社集时饮酒赋诗，题碑筑室，观赏云泉，登临绝顶，活动内容丰富，具有山川游乐与诗歌唱酬相结合的特点，徽州独特的自然景观为结社提供了江山之助。其三，诗社汇集了当时徽州文坛名流，如汪瑗所说：“地开千载胜，人尽一时贤。”①其四，参加者对此次结社充满很高的期待，陈有守在社集时写道：“天生我辈幸同调，追览八极生雄风。匡庐不羡白莲社，社中俗客希禅踪。河洛不羡香山社，社中酒客糟丘封。岂若我辈共环堵，天都雅社开千古。东南高风振后尘，奎壁联缠烛诗府。英名八表追陈王，文光万丈齐白甫。”②诗社的其他成员也大都在诗中表达了类似的自信和期待，具有强烈的传名意识。

此次社集后，天都社个别成员之间虽时有酬赠唱和，但正式的社集活动，没有再开展过。

直到六十九年后的万历庚戌（1610），潘之恒等才重举天都社。但这次结社和嘉靖壬寅的天都社已有很大的不同，“是社以禅诵念佛，称净业为常规；以诗画作文，称慧业为游息”，③作诗成了“副业”，主要是禅社而非诗社。

明代徽州文人所结的诗社中，影响最大的当属白榆社。汪道昆《游黄山记》说：

所部倚办司理，比岁周行列郡中。会计吏入朝，司理兼摄郡县事。日多暇，则就余称诗，且进余二仲及潘生。会郭山人次甫见客，

---

① 潘之恒：《黄海·纪游》卷五《天都社诗》。

② 潘之恒：《黄海·纪游》卷五《天都社诗》。

③ 潘之恒：《天都社记》。

> 乃就东郭宰白榆社，属余长之。其地错部娄而属斗山，盖聚星之义也。①

司理即时任徽州通判的龙膺。由此可知，白榆社成立于“计吏入朝，司理兼摄郡县事”之时，由龙膺发起的，尊汪道昆为社长，最初入社的六人为汪道昆、龙膺、郭第、汪道贯、汪道会和潘之恒。龙膺还专门“构白榆社，据北斗城”，②使结社活动有了较为固定的场所。周弘禴《白榆社草序》说：

> 郭次父住焦山，而素习左司马汪伯玉先生，更与其二仲善也，故往来于新安，而酷爱斗山之胜。乃就大司马谋结社，社曰白榆，左司马实三兹社，而余楚人龙司理君善宰之，入社者则潘景升并仲淹、仲嘉也。无何，君善复走书招四方之能诗者，以共重白榆，嗣至则有仪部屠长卿、太史李本宁、司李徐茂吴、陈立甫、吕玉绳、明府佘宗汉、丁元甫、章元礼，朱王孙贞吉，俞山人公临焉。③

除了“走书招四方之能诗者”外，过境的名家也是白榆社网罗的对象，“诸宾客来自四方，择可者延之入”，④如周天球、吴稼竳、胡应麟、张一桂至徽州时，都被汪道昆延入白榆社。白榆社的活动，主要为分韵赋诗、征歌度曲和游宴赏景，汪道昆《太函集》有很多诗篇是白榆社社集时的唱酬之作，从中可以窥见当时的一些情景。

（二）文社

明代徽州文风昌盛，以科举功名为主要目的的文社很多，对此已有学

① 汪道昆：《太函集》卷七五。

② 汪道昆：《送龙相君考绩序》，《太函集》卷七。

③ 转引自黄仁生：《日本现藏稀见元明文集考证与提要》，岳麓书社 2004 年版，第 286 页。

④ 汪道昆：《送龙相君考绩序》。

者作过探讨。[1] 但明代徽州有一些文社内部的文学活动比较频繁，亦可列入文学类的文人结社加以考察。汪道昆《丰干社记》云：

往余家食，窃称诗䜣中。二仲雅从余游，独向往当世作者。则以吾兄㬅然蜕矣固当，䜣中吾党，犹奉功令，守诸生，必得近地为幸，遂盟七君子，为会丰干。七君子则孝廉陈仲鱼、文学方献成、方羽仲、方君在、方元素、谢少廉、程子虚。会吴虎臣将游江淮，愿以布衣来会。盟既成，虎臣行，适余起家，䜣中虚无人矣。诸君子讲业丰干之上，修故约如初。既余以归省入䜣中，诸君子介二仲以诗为贽，余受而卒业，盖洋洋乐之。今博士以经术系诸生，不啻三木，童而屈首，既白纷如，即佔毕不遑，何知六义？诸君子孳孳本业，徒以其余力称诗。才人人殊，要皆不漏于法。他日释业，九歌二雅，亦其优为，无论闾巷妇子，不佞乡人也，不亦愉快乎哉？

丰干社是汪道昆的两个弟弟为了提高制义水平以获许功名与"七君子"所结的带有讲学性质的文社，其大体有以下特点：其一，"孳孳本业，徒以其余力称诗"。丰干社的成员以"讲业"为主，以诗酒唱和为辅，劳逸结合，张弛有度，互相切磋，互相启发，以期实现既通经术，又善写诗。其二，丰干社"近地为幸"，其形成的基础是地缘关系，成员大都来自丰干周边，地域印记明显。谢陛《杂记》所载的一件事很好地诠释了这一点：

余昔与诸同调结社丰干，则岩镇有四人：方策献成、方简君在，俱在下街；而方宇羽仲、方用彬元素，俱在上街后路先生巷，一名井里，然不欲称也。一日，二仲、子虚同余集羽仲、元素所，则有元素从兄某善谑而憨，乃取李诗一句改后三字而曰"三山半落先生巷"，盖指二仲

[1] 如葛庆华：《徽州文会初探》，《江淮论坛》1997 年第 4 期；卞利：《明清时期徽州的会社初探》，《安徽大学学报》(哲学社会科学版)2001 年第 6 期。

松明山、子虚托山、余黄山也。子虚响答曰“一洞中分后路街”。某亦冰矜不报。①

受汪道昆影响的另一个重要文社为颍上社。汪道昆《颍上社记》说：

六君子者社颍上，则抵太函氏，愿定久要之言。太函氏曰：“嘻，吾观于社而知乐群矣。……丰干故有社，社者无虑十余曹。聚散无常，其盟寒矣，其社屋矣。颍上之社宜不其然，其取数也简，其取益也忠，得朋故也。”

颍上社“取数也简，其取益也忠”，成员只有六人，或为同胞兄弟，或有姻戚之谊，联系极为方便。李维桢《颍上社草后语》云：

颍上社之为举子业也，不为举子业也，其所取材则老庄左马四家为多，要以谈理中于窾实，较世儒奚啻胜之。假令举子业皆若是，又何病焉？故法得理而胜，未闻理足而离法者也，执法而文尤不具，未闻废法而能文者也。四家之言具在理与法，皆沿六经，至谓六经无法，不亦悖哉！②

颍上社“为举子业也，不为举子业也”，所讨论和切磋的范围不限于制义，成员之间也不再“称诗”，与丰干社有很大不同。

天启、崇祯时，歙县文社林立，江天一与乡人结古在社、同言社、选社、行社等文社。江天一《六水集序》云：

士则修其身，读书穷义，由家及国，考古今治乱兴亡得失之机，察

① 谢陛：《歙志》卷三〇，明万历刻本。

② 李维桢：《大泌山房集》卷一三三。

> 天理人情经权常变之数，上思以安社稷，下思以抚人民，在一日则思尽一日之人，在天下则天下恃有其人，非仅如富贵无忘缓急相庇之志，又恐一人不足以济，故合同此志也而盟之。……嗟乎！吾父母兄弟之文彰彰如是，或渊古宏博，或正大光明，或敦厚醇谨，或孤清自好，文未有不如其人者，则吾桑梓之盟断无有蹈前弊者矣。无其弊而言之，窃相与劝勉焉耳。①

由此可知，明代后期社会风气发生了很大变化，文社弊端丛生。江天一等人所结文社，展现的已非诗酒风流，特别强调的是“读书穷义”以及社团成员之间的互相劝勉，具有强烈的政治和道德色彩。

（三）禅社

明代后期，徽州结社谈禅的现象时有发生。作为文人生活情趣的重要组成部分，结社谈禅对明代一些徽州人的思想和创作产生了很大影响。当时比较著名的有肇林社、普门社和天都后社。

肇林社初创于隆庆四年夏，汪道昆《肇林社记》云：

> 余始事佛，延胤公主肇林。胤公兄事珂公，同受天池衣钵。余因胤公绍介，逆珂公。其徒正观、明宗、德钦从珂公至，胤公亦召其徒文静、文彻、文言、文浚与俱来，至郡中则自如、德昂郊劳如礼。会祖意自唐昌至，凡十有二人，分帝而居，诸法众皆供役。余在告，屏褉中，珂公不得余俱，相期结夏以待。既就席，日讲《楞严经》，于是洪吉、明理以下百余曹以听法至，真海、觉忭以下十余曹以修供至，缙绅学士至者，则方定之、詹东图、陈仲鱼、方献成、方君在、方羽仲、郑夷吾、程子虚、吴无怀、吴延秋、吾弟仲淹、仲嘉，山人王仲房、吴仲足。②

① 江天一：《江止庵集》卷一。
② 汪道昆：《太函集》卷七五。

肇林社初次讲经时，参加者就达一百三十多人，其中缙绅学士就有十二人，其影响之大，可见一斑。肇林社的活动似乎时断时续，万历十二年，肇林作无遮大会，汪道昆主盟，“三冬咸宿招提，蜡日始罢”，“诲公与大比丘四十八人俱”。①

普门社的主旨是弘扬佛法，讲习佛经，为法藏开士提议，潘之恒倡导。其社约共五款：

1. 入社者各授此册，每日三时，诵普门品一遍，或三遍、七遍，并诵佛号一百八遍，无定数。

2. 五台旧例，入例奉行，不敢增损，但增到会例一款。愿附社中者，量出资若干，随一两至五两，皆得列名社中，如不愿者不强，亦不得列空名，以防滥进。

3. 用无门洞例，五流同源，令各从其类以相安，俾无讥议，实会而通之，初无分别心也，众宜谅之。

4. 普门社建立养老、延寿二堂，如五台山例，入社出资，书名五缘中，权付主天都社者料理，俟二堂已完，得人主持，即交与之。

5. 天都社即普门外护，除二堂人，不以烦累，惟从五缘至者，俱合作供。②

在潘之恒所制定的社约中，值得特别注意的是在五台旧例之外增加的“到会例一款”，其为普门社的持续运行提供了经济上的保障。

天都后社与普门社关系密切，潘之恒《天都社记》记述了结社缘起：

在昔嘉靖壬寅，王山人仲房主盟，而陈、郑、程、汪、江、方诸贤踵至，为一时盛事，其篇什具在，吾为梓传之。越六十九年，而复修盟，日皆亘九，固非偶然者。先是，普门禅师自五台来，一见黄山而不忍去，将以是为菩提场，而鲍仪部山甫、于比部中甫，实倡之。其明年，

① 参看徐朔方：《汪道昆年谱》，《徐朔方集》第四卷，浙江古籍出版社 1993 年版。

② 潘之恒：《普门社缘起》。

同志二三，友人鲍元则、郑无著、丁自宜、虞采兄弟，过余有芑堂，遄定此社。……潘之恒曰：诗与禅之不能合也，禅不必通诗，诗不必悟禅，两者皆障。夫佛假偈颂申言，诗空色相，而后可超乘也。惠休、寒山，词林所宗；长庆、禅喜，桑门互证。今之入社者，黄仪部贞父、洪奉常平叔、吴学宪无奇，与鲍、于二公，皆慧业文人，潜心止观，禁酒无攒眉，而挥尘多逸韵。圆教方兴，光明弥市，斯社也，虽终古勿替可也。万历庚戌九日。

普门禅师万历乙未就已至黄山，天都后社至万历庚戌才正式成立，可知结社酝酿的时间比较长。天都后社的社约共有八款：

1. 是社以禅诵念佛，称净业为常规；以诗画作文，称慧业为游息。非是二者，不敢延入。

2. 主会各出银二十两入社，建屋买田。每年推一人在社，递主其事，请代乃得出山。

3. 与会僧俗，各出银五两至十两止。至社如归，即久住，不费资粮。社外事，不得与闻支销。

4. 游僧游客，如上二流者，至则受供。

5. 入社须主者会众延请，择其贤否，然后书名，毋得滥及。

6. 老僧、病僧、老病居士无依者，俱送普门院二堂收养，此社不侵其事，令遵普门例行。

7. 结社原为静修，若会中子弟讲业延师，似亦别选胜地，不得假此为馆。其端一开，久则社废，豫戒之。

8. 莲花庵地，鲍元则买建。西连云涛庵，东至祥符寺界，并云涛庵地；南至云门峰脚，丁自宜买建。俱入法海禅院，为下庵。其地鲍、丁二家喜施，永远归法海道场，不许居停自私，妄生分别。如僧俗人利己背公者，共摈之。

这份社约，对结社宗旨、主会方式、经费来源和使用、入社要求、注意事项、处罚措施等都作了具体规定。由于资料的限制，我们不知道天都后社社集时的创作情况，但其活动似乎一直持续到明清鼎革之际。①

三、明代徽州文人结社的价值和意义

明代徽州文人结社在文学和文化上的价值和意义，大体表现在以下三个方面：

首先，丰富了徽州文人的精神文化生活，增进了他们之间的交流。

就诗社而言，无论是像率滨吟社这样单纯做诗以陶写性情的诗社，还是像天都社这样兼山川游乐的诗社，或者是像十逸社这样"月轮一会，诗酒怡性"的怡老诗社，成员雅集时，或命题，或限韵，或联句，相互切磋，促进了诗人与诗人之间的广泛交流。就文社而言，以文会友，以友辅仁，有利于活跃思想，开阔胸襟，汪道昆《颍上社记》对此有较为详细的阐述：

> 夫既聚之社矣，余安得而訾之。要其本之以经明行修，益之以博学好古，亦既不遗余力矣。……尽马之力而不以善息，必败。百发百中而不以善息，必弃前功。学亦宜然，可以触类。时而藏修，学也，盖良工也；时而游息，亦学也，则天工也。夫人之学，犹天之生，作而长，生也，以生生也；敛而藏，亦生也，以不生生也。生生者，其动直；不生生者，其静专。故卜氏之居肆，宁若颜氏之坐忘。与其为尸居，宁若县解。当世二三良史，类皆终岁优游，时至一鸣，褎然举首，此其收效较著者也。夫以经明业修，博学好古之士，徒搰搰然挟策而读，腐毫而思，失得格于其心，天机窒矣，此则老生曲士之为也。②

由此看来，像颍上社这样的徽州文社具有如下意义：其一，虽说"业竽工竽，业瑟工瑟"，举子业是读书人最重要的事情，应当"经明行修"，但是，

① 参看闵麟嗣：《黄山志定本》卷二《人物志》"鲍正元"条。

② 汪道昆：《太函集》卷七五。

“尽马之力而不以善息，必败。百发百中而不以善息，必弃前功”，读书应该张弛有度，劳逸结合。几个情投意合的人在一起组成读书群体，“时而藏修，时而游息”，可以丰富准备应试者的精神生活，开阔他们的视野，有利于取得科举成功。其二，“徒揹揹然挟策而读，腐毫而思，失得格于其心”，可能会使人“天机窒矣”，结成文社后，成员之间同业相励，同美相成，有利于养成灵活的思维习惯。至于禅社在丰富精神文化生活、促进交流方面的意义，已有学者作过论述，此不再赘述。①

其次，推动了徽州民间文学活动的兴起，促进了文学创作的繁荣。

在明代徽州的文学性社团中，诗社占了多数。诗社既是诗歌繁荣的产物，又有力地推动诗歌创作的繁荣。吴子玉《吴长公紫芝社诗序》云：

> 夫诗家之心，畅于有合，殢于无与，六情溢于中，百物荡于外，莫非缘合而动。……诗为乐心，乐由声合，非若经术尔雅之业可以孤学而独诣也。郡国之诗，盛于嘉、隆间，由长公相率为诗社，或腾英汉川，或掇秀星石，郡人目为衣裳之会，信矣。蜡屐山眺，帛舫水熙。喜以宣豫，悲以舒寂。雄以鼓懦，恬以寒违。泻奕劳结，觊动精采。芳芬气泽，衣披一时。郡国之所雍容一归于唐雅，实有赖于长公等之为诗社。以光熙其前绪乎，而非徒侈外好者之为会比也。②

由此可见，诗社在徽州诗歌发展中具有根基性的作用，它对徽州诗歌创作的价值至少体现在以下三个层面：首先，提供了诗歌创作的契机。诗家之心“莫非缘合而动”，而结社正好创造了特定的“缘”，为文人赓韵赋诗提供了绝妙的机会和良好的氛围。其次，建立了诗歌创作的阵地。无论是一时雅集的诗社，还是定期聚会的诗社，每次社集的主要活动都是写诗：“喜以宣豫，悲以舒寂。雄以鼓懦，恬以寒违。”同时，诗社成员之间酬答之风

① 可参阅何宗美：《明末清初文人结社研究》；黄卓越：《佛教与晚明文学思潮》，东方出版社 1997 年版。

② 吴子玉：《吴长公紫芝社诗序》。

盛行，现存明代徽州的很多诗作都是诗社活动的产物。再次，提供了相互交流的平台。明代徽州的刻书业非常发达，文人社集所作诗歌，往往汇集为社刻，或称“社草”、“社诗”、“社稿”等，社中有会编，社中成员有时也各自为编，为诗社成员从事创作活动提供了一个很好的平台，成为相互间交流的重要媒介。如《率滨吟社草》、《紫芝社诗》、《白榆社草》、《松萝社草》等均为诗社的创作汇编。总之，从徽州文人结社的活动中，我们能够了解到明代徽州文人的某种生存方式和文学创作生态，看到社会基层具体生动的文学景观。

再次，提高了徽州文人的知名度，促进了徽州地域文学与主流文学的融合。

夏允彝《岳起堂稿序》云：

> 唐、宋之时，文章之贵贱操之在上，其权在贤公卿；其起也以多延奖，其合也或贽文以献，挟笔舌权而随其后，殆有如战国纵横士之为者。至国朝而操之在下，其权在能自立；其起也以同声相引重，其成也以悬书示人而人莫之能非。故前之贵于时也以骤，而今之贵于时也必久而后行。①

正如郭英德所分析的那样，既然操文章贵贱之权在下，文人贵于自立，而且要“贵于时也必久而后行”，那么文人士子就不得不结社会盟，“以同声相引重”，张大羽翼，激扬名望。② 从明代徽州文学发展的实际看，稍微有些影响的文学家都曾主持或者参加结社活动，如程敏政、王寅、汪道昆、潘之恒、江天一等。汪道昆最为典型，他早年以功业自期，不暇于文学，在《丰干社记》中他曾遗憾地说：“不佞故不能诗，仅以经术进，五十将至，犹

---

① 夏允彝：《岳起堂稿序》，陈子龙《陈忠裕公全集》卷首，清嘉庆刻本。

② 参阅郭英德：《明代文人结社说略》，《北京师范大学学报》（哲学社会科学版）1992 年第 4 期。

然无所成名，此好竽之属也。”[①]但到了晚年，汪道昆在文坛上的影响越来越大，甚至被视为可与当时的文坛领袖李攀龙、王世贞相鼎立的人物。毕懋康《太函副墨序》说：“国朝文章家斌斌代起，若搴大将旗居然主坛坫者，则历下、弇山、太函其雄也。”[②]朱彝尊《静志居诗话》也指出：“闻晚年林居，乞诗文者填户，编号松牌，以次给发，享名之盛，几过于元美。”[③]汪道昆之所以产生这样大的影响，与丰干社、白榆社成员的推重与宣传息息相关。屠隆《方建元传》对此有具体的描述：

> 时司马公执中原牛耳盟，海内修辞之士，蜂涌归命。其二弟仲淹、仲嘉，文采朗射，埙篪协律，而建元诸君并以雄俊佐之，雅道大畅。议者谓徘中何必减邺下，司马兄弟，如曹子桓东阿丽藻绝代，而建元诸君，如应刘陈徐辈，各把一麾，同登坛坫，盛矣盛矣！[④]

徽州文人知名度的提高，反过来进一步扩大了明代徽州文人社团的影响，促进了徽州地域文学与主流文学的融合。从上文所描述的徽州文人社团发展的历程看，明代正德之前的徽州文人结社活动非常少，其与当时的主流文学几乎没有什么关联，影响极为有限。嘉靖、隆庆时的徽州文人结社活动活跃起来，影响有所扩大，与主流文学的联系也逐渐增强，如天都社的程诰和王寅早年都非常钦慕当时的文坛领袖李梦阳，程诰甚至“及门受业”。[⑤] 郑玄抚《社集天都峰下》说：

---

① 汪道昆：《太函集》卷七二。

② 汪道昆：《太函副墨》卷首，明崇祯刻本。

③ 朱彝尊：《静志居诗话》卷一三，清嘉庆二十四年扶荔山房刻本，《续修四库全书》集部第1698册。

④ 方建元：《方建元集》卷首，《四库全书存目丛书》集部第146册。

⑤ 王寅辑：《新都秀运集》卷一《程诰》。参阅韩结根：《明代徽州文学研究》，第158页。

我生之辰何落落，伤哉王风久不作。当时争说李何贤，而今亦已成寥廓。此道久衰难竟陈，邀朋乃作天都行。一时冠盖摇山岳，由来胜地产豪英。予愧当年薄劣者，相从共结芝兰社。上窥六府探幽玄，下超八代追风雅。狂来一倒白玉觥，飘然两翼凌风生。漫书数字大如斗，高挂霞州十二城。①

可见在嘉靖壬寅(1542)九月九日天都社社集时，以李梦阳为代表的复古思潮已处于低潮，程诰、王寅、陈有守、郑玄抚等结社天都，有接续和发扬复古之意。换言之，天都社受李梦阳的影响很大，在李梦阳、何景明主导的文学复古运动“已成寥廓”之际，仍然坚持李、何的传统。因此，天都社实可看作以李梦阳为代表的复古思潮在徽州的余波回澜。但天都社的成员均为徽州本地人，其影响也基本限制在徽州本土。万历十一年汪道昆主导成立的白榆社，参与者的地域范围则宽广得多，不仅“诸宾客来自四方，择可者延之入”，②龙膺和汪道昆还主动邀请当时的文坛名流入社。白榆社与当时以文坛领袖王世贞为首的后七子阵营联系紧密，汪道昆本人自不必说，汪道贯和汪道会与王世贞也有私交，尤其是汪道贯，还曾得到世贞亲自指点，先后加入白榆社的李维桢、屠隆、胡应麟等原本为后七子阵营中的人员，名登王世贞所列的“末五子”。③ 郑利华指出：“有理由认为，具有明显学古性质的白榆社的创建，在某种意义上当归为七子派复古风尚在徽州地区的传导影响所致，也是该地区基于自身相对开放的文化境域，感受与亲和在此际起着主导性影响的诸子复古活动的具体表现。”④白榆社的成立，有力地推动了徽州地域文学与主流文学的联系，周

① 潘之恒：《黄海·纪游》卷五《天都社诗》。

② 汪道昆：《送龙相君考绩序》。

③ 参看耿传友：《汪道昆与明代隆庆、万历间的诗坛》，《中国文化研究》2006年冬之卷。

④ 参看郑丽华：《汪道昆与嘉、万时期文坛的复古运动——以汪道昆与七子派关系考察为中心》，《求是学刊》2008年第2期。

弘褕《白榆社草序》说：

> 夫诸君者博雅名儒，即专制一方，尚足以称雄。翊左提右挈，并力同声，则稷下之谈、邺中之会不足侈也。以故天下骚客词人，咸跂望白榆之社。往者徐茂吴与余言之栝州，而余亦脉脉焉心动矣。①

像周弘褕这样"脉脉焉心动"的文学之士一定不少，钱谦益《列朝诗集小传》指出："海内之山人词客望走噉名者，不东之娄东，则西之锶中。"②"锶中"即为汪道昆在徽州的所居之地。徽州竟成为当时中国两个文学活动的中心之一，这在徽州的历史上是一个特异的存在，充分显现出徽州地域文学与主流文学的深度融合。

徽州能够从元末明初时文学上的落后地区，发展成为明万历时文学上的先进地区，文人社团无疑起了巨大的作用。这既显现了明代徽州文人结社的活力和价值，也揭示了徽州地域文学社团与主流文学的互动，也正是在与主流文学的互动中，徽州文学和文化的影响力得以逐渐扩大。

［原载《安徽大学学报》(哲学社会科学版)2012 年第 3 期］

① 转引自黄仁生：《日本现藏稀见元明文集考证与提要》，岳麓书社 2004 年版，第 286 页。

② 钱谦益：《列朝诗集小传》下册，上海古籍出版社 1983 年版。

汪道昆与明代隆庆、万历间的诗坛

提起明代隆庆、万历间的诗坛，对这一段文学史稍有了解的人都会想起王世贞，作为后七子的领袖，王世贞已得到现在研究者的注意和重视。而在当时与王世贞并称“两司马”的汪道昆，似乎已经丧失了往昔的光辉，能引起现在研究者所注意的，主要是他的《大雅堂杂剧》和《水浒传序》(署名天都外巨)，再不就是《太函集》的史料价值——其中有大量的有关徽商的资料。换言之，人们已经淡忘了汪道昆在当时诗坛上的影响。实际上，汪道昆在当时诗坛上是一个非常活跃的人物，影响甚大。他主持了白榆社、南屏社等重要的诗坛群体活动，他的创作，也得到了当时诗坛的充分认可，影响甚至波及朝鲜。[①] 本文侧重考察汪道昆在诗坛上的群体活动，这不仅有助于认识明代隆庆、万历间诗坛的基本情况，而且对全面、深入理解这一阶段诗风的演变也不无裨益。

---

① 谈迁《朝鲜慕王元美汪伯玉》：朝鲜史吏曹参判尹根寿子固，同子进士昭至京，云：“小邦极慕王元美、汪伯玉集，即童子皆能授读。”随有诗怀两先生云：“大海雄文回紫澜，齐盟狎主有新安。平生空抱投鞭愿，怅望南云不可攀。”(《枣林杂俎·丛赘》)转引自陈智超《明代徽州方氏亲友手札七百通考释》(一)，安徽大学出版社2001年版，第32页。本文对丰干社成员的介绍，有一部分取自陈先生《考释》一书，或从中获得线索，特此致谢，不再一一注明。

一、从丰干社到白榆社

汪道昆(1525—1593),一名守昆,初字玉卿,后改字伯玉,号南明、南溟、高阳生,又署太函氏、泰茅氏、天游子、方外司马、天都外臣等。歙县千秋里人。嘉靖二十六年进士,与张居正、王世贞为同年。历任义乌知县、南京工部主事、户部主事、兵部员外郎、襄阳知府、福建按察使、福建巡抚等职,嘉靖四十五年罢归。隆庆四年以原职抚治郧阳,之后,历任湖广巡抚、兵部右侍郎、兵部左侍郎等,万历三年致仕。其后家居,直到离世。①

隆庆四年成立的丰干社,是汪道昆作为诗坛群体性活动组织者的首次亮相。汪道昆《丰干社记》说:

> 往余家食,窃称诗裓中。二仲雅从余游,独向往当世作者,则以吾兄嶓然蜕矣固当。裓中吾党,犹奉功令,守诸生,必得近地为幸,遂盟七君子,为会丰干。七君子则孝廉陈仲鱼,文学方献成、方羽仲、方君在、方元素、谢少廉、程子虚。会吴虎臣将游江淮,愿以布衣来会。盟既合,虎臣行,适余起家,裓中虚无人矣。诸君子讲业丰干之上,修故业如初。②

由此可知,除汪道昆外,参加丰干社的最初有十人,基本情况如下:

汪道贯(1543—1591),字仲淹,歙县千秋里人。汪道昆弟。狂放好客,交游颇广,据汪道昆《仲弟仲淹状》,③有以恩义交者三人,以道义交者

① 参看徐朔方:《汪道昆年谱》,《徐朔方集》第四卷,浙江古籍出版社1993年版。

② 汪道昆:《太函集》卷七二,《四库全书存目丛书》本。本文所引汪道昆诗文,如不特别注明,皆据此本。

③ 《太函集》卷四四。

七人，以文艺交者二十九人，以意气交者八人，以忘年交者九人，以忘势交者五人，以里社交者十二人，以布衣交者十九人，以方外交者十一人，其中多为当时的社会名流。

汪道会（1544—1613），字仲嘉，歙县千秋里人。汪道昆从弟，与汪道贯并称"二仲"。汪道会十四岁善诗，不久为邑诸生，后入国学，五试不第，罢举子业。在汪道昆家居时，"四方人翼幸司马评目以就声价，殆无虚日，二仲递为主客，与司马等。惮仲淹之严而亲仲嘉之和"。①

陈筌（1535—1576），字仲鱼，休宁文昌坊人。曾从汪道昆受古文辞。隆庆四年举人。

方策，字献成，歙县岩镇人。郡庠生。

方简（1542—1584），字君在，歙县岩镇人。邑庠生。

方宇（1546—1610），亦名尚宇，字羽仲，歙县岩镇人。郡庠生。

方用彬（1542—1608），字元素，号黟江，歙县岩镇人。国学生。

谢陛（1547—1615），字少廉，歙县开皇里人。他文史兼才，是万历《歙志》的主要撰修者。

程本中（1547—1584），字子虚，歙县托山人。早慧，入南太学，屡试不售，遂放纵声色。

吴守淮，字虎臣，歙县溪南人。守淮天资绝异，但屡试不售，遂携豪资游四方，交游甚广。

当时的制墨名家方于鲁（1541—1608）也加入了丰干社。屠隆《方建元传》说：

> 方于鲁，字建元，新都人。初名大激，字于鲁，后以于鲁墨铭闻于上，遂更于鲁以为名，字建元。父时通公贾江陵，建元江陵产。……汪伯玉司马招入丰干社。尝以端午日集同社泛舟丰水之上，时天雨，溪流暴涨，舟行如驶，击楫鸣榔，吹箫伐鼓。乐甚，发为诗歌，总得若

① 李维桢：《汪仲淹家传》，《大泌山房集》卷七一，《四库全书存目丛书》本。

干首，命曰《泛舟诗》。咸春容沉古，洵有晋永和诸贤风流。时司马公执中原牛耳盟，海内修辞之士，蜂涌归命。其二弟仲淹、仲嘉，文采朗射，埙篪协律，而建元诸君并以雄俊佐之，雅道大畅。议者谓徙中何必减邺下，司马兄弟，如曹子桓东阿丽藻绝代，而建元诸君，如应刘陈徐辈，各把一麾，同登坛坫，盛矣盛矣！①

从上述我们对丰干社成员简略的介绍可以看出，丰干社是一个地域性很强的诗社，而除汪道昆外，丰干社成员的文学成就与知名度都不高，把以"三汪"为中心的丰干社和以"三曹"为中心的建安文学集团相提并论，或许有些夸张。但丰干社的成立，确实开创了徽州诗歌活动的兴盛局面。

与丰干社相比，汪道昆与龙膺共同发起成立的白榆社影响要大得多。白榆社成立的时间，现在研究者一般认为是万历八年(1580)，此或可进一步商榷。汪道昆《游黄山记》说：

所部倚办司理，比岁周行列郡中。会计吏入朝，司理兼摄郡县事。日多暇，则就余称诗，且进余二仲及潘生。会郭山人次甫见客，乃就东郭宰白榆社，属余长之。其地错部娄而属斗山，盖聚星之义也。毕计得代。司理将溯秋浦，历姑孰而抵吴门。余谓由黄山径青阳，去秋浦差近，即罙阻，宁令车辙避名山？司理以为然，请受方向，其驾中权，奉长者宰，请举社以从。适闽二客与俱，召善琴者许太初，载之后乘。②

从汪道昆的叙述可以看出，白榆社酝酿于"计吏入朝，司理兼摄郡县事"之时，到汪道昆准备游黄山时已正式创立，否则就不会说出"请举社以从"这

① 《方建元集》卷首，《四库全书存目丛书》本。
② 汪道昆：《太函集》卷七五。

样的话。《太函副墨集》卷末附《汪南明先生年谱》以"率白榆社游黄山，善琴者许太初与俱，有记"系万历十年，而徐朔方先生认为应把《游黄山记》系于万历十一年。[①] 徐先生是对的。文中提到的司理为龙膺，他于万历八年至十四年任徽州府推官。龙膺在徽州两逢上计之年，一在万历十一年，一在万历十四年。龙膺在万历十四年二月赴杭，四月至太仓，后又避暑京口，他不可能在此期间"兼摄郡县事"，也不可能在暑中又有黄山之行。因此，汪道昆与龙膺等人同游黄山的时间当在万历十一年夏。上计的官员例于前一年冬启程，那么，白榆社创立的时间应在万历十年冬至万历十一年夏之间。从汪道昆《太函集》的诗文看，万历十年冬没有社聚的任何线索，而卷一一六有《龙司理君御过余楼居，题名拄笏，坐上得松字》、《兼得疏字》，中有诗句"兰台早岁擅雕龙，草阁余春到暮钟"、"何缘穷巷命巾车，不尽春荫在绮疏"，这两首诗显然作于春天，接下来有诗《四月七日郭次甫、佘宗汉、任山甫、余无且、潘景升同舍弟仲淹集少楼，分韵坐炎字》、《司理公过余太冲馆访佘宗汉，时郭次甫、潘景升在焉，分赋得南字》，《太函集》的诗歌大致是按时间先后顺序排列的，根据前后诗篇的时间线索，这四首诗的写作时间均应在万历十一年。把诗与文结合推断，白榆社创立的时间应在万历十一年春或初夏。

白榆社是一个开放的诗社，"诸宾客来自四方，择可者延之入"，[②]不断有新的成员加入。除了《游黄山记》中提到的最初参加者汪道昆、龙膺、郭第、汪道贯、汪道会和潘之恒六人外，陆续加入白榆社的有佘翔、丁应泰、陈汝璧、李维桢、朱多炡、沈明臣、章嘉祯、周天球、徐桂、屠隆、俞安期、吕胤昌、吴稼竳、胡应麟、张一桂等。汪道昆、汪道贯、汪道会的情况前已作了介绍，兹将白榆社其他成员的有关资料表之如下：

① 徐朔方：《汪道昆年谱》，第69页。

② 汪道昆：《送龙相君考绩序》，《太函集》卷七。

名、字	生卒年	籍贯	仕履	入社时间	文献依据	备注
龙膺 字君善	1560 — 1622	武陵	万历八年进士，历任徽州府推官、温州府学教授、国子博士、南太常寺卿等	万历十一年	《送龙相君考绩序》(《太函集》卷七)、《游黄山记》(《太函集》卷七五)	社宰
郭第 字次甫		长洲	隐于焦山	同上	同上	
潘之恒 字景升	1556 — 1622	同上	诸生	同上	同上	
佘翔 字宗汉		莆田	嘉靖三十七年举人，官全椒县知县，与巡按御史抵牾，投劾弃官	同上	《游黄山记》(《太函集》卷七五)、《白榆社送佘宗汉还闽末章即事》(《太函集》卷一一七)	
陈汝璧 字立甫		沔阳	万历十一年进士，授绍兴府推官，万历十七年任礼部主事	万历十一年左右	周弘禴《白榆社草序》；①《陈进士立甫过千秋里同集啸园得书字》(《太函集》卷一一六)	
丁应泰 字元甫		江夏	万历十一年进士，授休宁知县，任职六年，升给事中	万历十二年	《送龙相君考绩序》(《太函集》卷七)	
李维桢 字本宁	1547 — 1626	京山	隆庆二年进士，选翰林庶吉士，除编修，进修撰，出为陕西参议。浮沉外僚，几三十年。稍迁南太常，拜南京礼部侍郎，升尚书	万历十二年	《送龙相君考绩序》(《太函集》卷七)、《招李太史、来少仙入社》(《太函集》卷一一二)	末五子

① 参见黄仁生：《日本现藏稀见元明文集考证与提要》，岳麓书社 2004 年版，第 286 页。

续表

名、字	生卒年	籍贯	仕履	入社时间	文献依据	备注
朱多炡字贞吉	1541—1589	南昌	宁献王之孙，封奉国将军	万历十二年	周弘禴《白榆社草序》;《招李太史、来少仙入社》(《太函集》卷一一二);钱谦益《列朝诗集小传》闰集《奉国将军多炡》	
沈明臣字嘉则	1518—1595	鄞县	曾入胡宗宪幕府	万历十三年	《立春前一日从郭次父、沈嘉则、方翁恬赴梅花阁之报，迟二仲不至，分得开字》(《太函集》卷一一六)	
章嘉祯字元礼		德清	万历八年进士，历任蒲圻知县、当涂知县、大理寺寺丞等	万历十三年左右	《招章元礼入白榆社》、《送章元礼归吴兴》(《太函集》卷一一七)	
周天球字公瑕	1514—1595	长洲	著名书法家	万历十三年左右	《招周公瑕入白榆社》、《送周丈还吴》(《太函集》卷一一七)	
屠隆字长卿	1543—1605	鄞县	万历五年进士，授颍上县令，量移青浦县令，迁礼部主事。在礼部期间，以放纵诗酒罢官	万历十三年	《喜屠长卿至》、《招长卿入社》(《太函集》卷一一七)	末五子
徐桂字茂吴		吴人，徙武林。	万历丁丑进士，除袁州府推官。恃才自放，坐计吏斥免	万历十三年	《秋闰招徐茂吴入社同宰公赋》(《太函集》卷一一七)	

续表

名、字	生卒年	籍贯	仕履	入社时间	文献依据	备注
俞策，字公临，后改名安期，并改字羡长。	1550—1627后	吴江人。徙阳羡		万历十四年左右	《白榆社虚无人，喜俞公临再至，以诗招之》（《太函集》卷一一八）	
吕胤昌字玉绳	1560—?	余姚	万历十一年进士，授宁国府推官，万历十七年升吏部主事	万历十六年左右	《宛陵吕相君历新都，招入社二首》、《寄同社吕主爵玉绳》（《太函集》卷一一八）	
吴稼竳字翁晋		孝丰	吴维岳之子。屡试不第，以荫除南光禄典簿，累迁云南通判	万历十七年左右	《函中喜翁晋至》、《招吴翁晋入白榆社》（《太函集》卷一一八）	
胡应麟字元瑞	1551—1602	兰溪	万历四年举人，数上公车不第	万历十九年	《喜胡元瑞至》、《招元瑞入白榆社》（《太函集》卷一一七）	末五子
张一桂字庭芳	1540—1592	祥符籍，歙县人	隆庆二年进士，南京国子监祭酒	万历十九年	《大司成张公至志喜》、《招张大司成入白榆社》（《太函集》卷一一九）	

从上面所列表格不难看出，与丰干社相比，白榆社参与者的地域范围宽广得多，文学成就、知名度也有了很大的提高。他们在同一地点，频繁的唱和，形成一种很强的声势，而随着他们唱和之作的传播，白榆社的影响逐渐扩大，吸引了很多人的注意。周弘禴《白榆社草序》说：

夫诸君者博雅名儒，即专制一方，尚足以称雄。矧左提右挈，并力同声，则稷下之谈、邺中之会不足侈也。以故天下骚客词人，咸跂望白榆之社。往者徐茂吴与余言之栝州，而余亦脉脉焉心动矣。①

周弘禴名登王世贞《四十咏》之列，他所说的“脉脉焉心动”正显示了白榆社的辐射力和感召力。

王世贞在《潘景升诗稿序》中说：“歙故未有诗，有之，则汪司马伯玉始。”②对于王世贞的这种说法，汪道昆得知后表现出应有的谦虚，他说：“不佞掩耳而走，何敢与闻。城阳仙也而诗，紫阳儒也而诗，何无诗也。”而接下来的说法非常耐人寻味：“藉令一当元美，远之必风雅，必江潭，必河梁，必邺下，必李，必杜，必开元，近之必济南，必北地……元美崛起，庶几乎千古一人。不佞一吷之未遑，其何以张吾郡？”③汪道昆很快把话题转向自己能否“一当元美”，谦虚中又包含几分为后人所诟病的自诩。不过，从主持丰干社到主持白榆社，汪道昆在诗坛的影响确实已不仅仅局限于徽州，他俨然成了与王世贞相并列的诗坛主盟，汪道昆所在地徽州也因此成为当时最重要的几个诗歌活动中心之一。

二、杭州西湖南屏之会

在汪道昆的时代，徽州是一个非常特殊的地方。一方面，这里文化积淀丰厚，号称“东南邹鲁”；另一方面，徽州商人迅速崛起，形成了影响全国的徽州商帮；而徽商又十分重视培养子弟读书，如上述的丰干社成员，几乎都是徽商子弟。所以，当时徽州文化比较发达。但是，就区域位置而

① 转引自黄仁生：《日本现藏稀见元明文集考证与提要》，第286页。

② 《弇州山人续稿》卷五十一，《四库全书》本。徐朔方先生《王世贞年谱》把《潘景升诗稿序》系于万历十八年，这一系年有误，应为万历十三年。日本尊经阁文库藏潘之恒撰《鸾啸集十八卷》，卷首有《潘景升诗稿序》，署“万历乙酉季夏弇山人王世贞撰”，知此序撰于万历十三年(1585)。《潘景升诗稿序》在王世贞问潘之恒“子年今何许”时，潘之恒回答“三十矣”，据汪效倚《潘之恒年表》，潘之恒生于嘉靖丙辰，至万历乙酉刚好三十岁，与序中的内容相合。

③ 汪道昆：《汪禹乂集序》，《太函集》卷二十三。

言，徽州毕竟还无法与苏州、杭州、南京等相比，汪道昆若要想在诗坛上发挥更大的影响，必须走出徽州。汪道昆恰巧获得了这样的机会。在万历十一年和十四年，汪道昆两次参加了杭州西湖之会，他在诗坛上的领袖地位也由此得以确立。

万历十一年的西湖之会，是由汪道昆的好友戚继光主持的，据汪道昆后来回忆，“四方之隽不期而集者十九人”，“于时分韵赋诗，半以酒废。旦日星散，诗不成者十二三。主者愿载图志如兰亭，余谢未暇”。[①] 参加诗会的十九人具体为谁我们不得而知，看来诗会不是很成功。万历十四年的西湖之会则成功得多，尽管冯开之（梦桢）、王季儒两位太史因“有事苕霅”未能与会。汪道昆《南屏社记》说：

> 自四明至者则屠长卿、汪长文、杨伯翼，自吴门至者则曹子念、毛豹孙，自华亭至者则曹叔重、陆君策，皆从长卿；自京口至者则邬汝翼、茅平仲，皆从司马；自天台至者则蔡立夫；自金陵至者则李季常。乃若潘景升则前驱，徐茂吴、李含之、杨思锐、俞叔懋暨不佞明卿则东道主也。

上面的名单是卓澂甫在南屏净慈之会前几天列出的，而实际与会的人数更多，如汪道贯、汪道会、汪无择、王穉登、宋邦承、华仲亨等也参加了南屏社。这次诗会的首倡者为汪道昆，而屠隆、汪道贯、汪道会、潘景升、徐桂等又都是白榆社的成员，因此，南屏社实可看作是白榆社的扩大聚会。《卓光禄集》记载了这次诗社活动的相关作品，我们选录几首：[②]

> 徒倚苍山万象中，开筵西阁野云通。坐来清梵诸天近，望入微尘法界空。海内词人倾落日，尊前舞褎唱回风。千秋骚坛堪谁主，司马

① 汪道昆：《南屏社记》，《太函集》卷七十六。
② 卓澂甫：《卓光禄集》卷二，《四库全书存目丛书》本。

登坛属上公。

——卓明卿南屏社得风字

海国凉风至，空楼霁色虚。峰云近暮落，湖气入秋疏。白社逢高会，青天蹑化祛。一挥停日御，片语挟飙车。大老今司马，群才古石渠。……

——四明杨承鲲五言排律得知字

南屏结社集群英，司马文章大主盟。藻思□如千嶂碧，才情秀比两湖清，当筵赋就高秋色，入夜觞浮弄月明。一自兰亭修禊后，王孙此会复峥嵘。

——华亭华仲亨七言律得清字

不难看出，他们表现了自觉地对汪道昆的尊崇意识与服膺意识。也许汪道昆下面的描述更具体地说明这一点：

宾主皆野服，皆篮舆，乘蹬而跻西阁。毕至，则主人请布席，南向一，北向二，东西向皆雁行。余辟易曰："君其尸我乎哉，胡为乎庙飨。"乃更席，乃东西向，以齿为差。……余宣言曰："畴昔之会，酒为政，今兹之会，诗为政。分体而赋，各从其长。拈韵为筹，杂置杯底。"

南屏净慈之会聚集了当时诗坛的许多名流，用汪道昆《南屏社记》中说法就是"东南之美具矣"，汪道昆正是这次社集的组织者和领导者，他的诗坛主盟的地位得到了充分的展现。王世贞虽没有与会，但应汪道昆之请也有唱和之作，他在《卓澂父光禄邀同汪司马及仲季诸社友，大会西湖南屏，选妓征声 分韵赋诗，伯玉以高字韵见寄，俾余同作，得二首》中说：

一时江左擅风骚，遂使湖山应接劳。花坞乱扶卿月上，筚门孤掩客星高。纵呼陶令愁难入，不学苏生醉始逃。若问弇园佳胜事，翛然坐对一方袍。

秋半南屏景更饶，六桥新水碧于醪。社中名胜推三雅（谓司马仲季也），湖上诗篇斗两高（谓南北二峰）。客重王孙骄自得，操成司马兴逾豪。非绿彦辅书生语，老去风流付尔曹。①

从诗意看，汪道昆诗坛主盟的地位，也得到了王世贞这位文坛领袖的认可。

从组织丰干社、白榆社，到主持南屏社，汪道昆在诗坛上的地位一步步提升，他与王世贞一起，成为当时诗坛上的领袖。朱彝尊《静志居诗话》曾这样描述汪道昆在当时的影响：

闻晚年林居，乞诗文者填户，编号松牌，以次给发，享名之盛，几过于元美。②

三、汪道昆与王世贞

汪道昆比王世贞年长一岁，但他在文坛上的声名却比王世贞至少迟得二十年，在汪道昆登上文坛时，正是王世贞“声华意气，笼盖海内”、“片言奖赏、声价骤起”之际，③他在文坛上知名度的提升与王世贞的提携不无关系。而因为如此，后来有人说王世贞晚年对汪道昆心怀嫉妒，后悔当初不该夸赞汪道昆。如钱谦益《列朝诗集小传》：

道昆，字伯玉，歙县人。嘉靖丁未进士，仕至兵部左侍郎。嘉靖末，历下、琅琊，掉鞅词苑，伯玉慕好之，亦刻镂为古文辞，而海内未有

① 《弇州山人续稿》卷十七，《四库全书》本。

② 朱彝尊：《静志居诗话》卷十三，清嘉庆二十四年扶荔山房刻本，《续修四库全书》集部第1698册。

③ 《明史》卷二百八十七《王世贞传》，百衲本，浙江古籍出版社1998年影印。

> 闻也。万历初，江陵为权相，其太公七十称寿，朝士争为颂美之词，元美、伯玉皆江陵同年进士，咸有文称寿，而伯玉之文独深当江陵意，以此得幸于江陵，元美乃迁就其词，著于《艺苑卮言》曰："文繁而有法者，于鳞；文简而有法者，伯玉。"伯玉之名从此起矣。厥后名位相当，声名相轧，海内之山人词客望走啖名者，不东之娄东，则西之谼中。又或以其官称之，曰两司马。昔之两司马以姓也，今以官，元美亦心厌之，而无以禁也。元美晚年，尝私语所亲："吾心知绩溪之功，为华亭所压，而不能白其枉，心薄新安之文，为江陵所胁，而不能正其讹，此生平两违心事也。"①

《明史·汪道昆传》的说法与钱谦益十分相似，只是文字更为简略而已：

> 汪道昆字伯玉，世贞同年进士。大学士张居正亦其同年生也，父七十寿，道昆文当其意，居正亟称之。世贞笔之《艺苑卮言》曰："文繁而有法者于鳞，文简而有法者伯玉。"道昆由是名大起。晚年官兵部左侍郎，世贞亦尝贰兵部，天下称两司马。世贞颇不乐，尝自悔奖道昆为违心之论云。②

这里给汪道昆画上了一个趋炎附势、因人成名的面孔。

汪道昆与张居正的关系非常复杂，因与论题关系不大，没有必要展开论述。但事实是，在汪道昆告假还乡之时也正是张居正权势显赫之际，汪道昆似乎并没有从张居正那里得到什么好处。正如徐朔方先生所说，这种说法无论对张居正还是对汪道昆都是有失公正的。③ 而说王世贞晚年悔奖汪道昆，则更是无稽之谈。为便于说明问题，我们不妨把二人晚年的

---

① 钱谦益：《列朝诗集小传》丁集《汪侍郎道昆》，第 441 页。

② 《明史》卷二百八十七《汪道昆传》。

③ 徐朔方：《汪道昆年谱》，第 6 页。

交流活动加以胪列①：

万历五年，汪道昆为王世贞《弇州山人四部稿》作序。

万历六年，王世贞寓祭汪道昆之母，作《祭汪司马母夫人》。

万历七年，汪道昆派道贯往太仓乞铭，王世贞作《汪淑人墓志铭》。

万历九年，汪道昆父卒，王世贞作《祭封少司马双塘汪公文》。

万历十年，王世贞作诗《汪仲淹兄见枉，致长公伯玉司马乞碑书有寄并赠》。

万历十一年，汪道昆偕汪道贯、汪道会造访王世贞，王世贞有诗《送伯玉同二仲、元瑞清洋，将低玉龙桥，望玉山作》、《再送伯玉至清洋口》等。

万历十二年，王世贞作《伯玉建精舍于肇林，犹子肇元百步外构室，署曰东林，赋而书之》、《寿左司马南明汪公六十叙》。

万历十三年，汪道昆作《沧州三会记》，戚继光奉而赠王世贞。

万历十四年，汪道昆与龙膺、汪道贯、汪道会、潘之恒等再度过访王世贞。汪道昆回忆这次相会时说："长公（王世贞）雅谓不佞，平生知我者三：始则于鳞，终则伯玉，方外则先师。相知贵相知心，故知己视感恩贤矣。"

万历十七年，汪道昆应王世贞之请为王世懋作墓碑。

万历十七年，王世贞以"违例考满"为御史所劾，汪道昆作诗《即事寄大司寇王长公》慰问，王世贞作答诗《事白后再上疏乞休，承伯玉司马以二诗慰问有感奉答二首》。

万历十八年，汪道昆为王世贞告归作诗四首，王世贞走笔倚答三首。

万历十八年，汪道昆致书王世贞，告以《太函集》将结集。

在王世贞去世前不久，还在为汪道昆的起用而努力。

万历十九年初春，胡应麟入白榆社，提到王世贞，二人"相视沾巾"；闰三月，汪道昆亲往太仓祭王世贞。

不需要再说什么，上述事例足以说明，王世贞与汪道昆二人的友谊始终未衰，套用徐朔方先生的话，王世贞晚年悔奖汪道昆的说法无论对王世

① 参看徐朔方：《王世贞年谱》、《汪道昆年谱》。

贞和汪道昆都是有失公正的。

而且，不仅王世贞对汪道昆有提携推毂之功，汪道昆对扩展以王世贞为中心的“后七子”派的文学影响也起了很大的作用。汪道昆在为《弇州山人四部稿》作的序中，以汉代司马相如、司马迁比拟李攀龙、王世贞，对王世贞盛加推许，并把李、王二人的风格作了比较：“大较于鳞之业专，专则精而独至；元美之才敏，敏则洽而旁通。济南奇绝，天际峨嵋，语孤高也；大海回澜，则元美自道，不亦洋洋乎大哉！”①在收到汪道昆写的序后，王世贞回信说：“执事文美矣，尽善矣，论笃矣，纵令天下后世尽废仆言，不能废执事叙也。”②这里虽有彼此互相吹捧之嫌，但考虑到王世贞在《艺苑卮言》中说过“大抵诗以专诣为境，以饶美为材，师匠宜高，捃拾宜博”，③汪道昆对王世贞的评价其实就是对“饶美”和“博”的展开，可谓搔到王世贞的痒处，让王世贞有“深得吾心”的知己之感。以汪道昆当时的声望，他对王世贞的评价可谓一言九鼎，在当时产生了很大的影响。如胡应麟就曾引用汪道昆的话作为对王世贞《弇州山人四部稿》的评价。④ 汪道昆回忆，王世贞曾对他说：“余何能当作者，或任耳而曹视之。夫夫为我张皇推毂无两，遂令鞬櫜之士左次而避中原，则伯玉之为也。”⑤这恐怕不能看作是王世贞言不由衷的表面文章。

四、 汪道昆诗坛声名的变化与诗风演变

与王世贞一样，汪道昆生前在诗坛上享有很高的声望，而在身后不久就遭到贬诋。钱谦益《列朝诗集小传》丁集《汪侍郎道昆》说：“（汪道昆）于诗本无所解，沿袭七子末流，妄为大言欺世。谒白岳诗落句云：‘圣主若论

① 汪道昆：《弇州山人四部稿序》，《太函集》卷二十二。

② 《弇州山人续稿》卷一百八十五《汪伯玉》，《四库全书》本。

③ 王世贞：《艺苑卮言》卷一。

④ 参看胡应麟：《诗薮续编》卷二。

⑤ 汪道昆：《祭王长公文》，《太函集》卷八十三。

封禅事，老臣才力胜相如’，几于病风狂易，而使人呕哕矣。”对此徐朔方先生作过辩驳，认为这样的观点“同复古主义一样陈腐”。[①] 其实，这并不是钱谦益的一家之言。在钱谦益之前，袁宏道曾说：“近日江南北谈诗者，什九出汪、王二公之门，其一虽不出二公门，然用意属词，居然在二公绳尺内。间有稍知趋向耻为模拟者，虽亦时时姗笑此辈，及下笔，未免为格套所缚，浮泛雷同，往往而是，杂毒之入人甚矣。”[②]在钱谦益之后，潘耒在为朱彝尊《曝书亭集》作序时也说“有华世之文，有传世之文”，并把汪道昆的文章当作“华世之文”的例证，说其“名誉虽高，卷帙虽富，未必可传”。[③]潘耒虽针对的是“文”，他对汪道昆诗的看法大概也是如此。汪道昆诗歌创作的实际情况到底如何呢？

首先，稍微梳理一下当时的诗坛，我们可以发现，这一阶段，汤显祖虽已登上文坛，并已引起汪道昆的注意，称其“以博恰奇诡特著”，[④]但其文学成就（包括诗歌）尚未被充分认可，影响有限；袁宏道在汪道昆去世时也只有二十六岁，在汪道昆主盟诗坛时，他自然谈不上有什么影响；徐渭的年龄虽然比汪道昆稍长，但他在诗坛上地位的真正确立，要等到袁宏道的发现，而这一时间离汪道昆去世已经好几年了；屠隆的诗歌创作成就或许不在汪道昆之下，但他本身就是白榆社的成员，而且对汪道昆深为服膺。换言之，在这一阶段，诗坛的主流是复古思潮，除了王世贞外，汪道昆确实是时人所认可的诗歌创作较有成就者。

其次，李维桢曾这样概括汪道昆的诗：“乐府、五言古，用《选》法也；他体，用少陵法也。”[⑤]事实正是如此，在《太函集》中，有许多作品是对杜甫的模拟，如《秋吟八首》明显模仿杜甫的《秋兴八首》，而《诸将五首》、《诸将

① 徐朔方：《汪道昆年谱》，第 7 页。

② 袁宏道：《涉江诗序》。此诗通行的袁宏道集漏收，转引自黄仁生《日本现藏稀见元明文集考证与提要》，第 290 页。

③ 潘耒：《曝书亭集序》，朱彝尊《曝书亭集》卷首，《四部丛刊》本。

④ 汪道昆：《周簌六》，《太函集》卷一〇五。

⑤ 李维桢：《太函集序》，《大泌山房集》卷七。

后五首》则清楚地显示与杜甫《诸将五首》的联系。光看诗题，让人感到颇为陈旧。当然，汪道昆在具体的写作中并非生搬硬套，很少像李攀龙那样把古人的作品略加点窜就据为己有，而是有所变化，融入自己真实的感受。如《秋吟八首》（其二、其三）：

一自单于款圣朝，不烦诸将问天骄。尚方号令扶黄钺，使者恩私珥黑貂。卫霍军声轻战伐，巢由生计逐渔樵。至今翰海无传箭，敢向阴山更射雕。

问寝铜龙孝理新，承恩金马许宁亲。蒹葭迎棹三秋下，橘柚当筵九月陈。宰树只今沾白露，女萝何以答苍旻。十年转忆当时事，七尺空存报国身。①

而《诸将后五首》（其五）云：

蓟门千古拓尧封，樽俎谁堪任折冲。申命专征劳帝简，亲持三节振军容。肯从左次迟朝食，已报先声断夕烽。倘许燕然重勒石，班生殊自未龙钟。②

我们之所以把这三首诗放在一起分析，一是因为它们在内容上有联系，二是把它们联系起来有助于我们更好地理解诗人的感情。汪道昆曾有一段辉煌的经历：在隆庆六年，他曾奉命阅视蓟辽保定边务，并在燕山勒铭。这对汪道昆来说，是一次施展才干与抱负的机会，汪道昆回忆说："于时大阅蓟门，十六万师毕至。营伍必整，旌旗火鼓必齐，约束必坚，号令赏罚必信。余课诸将校诸兵，躬入诸营，验诸械器，履诸关隘，登诸台垣，历诸亭

① 《太函集》卷一一七。

② 《太函集》卷一一七。

障，周览诸阛阓。”[①]字句当中可以想见当年的风采和意气。然而，不久为言官纠拾，于万历三年六月，请告归里。到写《秋吟八首》时，已家居整整十年。这时的汪道昆已萌发再起之念，“至今翰海无传箭，敢向阴山更射雕”、“十年转忆当时事，七尺空存报国身”、“倘许燕然重勒石，班生殊自为龙钟”等正切合他寻找机会、力图再起的独特心境，诗歌风格雄健清冷，用典恰当、技巧纯熟。可见，汪道昆在诗歌创作上并非一无所取，他能与王世贞一起成为当时诗坛领袖，官位固然起着重要的作用，其在诗歌创作上所达到的水平却是更为根本的方面。

但是，汪道昆诗中的现实内容毕竟被包裹在旧的形式当中，他的“性灵”在连篇累牍的模拟中被慢慢地消耗掉，更何况他的许多诗作是在与别人酬唱时的应景之作呢？《太函集》刊刻不久就开始滞销，[②]已意味着汪道昆声名的跌落，而这仅仅只是开始，当以袁宏道为中心的提倡“独抒性灵”、反对模拟剿袭的公安派崛起的时候，他与王世贞一起成为批评与非议的对象。汪道昆诗坛声名的跌落，显示出诗坛的风尚已发生了根本变化。

（原载《中国文化研究》2006 年冬之卷）

① 汪道昆：《明故特进光禄大夫少保兼太子太保中军都督府左都督孟诸戚公墓志铭》，《太函集》卷五十九。

② 袁宗道在给陶望龄的信中提到：“三四年前，太函新刻至燕肆，几成滞货。弟尝检一部付贾人换书，贾人笑曰：‘不辞领去，奈无买主何？’可见模拟文字，正如书画赝本，决难行世。”（《白苏斋类集》卷十六《答陶石篑》）

《儒林外史》原貌新探

吴敬梓《儒林外史》写成于乾隆十四年(1749)之前,最早述及《儒林外史》卷数的是吴敬梓的好友程晋芳,他在于乾隆三十五、六年间写的《文木先生传》中说《儒林外史》为五十卷。但现今所见《儒林外史》的最早版本是嘉庆八年(1803)刊刻的卧闲草堂本,共五十六回。[①] 于是很自然地产生了这样一个问题:吴敬梓《儒林外史》的原书到底是多少回?这一问题引发了学术界持续的争论,一直聚讼纷纭。胡适、吴组缃、章培恒等学者持吴敬梓原作为"五十回"说,章培恒先生更具体地分析五十六本中哪六回为伪作;赵景深、房日晰、陈美林等学者则持"五十六回"说,认为卧闲草堂本中的五十六回全部出于吴敬梓之手;亦有持"五十五回"说的,认为今本的第五十六回(即"幽榜"这一回)系后人窜入。[②] 最近,《儒林外史》原貌问题再次成为《儒林外史》研究领域的热点:三联书店出版了美国哥伦比亚大学商伟教授的专著《礼与十八世纪的文化转折——〈儒林外史〉研究》[③],《文学遗

---

① 参看李汉秋:《〈儒林外史〉的版本源流》,《〈儒林外史〉研究》,华东师范大学出版社 2002 年版,第 226—236 页。

② 参看陈美林主编,李忠明、吴波:《〈儒林外史〉研究史》,海峡文艺出版社 2006 年版,第 468—482 页。下文涉及《儒林外史》研究历史的内容参考了此书及李汉秋《〈儒林外史〉研究》,不再一一注明。

③ 商伟:《礼与十八世纪的文化转折——〈儒林外史〉研究》,生活·读书·新知三联书店 2012 年版。

产》先后发表商伟的论文《〈儒林外史〉叙述形态考论》[①]和郑志良的论文《〈儒林外史〉新证——宁楷的〈儒林外史题辞〉及其意义》[②]，对“幽榜”这一回的真伪问题作出了新的分析和判断，强调《儒林外史》第五十六回确为吴敬梓原稿所故有，重申“五十六回”说。商伟《礼与十八世纪的文化转折——〈儒林外史〉研究》一书影响甚大，被学界称为“《儒林外史》研究的一部里程碑式著作”，郑志良的文章也受到了《儒林外史》研究界的极大关注，“五十六回”说似乎已然成为定论。拜读商伟、郑志良的大作后，笔者虽钦佩不已，深感受益匪浅，但对他们的结论未敢苟同，仍认为吴敬梓《儒林外史》原书应为五十回，在宁楷写《〈儒林外史〉题辞》时萧云仙的故事尚没有窜入，从种种迹象看，“幽榜”这一回的窜入很可能与宁楷有关。现试陈管见于下，以期引起进一步的讨论。

一

先从虞育德在南京做博士的时间差错谈起。

《儒林外史》第四十六回在杜少卿饯别虞育德时，虞育德向他说：“少卿，我不瞒你说，我本赤贫之士，在南京来做了六七年博士，每年积几两俸金，只挣了三十担米的一块田。”[③]对《儒林外史》文本稍有了解的读者可能都知道，虞育德是在南京做博士的第二年主祭泰伯祠大祭，在祭泰伯祠之后至四十六回饯别虞博士这段时间内发生了很多事情，包括郭孝子的故事、萧云仙的故事、沈琼枝的故事、汤镇台父子的故事、余大先生的故事等，时间跨度至少十四年；仅仅第三十八回至四十回所写，从郭孝子由同官赴四川，直到萧云仙被任命为应天府江淮守备，来到南京，就至少有十一年（分析见下

① 商伟：《〈儒林外史〉叙述形态考论》，《文学遗产》2014 年第 5 期。

② 郑志良：《〈儒林外史〉新证——宁楷的〈儒林外史题辞〉及其意义》，《文学遗产》2015 年第 3 期。

③ 李汉秋：《儒林外史汇校汇评》，上海古籍出版社 2010 年版，第 563 页。本文所引《儒林外史》文字皆据此本，不再一一注明。

文)。那么,在杜少卿饯别虞育德时,虞育德在南京做博士至少已有十五年。倘若这些故事皆为吴敬梓原本所固有,为什么只说"在南京来做了六七年博士"呢?对于这一时间差错,章培恒先生在《〈儒林外史〉原貌初探》中指出,吴敬梓在写这些句子的时候,根本没有计入萧云仙故事的时间,书中涉及萧云仙之处,当都是后人窜入[①]。对此,商伟作了针对性的批评:

> 章培恒引这段话作例子,证明小说的这一部分是出于伪作,因为小说之前的部分表明,到这时为止,虞育德在南京已经住了不止十年。章培恒指出了这个问题,这无疑是对的,但他的结论却把事情弄反了。因为吴敬梓在写作这一部分时,心里想的是吴培源的生平,这样就偏离了他为小说虚构的时间框架。换句话说,尽管吴敬梓的叙述表明,虞育德在南京至少已经生活了十多年,但在构想虞育德对杜少卿的这一段临别赠言时,他却完全被自己的经验素材所左右了。我们甚至可以想象,吴培源在离开南京时,也许确实对吴敬梓说过类似的话,结果被吴敬梓用在小说里,连时间也没有改过来。这当然导致了混淆和错误,但关键恰恰在于,只有吴敬梓才可能出这样的错。如前文所说,吴培源在南京生活的时间前后不过八年。虞育德说他"在南京来做了六七年博士",约略其数,与吴培源的生平基本吻合。任何一个伪作者都不可能如此熟悉《儒林外史》的人物原型,以至于出现这样一个失误。也就是说,这个例子恰好证明了小说这部分的作者是吴敬梓,而不可能是别人。得出这样一个结论,让我喜出望外。而更有意义的是,这样一类失误也绽露了小说内部的罅隙,由此切入文本,就如同庖丁解牛,"批大却,导大窾",不以目视,却可能别有洞见,让我们对小说的写作方式、经验素材与时间参照获得一以贯之的透彻领悟。[②]

---

① 章培恒:《〈儒林外史〉原貌初探》,《献疑集》,岳麓书社 1993 年版,第 473—474 页。原载《学术月刊》1982 年第 7 期。

② 商伟:《礼与十八世纪的文化转折——〈儒林外史〉研究》,生活·读书·新知三联书店 2012 年版,第 419—420 页。

商伟先生认为虞育德在南京做博士的时间之所以出现错乱，是因为作者本人过于忠实虞博士的原型吴培源的生平履历，这个例子不但不能证明小说中有伪作的部分，反而恰好证明了小说这部分的作者是吴敬梓，因为“只有吴敬梓才可能出这样的错”。但是，商伟先生想象、推论的逻辑起点并不能成立。这里有几点值得注意：

第一，吴培源《会心草堂集》卷三有《初夏之任上元学署谒郡守广川张公蒙留郡署校士阅文同江宁府教授张存斋句容教谕沈篷庄并赋》，此诗在《戊午春之姑苏寓虎丘半塘谒怡贤寺莲峰上人以吟稿见示诗以赠之》后，由此知吴培源当于乾隆戊午(1738)初夏至南京任上元县教谕的。卷三还有《庚申新正大雪戏作长歌》，诗中有“我来金陵甫二载，两见亢旱飞蝗蝻。”①亦可证吴培源至南京任上元县教谕的时间为乾隆戊午(1738)。吴培源《会心草堂集》卷四有《丙寅冬日留别金陵诸绅士》《丙寅十月入都赴调舅兄王鹏程自江宁渡江舟中和鹏城韵二首》，由此知吴培源是于乾隆十一年丙寅(1746)秋冬之际离开南京入都谒选。那么，虞博士的原型人物吴培源在上元做了八年多的教谕。按表述习惯，倘若“约略其数”的话，应该说“在南京来做了八九年博士”，至少也应该说“在南京来做了七八年博士”，何得说“六七年博士”？简言之，虞育德说他“在南京来做了六七年博士”，与其原型人物吴培源的生平并不吻合。

第二，在吴培源赴京谒选时，吴敬梓作有《送家广文倖满入都谒选》：

清江帆重秋烟起，君今北上长安市。长安卿相交口称，卓鲁龚黄执鞭箠。君行何匆匆，别意临西风。邮亭一祖送，感激心忧忡。金陵八载欢相聚，诗筒酒盏无朝暮。桃叶轻阴泛小船，梅花香霭吟新句。君之爱才久益坚，有如铁网罗深渊。独惭小子苦窳器，何辛大匠亲陶甄。人皆贱我虞翻骨，惟君顾之神发越。人皆笑我原宪贫，惟君姁之回阳春。人生知己不易得，何况情深骨肉同天亲。歌亦不能长，泪亦

① 吴培源：《会心草堂集》，乾隆刻本，复旦大学图书馆藏。

> 不能堕。梦魂相随千里遥，云山万叠愁中过。君不见，邻家失母儿，暂时不见泪交颐。亦知后会应不远，无奈樽前离别悲。从今踯躅官墙外，忍见墙头桃李枝。①

从这首诗看，在吴敬梓送吴培源入都谒选时，二人已交往八年，感情极深，是介乎师友之间的知己，这与《儒林外史》中杜少卿与虞育德的关系相吻合。吴敬梓既然写过"金陵八载欢相聚，诗筒酒盏无朝暮"，他应该清楚地知道吴培源做了八年多的教谕，那么，倘若如商伟先生所言，吴敬梓构想虞博士对杜少卿的这一段临别赠言时，他完全被自己的经验素材所左右了，又岂能再写出"在南京来做了六七年博士"这样的话？至于吴培源，他在离开南京时，他怎可能连自己在南京做了几年教谕都弄不清楚呢？他更不可能对吴敬梓说过类似的话。

第三，《儒林外史》第四十一回杜少卿与武书泛舟秦淮，偶遇庄绍光、庄濯江等人，庄绍光说杜少卿"已在南京住了八九年了"。可是追踪《儒林外史》的叙述，杜少卿移家南京的那一年，也正是虞育德开始做南京国子监博士那一年，这就是说此时虞博士当在南京已做了八九年的博士，这显然与第四十六回饯别虞博士时，虞育德向杜少卿说的"在南京来做了六七年博士"存在矛盾。对于时间出现差错的原因，商伟《〈儒林外史〉叙述形态考论》一文作了这样的解释：庄濯江这一人物部分采自程梦星，吴敬梓于1740年4、5月间出游扬州时，第一次与程梦星相见。小说中写庄绍光向庄濯江介绍杜少卿说"已在南京住了八九年了"，或出自与程梦星第一次见面时友人的介绍语，因为时至1740年春天，吴敬梓迁居南京已七年有余。也就是说，吴敬梓写杜少卿与表叔庄濯江在秦淮河上相遇，心里想的却是他本人与庄濯江的原型人物，也就是他自己的表叔程梦星在扬州

① 此诗被误收入吴烺《杉亭集》中，周德恒《读〈杉亭集〉札记》(《儒林外史研究论文集》，安徽人民出版社1982年版，第56—59页)作了细致考证，认为是吴敬梓所写。陈美林《吴敬梓评传》(南京大学出版社2011年版，第276—277页)也认为该诗是吴敬梓所作，并作了补证。

的首次相会。按，吴敬梓于1740年4、5月间出游扬州时是否与程梦星初次相遇还是个问题，目前并没有直接的记载证明这一点。即使如商伟先生分析的那样，按表述习惯，如果是“七年有余”，应该写“已在南京住了七八年了”才对，为何要写作“八九年”？八年多被约略为“六七年”，而“七年有余”却被想成“八九年”，如果把商伟先生对两处时间差错的解释联系起来看，包含的矛盾就比较明显了。

由此可见，商伟先生对虞育德在南京做博士时间出现错乱所作的分析和解释恐怕难以成立。这里至少存在三种可能性：一、“在南京来做了六七年博士”中“六七年”系传抄错误，第三十六回至四十六回中的内容都是吴敬梓原文所有；二、“六七年”这个数字是原文所有的，但第三十六回至四十六回中有后人窜入的部分；三、“六七年”这个数字是后人篡改的，因为在窜入了一些内容后，窜入者察觉到原文中的数字跟窜入的故事存在明显矛盾，就将原文中的数字改为“六七年”。到底哪种可能性符合事实呢？

新发现的宁楷《〈儒林外史〉题辞》或可为解决这一问题提供线索。[①] 宁楷《〈儒林外史〉题辞》提到《儒林外史》的情节时说：“试观三年不倦，老博士于南天；十事初陈，辞征书于北阙。黄金散尽，义重怜寒；白骨驮回，勋高纪柱。”“十事初陈，辞征书于北阙”显而易见是指庄征君，《儒林外史》第三十五回《圣天子求贤问道　庄征君辞爵还家》可证；而“三年不倦，老博士于南天”只能是指虞博士。那么，宁楷所看的《儒林外史》文本中虞育德在南京做博士的时间，当与“三年不倦，老博士于南天”相应。换言之，宁楷所看的《儒林外史》文本中虞育德在南京做博士的时间当是三年左右。[②] 了解了这一点，《儒林外史》另一处所谓的时间差错也就迎刃而解

---

① 宁楷：《〈儒林外史〉题辞》，《修洁堂初稿》卷二十二，嘉庆抄本。此文由中国人民大学郑志良在中国科学院图书馆发现并披露。

② 需要指出的是，“三”即可实指，亦可为虚数表数目多。从“试观三年不倦，老博士于南天；十事初陈，辞征书于北阙”的语境看，“三年”当为实指。退一步说，即使“三年”为虚数，也不会从根本上影响本文的结论，因为商伟先生对虞育德在南京做博士时间出现错乱所作的分析和解释难以成立，这意味着章培恒先生所说的“书中涉及萧云仙之处，当都是后人窜入”是可信的。

了。《儒林外史》第三十四回，迟衡山对杜少卿说："前日承见赐《诗说》，极其佩服。但吾兄说诗大旨，可好请教。"而《儒林外史》第四十九回武书在高家饮宴时却说："四五年前，天长杜少卿先生纂了一部《诗说》。"根据小说叙述的线索，从三十四回杜少卿把所作《诗说》送给迟衡山至第四十九回武书在高家饮宴，时间跨度至少已经十六七年，[①]这意味着此时距杜少卿纂《诗说》也至少有十六七年，与武书所说的"四五年"相差甚大，时间错得非常离谱。[②] 若虞育德在南京做博士的时间为三年左右，我们可以看到吴敬梓原文在时间计算上的精细：第三十四回杜少卿把所作《诗说》送给迟衡山与虞育德开始在南京做博士为同一年，第四十六回虞博士离开南京"入都谒选"，众人饯别；九月，余大先生在与杜少卿等一起饯别虞博士后回乡，"在虞府做馆，早出晚归"；一天，被任命为徽州府学训导，在任所遇到王玉辉。不久王玉辉女儿殉节，"过了两个月"，王玉辉出游，经苏州至南京，"过了一个多月才离去"；"王玉辉"去了好些时，高翰林请武书吃饭，"这时天气温和，兰花开放"，且正是"开芍药的时候"。据此，武书在高家吃饭，当是饯别虞博士的第二或第三年春天，距离杜少卿把所作《诗说》送给迟衡山正好为四年或五年。[③] 所以，武书在高翰林家饮宴说出"四五年前，天长杜少卿先生纂了一部《诗说》"这句话，在时间上非常吻合。正因为虞育德在南京做博士的时间为三年左右就在时间上如此密合无间，这也进一步说明了在吴敬梓原文，虞育德在南京做博士的时间应是三年左右，与此相违的内容，当为后人窜入或篡改。

---

① 谈凤梁《〈儒林外史〉纪历》(《南京师大学报》1984 年第 3 期)推算，从三十四回杜少卿把所作《诗说》送给迟衡山至第四十九回武书在高家饮宴，时间共十九年。

② 商伟《〈儒林外史〉叙述形态考论》一文也注意到这一时间差错，但他推想，这四五年或许正是吴敬梓从三十四回写到四十九回所花费的时间。

③ 参看章培恒：《〈儒林外史〉原貌初探》，《献疑集》，岳麓书社 1993 年版，第 476 页。

二

既然吴敬梓原作中虞博士在南京做博士的时间为三年左右，那么，我们今天看到的《儒林外史》文本中所写的郭孝子的故事、萧云仙的故事、沈琼枝的故事、汤镇台父子的故事、余大先生的故事，有的定非吴敬梓原文所有，而是后人窜入，因为上文已提到，这些故事都发生于虞博士在南京做博士这段时间内，其时间加在一起至少有十四年。我们认为首先可确定萧云仙的故事非吴敬梓原作所有，书中涉及萧云仙之处，当都是后人窜入。其证有四：

其一，在四十六回饯别虞育德的宴会上，萧云仙自称"小弟在青枫城六年"，根据小说叙述，萧云仙故事前后至少有十年，这与虞育德在南京做博士的时间只有三年左右相矛盾，也与四十九回让武书在高翰林家饮宴所说的"四、五年前，天长杜少卿先生纂了一部《诗说》"合不上榫。换言之，萧云仙的故事根本不可能发生在虞博士在南京做博士的这段时间内。萧云仙是由郭孝子寻亲的故事引出的，故事的时间顺序大致是这样的：海月禅林的方丈(即二十回出现的甘露僧)到四川去看郭孝子，遇到恶和尚(即三十四回出现的贼头赵大)，遂在老妇人的指引下向萧云仙求救，萧云仙出场，这大概是祭泰伯祠的次年年底。此后萧云仙回家奉事父亲。"过了半年"，生番闹事，抢占青枫城，朝廷差平少保征剿生番，萧云仙投军，其时当在祭泰伯祠之后的第三年。投军后萧云仙被赏给千总职衔，经过椅儿山破敌，取回青枫城，萧云仙实受千总，负责监督筑城，"足足住了三四年"，那城方才筑的成功，其时当在祭泰伯祠之后的第七年。接着，萧云仙兴修水利，种柳栽桃，"到次年春天，杨柳发了青"，其时当在祭泰伯祠之后的第八年。接着，萧云仙开了十个学堂，把百姓家略聪明的孩子都养在学堂读书，"读到两年多"，由沈先生教他们做八股文，其时当在祭泰伯祠之后的第十年。不久，因修城工，被工部核减追赔，萧云仙回到成都府家中，此时他父亲正卧病在床，伏伺"十余日"，他父亲去世，丧事已毕，家产都已赔完，萧云仙到平少保那里去，“候了五六个月”，被推升为应天府江淮卫的守备，萧云仙上任后随奉粮道文书，押运赴淮，在扬州钞关码头上遇到沈先生，萧云仙说“向在青枫城一别，至今数年”，其时当在祭泰伯祠之后的第十二年之后。简言之，萧云仙的故事至少有十年，而这一故事发生在虞育德在南京做博士期间，倘若吴敬梓原本确有萧云仙的故事，这意味着虞育德在南京做博士的时间超过十年，那么，宁楷《〈儒林外史〉题辞》提到《儒林外史》的情节时怎么会说“试观三年不倦，老博士于南天”？吴敬梓又岂能在《儒林外史》四十九回让武书在高翰林家饮宴说出“四、五年前，天长杜少卿先生纂了一部《诗说》”这样的话？

其二，小说第三十九回，郭孝子劝萧云仙不要做侠客，便向他道：“这冒险借躯，都是侠客的勾当。而今比不得春秋、战国时，这样事就可以成名。而今是四海一家的时候，任你荆轲、聂政，也只好叫做乱民。像长兄有这样品貌材艺，又有这般义气肝胆，正该出来替朝廷效力。将来到疆场，一刀一枪，博得个封妻荫子，也不枉了一个青史留名。”后来萧云仙的父亲萧昊轩吩咐他投军去打松潘，也说：“我听得平少保出师，现驻松潘，征剿生番。少保与我有旧，你今前往投军，说出我的名姓，少保若肯留在帐下效力，你也可以借此报效朝廷，正是男子汉发奋有为之时。”从叙述口吻看，郭孝子、萧昊轩都是作为正面人物出现的。吴组缃先生早已觉察到这与吴敬梓思想的矛盾：“这样再三宣扬‘报效朝廷’、‘替朝廷效力’、‘博得个封妻荫子’‘青史留名’，和全书精神、作者思想完全违背。”①

其三，小说第四十回表扬萧云仙的业绩，其中一项，就是“把百姓家略聪明的孩子都养在学堂读书”，由沈先生教他们做八股文。“但凡做的来，萧云仙就和他分庭抗礼，以示优待。这些人也知道读书是体面事了。”章培恒先生早已注意到这些叙述不合情理：“吴敬梓是十分憎恶八股文的，这从他的传记和《儒林外史》中都可以看出来；这着力描写萧云仙请先生

① 吴组缃：《儒林外史的思想与艺术》，李汉秋编《儒林外史研究论文集》，中华书局 1987 年版，第 31 页。

教百姓家孩子做八股，跟吴敬梓的思想完全相反。”①

第四，宁楷《〈儒林外史〉题辞》没有涉及萧云仙故事的情节，这亦可作为旁证证明宁楷所看到的《儒林外史》文本中尚没有窜入萧云仙的故事（见下文对《〈儒林外史〉题辞》的解读）。

萧云仙的故事，《儒林外史》第四十回有这样一段叙述：

次日，带了帖子去回拜萧守备。萧云仙迎入川堂，作揖奉坐。武书道：“昨日枉驾后，多慢！拙作过蒙称许，心切不安。还有些拙刻带在这边，还求指教。”因在袖内拿出一卷诗来。萧云仙接着，看了数首，赞叹不已。随请到书房里坐了。摆上饭来，吃过。萧云仙拿出一个卷子递与武书，道：“这是小弟半生事迹，专求老先生大笔，或作一篇文，或作几首诗，以垂不朽。”武书接过来，放在桌上，打开看时，前面写着“西征小纪”四个字。中间三幅图：第一幅是“椅儿山破敌”，第二幅是“青枫取城”，第三幅是“春郊劝农”。每幅下面都有逐细的纪略。武书看完了，叹惜道：“飞将军数奇，古今来大概如此。老先生这样功劳，至今还屈在卑位。这做诗的事，小弟自是领教。但老先生这一番汗马的功劳，限于资格，料是不能载入史册的了。须得几位大手笔，撰述一番，各家文集里传留下去，也不埋没了这半生忠悃。”萧云仙道：“这个也不敢当。但得老先生大笔，小弟也可借以不朽了。”武书道：“这个不然。卷子我且带了回去，这边有几位大名家，素昔最喜赞扬忠孝的，若是见了老先生这一番事业，料想乐于题咏的。容小弟将此卷传了去看看。”萧云仙道：“老先生的相知，何不竟指小弟先去拜谒？”武书道：“这也使得。”萧云仙拿了一张红帖子，要武书开名字去拜。武书便开出：虞博士果行、迟均衡山、庄征君绍光、杜仪少卿，俱写了住处递与，萧云仙带了卷子，告辞去了。

① 章培恒：《〈儒林外史〉原貌初探》，《献疑集》，岳麓书社 1993 年版，第 471 页。原载《学术月刊》1982 年第 7 期。

既然萧云仙的故事系后人窜入，那么，上面这段话当然非吴敬梓原作所有，而是后人添加的。添加这段话的人有意无意透露了一个信息，萧云仙的故事素材是萧云仙自己提供给武书的，希望能借武书的大笔“以垂不朽”。武书最早出现在虞育德的故事中，在三十六回以后常能看到他的身影，起着很重要的“贯索”作用。金和《儒林外史跋》说武书的原型为“上元程文”，何泽翰《儒林外史人物本事考略》收录了一些程文的资料，但从中很难看出他和武书有何关系。郑志良将宁楷《修洁堂初稿》卷八《避雨文木山房赠茸城女子歌》与《儒林外史》第四十回所写的杜少卿与武书相约到王府塘去访沈琼枝的情节对照阅读，认为宁楷是武书的人物原型，且武书这一人物的写实性很强。① 我想这是非常重要的学术发现。既然武书的人物原型为宁楷，吴敬梓对武书这一人物形象的塑造有很强的写实性，而据小说的叙述，萧云仙想借武书的大笔以不朽，武书也对萧云仙的事迹非常感兴趣，由以上种种迹象判断，萧云仙故事的窜入很可能与宁楷有关。

三

确定了萧云仙的故事非吴敬梓原作所有，这意味着吴敬梓《儒林外史》原作并非现在所见的五十六回。接下来谈谈“幽榜”这一回是否为吴敬梓原稿所固有的问题。

最早提出“幽榜”非吴敬梓所作的是金和，他在《儒林外史跋》中指出：“何时何人妄增‘幽榜’一卷，其诏表皆割先生文集中骈语襞积而成，更陋劣可哂，今宜芟之以还其旧。”②胡适、吴组缃等也赞成金和之说，认为“幽榜”是后人增加，但没有深入论证。从二十世纪七十年代末开始，“幽榜”

① 郑志良：《〈儒林外史〉新证——宁楷的〈儒林外史题辞〉及其意义》，《文学遗产》2015 年第 3 期。

② 金和：《儒林外史跋》，《儒林外史汇校汇评》附，上海古籍出版社 2010 年版，第 691 页。

的真伪问题成了《儒林外史》原貌论争的焦点，房日晰、陈美林、谈凤梁等学者认为"幽榜"这一回为吴敬梓原作，而章培恒先生重申"幽榜"这一回系后人窜入，并作了细致论证，虽然有一些学者对章先生的观点表示了不同意见，但也得到了张锦池、齐裕焜等学者的赞同。① 最近，商伟先生在研究《儒林外史》版本时再次提及"幽榜"这一回的真伪问题，认为迄今为止对《儒林外史》作者和版本的研究，并没有提出有说服力的材料用来证明 1803 年的版本出自不同的作者，并从写作方式等方面解释小说内部之所以存在前后不一致的原因。② 实际上，章培恒先生《〈儒林外史〉原书应为五十卷》共提出 4 条证据证明第五十六回不出于吴敬梓手笔，③《再谈〈儒林外史〉原本卷数》又逐条驳斥了认为第五十六回"幽榜"为吴敬梓所作的证据。④ 说得直白一点，商伟先生的疑问、设想和解释，章培恒先生在文章里都曾触及，且有颇具说服力的分析或批驳，就目前情况看，章培恒先生的观点并没有被驳倒。⑤ 在"幽榜"这一回的真伪问题上，值得重视的倒是郑志良先生最近发现的一则材料，即上文已提到的宁楷所作的

① 张锦池：《论〈儒林外史〉的纪传性结构形态》，《文学遗产》1998 年第 5 期；齐裕焜：《读〈儒林外史〉札记》，李汉秋主编《〈儒林外史〉研究新世纪》，上海交通大学出版社 2013 年版。

② 商伟：《〈儒林外史〉的作者、版本及其相关问题》，《礼与十八世纪的文化转折——〈儒林外史〉研究》附录，生活·读书·新知三联书店 2012 年版。

③ 章培恒：《〈儒林外史〉原书应为五十卷》，《献疑集》，第 456—461 页。

④ 章培恒：《再谈〈儒林外史〉原本卷数》，《献疑集》，第 496—511 页。

⑤ 商伟在《最终的评判》(《礼与十八世纪的文化转折——〈儒林外史〉研究》，第 216—225 页）这一节里论述"幽榜"这一回为吴敬梓作的理由主要有：一、"幽榜"这一回符合章回小说的常规范式，构成了《儒林外史》结构的一个部分，它呼应了小说开篇第 1 回。二、《儒林外史》通过预示和呼应的有意配置，展示了小说结构的内在统一性，第 37 回的泰伯礼预示了第五十六回的祭礼，参加泰伯礼的人品良莠不齐，我们并没有因此认为第 37 回为伪作，又有什么理由因"幽榜"里有匡超人、牛浦郎这样的人而怀疑其真实性呢？三、作者可能不过是借"幽榜"这一回收结全书，让人疑心是有意的反讽。前面两点理由陈美林先生在《论〈儒林外史〉"幽榜"的作者及其评价问题》中也提出过，章培恒《再谈〈儒林外史〉原本卷数》已有针对性的讨论；从表述语气看，第三点理由似乎只是推测，可暂置不论。

《〈儒林外史〉题辞》，为便于讨论，转引于下：

> 粤稽太和景运，五百载以为期；文教敷宣，三千年而必振。人才菀结，每归鼎盛之朝；士类销亡，惟托幽通之识。表性情于白楮，追风雅于青霄。孔、颜出而周文存，班、范生而汉史立。王侯将相，何须定具冠裳；礼乐兵农，即此周知德器。金函石室，传死后之精神；虎竹龙沙，绘生还之气骨。
>
> 采风骚于胜地，若接音容；搜遗事于先民，何嫌琐细。试观三年不倦，老博士于南天；十事初陈，辞征书于北阙。黄金散尽，义重怜寒；白骨驮回，勋高纪柱。考稽典礼，收宝鼎之斑斓；衡鉴名流，把冰壶之莹彻。伐苗民而灭丑，华夏为功；歌蜀道而思亲，虎狼不避。非圣贤之滴（嫡）派，即文武之全材。舍俎豆以妥神灵，何忠贞之能鼓励。至于笔花墨沈，或领袖乎词坛；黄卷青灯，或专攻乎帖括。尊贤爱客，雅怀若谷之虚衷；选妓征歌，争得空群之妙评。琴堂破俗，远过墨吏之风；绛帐论文，犹念师承之旧。古音未绝，风度宜褒；标一代之遗徽，固人心之快事。他如吴头楚尾，悲冷落于天涯；帝阙皇都，冒功名于咫尺。玄栖梵想，或参出世之因缘；小技雕虫，或泥良工之矩矱。乌丝纷印，赋萍水而无归；古寺长衢，埋姓名而又激。虽立身之未善，实初念之堪怜。得阐发以显沉埋，非瑕疵所能委翳。
>
> 嗟乎！芳年易尽，性迹难稽。大地茫茫，共下伤心之泣；中原邈邈，谁招久屈之魂？陶弘景怪谱神仙，庾子山哀生藻笔。光分甲乙，俨天爵之荣华；品第高卑，非一人之喜怒。高才绝学，尽入收罗；孝子慈孙，更难论断。玉堂金马，被薜荔而来游；丹诏紫泥，杂椒浆而共锡。今兹琬琰，诚为李杜之文章；异日缥缃，即作欧苏之别纪。

宁楷（1712—1801），字端文，号栎山。乾隆十八年（1753）中举，翌年受泾县教谕，未几罢归，先后掌教菊江、敬亭、潜川、正谊、蜀山等书院。蒋寅先生在宁楷《修洁堂集略》中发现了吴敬梓乾隆十三年（1748）所作的序，序云："仆与宁君，交称密契，昔亲兰臭，今托丝萝。"[①]可知他们的交情非同一般。由于题辞是用骈文写成的，使用了很多典故，所以有些地方表述比较模糊，要准确理解其含义颇为困难，这里先加以串讲，并对之作相应的解释。

第一段从宏观上述论文人学士存在的价值和意义，暗含着对《儒林外史》作者才华的极大称许和对《儒林外史》价值的高度赞扬。由于《儒林外史》第一回点明所写的主要是遭受厄运的一代文人，从"士类销亡，惟托幽通之识"看，此段已含有怜才阐幽之意。

第二段对《儒林外史》先作以整体评述，然后分三个层次概括《儒林外史》的人物和情节。"试观"这一层涉及的都是《儒林外史》里值得褒扬的正面人物："三年不倦，老博士于南天"显然是说虞博士；"十事初陈，辞征书于北阙"指的自然是庄征君；"考稽典礼，收宝鼎之斑斓；衡鉴名流，挹冰壶之莹彻"大概是指迟衡山；"伐苗民而灭丑，华夏为功"当是指汤镇台；"歌蜀道而思亲，虎狼不避"应指郭孝子。这些人"非圣贤之嫡派，即文武之全材"，应该"俎豆以妥神灵"，得到追赠和奉祀，否则的话，"何忠贞之能鼓励"？"至于"这一层中"笔花墨沈，或领袖乎词坛"可能指赵雪斋；"黄卷青灯，或专攻乎帖括"显而易见指马二先生；"尊贤爱客，雅怀若谷之虚衷"应该指二娄；"选妓征歌，争得空群之妙评"当指杜慎卿；"琴堂破俗，远过墨吏之风"或指蘧祐；[②]"绛帐论文，犹念师承之旧"或指范进。这一层所涉及人物虽德行不如前一层那么高尚，才能也不是那么完美，但他们毕竟"古音未绝，风度宜褒"，也应加以追封和旌扬，即"标一代之遗徽，固人心之快事"。"他如"这一层在理解上稍有难度："吴头楚尾，悲冷落于天涯"或指王玉辉；"帝阙皇都，冒功名于咫尺"当指万中书；"乌丝粉印，赋萍水

① 蒋寅：《新发现的吴敬梓研究资料》，《扬州大学学报》1998年第4期。

② 参考了2015年9月在北京大学召开的"《儒林外史》新文献研讨会"会上专家的意见。

而无归"郑志良已考证其指沈琼枝。[①] 这一层所涉及的人物尽管都"立身之未善",但考虑到"初念之堪怜",也应该追封,即"得阐发以显沉埋"。

第三段在前文的基础上进一步申述应该把《儒林外史》所描写的各类人物"尽入收罗",将他们"光分甲乙"、"品第高卑",予以追封,加恩旌表,让这些"久屈之魂"得到祭奠。

不难看出,宁楷《〈儒林外史〉题辞》几乎处处关涉"幽榜"这一回,第二段中的"得阐发以显沉埋,非瑕疵所能委翳"与"幽榜"这一回御史单飏言上疏中的"臣等伏查,已故儒修周进等,其人虽庞杂不伦,其品亦瑕瑜不掩,然皆卓然有以自立"互相吻合,第三段中的"玉堂金马,被薜荔而来游;丹诏紫泥,杂椒浆而共锡"与"幽榜"这一回御史单飏言奏疏中的"诸臣生不能入玉堂,死何妨悬于金马"、礼部尚书刘进贤的祝文里的"金堂玉马,邈若神仙"若合符契。有的学者以此推论宁楷看过吴敬梓原稿,"幽榜"这一回是吴敬梓原稿所固有。我想,恐怕还不能遽然得出这样的结论,这是因为:

第一,题辞的性质与序跋相似,一般表明全书要旨,并对作品进行评价或叙述读后感想。而从上文的解读可以看出,宁楷《〈儒林外史〉题辞》与其说是在概括《儒林外史》的情节,赞扬《儒林外史》的价值,倒不如说是在为"幽榜"张本,反复提醒阅者注意"幽榜"的必要性和重要性。倘若"幽榜"这一回为吴敬梓原稿所有,宁楷《〈儒林外史〉题辞》为何单单把笔墨集中于"幽榜"这一回?试问这可是正常的现象?

第二,在"幽榜"中有两份名单,一份是礼部采访到的儒修名单,一份是"幽榜"。有的研究者已注意到,很多书中写到的重要人物都未被列入,而萧云仙故事中的萧云仙、木耐、甘露僧都榜上有名。[②] 上文已指出,萧

① 需要指出的是,宁楷对沈琼枝的评价恐怕并不符合吴敬梓的原意,吴敬梓对沈琼枝是敬重的,借杜少卿之口称赞说:"盐商富贵奢华,多少士大夫见了就销魂摄魄;你一个弱女子,视如土芥,这就可敬极了。"

② 叶楚炎:《地域·人物·题旨:〈儒林外史〉结构新论——兼谈〈儒林外史〉的原貌问题》,李汉秋主编《〈儒林外史〉研究新世纪》,上海交通大学出版社 2013 年版。

云仙的故事为后人窜入，武书的原型人物宁楷很可能是萧云仙故事的窜入者，至少他对这段故事窜入的情况是了解的，而宁楷《〈儒林外史〉题辞》提到《儒林外史》的情节时有“试观三年不倦，老博士于南天”，这说明宁楷写题辞时，他看到的《儒林外史》文本中虞育德在南京做博士的时间为三年左右，这意味着此时萧云仙的故事尚没有掺入。“幽榜”这一回出现在前，而萧云仙的故事窜入在后，而“幽榜”中的两份名单中却出现了萧云仙故事中的人物萧云仙和木耐，这说明今天看到的《儒林外史》中的“幽榜”这一回当在窜入萧云仙故事后做了相应修改。简言之，不能排除这样一种可能：宁楷或宁楷所了解的人先妄增“幽榜”这一回，接着又增窜了萧云仙的故事等，然后又对“幽榜”这一回作了相应修改。

第三，以宁楷《〈儒林外史〉题辞》与“幽榜”吻合推论“幽榜”这一回是吴敬梓原稿所固有，需要一个大前提，即只要宁楷《〈儒林外史〉题辞》与“幽榜”这一回相吻合，就足以证明“幽榜”这一回是吴敬梓原稿所固有。事实上，这一大前提是虚假的：《〈儒林外史〉题辞》不见于嘉庆时刊刻的《修洁堂集略》，而《修洁堂初稿》为抄本，无序跋，其成书时间尚不能确定，[①]倘若“幽榜”这一回是宁楷或宁楷了解的人增窜的，宁楷所作的《〈儒林外史〉题辞》与“幽榜”这一回相吻合不是很自然的吗？换句话说，宁楷《〈儒林外史〉题辞》与“幽榜”这一回相吻合可能是因为宁楷看过吴敬梓原稿，而原稿中就有这一回，也可能是因为“幽榜”这一回是宁楷或宁楷了解的人增窜的，宁楷之所以在《〈儒林外史〉题辞》把笔墨集中于“幽榜”这一回，就是为了使人相信“幽榜”的不可或缺。

倘若上述分析没有大谬的话，宁楷所作《〈儒林外史〉题辞》与“幽榜”这一回内容相吻合，是否能够作为“幽榜”这一回为吴敬梓原作的依据是一个需要继续讨论的问题。换言之，《〈儒林外史〉题辞》与“幽榜”这一回内容相吻合，即使不能以此作为“幽榜”这一回为宁楷窜入的证据，至少不

---

① 在《修洁堂初稿》的成书时间上，笔者比较倾向于赞成叶楚炎《〈修洁堂初稿〉及〈儒林外史题辞〉考论》（《文学遗产》2015 年第 6 期）一文的观点，即该书成书不会早于乾隆二十八年（1763）。

能将其作为证明“幽榜”这一回是原作所固有的证据。考虑到“幽榜”这一回无论是思想倾向还是人物评价都与全书存在不一致的情况，在此套用天目山樵对“幽榜”这一回的评点：“我疑此五十六回即宁楷所作。”

总之，就目前掌握的材料而言，萧云仙的故事当系后人窜入，这说明《儒林外史》的原本并非现在所见的五十六回，而是吴敬梓的老朋友、好朋友程晋芳所说的五十回。从种种迹象看，对吴敬梓及其《儒林外史》深为了解的宁楷很可能是萧云仙故事、“幽榜”等内容的窜入者，至少也是知情者。

（原载《明清小说研究》2019 年 1 期）

《儒林外史》原貌再探

——兼答李鹏飞先生

吴敬梓《儒林外史》的原貌问题，一直聚讼纷纭。1982 年，章培恒先生接连发表《〈儒林外史〉原书应为五十卷》[①]、《〈儒林外史〉原貌初探》[②]两篇论文，支持吴敬梓原作为"五十回"说，并具体地分析五十六回本中哪六回为伪作。三十多年来，有关讨论文章甚多，赞同、存疑和反对者均有。[③]近几年，随着宁楷《〈儒林外史〉题辞》(以下简称《题辞》)等新文献的公布，原貌问题再次成为《儒林外史》研究中的热点，章先生的观点受到批评，"五十六回"说似乎已然成为定论。为此，笔者撰写了论文《〈儒林外史〉原貌新探》，通过对宁楷《题辞》等资料的研读，判定《儒林外史》的原本应是程晋芳所说的五十回。[④] 最近，又有一系列相关论文发表，其中李鹏飞《〈儒林外史〉第五十六回为吴敬梓所作新证》一文最具代表性，该文对已有相关研究作了系统梳理和细致考察，断定《儒林外史》第五十六回出自吴敬梓之手，对包括拙文《〈儒林外史〉原貌新探》在内的一些研究论著的

---

① 章培恒:《〈儒林外史〉原书应为五十卷》,《复旦学报》1982 年第 4 期。

② 章培恒:《〈儒林外史〉原貌初探》,《学术月刊》1982 年第 7 期。

③ 陈美林主编,李忠明,吴波:《〈儒林外史〉研究史》,海峡文艺出版社 2006 年版,第 462—482 页。

④ 拙文《〈儒林外史〉原貌新探》先后在 2015 年 8 月 16 日安徽大学召开的第二届清代文学国际学术研讨会、2015 年 9 月 26 日北京大学召开的《儒林外史》新文献研讨会上宣读,正式发表于《明清小说研究》2019 年第 1 期,发表时仅作若干技术性处理,其基本内容未作改动。

不同看法提出了商榷。① 《儒林外史》原貌问题极为复杂，读过李鹏飞先生的论文及其他最近发表的相关研究成果后，笔者对《儒林外史》五十六回均出自吴敬梓之手的说法仍持保留态度，依然认为程晋芳记载的、章培恒先生深入论证的"五十回"之说不应该轻易加以否定。为通过相互切磋以求得对问题更为深入的探讨，故特草为此篇，以就正于李鹏飞先生和其他同行。

一　关于《〈儒林外史〉题辞》的解读

笔者在《〈儒林外史〉原貌新探》一文中，综合《儒林外史》版本、人物原型等方面的已有研究成果，通过对郑志良先生发现的宁楷《题辞》等文献的研读，对章培恒先生深入论证过的《儒林外史》原书为五十回的说法给予重申和支持，认为在宁楷写《题辞》时萧云仙的故事尚没有窜入，提出对吴敬梓及其《儒林外史》深为了解的宁楷很可能是萧云仙故事、"幽榜"等内容的窜入者，至少也是知情者。笔者在论证时先对宁楷《题辞》加以串讲，接着指出：一、"题辞"一般表明全书要旨，并对作品进行评价或叙述读后感想，而宁楷《题辞》处处在为"幽榜"张本，反复提醒阅者注意"幽榜"的必要性和重要性。倘若"幽榜"这一回为吴敬梓原稿所有，宁楷《题辞》为何单单把笔墨集中于"幽榜"这一回？二、宁楷《题辞》有"试观三年不倦，老博士于南天"，这只能是指虞博士。那么，宁楷所看的《儒林外史》中虞育德在南京做博士的时间当是三年左右，这说明此时萧云仙故事尚没有被窜入。《题辞》中没有提到萧云仙，也可作为旁证。三、宁楷《题辞》不见于嘉庆时刊刻的《修洁堂集略》，而《修洁堂初稿》为抄本，无序跋，其成书时间尚不能确定，宁楷《题辞》与"幽榜"吻合不足于证明"幽榜"这一回是吴敬梓原稿所固有。

① 李鹏飞：《〈儒林外史〉第五十六回为吴敬梓所作新证》，《中国文化研究》2017年春之卷。

现在看李鹏飞先生对拙文的批评：

> 他做出这一推论的主要证据来自于对《题辞》的两处解读：一是文中提到虞博士时说“试观三年不倦，老博士于南天”，说明虞博士在南京任上呆了三年；二是文中没有提到萧云仙，说明此时这部分内容尚未被窜入。对于这两条证据，笔者认为都值得商榷。

针对第一条证据，他说：

> 关于虞博士的“三年不倦”，此处的“三年”并不是指他在南京国子监任上只呆了三年，而是指作为一个任期的三年，这里之所以用了“三”这个数字，一方面，国子监博士的一个任期就是三年（连任另当别论），另一方面，从骈文的格律来看，这里必须用一个平声的数字，而从“一”到“十”这十个数字中，只有“三”是平声字，作者无可选择，只能用这个字了。同时，宁楷虽然看过小说，未必就对虞博士说他在南京做了六、七年博士这种细节记得那么牢固。

拙文《〈儒林外史〉原貌新探》已指出，现在所见的五十六回本《儒林外史》中，虞育德在南京国子监博士任上至少呆了十四年。从《题辞》看，宁楷对《儒林外史》的情节非常熟悉，倘若他看到的《儒林外史》与今存本一样的话，怎还会说虞博士“三年不倦”？所谓“此处的‘三年’并不是指他在南京国子监任上只呆了三年，而是指作为一个任期的三年”，又有什么证据？说“宁楷虽然看过小说，未必就对虞博士说他在南京做了六、七年博士这种细节记得那么牢固”，同样提不出任何证据。至于说因为格律要求“作者无可选择，只能用这个字了”，也难以让人信服。试想，一般人会为了迁就格律而把十多年说成三年吗？何况，根据小说的叙述线索，若虞育德在南京做博士的时间为三年左右，《儒林外史》今存本中的一些时间矛盾就可迎刃而解，这进一步说明了宁楷“三年不倦”不是漫然着笔的。

针对第二条证据，李鹏飞首先转述郑志良的观点，认为《题辞》中的“白骨驮回，勋高纪柱”指的就是萧云仙：

郑志良先生口头向我指出：“白骨驮回，勋高纪柱”这一句应该是指萧云仙，而不是大家原来认定的郭孝子。他的理由是：小说第三十九回曾提到总镇马大老爷出兵，被青枫城的番子用计挖了陷坑，连人和马都跌在陷坑里，受了重伤身死，连尸首都不曾找着。这马大老爷是司礼监老公公的侄儿，内里传出信来，务必要找寻尸首。若是寻不着，将来不知是个怎么样的处分！此后青枫城被收复，参战的将佐都获嘉奖升了官，并没有任何人受到处分——这说明马总镇的尸骨应该是被找回来了，“白骨驮回，勋高纪柱”指的就是这件事，但吴敬梓忘记交代或者将这一交代略去了。笔者认为这一看法是完全正确的。

由于《题辞》是用骈文写成的，不少地方表述比较模糊。“白骨驮回，勋高纪柱”究竟指谁，笔者未能想清楚，故在《〈儒林外史〉原貌新探》中没有涉及。从李鹏飞先生的描述看，他是受郑志良先生的启发而作进一步论证的。我不知道李鹏飞先生转述的“理由”是否符合郑志良先生的原意，这样的“理由”似乎不合常理：《儒林外史》是一部小说，宁楷只能根据他看到《儒林外史》文本写《题辞》，既然“吴敬梓忘记交代或者将这一交代略去了”，宁楷又从何得知？青枫城被收复，参战的将佐获嘉奖升官，这与司礼监老公公的侄儿总镇马大老爷的尸骨找到没找到又有何必然关系？若循此逻辑，我们是不是可以作这样的联想：萧云仙虽励精图治，却因修城工被工部核减追赔，是由于没找到总镇马大老爷的尸首而受到其叔叔司礼监老公公的报复，这一点“吴敬梓忘记交代或者将这一交代略去了”。当然不能！倘若事先没有“白骨驮回，勋高纪柱”是指萧云仙的成见，又有谁会将“吴敬梓忘记交代或者将这一交代略去了”这样的“预期理由”作为论证的依据？更重要的是，说“白骨驮回，勋高纪柱”指萧云仙，与之相应的情节是“吴敬梓忘记交代或者将这一交代略去了”，必须在现存五十六回本《儒林外史》中萧云仙的故事是吴敬梓所写这样的前提下才能成立。先把有待求证的结论当作前提使用，然后再用由此推测出来的判断来证明前提正确，这似乎说不通。换句话说，我们在考察萧云仙的故事是否后人窜入，就是对萧云仙故事为吴敬梓所写这种说法持怀疑态度，当萧云仙故事是否为吴敬梓所作还是一个有待证实的问题时，其本身怎能作为论证的依据呢？概言之，萧云仙的故事与"白骨驮回"根本接不上榫，说宁楷《题辞》中的"白骨驮回，勋高纪柱"指萧云仙，恐怕并不妥当。

接着，李鹏飞先生补充了三点理由，其中第一点和第二点主要论证"白骨驮回，勋高纪柱"不应指郭孝子，笔者并没有异议，关键的第三点则需要进一步讨论：

> 三是上引《题辞》原文中"非圣贤之嫡派，即文武之全材"这一句中的"文武之全材"——有哪一位人物可以当得起这样的褒扬呢？小说里写到的有武艺的人物只有张铁臂、郭孝子、萧昊轩、萧云仙、沈琼枝、凤四老爹、汤镇台这几个人。但小说里写余大先生提到汤镇台时曾很不屑地说过"武夫不过如此"（第四十三回），可见不应指汤镇台；郭孝子早年中过武举，但不见其有什么文才，也不应指他；张铁臂、萧昊轩、凤四老爹能武不能文，所以也不是指这三个人；沈琼枝倒是能文能武，但这里跟虞博士等重要人物一同被提到，也不应是她，更何况后文提到第三类人时所说的"乌丝粉印，赋萍水而无归"一句已经被郑志良确考是指沈琼枝了。这样一来，就只剩下一个萧云仙了：他的文韬武略是小说里浓墨重彩描绘过的。因此，光是从"文武之全材"这一句来看，就可以认定《题辞》是提到了萧云仙的。而"文武之全材"这一句概括性的话从文理上来看，自然应该是跟前面的某一个具体的人物相对应的，而这个人物只能是"白骨驮回，勋高纪柱"这一句所指的那个人物，再结合郑志良先生所提供的理由，这个人物就只能是萧云仙无疑了。

郑志良先生所提供的理由其难以成立已如上述，细察李鹏飞先生的推断过程，其同样需要一个前提，即宁楷所看到的《儒林外史》与今存五十六回本一致，否则的话，萧云仙凭什么作为“文武之全材”的候选人物？而我们现在讨论的正是这个前提能否成立。如果从这个本身还有待证明的前提出发，推断“白骨驮回，勋高纪柱”是指萧云仙，再由这个结论反过来证明上述前提能够成立，那在逻辑上恐怕是不合适的。在这里还应指出，就算有武艺的人物只有张铁臂、郭孝子、萧昊轩、萧云仙、沈琼枝、凤四老爹、汤镇台这几个人，但其中能文能武的并非萧云仙一个。《儒林外史》第四十四回有云：

> 汤镇台也不到城里去，也不会官府，只在临河上构了几间别墅，左琴右书，在里面读书教子。过了三四个月，看见公子们做的会文，心里不大欢喜，说道：“这个文章，如何得中！如今趁我来家，需要请个先生来教训他们才好。”①

不难看出，汤镇台虽为“武夫”，也是能文的，说他“文武之全材”，也未为不可。因此，光从“文武之全材”这一句，并不能认定宁楷《题辞》是提到了萧云仙的。

李鹏飞先生对笔者两处解读《题辞》的批评虽不影响论证的成立，但他提到的汤镇台的故事已出现在《题辞》中则非常值得注意。由于“伐苗民而灭丑，华夏为功”显而易见指的是汤镇台，这说明宁楷写《题辞》时，他所看到的《儒林外史》中已有汤镇台野羊塘大战的故事，那么，认为汤镇台野羊塘大战不是原作者手笔、当为后来者窜入的看法就需重新审视。李鹏飞先生的这一段文字虽针对的是我的论证，同时也触及《儒林外史》研究领域一个颇具争议的话题，即以野羊塘大战为核心的汤镇台故事是不是吴敬梓原作所有？因这个话题涉及吴组缃、章培恒、张锦池等先生的相关研究，比较复杂，拟在下文反思《儒林外史》原貌研究的文献基础时一并论述。这里顺便对也

① 李汉秋：《儒林外史汇校汇评》，上海古籍出版社 2010 年版，第 538—539 页。

是主张萧云仙故事为吴敬梓原作的郑志良《新见吴敬梓〈后新乐府〉探析》中的一条论据提出一些不同的看法。[①] 郑志良先生在严长明《八表停云录》中发现了吴敬梓《后新乐府》六首，第二首《青海战》写的是吴敬梓友人李亩的生平事迹，郑志良先生认为李亩是五十六回《儒林外史》中萧云仙的人物原型，并顺理成章得出这样的结论：吴敬梓以李亩为原型塑造了萧云仙这个人物形象。郑志良先生的这个重要发现与由此而推断的结论直截了当地切入了问题的核心，如果他的结论成立的话，不但章培恒先生在《〈儒林外史〉原貌初探》中所说的"吴敬梓并未写过萧云仙的故事；书中涉及萧云仙之处，当都是后人窜入"这种看法难以成立，就是学界关于《儒林外史》原貌的论争，也可以画上句号。我倾向于同意李亩是五十六回《儒林外史》中萧云仙的人物原型的说法，不过，由此得出"吴敬梓以李亩为原型塑造了萧云仙这个人物形象"的结论，恐怕并非顺理成章，将可能性等同了必然性，论证目标和论证基础距离较远。这里有两个前提性的问题需要考虑：首先，能否排除吴敬梓之外的人以李亩为原型塑造萧云仙这个人物形象的可能性？年羹尧平复青海的战役，这是一个全国性的大事件，生活在当时的人都可能知道；岳钟琪征战松潘之事，知道的人也不会少；李亩的家世生平，他参加的桌子山之战，除吴敬梓外，也应有不少人了解和熟悉，至少吴敬梓的"朋友圈"中有一些人会知道。那么，不仅吴敬梓可以以李亩为原型塑造萧云仙故事这个人物形象，熟悉李亩生平事迹的其他人也有这种可能。在没有排除其他可能的情况下，恐怕还不能贸然得出"吴敬梓以李亩为原型塑造了萧云仙故事这个人物形象"这样的结论。[②] 其次，也是更为重要的，宁楷《题辞》有"试观三年不倦，老博士于南天"，这意味着宁楷所看到的《儒

① 郑志良：《新见吴敬梓〈后新乐府〉探析》，《文学遗产》2017年第4期。

② 同一个人的生平事迹，可能会有多个文人进行记述，萧云仙故事里就有这种现象。从《儒林外史》第四十回的相关描写不难看出，武书、虞育德、迟衡山、庄绍光和杜少卿等都可能参与题咏萧云仙的事迹。这也进一步说明，尽管吴敬梓《后新乐府·青海战》写的是吴敬梓友人李亩的生平事迹，而李亩是五十六回《儒林外史》中萧云仙的人物原型，但并不能顺理成章地得出萧云仙故事出自吴敬梓之手。

林外史》中虞育德在南京做博士的时间是三年左右，这与今存五十六回本所写虞育德在南京做博士的时间相差甚大；若除去萧云仙故事，则虞博士在南京任上的时间刚好相符，这说明宁楷写《题辞》时，萧云仙故事尚没有被窜入，《题辞》中没有提到萧云仙，也间接证明了这一点。那么，萧云仙的故事是什么时候成为今存五十六回《儒林外史》的一个组成部分的呢？从宁楷《题辞》的写作时间入手不失为探求这一问题答案的一个途径。关于宁楷《题辞》的写作时间，学界尚存在很大分歧。宁楷《题辞》见于《修洁堂集初稿》，而《修洁堂集初稿》的成书时间，郑志良先生认为是在吴敬梓去世之前，约在乾隆十八年（1753），那么，宁楷《题辞》自然写于吴敬梓生前。[①] 叶楚炎先生通过考证后认为，《修洁堂集初稿》不会早于乾隆二十八年（1763），《题辞》应该在吴敬梓去世之后所写。[②] 在这一问题上我赞成叶楚炎先生这样的观点：《修洁堂集初稿》卷十三《赠严东友》有"螭头献策柳烟轻，锁院挥毫杏雨清。迟我十年城市里，看君垂手到公卿"一诗，根据相关史实，可以确定这首诗"题咏的是乾隆二十七年（1762）严长明中举得官之事，因此，这首诗的写作时间不会早于乾隆二十七年"。虽然叶楚炎先生的考证结论不能完全推翻郑志良先生对宁楷《题辞》写作时间的判断，但可能的时间范围被扩大了。简言之，宁楷《题辞》写作的确切时间目前尚不能确定，只能将其范围限定在《儒林外史》成书之后，宁楷去世之前，即在 1749—1801 年之间，在吴敬梓去世之后所写的可能性非常大。有了这样的前提，考虑到宁楷写《题辞》时其所看到的《儒林外史》尚没有萧云仙的故事，那么，萧云仙的故事是吴敬梓所写的可能性就不是很大，以李亩为原型塑造萧云仙形象的，当另有其人。

---

① 郑志良：《〈儒林外史〉新证——宁楷的〈儒林外史题辞〉及其意义》，《文学遗产》2015 年第 3 期。

② 叶楚炎：《〈修洁堂初稿〉及〈儒林外史〉题辞考论——兼与郑志良先生商榷》，《文学遗产》2015 年第 6 期。

二　关于《儒林外史》时间顺序矛盾缘由的判断

确如李鹏飞《〈儒林外史〉第五十六回为吴敬梓所作新证》一文所言，探讨《儒林外史》原貌问题，章培恒先生的《〈儒林外史〉原书应为五十卷》、《〈儒林外史〉原貌初探》、《再谈〈儒林外史〉原本卷数》①等论文，是无法绕开的焦点，李先生的论文有很多地方就是直接针对章先生的论文而发的。且看下面这段：

> 首先，我们不得不承认，章先生所指出的那些常识性错误在第五十六回中都是客观存在的，而且这一回中还存在一些章先生没有指出的错误或疏漏，那么对这些"错误"我们应该如何来看待呢？它们能否证明这一回并非出自吴敬梓之手？在笔者看来，我们首先不应该预设一个前提即吴敬梓这样的伟大作家不会犯错误，更不会犯所谓的"低能儿"才会犯的错误。从古今小说史来看，存在各种错误的名篇杰作可谓比比皆是，犯错误甚至低级错误的大作家也比比皆是，不必说人物众多、情节复杂、细节纷繁的长篇小说会出现错误，即使一些伟大作家的短篇小说也同样会犯错误，但这些错误往往无伤大雅，作家本人有时也并不是多么在乎。我们能因为鲁迅在短篇小说中发生细节错误就说他是"低能儿"吗？答案当然是否定的！在确定这一点之后，我们再来看第五十六回中的那些错误究竟应该如何来看待。

"低能儿"一词是章培恒先生《再谈〈儒林外史〉原本卷数》在论及《儒林外史》金和《跋》的有关问题时使用的，上文中所说的"预设一个前提即吴敬梓这样的伟大作家不会犯错误"显然针对章先生而发。这令人颇为

---

① 章培恒：《不京不海集》，复旦大学出版社 2012 年版，第 370—400 页。

诧异：章先生在文章中哪有这样的“预设”，实际上也没有哪个学者会作这样缺乏常识的“预设”！如果仔细阅读章先生的论文，我们倒不难发现这样的叙述：“要在一部历史著作——哪怕很杰出的著作——中找一二处细节记载上的错误以证明它并非‘在细节上也全然符合实际’，并不是很困难的事。”杰出的历史著作尚被认为如此，章先生怎会“预设”文学作品不会有错误！实际上，章先生在《〈儒林外史〉原貌初探》中曾明确指出：“写小说不是历史，古今中外的大作家也有在时间问题上犯错误的。”至于李鹏飞先生所举的鲁迅的例子①，我想恐怕是忽略了章先生所举的《儒林外史》的错误与《风波》细节错误之间的根本差别。七斤家补碗钉了十六个铜钉或十八个铜钉，并不影响对《风波》的理解、阐释和评价，改不改无伤大雅，这或许与《儒林外史》“幽榜”这一回礼部采访已故“儒修”的名单一共九十二人，但实际只有九十一人一样，没有谁会在意；但是，章先生在《儒林外史》第五十六回中发现了“许多”常识性错误，且有一连串与以前的情节相抵触的叙述，已经严重到不能不重视的程度。其实陈美林先生的论文《关于〈儒林外史〉“幽榜”的作者及其评价问题》已有类似指责，章培恒先生《再谈〈儒林外史〉原本卷数》有针对性的反驳。

全面检讨《儒林外史》中的疏漏和错误的性质需要极大的篇幅，这里集中讨论《儒林外史》中的时间顺序及其存在的差错和前后矛盾问题。对这一问题的理解学界目前分歧很大。张锦池先生在《论〈儒林外史〉的纪传性结构形态》中曾对《儒林外史》研究中的“时间顺序”说作过梳理，认为为该说成立提供了坚实基础的是章培恒先生。该文指出：

> 章培恒先生则从考据学的角度考证出：“第三十六回的一半，第三十八回至第四十回的前面一大半，第四十一回结尾至四十四回的

① 李鹏飞先生在注释中说：最著名的例子是鲁迅的短篇小说《风波》结尾部分先写了七斤家补碗钉了十六个铜钉，后来又说上面钉了十八个铜钉。鲁迅曾在写给李霁野的信中说：“钉是十六或十八，我也记不清了。总之两数之一是错的，请改成一律。”

前面一小半”，乃“后人窜入”。其摆出的一个重要证据是：“在三十六回以前，在时间问题上没有一处是不相合的；但在那以后，就扞格不入了。……在把上述后人窜入的部分去掉以后，我们可以再一次看到吴敬梓在计算时间上的精细。”不言而喻，章培恒先生所说的这些后人窜入的部分，便涵盖着吴组缃先生所例举的上述片断。这种研究方法不同而结论上的殊途同归，显然是由于他们道出的只不过是种铁案如山难动摇的事实。①

章培恒先生从各部分故事间的时间矛盾判断哪些地方是伪作的论证思路，既有张锦池先生这样坚定的支持者，也有持反对意见者。例如：谈凤梁先生注意到，《儒林外史》在包括前三十六回在内的不少地方存在时间讹错或不够确切之处，有的甚至是严重的时间错误，“某些一以贯之的误差又恰恰说明前五十五回和五十六回之间是不可分割的整体，它们同出吴敬梓之手”②；商伟先生《礼与十八世纪的文化转折：〈儒林外史〉研究》甚至认为五十六回本《儒林外史》在叙述时间上出现前后不一致的情况，有时候是因为吴敬梓把原型人物的活动时间和小说人物的虚构时间给弄混了，以至于偏离了他为小说虚构的时间框架，跟人物原型的生平时间走，这恰恰证明这一部分的作者只能是吴敬梓，而不可能是别人。③

细读《儒林外史》，结合正反两方面的意见，我们认为章先生所指出的“吴敬梓在写作时，对作品中故事发生的时间，是经过周密考虑和计算的”是能够成立的，以这一点作为辨认五十六回本那些部分系后人窜入的前提，是有效的。

《儒林外史》的时间线索错综交织，存在多个时间的叠加：一、采用了

① 张锦池：《论〈儒林外史〉的纪传性结构形态》，《文学遗产》1998年第5期。

② 谈凤梁：《〈儒林外史〉第五十六回当属原作》，《明清小说研究》1985年第一辑。

③ 商伟：《礼与十八世纪的文化转折——〈儒林外史〉研究》，生活·读书·新知三联书店2012年版，第409—423页。

明朝纪年，有多处明确提到年代，其叙述时间几乎跨越了明代的整个历史，并且频频引入明代的历史人物和历史事件——人物如高启、王鏊、何景明、谢榛、李攀龙、王世贞、宗臣等，事件如宁王反乱、李梦阳因参劾张国舅而下狱等。二、《儒林外史》“波澜点缀，摭取他籍者为多”①，采摭的素材本身有时也携带有时间信息。三、《儒林外史》中有不少人物以吴敬梓同时代的人物为原型，小说中自然会涉及这些原型人物生平活动的时间。四、小说所写官职、名物、制度等也可能打上时代的烙印。如果作者在写作时不对各故事的时间作过周密考虑，或者有伪墨窜入，就很容易出现时间顺序上的疏忽、矛盾和讹误。因此，时间顺序的控制与失控，就可以成为透视五十六回《儒林外史》文本生成方式和过程的窗口。

章培恒先生在《〈儒林外史〉原貌初探》中注意到，在第三十六回以前，明确提到年代的共四处（第一回不计在内）：第二回言及成化末年（1487），第二十回言及嘉靖九年（1530），二十五回言及嘉靖十六年（1537），三十五回言及嘉靖三十五年（1556）。另有一处言及“适值江西宁王反乱”（第八回），宁王造反是历史上实有的事，在正德十四年（1519）；可以说，这在实际上也点明了具体时间。因此，从第二至三十五回，在时间上共分成四大段。第一段为第二至八回，共三十二年。第二段为第八至二十回，共十一年。第三段为第二十至二十五回，共七年。第四段为第二十五至三十五回，共十九年。假若对这四个时段中的故事作一具体考察，便不难发现：每个故事中各时间状语表述的时间之和，就是该故事发生的总时间；各个故事发生的时间之和，又恰好与该时段的总年数是相合的。章培恒先生在文中以第二段、第三段为例作了论证，并在注中作了补充说明，张锦池《论〈儒林外史〉的纪传性结构形态》对更为复杂的第四段作了补证。而认为吴敬梓对故事时间的考虑和计算并不“精心”和“周密”的说法，经笔者仔细查验，恐怕都可进一步讨论：要么误解了小说文本，要么与章先生所说的时间矛盾性质上很不一样，要么为传抄、刊印过程中之误。

① 李汉秋：《〈儒林外史〉研究资料集成》，上海古籍出版社 2017 年版，第 347 页。

小说第二十五回言及嘉靖十六年(1537)十月初一日,第三十五回言及嘉靖三十五年(1556)十月初一日,我们以这两个时间点之间的文字为例略加剖析。之所以选这一部分文字,因为其中的时间线索比较复杂,既涉及多个时间要素的叠加,又出现了不少反对章先生意见者所说的时间矛盾。为了论述方便,我们以向知府(向鼎之前为知县,至此已升为知府)与鲍文卿重逢,向知府说“自同你别后,不觉已是十余年”为界,把这19年的时间分为上、下两个时段讨论。

先说下半段。第二十六回写鲍廷玺于向知府和鲍文卿重逢之年的“十月十三日”,由向知府为媒娶王氏之女;“看看过了新年”,向知府让鲍氏父子在察院里巡场察号;“又过了几个月”,王氏之女死于难产;“又过了几个月”,鲍文卿亦病故;“过了半年有余”,金次福走来请鲍老太说话,为鲍廷玺说亲,议娶王太太,其时当在向、鲍重逢后的第三年。第二十七回写王太太即“择定十月十三日过门”;当她知道鲍廷玺原来是个戏子,气成了一个失心疯,“一连害了两年”,把衣服、首饰都花费完了,夫妇被鲍老太赶出了家门;难中鲍廷玺与在苏州抚院衙门做相公的胞兄倪廷珠相逢,“又过了半个月”,在倪廷珠的资助下买了一所房子,其时当在向、鲍重逢后的第六年。第二十八回写鲍廷玺到苏州探望倪廷珠,谁知倪廷珠已死,乃投季苇萧于扬州,季苇萧托鲍廷玺带一个书子给客居南京的季恬逸,在鲍廷玺来拿书子的那天早晨,宗姬来拜,自称“一向在京,同谢茂秦先生馆于赵王家里”,“有一个小照行乐,求大笔一题。将来还要带到南京去,遍请诸名公题咏”。第二十九回写季恬逸、萧金铉和诸葛天申合选文章,“到四五个月后”,诸葛天申那二百多两银子也就所剩有限了,恰值杜慎卿来南京,三人便去拜访,“那正是春暮夏初”,没多久,季苇萧也来到南京。第三十回写杜慎卿同季苇萧相交,两人极其投合,“次日”,同已到南京的宗姬来拜杜慎卿,宗姬说起在“京师赵王府里同王、李七子唱和”;五月初三日,杜慎卿“逞风流高会莫愁湖”,梨园弟子“也有做《请宴》的,也有做《窥醉》的,也有做《借茶》的,也有做《刺虎》的,纷纷不一。后来王留歌做了一出《思凡》”,其时当是向、鲍重逢后的第七年的五月初三。第三十一回写鲍廷玺于莫愁湖之会后，在杜慎卿处"又效了两个月劳，到七月尽间"去杜少卿家打抽丰。第三十二回写鲍廷玺向杜少卿借钱，说"只有门下是七八个月的养在府里白浑些酒肉吃吃"。第三十三回写"杜少卿在家又住了半年多，银子用的差不多了，思量把自己住的房子并予本家"，"足足闹了半年，房子归并妥了"，于是便移家南京，"这时三月初旬"。第三十四回写天子招贤，庄绍光决定先应征，然后辞爵，而杜少卿则托病谢聘，醉心于看花饮酒和泰伯祠的修筑。第三十五回写庄绍光面圣呈策，其时为"嘉靖三十五年十月初一日"。这一部分外在的时间线索非常清晰，通过倒推，我们可以知道向、鲍重逢的时间为嘉靖二十七年(1548)。与此同时，明代的历史人物和事件也被编织进来。宗姬自称"一向在京"，同后七子中的谢榛(字茂秦)"馆于赵王家里"；曾经在"京师赵王府里同王、李七子唱和"。王世贞、李攀龙、谢榛等后七子京师唱和的时间为嘉靖二十七年至嘉靖三十一年，与小说这一部分在时间上正相吻合。① 这表明吴敬梓在处理叙述时，并没有将小说的历史框架视为儿戏，而是周密考虑的。杜少卿是吴敬梓以自己为原型塑造的，这段文字自然还涉及人物原型生平时间问题。吴敬梓雍正十一年二月移家至南京，乾隆元年三月被赵国麟举荐入京应博学鸿辞的考试②，前后四年多，而《儒林外史》将这段时间压缩为几个月，同样丝毫没有扞格之处。作者在写这段故事时，绝非贸然着笔，而是对时间顺序作过精心筹划安排，力求将不同的时间线索加以整合，编织成统一的文本叙事，否则的话，不可能如此吻合。当然，这部分在时间上也有疏漏。何满子先生曾指出，杜慎卿在莫愁湖上召集梨园弟子会演，情节进行的年代应是明嘉靖年间，而所演的《刺虎》是无名氏《铁冠图》中的一折，是清初才可能出现的戏。③ 其实何满子先生所举出来的"时间的失

① 徐朔方：《晚明曲家年谱·苏州卷·王世贞年谱》，《徐朔方集》第二卷，浙江古籍出版社1993年版。

② 胡适：《吴敬梓年谱》，《胡适文集》第6册，人民文学出版社1998年版。

③ 何满子：《关于〈儒林外史〉的两封信》，《论儒林外史》，人民文学出版社1981年版。

真”，与章培恒先生所举出来的各部分故事间的时间矛盾，在性质上是很不一样的，前者为“事件所发生的时间的矛盾”，后者是“各部分故事间的时间矛盾”，二者有根本差别，章培恒先生《再谈〈儒林外史〉原本卷数》对此已有专门论述，不再赘述。

再说上半段。这段文字只有不到一千三百字，在时间上却迷雾重重，特别是鲍廷玺的年龄，存在错乱现象。追踪小说叙述的线索，向鼎在安东知县任上与鲍文卿相会的那一年与立过继文书为同一年，即嘉靖十六年(1537)，此时鲍廷玺“年方十六岁”；接着写“送他读了两年书……到十八岁上……”；再接着写向、鲍相重会，在重会时向鼎告诉鲍文卿“自同你别后，不觉已是十余年”，自己“在安东做了两年，又到四川做了一任知州，转了个二府，今天才升到这里”；再接下来当向鼎问鲍廷玺的年龄时，鲍廷玺却说“小的今年十七岁了”。这里显然存在时间上的矛盾：小说叙述的时间过了十一年，而鲍廷玺只增加了一岁。章培恒先生经过细致辨析，认为过继文书中“年方十六岁”原文本当作“六岁”，当为传抄、刊印过程中之误，那么，这段文字在时间上的迷雾就被廓清了。①

综上所述，章培恒先生所说的“吴敬梓在写作时，对作品中故事发生

① 这里顺便讨论《儒林外史》另一处因传抄、刊印而使小说文本出现时间错讹的问题。章培恒先生在《〈儒林外史〉原貌初探》中谈到与宁王造反相关的时间时，将宁王“闹了两年”改为“闹了两月”，并解释说：“现存所见各本《儒林外史》皆作‘闹了二年’。按，宁王造反是历史事实，其起讫时间为正德十四年六月至七月。此等历史事实不当任意改动。而且，书中写宁王失败后，王惠遇到蘧公孙，不久，公孙与娄公子相见，其时为八月，与宁王失败的月份恰相衔接，且据书中纪事，逆推王惠逃亡的年份，也恰为正德十四年，可知吴敬梓对宁王失败的年月知道的很清楚，不至认为宁王造反达两年之久。”对章先生这段理解，有的学者认为是说不通的，因为作品交待得很明白：宁王反乱、王惠“推升了南赣道”，“次年宁王统兵破了南赣官军”，王惠投降。若“年”为“月”之讹字，“次年”又如何解释？可见作品并非是把这件事当作两月来处理的。其实，只要把“次年，宁王统兵破了南赣官军”前面一句补上，我们就能明白章先生这样说的道理：“一宿无话，查毕公事回衙。次年，宁王统兵破了南赣官军……”既然说“一宿无话”，怎么会突兀地接入“次年”呢？“次年”显为“次日”之误，当也是传抄、刊印过程中形成的。

的时间,是经过周密考虑和计算的”,符合《儒林外史》前三十六回实际;张锦池先生所补充论证的“《儒林外史》中的时间顺序,不只是作者‘安排人物情节的依据之一’,还是作者结构作品情节的主要线索之一,具有编年作用,而这在作者是有明确认识的”,完全能够成立。那么,以《儒林外史》各部分故事间是否存在重大的时间差错作为判断是否有他人伪墨、哪些部分不是出自吴敬梓之手的依据,就不失为一条有效的研究思路。

三　《儒林外史》原貌问题文献基础的审视与反思

《儒林外史》原貌问题之所以成为不断争论的学术话题,重要原因之一就是除了分析作品所得的内证外,可依据的原始材料比较薄弱,目前还没有寻觅到能够坐实吴敬梓原稿是五十回还是五十六回的直接文献。

吴敬梓《儒林外史》至迟在乾隆十四年(1749)已基本完成,因为程晋芳写于这一年秋天的《怀人诗》有“《外史》纪儒林,刻画何工妍。吾为斯人悲,竟以稗说传”。[①]《儒林外史》不如《聊斋志异》那么幸运,吴敬梓手稿没有流传下来,现今所见《儒林外史》的最早版本是嘉庆八年(1803)刊刻的卧闲草堂本,共五十六回,距吴敬梓之死已四十九年,也没有证据证明卧本依据的是吴敬梓生前出现的五十六回抄本。[②] 最早述及《儒林外史》卷数的是吴敬梓的好友程晋芳,他在于乾隆三十五、六年间写的《文木先生传》中说:“所著有《文木山房集》、《诗说》若干卷,又仿唐人小说为《儒林外史》五十卷,穷极文士情态,人争传写之。”[③]在嘉庆八年之前的文献中,目前尚未发现关于《儒林外史》卷数的其他记载。叶名澧《桥西杂记》所

① 程晋芳:《勉行堂诗集》卷二,魏世民校点《勉行堂诗文集》,黄山书社 2012 年版,第 68 页。

② 李汉秋:《〈儒林外史〉的版本源流》,《〈儒林外史〉研究》,华东师范大学出版社 2001 年版,第 226—236 页。

③ 程晋芳:《勉行堂文集》卷六,魏世民校点《勉行堂诗文集》,黄山书社 2012 年版,第 802 页。

记，也证明了五十卷本的《儒林外史》曾由书坊刊刻过。令人遗憾的是，目前并没有五十卷本的《儒林外史》文本来证实。第一个提出后人妄作"幽榜"的是金和，他在为同治八年（1869）刊印的苏州群玉斋活字本所作的《跋》中云："是书原本仅五十五卷，于述琴棋书画四士既毕，即接《沁园春》一词，何时何人妄增'幽榜'一卷，其诏表皆割先生文集中骈语襞积而成，更陋劣可哂，今宜删之以还其旧……"①但金《跋》距离吴敬梓去世已经一百一十五年，且讹误颇多，不尽可信。这就是我们很长时间以来在《儒林外史》原貌问题研究上必须面对的现实！在这样一个既充满矛盾又有深深裂缝的文献基础上开展研究，自然众说纷纭，莫衷一是。章培恒先生的《〈儒林外史〉原书应为五十卷》、《〈儒林外史〉原貌初探》、《再谈〈儒林外史〉原本卷数》等论文之所以受到学界特别的重视，成为探讨《儒林外史》原貌问题无法绕开的焦点，虽主要得力于他缜密的逻辑思维和深厚的考证功力，也一定程度上与他对有裂缝的文献基础保持的警惕有关。换言之，若细心阅读章培恒先生的这几篇论文，我们实不难发现，章先生在对自己的观点进行论证时，已有意识地弥合其所依据文献的裂缝，对可能存在的反对意见深思熟虑。

商伟先生对《儒林外史》写作方式和写作过程所作的具有启发性的思考，特别是郑志良先生发现的新文献，一度让学界异常兴奋，似乎看到了彻底解决《儒林外史》原貌问题的曙光。但兴奋过后，有的研究者很快发现，这些新文献可以有不同的解读方向，依然是有深深裂缝的。在北京大学召开的《儒林外史》新文献研讨会上，大家"'当面锣，对面鼓'地深入论辩切磋了一整天"（李汉秋先生语），最终谁也说服不了谁，彼此对宁楷《题辞》的理解差异甚大，有的学者把宁楷《题辞》看作五十六回本为吴敬梓原作的铁证，而有的学者仍坚持五十回说，认为宁楷《题辞》并没有推翻章培恒先生的观点，甚至是对章培恒先生观点的佐证。李汉秋先生的论文

① 李汉秋：《儒林外史汇校汇评》附《〈儒林外史〉跋》，上海古籍出版社 2010 年版，第 691 页。

《〈儒林外史〉萧云仙故事考说》①、李鹏飞先生的论文《〈儒林外史〉第五十六回为吴敬梓所作新证》等，都可看作北京大学会议结下的果实。现在，我们具体讨论一下李鹏飞先生对拙作《〈儒林外史〉原貌新探》的另一处批评：

> 即使退一万步，我们暂且承认耿传友先生的说法，那么我们也可以做出这样的推断：如果"幽榜"一回与萧云仙故事的窜入者都是宁楷的话，那么我们就看到了这样一个有些奇怪的过程——宁楷先增补了"幽榜"这一回，随后就写了那篇《题辞》，特意提及"幽榜"这一回的内容，此后宁楷又窜入了萧云仙故事，并且把萧云仙故事中出现的萧云仙、木耐这两个人物增补进了"幽榜"，但没有增入《题辞》——耿传友虽然支持五十回说，却没有提到同样被章先生怀疑的汤镇台父子故事是不是也被宁楷窜入以及何时窜入——汤镇台父子也进入了"幽榜"，但究竟是何时进入的呢？汤镇台故事也出现在《题辞》中，难道汤镇台的故事在宁楷写《题辞》时已经被窜入了吗？还是后来被窜入，宁楷将汤镇台增入了《题辞》、却没把萧云仙也增入《题辞》？无论是哪种情况，同为被窜入的"幽榜"一回与汤镇台故事被《题辞》提到了，更重要的萧云仙故事却未被提到，岂不是很奇怪的事？还有更令人不解的一点则是：如果宁楷窜入了萧云仙故事，并且又修改了虞博士在南京任职的时间（章培恒先生认为虞博士说他在南京做了六、七年博士的话是窜入者改的），为什么他还要写"试观三年不倦"这样的话呢？如果我们承认另一种可能，即窜入者不是宁楷，而是他所了解的另一人，那么也存在同样的疑问：既然宁楷把窜入的"幽榜"一回与汤镇台故事写入了《题辞》，他为何不把更重要的萧云仙故事增入《题辞》呢？

① 李汉秋：《〈儒林外史〉萧云仙故事考说》，《文学遗产》2016年第5期。

在《〈儒林外史〉原貌新探》中，笔者已通过对宁楷《题辞》的解读，结合小说文本内证，明确指出，在宁楷写《题辞》时，他所看到的《儒林外史》已有汤镇台野羊塘大战的故事，但还没有萧云仙的故事。李鹏飞先生的眼光是敏锐的，他的潜台词大概是说我这样的看法可能既与五十六回说不同，也与章培恒先生观点相异。我想，这里有几个文本概念恐怕需先加以区分，即吴敬梓原稿（简称原本）、宁楷写《题辞》时所依据的《儒林外史》文本（简称题辞本）、卧闲草堂本（简称卧本）。从逻辑上说，确实存在原本与题辞本相同，而与卧本不同的情况，但也存在其他可能，比如原本、题辞本、卧本都不相同，即有人在原本的基础上先窜入汤镇台的故事和"幽榜"这一回，宁楷据此写了《题辞》，然后又窜入萧云仙故事，并对全文作了润色修改，形成了卧本的基础。若是后一种可能，就与章培恒先生的看法没有不同。考虑到缺乏有力的文献支持，故当时只根据宁楷《题辞》立论，而未作进一步分析。

总之，郑志良先生发现的宁楷《题辞》、吴敬梓《后新乐府》等新文献同样不能坐实吴敬梓《儒林外史》原本是五十六回还是五十回，感兴趣的研究者不得不再次使用以前既充满矛盾又有深深裂缝的文献以及自己获得的文本内证来捍卫自己对新文献的解读，而所举出的文本内证（如主题思想、写作方式等）基本上不脱学界已讨论的范围。在这样的背景下，以前与《儒林外史》原貌研究有关的成果被重新检讨，章培恒先生的观点及其所作的论证再次成为学界讨论的话题，因为无论是赞成章先生的观点，还是反对他的观点，你都无法绕开他曾经作过的学术探索。

（原载《江淮论坛》2019 年 2 期）

《随园轶事》真伪考

《随园轶事》为蒋敦复所撰，这几乎是中国古代文学研究者的共识，《贩书偶记》[①]、《中国古代小说总目》[②]等都有著录。但我在阅读此书的过程中发现，书前署名蒋敦复的序存在若干可疑之处，不足为信，书中出现了蒋敦复身后的史实，明显违背情理。我认为此书实是杂抄袁枚《随园诗话》、《小仓山房诗集》、《小仓山房尺牍》、《子不语》和袁祖志《随园琐记》等著作而成，而且出于王文濡之手的可能性较大。故草为此篇，请相关专家和读者批评，以澄清与此书有关的一些误解。

一

《随园轶事》最早由上海国学扶轮社刊印于民国元年(1912)，署宝山蒋敦复剑人稿。在此之前，未见有任何记录。此后，民国六年(1917)上海书局重印，民国二十四年(1935)上海大达图书刊行社又出版了周郁浩的标点本。各版内容相同，共6卷241则，卷首都有署名蒋敦复所作的序：

---

① 孙殿起：《贩书偶记》卷十二《小说家类》之《杂事之属》，上海古籍出版社1982年版，第295页。

② 石昌渝：《中国古代小说总目》之《文言卷》，山西教育出版社2004年版，第445页。

随园先生年少登科，壮岁归隐，享园林之乐，极声色之娱。桃李门墙，遍及巾帼；王侯为之倾倒，走卒识其姓名。文采风流，论者推为昭代第一人，非过语也。余生也晚，不获亲炙风徽，读《仓山集》，犹慨然想见其为人。既与先生文孙又村明府交，虚怀好士，一如先生；过从之暇，时时为余道先德。及小金子之难，明府殉焉。余亦居危城中。（时有《草土馀生记》之作）事定，应应敏斋方伯之聘，明府弟翔甫同在幕中，昕夕聚谈，又得闻先生轶事。耳积既久，暇则录之于册；间有得诸他人者，亦不省为谁何也。信笔所之，拉杂无次，唐突前贤，自知罪矣！然鄙见所在，道其实而存其真，或亦骚坛之佳话，随园之掌故乎？他日之灾梨枣与否，尚当于翔甫一决之。同治三年四月敦复识。①

蒋敦复(1808—1867)，字剑人，又字子文，纯甫，克父，超存；号江东老剑，又号丽农山人。原名尔锷，又名金和。太仓州宝山县人。幼聪颖，但多次赴乡试皆落第。晚年客应宝时幕，卒于幕中。曾问学姚莹，是晚清著名的文学家，工古文诗词，著有《啸古堂文集》、《啸古堂诗集》、《芬陀利室词集》、《芬陀利室词话》、《英志》等。② 序中提到 3 人：袁枚的文孙又村即袁祖德，咸丰三年(1853)署上海县知县事，上任不久殉难；翔甫即袁祖德的弟弟袁祖志，咸丰十一年(1861)署上海县丞；应敏斋方伯即应宝时，同治五年(1866)重修上海志时，时为苏松太道的应宝时延蒋敦复与其事，蒋敦复次年病殁，其遗稿《啸古堂文集》托应宝时代为梓行。③ 然而蒋敦复《啸古堂文集》没有此序，且这段序文多处与事实不符：

① “蒋敦复”《随园琐事》，民国元年刊本，南京图书馆藏。另参看王英志编《袁枚全集》第八册附录《随园轶事》，江苏古籍出版社 1993 年版。

② 参见滕固：《蒋剑人先生年谱》，沈宁编《挹芬室文存》，辽宁教育出版社 2003 年版。该谱原载 1933 年《图书馆学季刊》第 9 卷第 2 期。

③ 参见俞樾等编：《上海县志》卷十二《职官表上》、卷十三《职官表下》、卷二十三《游寓》“蒋敦复”条等，清同治十年刻本。

1. 同治三年(1864)四月之前,蒋敦复并没有应应宝时之聘,入其幕中。

应宝时《〈啸古堂文集〉跋》云:

> 丽农山人,余二十年前诗友也,初与胡鼻山人同遇于海上,琴尊跌宕,意气纵横,致足乐也。比余宦游此邦,尚得与山人订宫谱,搜异志,说鬼谈天,以抒发其胸中不平之蕴。迨山人客余幕中,虽亦就访时政,每助余诘强邻之难,剔巨魁之奸,然必数日甫得一面,相见又不过数语,欲如往昔之送抱推襟流连光景,不可得矣。不一年而先生殁。殁之前,尚以书贻余,曰:"老病颠连,仅属气息,恐遂奄忽化为异物,愧负知己,无以报德。虽知己必不责报于我,然天下滔滔,斯人谁与有心,同志能有几人,徒使鲁仲连、陈同甫一流人长埋泉壤,岂不痛哉! 一生勤苦,只剩得好名二字,然亦望后世知我心耳。文集八卷,望为先刻;诗词诸稿能次第开雕,大妙! 大妙!"又自题其函为"鸣鸟遗音"。山人临终,其本性不迷如是。余诺之。因检所著《啸古堂文稿》寄俞荫甫同年樾为之编次,分八卷,复邀齐玉溪文学裘为之校刊,踰一年始成。以板授其长男梦虎藏诸家,时梦虎年十五,已崭然见头角,能读父书,其诗词诸稿他日梦虎必有以传之者。遂书此以志死生契阔之感云。同治七年秋七月永康应宝时跋。①

从这段跋语看,蒋敦复客应宝时幕后"不一年"而殁,而蒋敦复同治六年(1867)卒于上海,这就是说他在同治五年(1866)才应应宝时之聘,入其幕中。应宝时与蒋敦复关系密切,又是当事人,他的记载应该是真实可信的。那么,蒋敦复怎可能在同治三年(1864)四月之前写出"应应敏斋方伯之聘,明府弟翔甫同在幕中,昕夕聚谈,又得闻先生轶事"这样的文字呢?

---

① 应宝时:《〈啸古堂文集〉跋》,《啸古堂文集》附,清同治七年刻本。

2. 序中称应宝时为“方伯”，亦与多处史料的记载不合。

其一，李鸿章同治四年（1865）正月二十九日的奏折《洋弁请奖片》云：

> 前据英国公使威妥玛将帮同戈登打仗各洋弁开单交由总理衙门知照到臣，当经饬据苏松太道丁日昌、通商随员候补知府应宝时会同戈登及总税务司赫德悉心查核，大致相符，并据英领事巴夏礼面称，翻译官梅辉立等与有功绩。①

据《清史稿·职官志》，知府为从四品，方伯为布政使的尊称，为从二品。②同治三年（1864）四月，应宝时只有任布政使或加布政使衔才能被称为“方伯”。应宝时在同治四年（1865）正月尚为从四品的候补知府，且未见有加布政使衔的任何记载，蒋敦复岂能在同治三年（1864）四月称他为“方伯”？

其二，李鸿章同治四年（1865）八月初一日的奏折《奏保李宗羲等片》云：

> 查有三品顶戴苏松太道丁日昌，广东廪贡，由江西直隶州调营当差，嗣擢海关道。筹办洋务，抚绥商民，实力整顿，不避劳怨，操守亦甚清严。昨因病请假调理，计可就痊。上海洋务，现有通商随员升用道应宝时代理关道，本是熟手，可期措置得宜。又，按察使衔广西补用道程桓生，安徽拔贡……③

在李鸿章的奏折中，称谓丁日昌时特别提及其三品顶戴，称谓程桓生时专门提及其按察使衔，如果应宝时此时已加布政使衔，李鸿章岂有不提之

① 《李鸿章全集》2《奏议二》，安徽教育出版社2008年版，第18页。
② 《清史稿·职官志》，浙江古籍出版社1998年据百衲本影印，第452页。
③ 《李鸿章全集》2《奏议二》，第204页。

理？而结合前引李鸿章的《洋弁请奖片》看，应宝时地位比丁日昌要低，在丁日昌因病请假时，应宝时暂时代行职务。既然丁日昌在同治四年(1865)八月尚以道员(正四品)着三品顶戴，应宝时又岂能在同治三年(1864)四月就"加布政使衔"？

其三，杜文澜《憩园词话》云：

> 应敏斋廉访宝时，永康人。甲辰孝廉，就职州佐。莅江苏，以规画军事，镇抚彝情，屡膺剡章，补授苏松太道。旋擢苏臬，加布政使衔，前后六署藩篆。①

据《上海县志》，杜文澜字小舫，同治八年(1869)任苏松太道。② 作为应宝时的继任者和下属，他的记载值得相信。而据《苏州府志》，应宝时同治八年(1869)七月十八日任江苏按察使，同年八月二十二日署江苏布政使。③假如上述所载不误的话，应宝时是在同治八年(1869)任江苏按察使后"加布政使衔"或"署布政使"的。既然如此，那么，蒋敦复怎可能在同治三年(1864)四月就尊称应宝时为"应敏斋方伯"呢？

综合以上所述，蒋敦复决不可能在同治三年四月称应宝时为"敏斋方伯"！

3. 书中出现了蒋敦复的身后之事。

《随园轶事》卷五"某中丞未读《小仓山房全集》"条云：

> 同治初年，某中丞抚吴时，重刊《牧令全书》，颁示僚属。书中载先生《答门人王礼圻问作令》一书，中丞批云："先生一生著作，只有此件，有益世人。"然先生著作等身，有益世人者，正自不少，固不仅仅此

① 杜文澜：《憩园词话》卷三，唐圭璋编《词话丛编》第三册，中华书局1986年版，第2901页。

② 《上海县志》卷十二《职官表上》，清同治十年刻本。

③ 冯桂芬等编：《苏州府志》卷二十二，清光绪刻本。

一书已也。时大难初平,《小仓山房全集》尽毁于乱,中丞殆未窥全豹者欤?

同治初年抚吴,又重刊《牧令全书》颁示僚属的中丞当为丁日昌。《牧令书辑要》卷首云:

同治七年三月初十日内阁奉上谕:丁日昌奏设局刊刻牧令各书一摺。州县为亲民之官,地方安危系之。丁日昌现拟编刊牧令各书,颁发所属,即著实力举行,俾各州县得所效法。[①]

据《牧令书辑要》书前例言,此书原为徐栋所编,分类一十有八,分卷二十有三,采摭极为宏富,丁日昌让人"芟芜并复,类仍其旧,而卷存其十"。《牧令书辑要》卷一收有袁枚《答门人王礼圻问作令》,文后有丁日昌批语:"袁简斋一生著作,只是此件,有益世人。"亦可证引文中的《随园轶事》"某中丞未读《小仓山房全集》"条中的"某中丞"为丁日昌。丁日昌设局刊刻牧令各书为同治七年(1868)三月,署名蒋敦复的《〈随园轶事〉序》作于同治三年(1864)四月,而从序中看,《随园轶事》此时已经编定,二者时间明显矛盾!或许有人认为,古人著作,虽多于书成后撰序,但这里署名蒋敦复的序非常简单,类似于写作缘起,亦可能写成于成书之前,且成书后蒋敦复亦有不断修改附益的可能。实际上,这种可能性并不存在,蒋敦复卒于同治六年(1867),丁日昌重刊《牧令书》开始于同治七年(1868)三月,成书在同治七年(1868)六月七日后,[②]蒋敦复如何能知道其身后之事?同

① 徐栋原编,丁日昌选评:《牧令书辑要》,江苏书局朱印《牧令全书》本,清同治八年刻本。

② 莫有芝《与丁日昌书》云:"《牧令书》想删定脱稿,半已付雕矣。"此信写于同治七年六月七日,足征丁日昌主持刊刻的《牧令书》竣工于此后。参看张剑《莫有芝有关持静斋藏书手札六通考释》,王绍仁《江南藏书史话》,上海古籍出版社 2009 年版,第 418—419 页。

时，这段文字与袁祖志《随园琐记》中的记载相似：

> 同治初年，某中丞抚吴时，重刊《牧令全书》，颁示僚属。原本载先大父《答门人王礼圻问作令》一书，中丞批云："先生一生著作，只是此件，有益世人。"殆未见《小仓山房全集》，故有此语欤？①

即使袁祖志同治三年(1864)四月前曾与蒋敦复"昕夕聚谈"，他们也不可能谈及蒋敦复去世一年后发生的事情，《随园轶事》"某中丞未读《小仓山房全集》"条显系袭自《随园琐记》而略作发挥。

倘若我们以上所论没有大谬的话，《随园轶事》署名蒋敦复的序就是靠不住的，不足为信，其书中又记有蒋敦复身后人事，与蒋敦复殁后的著述雷同，书为赝作，殆无疑也。

二

《随园轶事》所记的"轶事"源自何处呢？

笔者把《随园轶事》与袁枚的《随园诗话》②、《小仓山房诗集》③、《小仓山房文集》④、《小仓山房尺牍》⑤、《子不语》⑥和袁祖志的《随园琐记》等反复比较，发现《随园轶事》实主要是抄袭、杂糅以上诸作而成。为便于说明问题，笔者不惮烦琐，将《随园轶事》的来源按顺序列表加以辨明。

---

① 袁祖志：《随园琐记》卷下《记轶事》，《随园三十六种》，1913年上海中华图书馆印行。

② 袁枚：《随园诗话》，人民文学出版社1982年版。

③ 袁枚：《小仓山房诗集》，《小仓山房诗文集》，上海古籍出版社1998年版。

④ 袁枚：《小仓山房诗集》，《小仓山房诗文集》，上海古籍出版社1998年版。

⑤ 袁枚：《小仓山房尺牍》，《袁枚全集》五，江苏古籍出版社1993年版。

⑥ 袁枚：《子不语》，《袁枚全集》四，江苏古籍出版社1993年版。

表一 《随园轶事》来源表①

《随园轶事》篇名	来源	备注
存斋	待考	
青琳居士	《小仓山房文集》卷七《女弟素文传》	B
通迟兄弟	《小仓山房诗集》卷二十四《十月十四日嗣香亭子为己子取名阿通喜而赋诗》、《小仓山房诗集》卷二十五《七月二十三日阿迟生》	B
陶姬能诗早逝	《随园诗话》卷六第一一〇条、《小仓山房诗集》卷十一《哭陶姬》	B
唐静涵姬人	《随园诗话》卷七第六条	A
渔洲居士	《随园诗话》卷七第六条	A
定窑观音	《小仓山房诗集》卷七《题蒋盘漪诗册(并序)》	B
孙秀才让榻查广文让舟	《随园诗话》卷十二第九〇条、第八九条	A
温州坐筵	《随园诗话》卷十二第九三条、《小仓山房诗集》卷二十八《温州坐筵词(有序)》	A
福观察图侍郎	《随园诗话补遗》卷三第五条	A
天上女门下士	《小仓山房诗集》卷三《九江观察福公过访见天女散花图而乞之余虽赠犹怜赋诗送别适霞裳亦就渠书记之聘故有第三首》	B
某学士	待考	
裘少宰	《小仓山房诗集》卷十五《少宰裘叔度典试江南事毕登程入山视疾》	B
手札招女郎	《随园诗话》卷十第五一条、《小仓山房诗集》卷五《秦淮小集座有歌郎上元许令目摄之郎亟引去余迂许怜郎而调以诗》	B
钱姓子买妾案	《随园诗话》卷九第六〇条	A
宦家女私逃案	《随园诗话》卷九第五九条	A
沐阳去思	待考	

① 本表备注栏中的A指只是变化叙述者口吻，未提供任何新的信息，内容几乎照抄；B指部分抄袭，在此基础上或略作发挥，或增补了新的信息。

续表

《随园轶事》篇名	来源	备注
温吏部	《小仓山房诗集》卷十一《王郎诗(并序)》	B
施曼郎	《小仓山房诗集》卷五《挽施曼郎(有序》	B
李夫人	《随园诗话》卷三第四三条	A
因缘	《随园诗话》卷三第四三条	A
小陶姬	《同桂郎寻春仪征泊舟燕子矶有怀熊蔗泉观察赋诗却奇》	B
二氏入梦	《小仓山房诗集》卷三十二《二月八日记梦》	B
选艳妙语	待考	
方聪娘	《小仓山房外集》卷六《聪娘墓志》①、《小仓山房诗集》卷二十三《哭聪娘》	B
钟夫人生子	《小仓山房诗集》卷二十五《七月二十三日阿迟生》	B
吴七姑来归	《小仓山房尺牍》卷三《寄谢未堂司寇》	B
染须考据	《随园诗话》卷八第四四条	B
答沈观察谏看花	待考	
踏摇娘求弓	《随园诗话》卷八第四六条	B
娼妓僧道相比	《小仓山房尺牍》卷七《答杨笠湖》	B
说处子	待考	
测美丝	待考	
说好色	《小仓山房尺牍》卷七《答杨笠湖》、《子不语》卷十一《妓仙》	B
说寻花问柳	待考	
为李易安辨诬	《随园随笔》卷十九《存疑类》"李易安改节之疑"条	A
杏媚	待考	
张郎	《小仓山房诗集》卷十九《十一月十三日韦畴五副戎率公子虎丘饯别遣歌者张郎送归白下别后却奇》	B

① 袁枚:《小仓山房外集》,《小仓山房诗文集》,上海古籍出版社1998年版。

续表

《随园轶事》篇名	来源	备注
袁郎	《小仓山房诗集》卷三十一《袁郎诗为霞裳补作(并序)》	A
青衣知诗	《随园诗话》卷六第七二条	B
尹文端公侍者李郎	《小仓山房诗集》卷二十三《赠李郎》	B
许云亭	《随园诗话》卷四第四〇条	A
载美同游	待考	
祖茔宗祠	《小仓山房诗集》卷三十六《再送香亭之广东》	B
色不可不好	《子不语》卷八《凤凰山崩》	A
郑板桥	《随园诗话》卷九第七四条	B
朱竹垞	《小仓山房诗集》卷九《题竹垞风怀诗后(有序)》	B
挽黄仲则联语	《随园诗话》卷七第二十一条	B
诗似白傅	《小仓山房诗集》卷三十《读白太傅集(有序)》	B
权辞应变	待考	
行状、碑铭	待考	
考终之期不验	《小仓山房诗集》卷三十三《除夕告存戏作七绝句》	B
不及重赴鹿鸣宴	《小仓山房诗集》卷三十七《拟重赴鹿鸣琼林两宴诗(有序)》	B
重到旧庐	《随园诗话》卷十第七八条	B
儿女情深	《小仓山房诗集》卷二十《二月十六日苏州信来道孀女病危余买舟往视至丹阳闻讣》	B
嫁婢	待考	
为萧美人受诳	《小仓山房诗集》卷三十四《九月七日以真州萧美人点心馈丽川中丞蒙以诗谢敬答一章》、《附录中丞原唱》	B
重到粤中	杂糅《小仓山房诗集》卷三十相关诗篇	B
不逃水患	待考	

续表

《随园轶事》篇名	来源	备注
重到沭阳	《小仓山房诗集》卷三十二《沭阳吕峄亭观察招游旧治十月五日渡河宿钱翁家次日寓莱园作》	B
不忘《四书》	《随园诗话》卷八第一一条	B
失玉履	《小仓山房诗集》卷二十三《戊寅春失玉履一只己卯秋得之赋诗纪事今冬又失去》	B
芭蕉露	《随园诗话补遗》卷六第二五条	B
窥常熟织机女受窘	待考	
兄弟联吟	待考	
出游沿途得餐宿	《小仓山房诗集》卷三十四《从杭州起身到苏松毗陵京口所过故人家辄留一宿》	B
名满天下	《小仓山房诗集》卷三十五《福敬斋孙补山两相国和希斋大司空惠瑶圃制府同征西藏军中各寄见怀之作赋诗答谢》、《附来诗(并来札)》	B
学诗之始	《随园诗话》卷六第五七条	A
一家多寿	《小仓山房诗集》卷三十六《八十自寿》、《三月二日》	B
老兵感旧	待考	
画图示兆	待考	
焚券	待考	
随园兴废之感慨	《随园琐记》卷下《轶事》	B
寓园	《随园琐记》卷下《记幽境》	B
诙谐对	待考	
相士	待考	
塾中儿戏	待考	
《翻筋斗》《捉迷藏》诗句	待考	
学作制艺	待考	
与李跛不共戴天	《子不语》卷十七《随园琐记》	A

续表

《随园轶事》篇名	来源	备注
补廪预兆	《子不语》卷十七《随园琐记》	A
科考遗才皆不取	《子不语》卷十七《随园琐记》	A
同领乡荐不服解元文	待考	
点苍山白猿拜座师	待考	
狐示乡试题	待考	
狐示会试题	待考	
母子案	待考	
尼姑案	待考	
以婢代赠	待考	
凶徒冥报	《子不语》卷二《沭阳洪氏狱》	A
陈少姑	待考	
苏州女子	待考	
幕友性情嗜好不同	待考	
城隍示梦	待考	
淫女诈死私逃	待考	
冤孽	待考	
同薛一瓢逐鬼	《子不语》卷二《顾尧年》	A
与鬼相戏	《子不语》卷十七《随园琐记》	A
秋海棠花妖	待考	
同学卢彪遇鬼	《子不语》卷十九《卢彪》	A
怪物淫婢	《子不语》卷十九《玉梅》	B
天台县署缸神	《子不语》卷十七《天台县缸》	B
骂诵诗鬼	待考	
豪客入席	待考	
出行两事之便宜	待考	
故人子	待考	

续表

《随园轶事》篇名	来源	备注
冒名骗钱	待考	
阿相国水上莲旗	待考	
声望高崇	《随园诗话》卷十一第三四条	B
高丽使臣购《随园集》	《随园诗话补遗》卷六第一条	B
看书必加摘录	《小仓山房诗集》卷二十五《平生观书必摘录之岁月既多卷页繁重存弃两难感而赋诗》、《小仓山房续文集》卷二十八《随园随笔序》	B
藏书不及毕中丞多	待考	
喜听赵秀才说鬼	待考	
《白下志》	待考	
不及谢珍格致	待考	
罗两峰画像不像	《小仓山房尺牍》卷五《戏题小像寄罗两峰》	B
尹文端公戏谑语	待考	
尹文端公称许语	待考	
庄亚相亦作调侃语	《小仓山房诗集补遗》卷二《收到和章叠韵再寄》	B
御者谈诗	待考	
御者通文	待考	
舟子论古	《随园随笔》卷十九《存疑类》"银瓶小姐之疑"条	B
娈童之自媸	待考	
歌郎送别	《小仓山房诗集》卷二十四《吴下歌郎吴文安陆才官供奉大内已有年矣今春为葬亲故乞假南归相遇虎丘略说天上光景且云此会又了一生余亦惘惘情深凄然成咏》	B
吴下重逢两供奉	同上	B
尹公姬侍不拘形迹	待考	
观音入梦作别	《子不语》卷十九《观音作别》	A
相攸	待考	
好名乃非禽兽	待考	

续表

《随园轶事》篇名	来源	备注
吴山卖艺女郎	待考	
吴山妇人献诗	待考	
题扇诗	待考	
全姑	《子不语》卷十六《全姑》	B
王绀仙索压妆诗	待考	
武员前倨后恭	待考	
匿取周漪香赠物	待考	
天河老猿降世	待考	
朝考诗	《随园诗话》卷一第一〇条	B
归娶赠诗	《随园诗话》卷一第六五条	B
入学	待考	
廪生不保冒籍	待考	
县试不罪枪手	《随园诗话》卷一第三八条	A
县试为幼童作伐	《随园诗话》卷十第一条	A
《全集》中无《心书》	《随园琐记》卷上《记著作》	B
二金出门得荐鸿博	《随园老人遗嘱》①	B
二十四千训蒙捐监应试	《随园老人遗嘱》	B
溧署门者不纳封翁	待考	
万民衣	《随园诗话补遗》卷十第四二条	B
太夫人现身说法	待考	
《陵川集》折服老秀才	《随园诗话》卷四第五二条	A
捕蝗几死马上	《小仓山房诗集补遗》卷二《为马所惊补作(有序)》	A
金中丞之奏疏	《随园诗话》卷一第九条	B

① 袁枚:《小仓山房文集》卷首,《袁枚全集》二,江苏古籍出版社 1993 年版。

续表

《随园轶事》篇名	来源	备注
不忘一饭之恩	《小仓山房诗集》卷五《乾隆丁巳余落魄长安金陵人田古农见而奇之哀其饥渴沽酒为劳未十年余宰金陵古农已为异物求其子孙以诗告墓》	A
分校两闱得两生	《随园诗话》卷十三第九条	B
阴德及人	《随园琐记》卷下《记轶事》	A
某中丞未读《小仓山房全集》	《随园琐记》卷下《记轶事》	B
江宁县署联	《随园琐记》卷下《记手泽》	B
六十年不忘蒙师诗句	《随园诗话》卷十第五八条	B
学作论于姑母	《随园诗话》卷十二第四四条	B
为人宁为担水夫	《随园诗话》卷三第八条	B
部驳保荐因而辞官	《随园琐记》卷下《记轶事》	B
《外集》遗失不传	《随园琐记》卷上《记著作》	A
楹联遗墨	待考	
论郑板桥书法	待考	
绘事留遗之可宝	《随园琐记》卷上《记手泽》	B
听朱观察夫人弹琴	《小仓山房诗集》卷二十八《听朱夫人弹琴(有序)》	B
同周漪香互相题图	《随园诗话》卷二第二九条	B
宴客例更酒盏	《随园琐记》卷下《记器物》	A
不屑研求音律	《随园诗话》卷二第五五条	B
论服药不足医病	待考	
不喜方外	待考	
不喜方外而多赠僧之作	待考	
非不喜方外但不肯佞佛	《随园诗话》卷十四第七〇条	A
天台老僧谈作令事	《小仓山房诗集》卷二十八《履中上人年七十余自言金陵人谈予作令事甚悉众僧膜手环听》	A
金凤	《小仓山房诗集》卷二十八《至却金馆霞裳悦金凤为留一宿》	B

续表

《随园轶事》篇名	来源	备注
桂官	《小仓山房诗集》卷二十四《同桂郎寻春仪征泊舟燕子矶有怀熊蔗泉观察赋诗却奇》、《桂郎归后是夕客寓怃然不能成寐》	B
华官	《小仓山房诗集》卷二十三《席上赠杨华官》	B
曹玉田	《小仓山房诗集》卷二十四《吴门返棹曹郎玉田仿桂生故事送余京口》	B
吴文安陆才官	《小仓山房诗集》卷二十四《吴下歌郎吴文安陆才官供奉大内已有年矣今春为葬亲故乞假南归相遇虎丘略说天上光景且云此会又了一生余亦惘惘情深凄然成咏》	B
不好赴妓席	《小仓山房尺牍》卷六《辞妓席札》	B
辨不好妓	《小仓山房尺牍》卷六《答杨笠湖》	B
心中有妓	待考	
为吴妓金三姐说情	《随园诗话》卷九第三三条	B
美色不在弓鞋	《随园诗话》卷四第三七条	B
为扬妓金玉脱籍	待考	
凤龄薄命	《随园诗话》卷十四第八七条、《小仓山房诗集》卷二十三《三月六日作(有序)》	B
周氏姬赠友	《小仓山房诗集》卷二十《惆怅词二月二十八日作(有序)》	B
却某明府赠姬	待考	
纳杨氏女不果	《小仓山房诗集》卷二十五《感往事有作(并序)》	B
钟氏姬生阿迟	《小仓山房诗集》卷二十四《十月十四日嗣香亭子为己子取名阿通喜而赋诗》、《小仓山房诗集》卷二十五《七月二十三日阿迟生》	B
聪娘	《小仓山房外集》卷六《聪娘墓志》、《小仓山房诗集》卷二十三《哭聪娘》	B
得孙戏阿通诗	《小仓山房诗集》卷三十六《阿通生子赋诗戏之》	B
闺中三大知己	待考	
绣诗乞序	《随园琐记》卷上《记翰墨》	B

续表

《随园轶事》篇名	来源	备注
明太守二姬受业门下	《小仓山房诗集》卷三十五《寄怀前杭州太守明希哲先生(有序)》	B
纳妾之慎重	《随园诗话》卷十一第二九条	A
台州船户	《随园诗话》卷十四第三五条	B
某孝廉	待考	
缙云虞姓兄弟	《随园诗话》卷十二第九〇条	B
作歌惧罪不敢示人	《随园诗话》卷一第五三条	B
老眼复明	《小仓山房诗集》卷三十六《余五十岁用眼镜今八十矣偶尔去之转觉清明作别眼镜诗》	B
大洋镜	《小仓山房诗集》卷三十五《谢镜诗(并序)》	B
大理石	《随园琐记》卷下《记器物》	
遣归小仆琴书	《小仓山房诗集》卷一八《小仆琴书事我有年今年赎券去跪辞泪下作诗送之》	B
重润笔	待考	
酒令	《雨窗消意图》卷三①	B(主人公为金农)
嫁婢	《小仓山房诗集》卷九《折花词为陶西圃作(有序)》	B
乞释修发匠之归束	待考	
序《扬州画舫录》	《扬州画舫录》卷首	
题画诗	待考	
额外女弟子	待考	
宋时简斋铜印	《小仓山房诗集》卷二十四《简斋印(有序)》	B
戏尹文端公诗	《小仓山房诗集补遗》卷二《收到和章叠韵再寄》	B
金陵门生	《随园老人遗嘱》	B
纪游诗多成舟中	待考	

① 牛应之:《雨窗消意录》,清光绪刻本。

续表

《随园轶事》篇名	来源	备注
《恩假归娶图》	《随园琐记》卷上《记图册》	B
《随园雅集图》	《随园琐记》卷上《记图册》	B
《图画有存有亡》	《随园琐记》卷上《记图册》	B
“十三本梅花书屋”小印	《随园琐记》卷上《记手泽》	B
随园之溯源	待考	
小仓山房夏凉冬燠所	《随园琐记》卷上《记堂榭》	B
绿晓阁	《随园琐记》卷上《记堂榭》	B
书仓诗城诗世界南轩	《随园琐记》卷上《记堂榭》	A
柳谷	《随园琐记》卷上《记堂榭》	A
金石藏	《随园琐记》卷上《记堂榭》	B
玻璃世界水精域蔚蓝天	《随园琐记》卷上《记堂榭》	A
澄碧泉小栖霞	《随园琐记》卷上《记堂榭》	B
因树为屋六松亭	《随园琐记》卷上《记堂榭》	B
年例宴客赏花	待定	
家宴	《随园诗话》卷十第四一条	B
《食单》拾遗	待考	
园中食物俱备	待考	
十三户承领种植	《随园琐记》卷下《记轶事》	B
园中鬼	待考	
园中狐	《随园琐记》卷下《记堂榭》	B
不设逻守不避忌讳	待考	
大官屏去驺从	《随园琐记》卷下《记轶事》	B
《瘗梓人诗》	《小仓山房诗集》卷九《瘗梓人诗》	B
先见之明	《随园琐记》卷上《记遗训》	B
《诗坛点将录》	《乾嘉诗坛点将录》	
挽诗	待考	

三

那么,《随园轶事》的作伪者是谁呢? 王文濡的可能性较大。滕固曾为蒋敦复编《蒋剑人先生年谱》,在同治三年(1864)有如下内容:

> 二月为王昙批本《金屋梦》(即《金瓶梅》)说部撰序,记购得此书之由来。(按书为民国初年上海文明书局出版;民国十五年上海卿云图书公司出版之《金瓶梅》,亦载此序。)四月序自撰《随园轶事》。(上海国学扶轮社出版)
>
> 按《金屋梦》序文暨《随园轶事》系书贾所伪托。闻此等文章,皆为吴兴王文濡所造,王谙熟先生遗事,故可乱真也。《宝山县再续志》编者,竟以《随园轶事》一书,列入艺文书目,陋矣。①

王文濡是晚清民国出版界十分活跃的人物,曾与沈知方等组织上海国学扶轮社,与吕子泉、王幼堂、沈骏声合资创办大东书局,一生从事文学编辑工作,编过《说库》、《笔记小说大观》、《香艳丛书》等大型图书,做过不少有益的事情。② 但是他也和许多伪书有关。滕固提及的署名蒋敦复的《〈金瓶梅〉序》系书贾所伪托,黄霖先生对此作了进一步考证,认为最大的怀疑对象为王文濡。③ 据林语堂说,王文濡"发现"的《浮生六记》中的《中山记历》和《养生记道》,纯系伪造④;1980 年,郑逸梅发表《〈浮生六记〉的"足

① 滕固:《蒋剑人先生年谱》,沈宁编《挹芬室文存》,辽宁教育出版社 2003 年版,第 363 页。

② 参见董乃斌:《王文濡简论》,《漳州师范学院学报》(哲学社会科学版)2001 年第 1 期。

③ 黄霖:《〈真本金瓶梅〉与王文濡》,《金瓶梅考论》,辽宁人民出版社 1989 年版,第 335—341 页。

④ 林语堂:《翻印古籍珍本书——兼谈〈浮生六记〉全本》,《宇宙风》第 7 期,1935 年 12 月 16 日。

本”问题》一文，谈到当年王文濡曾想请他代笔“仿做两篇，约两万言”，但他没有答应。后来世界书局《美化文学名著丛刊》出版，足本的《浮生六记》赫然列入其中。① 笔者认为，伪造《疑云集》的幕后策划者甚或捉刀者也是王文濡。② 综上所述，《随园轶事》的伪造，与王文濡有极大的关系，至少他是个积极参与者。

晚清、民国出现了大量的伪书，一些书贾请人甚至亲自出马编造与名人有关的著作以谋取利益。早在八十年前，胡适就发现有人捏造了二百六十二首歪诗，冒充《聊斋诗集》，石印贩卖。③《疑云集》是一例，④如果笔者的说法可以成立，《随园轶事》又是一例。但这只揭开了当时图书出版内幕的一角，完整真相的呈现尚需学界同行的共同努力。

（原载《明清小说研究》2012 年第 2 期）

---

① 郑逸梅：《〈浮生六记〉的“足本”问题》，《读书》1981 年第 6 期。另参见其《〈浮生六记〉的伪作》，《清娱漫笔》，上海书店 1982 年版。淮茗《〈浮生六记〉的传奇与迷局》对《浮生六记》的真伪有较为细致的介绍（《古典文学知识》2010 年第 4 期）。

② 王文濡《〈疑云集〉跋》提供了《疑云集》的“发现”过程：及读《研削斋日记》，知王氏尚有《疑云集》未梓。清光绪间，办学至苏，与昭文黄摩西交，亦以曾闻《疑云集》尚有抄本，在江西易氏之说。转辗访闻，迄不可得。嗣创国学扶轮社于海上。一日晨起，忽有某君来访，手携此篇，余不觉惊喜过望。当以扶轮所出书，约二百金易之；即黄山程氏刊本也。计共诗三卷、词一卷。简帙破碎，剥蚀漫漶处，颇为不少。冥心苦索，点勘三月。其有可意会者，则填补之；不可意会者，则姑阙之。曩时仓促付梓，印以洋纸，友人辈啧有烦言。今特重写一过，用中纸石印，以广流传，而贻永久，亦犹程氏之志也。夏正戊午六月吴兴王文濡识。（郑清茂校《王次回诗集》，联经出版事业公司 1982 年版，第 475 页）

③ 胡适：《辨伪举例——蒲松龄的生年考》，《胡适文集》第 5 卷，人民文学出版社 1998 年版。

④ 耿传友：《王次回〈疑云集〉辨伪》，《中国典籍与文化》2006 年第 4 期。

关于《随园集外诗》的真伪问题

王英志主编的《袁枚全集》问世后，陈正宏①、王英志②、徐国华③、罗以民④、赵厚均⑤、郑幸⑥、冉耀武⑦等学者陆续发现了一些该集所未收录的袁枚诗文。这无疑很有价值，在作家研究中，学界向来强调首先应当尽量收罗完备相关作品，这些佚诗佚文的发现，为深入研究袁枚的生平、思想与创作提供了新的资料。从数量上看，《随园集外诗》的发现最惹人注目，全书收诗二百二十题，三百八十四首，相当于袁枚《小仓山房诗集》的

---

① 陈正宏：《〈袁枚全集〉校补》，《中国文学研究》第三辑，江西教育出版社2000年版。

② 王英志：《新发现的一首袁枚佚诗》，《江海学刊》（哲学社会科学版）2005年第6期；《袁枚书法中的集外诗词九首考释》，《文学遗产》2008年第6期；《袁枚集外手札》，《文献》2008年第3期；《袁枚集外序文二篇》，《文献》2009年第4期。

③ 徐国华：《新发现的一首袁枚集外诗》，《苏州大学学报》（哲学社会科学版）2005年第1期；《袁枚佚文补辑》，《文献》2010年第1期。

④ 罗以民：《〈随园集外诗〉考辨》，《文献》2007年第3期。

⑤ 赵厚均：《袁枚集外诗文二十二则》，《苏州大学学报》（哲学社会科学版）2008年第6期；《袁枚集外书札七通考释》，《南京师范大学文学院学报》2009年第3期；《袁枚集外书札十九通考释》，《南京师范大学文学院学报》2010年第3期。

⑥ 郑幸：《袁枚三篇佚文辑考》，《厦门教育学院学报》2008年第6期；《袁枚佚札四通考述——兼及袁枚、杨芳灿交游考》，《苏州大学学报》（哲学社会科学版）2008年第6期。

⑦ 冉耀武：《袁枚集外文一篇——兼谈袁枚晚年与吴镇的一段文字姻缘》，《文献》2011年第1期。

十分之一。如果这些诗歌的确为袁枚所作，那将是一个极为重要的发现，学界以前对袁枚的一些评价或许要作修订。①《随园集外诗》作为袁枚的佚作已得到学界认可，被收入《清代诗文集汇编》。② 可是，笔者仔细阅读后发现，《随园集外诗》存在的问题很多，其可靠性尚需重新思考。故略陈鄙见，以期引起进一步的探索。

一

《随园集外诗》署蒋敦复编次。上海大东书局1920年初版，1923年再版，1925年三版，1926年四版。各版内容完全相同，藏版者、校勘者均为上海国学研究会。该书所收诗歌有很多与事实存在严重矛盾，不可能为袁枚所作。

1.《随园集外诗》涉及袁枚启蒙老师史中的诗共四首，其中卷四有《举京兆后寄史师》：

> 海内灵光夕照横，瓣香应共祝先生。眼看朋辈登鳌顶，经授生徒宴鹿鸣。风雨樽前搔首梦，枌榆村里读书声。时人莫笑颓唐甚，自古文章老更成。③

袁枚乾隆三年(1738)秋举顺天乡试，是年二十三岁。④ 如果《举京兆后寄史师》是袁枚所作的话，当作于此年。袁枚《史先生墓志铭》却有如下

① 王英志：《〈随园集外诗〉的价值》，《江苏社会科学》2011年第2期。此文给笔者启发处颇多。

② 袁枚：《随园集外诗》，《清代诗文集汇编》第340册，上海古籍出版社2010年版。

③ 《随园集外诗》，上海大东书局1920年版，安徽图书馆藏。本文所引《随园集外诗》文字皆据此本。

④ 方濬师编纂：《随园先生年谱》，王英志《袁枚评传》附，南京大学出版社2002年版，第632页。另参阅郑幸：《袁枚年谱新编》，复旦大学2009年博士论文。

记载：

> 枚生七岁，受《论语》、《大学》于史先生。十二岁，与先生同补弟子员。十九岁，先生卒。三十九岁葬先生于西湖之葛岭，而志其墓曰：先生姓史，讳中，字玉瓒，汉溧阳侯遗裔，为八行世家。……①

袁枚与业师史中同补弟子员，有很多共同的朋友，在史中去世时，十九岁的袁枚同在杭州，袁枚怎能会不知道老师的死讯，在四年后还寄诗给他呢？值得特别指出的是，袁枚《史先生墓志铭》是据其《溧阳史先生传》删节改写，而在《溧阳史先生传》中，袁枚这样叙述：

> 妻陈氏。有女一人，适徐子俊三。临终，解衣袋中《哭母诗》与枚，曰："观此为我立传。"②

足征史中去世时，袁枚就在跟前。《举京兆后寄史师》决非袁枚所作！《随园集外诗》卷一的《挽史师母戴孺人二十韵》也明显违背事实，据《溧阳史先生传》，史师母为"陈氏"，而非"戴氏"。

2.《随园集外诗》涉及张敬哉的诗有五首，如卷一《戏赠张敬哉同学》（自注：名有虔，同案入学）：

> 红缨绯衫映绮罗，哕鸾听彻六街歌。随肩问讯年相若，尊重三龄老大哥（自注：年十五岁）。

---

① 袁枚：《小仓山房文集》卷五，《小仓山房诗文集》，上海古籍出版社 1998 年版，第 1274—1275 页。

② 袁枚：《溧阳史先生传》，《双柳轩诗文集》，清乾隆刻本。参阅陈正宏：《〈袁枚全集〉校补》，《中国文学研究》第三辑，江西教育出版社 2000 年版，第 367 页。郑幸《袁枚年谱新编》也注意到此处的矛盾。

张有虔的确和袁枚及袁枚的业师史中同案入学，但说他与袁枚“年相若”，是大三龄的老大哥，则与袁枚的多处诗文不符：

其一，袁枚《寄张有虔先生》说：

> 枚七岁入学，受业史玉瓒师，得识先生。尔时孩提之童，或背书不熟，畏受师嗔；或督课谨严，觊觎客至。每见先生飘然而来，则善气迎人，不特满堂弟子，皆执化人之袪；而史师亦释躁平矜，顷刻有沂水春风之乐矣！枚年十二，又与先生同入泮宫，释奠则辟咡相招，赴试则抠衣逐后，此种光景未隔前生。……枚钦挹之忱，不能缕述，谨赋五律二十四韵，书之扇头，托令甥卢抱经学士代为寄上，仍求视作当时童子，加教诲焉。①

从信中看，袁枚是在跟随史中读书时认识张有虔的，张有虔并不属于“满堂弟子”之列，而是史中的弟子们“督课谨严”时的觊觎之“客”，因为如果张有虔来了，老师就会“释躁平矜”，他们可免受责罚。袁枚业师史中比袁枚大整整三十岁②，作为史中的客人，张有虔与史中“年相若”似更合理，若与袁枚“年相若”，仅大袁枚三岁的话，“求视作当时童子，加教诲焉”这样的话实在是不通的。

其二，袁枚《寄张有虔先生》所说的“五律二十四韵”即《喜晤张有虔先生却寄二十四韵》：

> 见说先生健，相逢喜欲狂。人间留硕果，天上自斜阳。忆昔垂髫日，常蒙过学堂。抠衣趋典谒，倾耳听琳琅。善谑天花落，深谈麈尾忙。师威因客损，讲席为谁凉。一日同文战，三人列上庠（自注：枚与

① 袁枚：《小仓山房尺牍》卷四，《袁枚全集》五，江苏古籍出版社1993年版，第71页。

② 袁枚《溧阳史先生传》说：“丁未，枚与先生同补博士弟子，时枚年十二，而先生年已四十二矣。”

先生及授业师同入学）。扶看棘闱月，领采泮芹香。簇簇联坛社，纷纷具酒浆。婴婗小童子，追逐丈人行。……①

从诗意看，袁枚跟随业师史中读书时，张有虔时常作为老师的客人到学堂来，后三人同时入学，这与《寄张有虔先生》所述相同。若张有虔只比袁枚大三岁的话，袁枚怎会写出“婴婗小童子，追逐丈人行”这样不合情理的诗句？换言之，自称“小童子”，而称对方为“丈人”，决非仅差三岁的同学之间合适的称谓。

其三，袁枚《随园诗话》卷九第四十三条云：

杭州张有虔先生，年九十三，皇上钦赐举人。余自幼蒙提携，故求其诗，不得。得其子名济川号南皋生者《微雨》云：“无声著林木，有色引莓苔。”《欲雪》云：“风号平野急，云重暮山连。”②

从“余自幼蒙提携”看，这里所说的张有虔与《寄张有虔先生》、《喜晤张有虔先生却寄二十四韵》中的张有虔应该为同一个人。这段文字具体写于什么时间笔者虽不能确定，但对袁枚稍有了解的人都知道，他去世时只有八十二岁，不难算出，张有虔至少比袁枚要大十一岁，而决非三岁。

3.《随园集外诗》卷三有《陪金中丞登龙壁山同健磐叔父作》，节录于下：

画戟森森出城闉，舣舟江上春风春。鼓舟顷刻达前津，舍舟登陆缘水滨。……井梧幕府毋断断，韶华春色满九垠。

---

① 袁枚：《小仓山房诗集》卷二十二，《小仓山房诗文集》，上海古籍出版社 1998 年版，第 538 页。

② 袁枚：《随园诗话》，人民文学出版社 1982 年版，第 304 页。本文所引《随园诗话》都出自此版本，不再一一注明。

袁枚乾隆元年(1736)五月四日抵达桂林,八月离开广西赴京,他陪金鉷、健磐叔父游龙壁山只能发生在这段时间。[①] 据薛仲三、欧阳颐《两千年中西历对照表》,[②]乾隆元年五月四日为公历1736年6月12日,而据历法,这一年公历5月5日(农历三月廿五)立夏,即使袁枚一到桂林便陪金鉷登龙壁山,此时也已入夏一个多月,他竟然写出"舣舟江上春风春"、"韶华春色满九垠"这样的诗句,宁非大谬!同卷的《中丞席上言志叠前韵》有"薄暮炊烟起城闉,主人张灯玩芳春",《隐山六洞偕金十一游白雀一洞》有"今日载阳得春煦,与子探幽穷其穷",倘若为袁枚所作,也当写于乾隆元年五月至八月袁枚在广西的这段时间里,但从诗意看,它们明显写于春天,同样违背情理。

4.《随园集外诗》卷四《重九日偕新同年集万柳堂有忆故乡诸友兼寄张敬哉》云:

> 天公亦珍重,放晴到重阳。黄花阕消息,芙蓉迟晚芳。佳辰集盛地,豪气推少狂。万柳摇空翠,来登廉氏堂。纤腰争迎客,风景不寻常。茱萸约高会,天涯各一方。思亲逢佳节,离群感他乡。此地素心侣,笠屐且相望。载酒频征逐,持螯共徜徉。秋风喜获第,歌舞娱遨翔。所谓砚田稔,偶歉而终穰。一载复两载,弹指光阴长。客居自岑寂,唧唧啼寒螀。低徊怀良雨,惨栗抚清商。旧游既以隔,新知联东墙。讵取疏踪迹,远嫌拟王昌。日月竞流浪,春风移秋霜。俯仰不能已,视天徒茫茫。

乍一看,此诗与袁枚的经历和心境十分相符。袁枚乾隆元年(1736)九月

① 《随园老人遗嘱》云:"时乾隆丙辰端午前一日也。叔父一见怫然道:'汝不该来。'我惶恐无措。不料次日引荐金公,蒙国士之知,非常矜宠,留住三个月,保荐博学鸿词,送银一百二十金,遣人办装,护送至京。"(《小仓山房文集》卷首,《袁枚全集》二,江苏古籍出版社1993年版)另参看郑幸:《袁枚年谱新编》,复旦大学2009年博士论文。

② 薛仲三、欧阳颐:《两千年中西历对照表》,生活·读书·新知三联书店1956年版。

入京，至乾隆三年(1738)秋举顺天乡试，客居北京两年，算得上“一载复两载，弹指光阴长”；适逢重阳佳节，不免会起思亲之念，所谓“离群感他乡”也。可是，《随园诗话》卷十二第四十八条云：“戊午秋，星望公病笃，犹读余闱墨，许为第一。初十日，榜发，余获隽，而先生即于是日委化。”由此可知，本年发榜的时间为九月初十日。袁枚何以能这样未卜先知，在发榜前一天与“新同年”集于万柳堂，写出“秋风喜获第，歌舞娱遨翔”这样的诗句？其实，袁枚本年重九这一天的确与友人集在一起分韵赋诗，但地点不是万柳堂，而是忏园，张棟《看云吟稿》卷五“戊午”下《九日陪玉洲夫子暨钱公理，沈椒园，查七伦，袁子才，家少仪，李宁人、开地，傅天忏园登高，得宇字》可资证明。[1]

5.《随园集外诗》卷二《甲寅元旦上年韵》云：

> 曰寅元旦启良辰，满眼桃符一色新。弱冠年龄谁道稚，太平时代况逢春。竞芳椒柏随时景，并茂春萱健在身。聚顺家庭差可喜，韶华惜取写天真。

袁枚生于康熙丙申(1716)三月二日，[2]雍正甲寅(1734)为十九岁，“弱冠”一般指二十岁。袁枚怎可能在“甲寅元旦”写出“弱冠年龄谁道稚”这样的诗句呢？类似的问题此前至少已出现过两次。一是卷二的《万松书院》，自注云：“壬子余年十八岁，受知浙督程元章，咨送入院肄业。”实际上，雍正壬子(1732)袁枚只有十七岁，而非十八岁。一是卷一的《入学》(自注：雍正五年丙午科试)：

> 不会文章也秀才，功名迟早有应该。诵诗舞勺浑闲事，还待明年料理来。(自注：年十二岁)

---

① 参看郑幸：《袁枚年谱新编》，复旦大学2009年博士论文。

② 参看郑幸：《袁枚年谱新编》，复旦大学2009年博士论文。

袁枚十二岁入学，这是对的，但雍正五年为“丁未”而非“丙午”。袁枚为什么会屡犯如此让人惊诧的错误？显然不能仅用一时疏忽来开脱，一定另有原因。

6.《随园集外诗》卷三有《读王次回〈疑云集〉二律》。王次回名彦泓，是袁枚喜爱的晚明诗人，袁枚《随园诗话》曾多次提到他，并因沈德潜编选《国朝诗别裁集》未录王次回《疑雨集》而专门去信责问。[①] 但《疑云集》出现较晚，在光绪之前未见有任何记录，乃托名王次回所作的伪书，实为剽袭、篡改清末俞廷瑛《琼华诗集》、《琼华词集》而成。[②] 袁枚决不可能读到《疑云集》，写出《读王次回〈疑云集〉二律》这样的作品！

二

《随园集外诗》所收诗歌有很多涉及袁枚的亲属，大都不合情理，不可能为袁枚所作。

1.《随园集外诗》卷一有《秋夜同树弟机妹读》、《人日侍亲挈弟登吴山》、《长夏无俚同弟妹分诗品句为题存六首》。《随园集外诗》首篇《童戏四咏》自注云“八岁作”，末篇《离溧水任车中感成》作于二十七岁，中间具有时间线索的诗歌大体以时间先后排列。如果《随园集外诗》的确为袁枚所作的话，那么，按时间顺序推断，该书卷一中的诗歌大约作于袁枚十六

① 参看耿传友：《艳诗该如何对待——由袁枚、沈德潜之争谈中国艳诗的历史命运》，《文艺理论研究》2011 年第 4 期。

② 参看耿传友：《王次回〈疑云集〉辨伪》，《中国典籍与文化》2006 年第 4 期。颇有意味的是，《随园集外诗》后有一则卖书广告：“《王次回〈疑云集〉》，全二册，价洋六角。此为江右易氏抄本，于光绪初得诸王氏裔孙，乃经挚友商诸易氏，以二百金之书籍易之。翻阅一过，讹夺繁多，穷十昼之功，始得校正就绪。爰付精印，以共同好。”细心的读者很快就会发现其中的矛盾：既然《疑云集》易自“江右易氏抄本”，而“易氏抄本”于光绪初得诸“王氏裔孙”，那么袁枚所读的“王次回《疑云集》”从何而来？造假者或许认为编造袁枚《读王次回〈疑云集〉二律》，既能证明《疑云集》的可信，又能暗示《随园集外诗》的真实，但不经意间却露出了作伪的马脚。

岁之前，《秋夜同树弟机妹读》当作于袁枚十二岁左右。① 袁树生于雍正九年辛亥(1731)，小袁枚十五岁；袁机生于康熙五十九年庚子(1720)，小袁枚四岁。② 以此测算，袁枚写《秋夜同树弟机妹读》时，袁树尚没有出生。这岂不是无稽之谈！《随园诗话》卷十第三十五条云：

> 香亭弟随叔父健磐公，生长广西，叔父亡后，余迎归故里。年十五，即见赠云："坐无尼父为师易，家有元方作弟难。"又，《即目》云："山气腾空欲化云。"余早知其能诗也。

由此可知，袁树在广西长大，十五岁时才被袁枚迎归故里。袁枚、袁树、袁机他们兄妹天各一方，在袁枚三十岁之前根本不具有同在一起读书的可能。③ 袁枚是家中的唯一男孩，袁树是袁枚的大堂弟，袁枚在十六岁之前同样不可能写出《人日侍亲挈弟登吴山》、《长夏无俚同弟妹分诗品句为题存六首》这样的诗歌。

2.《随园集外诗》卷一有《春兰改机妹作二首》、《又和韵二首》，前者诗后有注："时有为妹作伐者。"袁枚的父亲袁滨为如皋人高清伸冤，高清弟高八无以为报，愿以其妻腹中子为袁滨女婿。于是，袁机未及周岁便被许为高八尚未出生的儿子，高家"寄金锁以为礼"。因袁机太小，袁枚"代系金锁饰项者数年"。④ 对袁家稍有了解的人都会知晓此事，怎会有人给

---

① 参阅王英志：《〈随园集外诗〉的价值》，《江苏社会科学》2011年第2期。

② 郑幸：《袁枚年谱新编》，复旦大学2009年博士论文。

③ 《小仓山房诗集》卷六《与家弟香亭、陆甥豫庭居随园，仿昌黎〈符读书城南〉诗作二首，劝其所学》其一"示香亭"云："我昔见弟时，弟才离襁褓。弟今见我时，弟年如我小。兄为西湖鱼，弟为粤西鸟。相去万里余，相别十年杳。兄弟记从前，大家难了了……"所谓"我昔见弟时，弟才离襁褓"当指乾隆元年(1736)袁枚前往广西之事，据此以"相别十年杳"计之，二人重逢当在袁树扶柩归来之际。(《小仓山房诗文集》，上海古籍出版社1998年版，第114页)另参看郑幸：《袁枚年谱新编》，复旦大学2009年博士论文。

④ 袁枚：《女弟素文传》，袁机《素文女子遗稿》卷首，《袁枚全集》七《袁家三妹合稿》，江苏古籍出版社1993年版。

袁机做媒呢？既然《秋夜同树弟机妹读》已确定不可能为袁枚的作品，那么，《春兰改机妹作二首》、《又和韵二首》也决非袁枚所作。

3.《随园集外诗》卷三有《七夕次棠妹韵》。袁棠为袁枚的叔父袁鸿之女，袁树之妹，小袁枚十七岁。[①] 以这首诗在《随园集外诗》中的位置，其应作于袁枚十八岁前，而此时袁棠可能还在母腹中，兄妹二人怎可能在一起次韵赋诗，宁非怪事！而且，袁棠生于桂林，十二三岁时才被袁枚迎归故里，在此之前只有乾隆元年(1736)袁枚省亲广西时二人才有见面的机会，而此时袁棠也只有四岁，袁枚同样不可能和她次韵赋诗。[②]

4.《随园集外诗》卷三有《喜豫庭甥至》，节录于下：

> 依依甥舅渭阳谊，相见晨昏等闲事。胡以云天怅两地，令人频寄相思字。吾甥行境与人异，俯仰古今频高寄。……清酒一尊同不睡，不饮已决心神醉。康公自出本同类，促膝深谈奚所寄。万语千言累复累，三更霸月从天坠。

豫庭即袁枚二姊之子陆建。陆建与袁树同岁，小袁枚十五岁。[③] 以这首诗在《随园集外诗》中的位置，其应作于袁枚十八岁左右，而此时陆建只有三岁上下。一个三岁小孩“俯仰古今频高寄”已有些不尽合理，尤其不可

---

① 《小仓山房文集》卷十一《女弟〈盈书阁遗稿〉序》云：“庚寅夏五，女弟秋卿以娩难亡于汪氏。……妹为叔父健磐公第四女，生长粤西。余归叔丧于杭，始见妹。……妹虽一女子，虽死有可传者存，夫复何悕！独是余年届大董，妹年才三十八耳。”“庚寅”袁枚五十五岁，袁棠三十八岁，则两人相差十七岁。(《小仓山房诗文集》，上海古籍出版社 1998 年版，第 1388—1389 页)

② 参看郑幸：《袁枚年谱新编》，复旦大学 2009 年博士论文。

③ 《小仓山房诗集》卷六《与家弟香亭、陆甥豫庭居随园，仿昌黎〈符读书城南〉诗作二首，劝其所学》其二“示豫庭”云：“汝父气奄奄，呼姊申遗诫：‘我有两孤儿，麻者居其大。属猪才扶床，属兔未能话。凉难自成立，惟尔弟是赖。’……忽忽十九年，冠礼行将届……”此诗系于乾隆十四年，逆推十九年，则陆建生于雍正九年，本年为辛亥年，与“属猪”之说吻合。(《小仓山房诗文集》，上海古籍出版社 1998 年版，第 115 页)另参看郑幸：《袁枚年谱新编》，复旦大学 2009 年博士论文。

思议的是，袁枚竟会和他“促膝深谈”，以至“万语千言累复累，三更霸月从天坠”，宁非大谬？

5.《随园集外诗》卷二有《戈小莲妹婿自吴门来，一日即别去》二首。其一云：

> 恻恻长相忆，其来乃不期。高堂夸健饭，弱弟解哦诗。春树迷吴下，行装感路歧。论文倘不寐，惟有酒盈卮。

戈小莲确有其人，袁枚《随园诗话补遗》卷四第四十七条云：“吴门戈小莲培，吾家侄婿也。诗笔清矫。”可见戈小莲为袁枚侄婿而非妹婿。这或可强解为书写错误，但如果此诗确为袁枚所作，当写于他十八岁左右，上文已述及，袁枚是家中的唯一男孩，袁树是袁枚的大堂弟，此时只有三岁，袁枚侄女尚不知在何处，哪来的侄婿？何况此时袁树尚在广西，“弱弟解哦诗”又从何谈起呢？换言之，袁枚在十八岁左右时，根本不可能写出《戈小莲妹婿自吴门来，一日即别去》这样的诗。

三

以上主要论证了《随园集外诗》部分作品的不可信，现在再讨论《随园集外诗》的来历问题。《随园集外诗》最早出现在1920年，在此之前，未见有这些所谓袁枚佚诗的任何记录。该书署名蒋敦复所作的序文，说明了这些所谓袁枚佚诗的来龙去脉：

> 自与随园先生文孙又村明府交，每乐闻明府道先德，随笔录之，标曰《轶事》，亦以志私淑所在也。一日，明府谓余曰：“先祖有早年诗稿一束，丹黄涂之，字迹麻沙，谛视一过，知大半为髫年之作未刊入集中者。困于簿书，未皇董理，子能为我编次而序之以行世乎？”余应曰：“诺！”乃未及事事，土匪小金子之乱作，明府殉焉。余亦同在危城

中，几不免。乱平，时时以此稿存亡为念。岁在甲子，余应敏斋方伯之招，乃得与明府弟翔甫相见于幕中。重拾坠欢，枨触前事，知先生当日诗稿故无恙。出以见示，重以故人之托为之手录一通，盖皆先生当日所吐弃者，今日读之，乃觉字字珠玉，有欲沉埋湮郁而不得者。爰竭一月之力，补缀成篇，厘为四卷。卷首童戏诗裳字来字韵，曾闻明府言之，余已录为先生《轶事》。卷三之家韵、高韵，先生曾载入《诗话》，昔但聆其断章，今皆获其全璧矣。卷末去溧水任一首，《诗话》亦云忘载入集，今亦于此中得之。闻诸方伯，力任剞劂，行世有日矣！明府在天之灵或可以稍慰乎？同治三年春宝山后学蒋敦复谨识。

蒋敦复（1808—1867），字剑人，又字子文、纯甫、克父等；号江东老剑，又号丽农山人。江苏宝山（今属上海）人。多次赴乡试皆落第，晚年客应宝时幕，卒于幕中。曾问学姚莹，是晚清著名的文学家，工古文诗词，著有《啸古堂文集》、《啸古堂诗集》、《芬陀利室词集》、《芬陀利室词话》等。[①] 粗略看来，蒋敦复的序似乎是可信的：信中提到的袁祖德（又村）、袁祖志（翔甫）的确为袁枚之孙，"敏斋方伯"即应宝时，也实有其人。但是，蒋敦复《啸古堂文集》没有收录这篇序文，序文本身也存在若干可疑之处。

1. 同治三年春，蒋敦复并没有应"敏斋方伯之招"入其幕中。

应宝时《〈啸古堂文集〉跋》云：

丽农山人余二十年前诗友也，初与胡鼻山人同遇于海上，琴尊跌宕，意气纵横，致足乐也。比余宦游此邦，尚得与山人订官谱，搜异志，说鬼谈天，以抒发其胸中不平之蕴。迨山人客余幕中，虽亦就访时政，每助余诘强邻之难，剔巨魁之奸，然必数日甫得一面，相见又不过数语，欲如往昔之送抱推襟流连光景，不可得矣。不一年而先

① 参阅滕固：《蒋剑人先生年谱》，沈宁编《挹芬室文存》，辽宁教育出版社 2003 年版。该谱原载 1933 年《图书馆学季刊》第 9 卷第 2 期。

生殁。①

从这段跋语看，蒋敦复客应宝时幕后“不一年”而殁，而蒋敦复同治六年卒于上海，这就是说他在同治五年才应应宝时之招，入其幕中。应宝时与蒋敦复关系密切，又是当事人，他的记载应该是真实可信的。那么，蒋敦复怎可能在同治三年春写出“应应敏斋方伯之聘，明府弟翔甫同在幕中，昕夕聚谈，又得闻先生轶事”这样的文字呢？

2. 序中称应宝时为“方伯”，与多处史料的记载不符。

其一，李鸿章同治四年正月二十九日的奏折《洋弁请奖片》云：

前据英国公使威妥玛将帮同戈登打仗各洋弁开单交由总理衙门知照到臣，当经饬据苏松太道丁日昌、通商随员候补知府应宝时会同戈登及总税务司赫德悉心查核，大致相符，并据英领事巴夏礼面称，翻译官梅辉立等与有功绩。②

据《清史稿·职官志》，知府为从四品，方伯为布政使的尊称，为从二品。③ 同治三年春，应宝时只有任布政使或加布政使衔才能被称为“方伯”。应宝时在同治四年正月尚为从四品的候补知府，离布政使品级尚远，未见有加布政使衔的任何记载，蒋敦复岂能在同治三年春称他为“方伯”？

其二，李鸿章同治四年八月初一日的奏折《奏保李宗羲等片》云：

查有三品顶戴苏松太道丁日昌，广东廪贡，由江西直隶州调营当差，嗣擢海关道。筹办洋务，抚绥商民，实力整顿，不避劳怨，操守亦

① 应宝时：《〈啸古堂文集〉跋》，《啸古堂文集》附，清同治七年刻本。

② 李鸿章：《李鸿章全集》2《奏议二》，安徽教育出版社2008年版，第18页。

③ 《清史稿·职官志》，浙江古籍出版社1998年据百衲本影印，第452页。

> 甚清严。昨因病请假调理,计可就痊。上海洋务,现有通商随员升用道应宝时代理关道,本是熟手,可期措置得宜。又,按察使衔广西补用道程桓生,安徽拔贡……①

在李鸿章的奏折中,称谓丁日昌时特别提及其三品顶戴,称谓程桓生时专门提及其按察使衔,如果应宝时此时已加布政使衔,李鸿章岂有不提之理?而结合前引李鸿章的《洋弁请奖片》看,应宝时地位比丁日昌要低,在丁日昌因病请假时,应宝时暂时代行职务。既然丁日昌在同治四年八月尚以道员(正四品)着三品顶戴,应宝时又岂能在同治三年春就"加布政使衔"?

其三,杜文澜《憩园词话》云:

> 应敏斋廉访宝时,永康人。甲辰孝廉,就职州佐。莅江苏,以规画军事,镇抚彝情,屡膺剡章,补授苏松太道。旋擢苏臬,加布政使衔,前后六署藩篆。②

据《苏州府志》,应宝时同治八年七月十八日任江苏按察使,同年八月二十二署江苏布政使,③与《憩园词话》所载相合。假如它们所载不误的话,应宝时至同治八年任江苏按察使后才"加布政使衔"。既然如此,那么,蒋敦复怎可能在同治三年春就尊称应宝时为"敏斋方伯"呢?

3. 袁祖志《随园琐记》未提《随园集外诗》。

序中说"蒋敦复"在同治三年春"爰竭一月之力,补缀成篇,厘为四卷"的《随园集外诗》,乃是袁祖志"出以见示"的。换言之,在袁祖德殉难后,袁祖志正是《随园集外诗》的保存者。袁祖志《随园琐记》提到袁枚的著作

---

① 李鸿章:《李鸿章全集》2《奏议二》,安徽教育出版社2008年版,第204页。

② 杜文澜:《憩园词话》卷三,唐圭璋编《词话丛编》第三册,中华书局1986年版,第2901页。

③ 冯桂芬等:(同治)《苏州府志》卷二十二,清光绪刻本。

时说：

> 《小仓山房全集》计三十种。《文集》古文也，《外集》骈体也，《诗集》古近体也，《太史稿》时文也，《诗话》也，《续新齐谐》也，《食单》也，《尺牍》也，《八十寿言》也，《随笔》也，《同人集》也，《红豆村人诗稿》也，《三妹合稿》也，《女弟子诗选》也，《捧月楼词》也，《碧腴斋诗稿》也，《何南园诗稿》也，《湄君诗稿》也，《小云诗稿》也，《素文女子遗稿》也，《三家词》也，《七家词》也。装订成册，计八十本。每大比之年，任坊间自备纸工，来园刷印，本园每部取板资银一两。全集之由本园出售者，白纸每部价银五两，竹纸每部价银三两六钱。坊间则听其自定价目。每年统销，约在数百部焉。……先大父曾有《州县心书》见之《诗集》中，而此书竟不知流落何所。又有《随园公案》一书，本系他人所刊，坊间贩卖，风行一时；另有编成戏剧如《断蜈蚣》、《断鸡子》、《断笆斗》之类，沿街唱演，殊为可笑。①

《随园琐记》卷首有袁祖志“自识”，署“光绪三年岁次丁丑正月”。袁祖志《随园琐记》所记袁枚的著作，不仅袁枚亲著的悉数收入，连袁枚编选的也皆列入，甚至“不知流落何所”的《州县新书》也专门叙及，如果袁祖志真的在同治三年时尚保存有《随园集外诗》中的这些袁枚的佚作，岂有不提之理？

4.《随园轶事》也不可靠。

序中云：“卷首童戏诗裳字来字韵，曾闻明府言之，余已录为先生《轶事》。”按《轶事》当指《随园轶事》，其真伪同样是个问题。滕固曾为蒋敦复编《蒋剑人先生年谱》，在同治三年(1864)有如下内容：

---

① 袁祖志：《随园琐记》卷上《记著作》，《随园三十六种》，上海中华图书馆 1913 年印行。

二月为王昙批本《金屋梦》（即《金瓶梅》）说部撰序，记购得此书之由来。（按书为民国初年上海文明书局出版；民国十五年上海卿云图书公司出版之《金瓶梅》，亦载此序。）四月序自撰《随园轶事》。（上海国学扶轮社出版）

按《金屋梦》序文暨《随园轶事》系书贾所伪托。闻此等文章，皆为吴兴王文濡所造，王谙熟先生遗事，故可乱真也。《宝山县再续志》编者，竟以《随园轶事》一书，列入艺文书目，陋矣。①

考虑到《随园轶事》在民国时才出现，之前未见任何记录，腾固的话是需要认真对待的。②

综上所述，《随园集外诗》卷首署名蒋敦复所作的序，可疑之处颇多，自不足信。

四

这里有两个问题需作补充说明。其一，我怀疑《随园集外诗》中的诗歌不可能为袁枚所作时，使用了袁枚《随园诗话》的相关记载作为依据，而《随园诗话》记人记事方面存在不少错误，钱锺书先生《谈艺录》专门有“随园记事之诬”条。③《随园集外诗》与《随园诗话》相矛盾之处，会不会是《随园诗话》本身的错误引起的？其二，《随园集外诗》中的作品，在某些时间上的抵牾，会不会像袁枚其他著作中的一些失误那样，属于编年排序错误的问题，而不涉及真伪？现分别对这两个问题略作回答。

① 滕固：《蒋剑人先生年谱》，沈宁编《挹芬室文存》，辽宁教育出版社 2003 年版，第 363 页。

② 笔者另撰有《〈随园轶事〉真伪考》一文，认为《随园轶事》实是杂抄袁枚《随园诗话》、《小仓山房诗集》、《小仓山房尺牍》、《子不语》和袁祖志《随园琐记》等著作而成，而且出于王文濡之手的可能性较大。

③ 钱锺书：《谈艺录》，中华书局 1984 年版，第 266—268 页。

首先需要强调的是,《随园诗话》虽然是我怀疑《随园集外诗》作伪的依据之一,但不是最重要的依据。作为辨伪的核心证据,是《随园集外诗》中不少作品明显违背事实,如袁枚的老师史中已去世四年,袁枚还写信给他,而史中去世时袁枚就在跟前;袁枚的朋友张有虔至少比袁枚大十一岁,而不可能只比袁枚大三岁;《疑云集》是民国初年的伪书,在此之前未见任何记录,袁枚如何能读到;署名蒋敦复所作的序可疑之处颇多,不足为信等。在此前提下,《随园集外诗》与《随园诗话》的矛盾之点自然就很值得重视。换言之,《随园诗话》虽然存在一些错误,但作为袁枚的重要著作,是研究袁枚生平、交游和思想的基础依据之一,除已有确凿证据证明其记载错误以外,《随园诗话》其他内容应该是可以作为研究袁枚的立论依据的,因为要在一部中国古代著作——哪怕很杰出的著作——中找出一些细节记载的错误,并不困难,如果因此便否定整部著作的可靠性,恐怕并不合适。只要在使用《随园诗话》作为立论依据时,保持适当的警惕,不要尽信其说就行了。

《随园集外诗》中的作品在某些时间上的抵牾与袁枚其他著作中编年排序的错误不是同一性质的问题。一方面,《随园集外诗》分四卷,首篇《童戏四咏》自注云"八岁作",末篇《离溧水任车中感成》作于二十七岁,中间具有时间线索的诗歌大体以时间先后顺序排列。另一方面,我们上文列举的《随园集外诗》中的作品,有的既涉及时间上的抵牾,同时又明显违背事实,如《随园集外诗》卷一的《戏赠张敬哉同学》、卷三的《陪金中丞登龙壁山同健磐叔父作》、卷四的《举京兆寄史师》,或自注,或诗句,或标题,都清楚地表明写作的时间,明显不合情理,均不是编排顺序错误所能解释的。梁启超在谈到鉴别史料之法时指出:"书中所言确与事实相反者,则其书必伪。"①《随园集外诗》既然有不少作品明显违背事实,在1920年之前不见任何记录,叙述其来历的署名蒋敦复的序又存在若干可疑之处,不足为信,那么,以编年排序错误曲为解释似乎已没

① 梁启超:《中国历史研究法》,上海文艺出版社1999年版,第103页。

有太大的必要。

假如以上的论证尚无大谬，那么，《随园集外诗》的真伪就成了一个需要认真对待的问题，至少我文中所列出的《随园集外诗》中的作品，不可能是袁枚所作。

（本文吸收了评审专家的修改意见，谨致谢意！）

（原载《文献》2012 年第 3 期）

再谈《随园集外诗》的真伪问题

——兼答王英志先生

《随园集外诗》收诗三百八十余首，作为袁枚的佚作已得到学界认可，被收入《清代诗文集汇编》。[①] 拙作《关于〈随园集外诗〉的真伪问题》对《随园集外诗》的可靠性提出了质疑，[②]论文发表后在同行中引起了一定的反应，有的表示赞同，有的则表示反对。如王英志先生的大作《袁枚作品新发现及对新编〈袁枚全集〉的意义》虽认为拙作若干具体质疑或不无道理，但仍强调"《随园集外诗》为我们提供了许多前所未知之内容，是有助于更全面研究袁枚生平思想与诗学成就的极有价值的诗集。此诗集发现后，学术界以前对袁枚的一些评论或许要作修订，这尤其值得我们重视"，[③]在编纂《袁枚全集新编》时将《随园集外诗》作为袁枚的著作收入。[④]王英志先生在袁枚研究上用力甚深，贡献巨大，他的看法值得认真对待。为了通过相互切磋以求得问题的进一步解决，故特进一步申述鄙见，以就正于王英志先生和别的同行。

---

① 袁枚：《随园集外诗》，民国上海国学研究会石印本，《清代诗文集汇编》第340册，上海古籍出版社2010年版。

② 耿专友：《关于〈随园集外诗〉的真伪问题》，《文献》2012年第3期。

③ 王英志：《袁枚作品新发现及其对新编〈袁枚全集〉的意义》，《河北学刊》2014年第1期。

④ 王英志：《袁枚全集新编》第十七册，浙江古籍出版社2015年版。

一

我在《关于〈随园集外诗〉的真伪问题》一文中，首先指出该书所收诗歌有很多与事实存在严重矛盾，不可能为袁枚所作；接着又指出，该书涉及袁枚亲属的诗篇，也大都不合情理；接下来进一步讨论了该书卷首署名蒋敦复的《序》，认为其可疑之处颇多，自不足信。由此，我得出结论说："《随园集外诗》存在的问题很多，其可靠性尚需重新思考。"

现在再看王英志先生的相关论述及其对我的批评：

> 此书内容与袁枚行状基本符合，风格亦是性灵诗。2007年，罗以民于浙江图书馆发现此书，并考辨证明此书所收诗确系袁枚之作。笔者亦撰文《〈随园集外诗〉的价值》，考证此书所收绝大多数确系袁枚之作。《随园集外诗》所收诗始于清雍正元年(1723年)袁枚八岁所作《童戏四咏》，终于清乾隆七年(1742年)二十七岁所作《离溧水任车中感成》。除了最后一首系蒋氏直接录自《随园诗话补遗》外，其他皆抄录袁枚诗稿。而袁枚《小仓山房诗集》始于清乾隆元年(1736年)，即袁枚二十一岁赴广西桂林探访叔父袁鸿(健磐)旅次之作。此前二十年袁枚之诗阙如，《随园集外诗》无疑填补了一大块空白。其排序虽非严格之编年，但大体是按时序排列的，不仅有诗学价值，还有史料价值。袁枚二十岁前的诗歌创作、生活状态、思想意识，诗中都有具体的表现与反映，可以填补袁枚其他著作记述的空缺。其中，二十一至二十七岁的诗作可弥补《小仓山房诗集》同时期作品内容的不足，其所提供的他著未及或未加详述的材料，可使我们能更全面、具体地把握青年袁枚入仕前后的生活状态与心态，从而作出新的评价。……耿传友曾对其中诗作及蒋敦复序提出质疑，认为此书不可靠。其若干具体质疑或不无道理，然亦不过涉及十来首诗，仅占《随园集外诗》总数的四十分之一。若因此就认为此集外诗皆不可靠，并

对中国人民大学与北京大学编纂的《清代诗文集汇编》收录此集外诗予以质疑，却未提供出确凿的作伪证据与作伪理由，恐有以偏概全，近乎“连坐”之论。

对此，我想先指出以下三点：

第一，我在论证《随园集外诗》所收诗歌有很多与事实存在严重矛盾时共举出六条证据，包括：袁枚的老师史中临终时曾解衣袋中的《哭母诗》递给袁枚，让袁枚据此给自己立传，在袁枚“举京兆”时史中已去世四年，而《随园集外诗》卷四竟有《举京兆后寄史师》；与袁枚同案入学的张敬哉要比袁枚大很多，至少相差十一岁，而《随园集外诗》卷一《戏赠张敬哉同学》中却有“随肩问讯年相若，尊重三龄老大哥”这样的诗句；袁枚乾隆元年(1736)五月四日抵达桂林，八月离开广西赴京，他陪中丞金鉷、叔父袁鸿游龙壁山只能发生在这段时间，而《随园集外诗》卷三《陪金中丞登龙壁山同健磐叔父作》却有“画戟森森出城闉，舣舟江上春风春。鼓舟顷刻达前津，舍舟登陆缘水滨。……井梧幕府毋断断，韶华春色满九垠”这样的诗句，所描绘的显然是春天的景象。等等。王先生为什么置我的上述论证于不顾，还硬说“此书内容与袁枚行状基本符合”呢？

第二，王先生说：“若因此就认为此集外诗皆不可靠，并对中国人民大学与北京大学编纂的《清代诗文集汇编》收录此集外诗予以质疑，却未提供出确凿的作伪证据与作伪理由，恐有以偏概全，近乎‘连坐’之论。”这使我深为诧异，王先生的这些话显然是针对我而发的，但我并没有因为《随园集外诗》中的“十来首诗”(实际上拙文涉及二十余首)与袁枚的行事存在矛盾就断定《随园集外诗》“皆不可靠”，我只是说“《随园集外诗》存在的问题很多，其可靠性尚需重新思考”。王先生所述，与我的原意不符，原文具在，可以覆按。而我当时之所以质疑《随园集外诗》的可靠性，是因为既然有这么多的诗可以断定不是袁枚所作，那么，核以常情，至少存有三种可能性：一、除已断定为伪作的外，该书中的其它诗歌仍系袁枚之作；二、除已断定为伪作的外，还误收了一些作品，但该书仍有一部分作品系袁枚之作；三、该书全伪，是假造的，即“皆不可靠”。当时考虑到这三种可能性皆不能排除，所以我说“其可靠性尚需重新思考”，就是希望能发现新的证据，有机会进一步探索《随园集外诗》的真伪问题。王先生如果认为只存在第一种可能性，似应进一步论证，将后两种可能性排除，而不宜将别人的意见错误转换后再予批驳。

第三，王先生批评我“未提供出确凿的作伪证据和作伪理由”。我不知其所谓“其若干具体质疑或不无道理”的含义是什么，如果王先生认为我的若干具体质疑可以成立，就意味着承认我论文中涉及的《随园集外诗》中的“十来首诗”与袁枚的行事存在不可调和的矛盾，不可能是袁枚所作。由于这些诗表面看起来又是袁枚写给老师、朋友和亲属的，不得谓为误收，而是有意作伪。那么，这些捏造的诗难道不是“确凿的作伪证据”吗？若王先生认为我的论证不能成立，似应提出确凿的证据予以驳斥。至于“作伪理由”，拙文诚然没有涉及，但笔者认为这跟《随园集外诗》是否是袁枚的佚作乃是两个问题，能否说明“作伪理由”，对判断其是否伪作并无实质影响。

二

《随园集外诗》最初由上海大东书局出版于 1920 年，在此之前未见任何记载。该书卷首署名蒋敦复的《序》提供了其来历的唯一说法，因此《序》的真伪就成为考证《随园集外诗》是否袁枚佚作的关键，有必要进一步申说。为便于讨论，全引于下：

> 自与随园先生文孙又村明府交，每乐闻明府道先德，随笔录之，标曰《轶事》，亦以志私淑所在也。一日，明府谓余曰：“先祖有早年诗稿一束，丹黄涂之，字迹麻沙，谛视一过，知大半为髫年之作未刊入集中者。困于簿书，未皇董理，子能为我编次而序之以行世乎?”余应曰：“诺!”乃未及事事，土匪小金子之乱作，明府殉焉。余亦同在危城

中，几不免。乱平，时时以此稿存亡为念。岁在甲子，余应敏斋方伯之招，乃得与明府弟翔甫相见于幕中，重拾坠欢，枨触前事，知先生诗稿故无恙。出以见示，重以故人之托为之手录一通，盖皆先生当日所吐弃者。今日读之，乃觉字字珠玉，有欲沉埋湮郁而不得者。爰竭一月之力，补缀成篇，厘为四卷。卷首《童戏》诗'裳'字、'来'字韵，曾闻明府言之，余已录为先生《轶事》。卷三之"家"韵、"高"韵，先生曾载入《诗话》，昔但聆其断章，今皆获其全璧矣。卷末去溧水任一首，《诗话》亦云忘载入集，今亦于此中得之。闻诸方伯，力任剞劂，行世有日矣！明府在天之灵或可以稍慰乎？同治三年春宝山后学蒋敦复谨识。

该文首叙与袁枚文孙袁祖德（又村）的交往，次述袁祖德之托，复次绍介获得、编次《随园集外诗》的经过。这样，人们很自然的认为：《随园集外诗》来自袁枚的孙子，《序》中所述是有根据和可信的。另一方面，由于插入了蒋敦复及袁枚孙子袁祖德、袁祖志（翔甫）相关的史实，又有《随园轶事》可证，这也有利于取信于人。王英志先生显然认为此序是可靠的，其大作《袁枚作品新发现及对新编〈袁枚全集〉的意义》就是根据此序叙述《随园集外诗》的来龙去脉的。我在《关于〈随园集外诗〉的真伪问题》共举出五条证据证明所谓蒋敦复的《序》当是伪撰：一是这篇序文不见于蒋敦复《啸古堂文集》；二是同治三年春蒋敦复并没有应"敏斋方伯之招"入其幕中；三是序中称应宝时为"方伯"与多处史料的记载不符；四是袁祖志《随园琐记》所记袁枚著作甚详，若知有《随园集外诗》不会不提；五是《随园轶事》也不可靠。这些证据不知是否在王先生所说的"或不无道理"的范围内，这里还可以再补充一些证据：

其一，《随园集外诗》卷三有《读王次回〈疑云集〉二律》：

姹名端合碧笼纱，格调风流是作家。幻境迷离寻昔梦，名途偃蹇苦生涯。方干不第空增感，王晋登仙自足夸。笔露每和情泪写，春风满眼恨烟花。

剪锦镂璠凝苦思，襄王神女下凡时。茂陵秋雨相如赋，巫峡朝云宋玉词。最是笔床翘翡翠，合将笔簟拂玻璃。送钩射覆寻常事，胡帝胡天总是疑。

其后为《又三绝即次集首〈游仙〉诗韵》：

苗条小史为钞成，买得鲛绡幅幅轻。错杂琳琅经一读，声声朗若玉山行。

漫作寻常诗卷看，词人笔底足笙鸾。金坛坛上春风暖，老去嫦娥怨广寒。

嫋嫋娉娉白玉墙，微波妃子水中央。鬼诗仙咒知多少，拾取香奁手亦香。

这三首诗显系次《疑云集》卷首《游仙》诗韵。拙文《王次回〈疑云集〉辨伪》已指出，《疑云集》乃托名王次回所作的伪书，有 200 多首诗词实为剿袭、窜改清末俞廷瑛的《琼华诗集》和《琼华词集》，如《疑云集》卷首《游仙》即抄袭《琼华诗集》卷一《游仙》，《疑云集》卷三《戊寅仲冬二日云客招赏菊花》乃窜改《琼华诗集》卷四《己丑仲冬二日许星台方伯招赏晚菊》。[①]《琼华诗集》为编年诗集，书前《自序》云：

予于咸丰乙卯编次所作古今体诗八卷，名之曰《琼华集》。庚申之变，罹于兵火。厥后，流离迁徙，转入戎幕，飞书驰檄，日昃不遑，风雅之途，几若冰炭。同治癸亥，以署鄞县丞事由衢州至宁波，阅十有三年始迁杭州，其间存诗无几。迨光绪丁丑，同人招要入诗社，东涂西抹，作三五少年伎俩。然仕宦不进，才亦浸退，视昔所编次者，有不

① 耿传友：《王次回〈疑云集〉辨伪》，《中国典籍与文化》2006 年第 4 期。

及无过之矣。乃复珍而惜之，录而存之，不啻以千金视敝帚者，殆孟氏所谓失其本心者欤！光绪九年冬十一月吴县俞廷瑛自识于杭州。[1]

由此可知俞廷瑛《己丑仲冬二日许星台方伯招赏晚菊》中的“己丑”应为光绪己丑(1889)，这说明《疑云集》成书当在光绪己丑以后。既然《随园集外诗》中出现了《疑云集》及次《疑云集》卷首《游仙》诗韵，其成书不会比《疑云集》早，亦当在光绪己丑以后；而蒋敦复早在同治六年(1867)就已去世，目前又没有任何证据证明《随园集外诗》与《疑云集》有关的这几首诗是混入的。那么，《随园集外诗》就不可能为蒋敦复编次，署名蒋敦复同治三年撰的《〈随园集外诗〉序》亦应是假作的。

其二，《随园集外诗》卷四有《读今人诗四首》，包括《吴梅村》、《朱竹垞》、《王渔洋》和《查初白》，这四首诗实分别抄袭俞廷瑛《琼华诗集》卷三的《题吴梅村诗集》、《题朱竹垞诗集》、《题王渔洋诗集》和《题查初白诗集》(下文有具体论述)。俞廷瑛《琼华诗集》为编年诗集，《题吴梅村诗集》等四首诗当作于光绪五年(1879)，亦可证明署名蒋敦复同治三年撰的《〈随园集外诗〉序》为伪造。

其三，《序》云：“卷首《童戏》诗‘裳’字、‘来’字韵，曾闻明府言之，余已录为先生《轶事》。”《随园轶事》确实提到了《随园集外诗》卷首《童戏》诗“裳”字、“来”字韵，即“翻筋斗捉迷藏诗句”条：

凡人一生事业，有于童时流露出之者，特未至其时，不能知也。先生八九岁时，即喜作韵语，读书之暇，辄以小诗自娱。晚年犹记其《翻筋斗》等诗，每为人诵之，以为语虽不佳，未始非后来入词林、作县令之先兆。如《翻筋斗》云：“倘若腾身入霄汉，应闻仙乐奏《霓裳》。”《捉迷藏》云：“巨奸小丑搜擒尽，莫笑暗中摸索来！”只以游戏之作，故

[1] 俞廷瑛：《琼华诗集》，清光绪刻本。

未编入《诗集》及《诗话》中。

拙文《〈随园轶事〉真伪考》已指出,《随园轶事》书前署名蒋敦复的序存在若干可疑之处,不足为信,书中出现了蒋敦复身后的史实,明显违背情理,《随园轶事》实为伪书,主要是杂抄袁枚《随园诗话》、《小仓山房诗集》、《小仓山房尺牍》、《子不语》和袁祖志《随园琐记》等著作而成,可能是王文濡所为。① 王英志先生似乎也同意此说。既然赞同《随园轶事》为伪书,那么,署名蒋敦复《〈随园集外诗〉序》中"卷首《童戏》诗'裳'字、'来'字韵,曾闻明府言之,余已录为先生《轶事》"的说法纯系信口开河。作伪者本意大概是让《随园集外诗》与《随园轶事》互相印证,却不经意间露出了马脚。

其四,《序》云:"爰竭一月之力,补缀成篇,厘为四卷。……卷末去溧水任一首,《诗话》亦云忘载入集,今亦于此中得之。""补缀"的意思为补充辑集,倘若《随园集外诗》真的录自袁枚早年诗稿,"蒋敦复"又何需"补缀成篇"?"卷末去溧水任一首"即《随园集外诗》卷四的《离溧水任车中感成》:"敢矜才学种甘棠,不料民情如许长。一路壶浆擎父老,万家儿女绣衣裳。早知花县此间乐,何必玉堂天上望。更喜双亲同出境,白头含笑说儿强。"然而,该诗却有这样的按语:"此诗先生全集中所无,从《诗话补遗》中录出。《诗话》云:'余二十七岁,权知溧水,离任时,吏民泣送,有以万民衣披我身者,金字辉煌,合县人姓名也。车中感成一律云云。'"《离溧水任车中感成》到底是录自袁枚早年诗稿,还是录自《随园诗话补遗》,就成了问题。王先生实已注意到其中的矛盾,不过他认为只有这一首诗例外,其它皆抄录袁枚诗稿,将作伪者露出的马脚轻易忽略了。

署名蒋敦复的《〈随园集外诗〉序》既然是妄人假作的,而其又是《随园集外诗》为袁枚早年诗稿的唯一依据,这样,在袁枚去世一百多年后突然出现的《随园集外诗》的来历就成了问题。

需要说明的是,在弄清了署名蒋敦复的《〈随园集外诗〉序》系伪造的

① 耿传友:《〈随园轶事〉真伪考》,《明清小说研究》2012 年第 2 期。

之后，说《随园集外诗》"大半为髫年之作未刊入集中者"就缺乏了依据，那么，拙作《关于〈随园集外诗〉的真伪问题》第二部分论述涉及袁枚亲属诗歌时所举出的证据就可能靠不住，至少减弱了分量，因为这些诗歌的创作时间是判断其并非袁枚之作的主要依据；但由于要否定拙作这一部分的论证必须以承认署名蒋敦复的《〈随园集外诗〉序》系后人伪造为前提，这意味着《随园集外诗》并不像《〈随园集外诗〉序》说的那样来自袁枚的孙子袁祖德和袁祖志。有了这样的前提，仅仅根据拙作《关于〈随园集外诗〉的真伪问题》所举出的其它证据，也足以说明《随园集外诗》来历不明，不宜轻信。

三

王英志《袁枚作品新发现及对新编〈袁枚全集〉的意义》一文提到，《随园集外诗》是罗以民在浙江图书馆发现的①，罗先生撰写了《〈随园集外诗〉考辨》证明此书所收诗确系袁枚之作。在写《关于〈随园集外诗〉的真伪问题》一文时，我其实已注意到罗先生的大作，但限于篇幅并未进行针对性地讨论，这里顺便对罗先生的考辨提一些不同的意见。为了证实《随园集外诗》确为袁枚佚作，罗以民先生做了三个方面的工作：其一，考证蒋敦复序是否真实。其二，考证该书版本来源。其三，考证《随园集外诗》是否袁枚佚诗。

罗先生对蒋敦复序是否真实的考证，拙作《关于〈随园集外诗〉的真伪问题》实已不指名地进行了批评，上文也有具体论述，此不赘陈。罗先生对《随园集外诗》版本源流的考证是以署名蒋敦复的《〈随园集外诗〉序》的可靠性为根本前提的，并将《〈随园集外诗〉序》和署名蒋敦复的《〈随园轶事〉序》互证，认为两序书法特点完全相同，显系一人所为。我在《〈随园轶

① 柯愈春《清人诗文集总目提要》已提到《随园集外诗》，在"《小仓山房诗文集》"条说："辑佚者有蒋敦复编《随园集外诗》四卷，民国间国学研究会石印，首都图书馆藏。"（北京古籍出版社2001年版，第652页。）

事〉真伪考》中已指出，《随园轶事》书前署名蒋敦复的《序》实系伪造。①这样，罗先生用以证明《随园集外诗》之蒋敦复《序》不可能是别人伪造，推测《随园集外诗》石印书版制成于同治三年至六年的证据就靠不住。罗先生在考证《随园集外诗》是否系袁枚佚诗时，共举起六条证据，现在依次加以考察。

1. 罗先生首先考辨的是他认为最可疑的《举京兆后寄史师》，说："袁枚于乾隆三年22周岁在顺天中举，但其业师史玉瓒已在4年前就死去，何故还会给老师写信？这是否是作伪者留下的马脚？"接下来解释说史玉瓒无子，史妻也死于史前，连报丧也无人，史中住的地方离袁枚较远，袁枚很难知道老师的死讯，且袁枚不久就赴广西，至顺天，直至入翰林后为完婚才回杭州。由此得出结论：袁枚在顺天中举不知业师之死，完全有可能。按，罗先生的解释看似合理，其实并不符合实际。袁枚《溧阳史先生传》有这样的叙述："临终，解衣袋中《哭母诗》与枚，曰：'观此为我立传。'"②足征史玉瓒去世时，袁枚就在跟前。《举京兆后寄史师》决非袁枚作品，显系"作伪者留下的马脚"。拙作《关于〈随园集外诗〉的真伪问题》有具体论证，可参看。

2. 关于袁枚的同学张敬哉。《随园集外诗》涉及张敬哉的诗有5首，卷一《戏赠张敬哉同学》云："红缠绯衫映绮罗，哕鸾听彻六街歌。随肩问讯年相若，尊重三龄老大哥。"诗前序曰："名有虔，同案入学。"罗先生认为这些信息与袁枚的《寄张有虔先生》、《喜晤张有虔先生却寄二十四韵》相符，可以相互印证。按，张有虔的确和袁枚同案入学，但说史中是张有虔的业师、张有虔是比袁枚大三龄的老大哥，则与袁枚诗文不符。第一，罗先生所引的袁枚《寄张有虔先生》云："枚七岁入学，受业史玉瓒师，得识先生。尔时孩提之童，或背书不熟，畏受师嗔；或督课谨严，觊觎客至。每见

① 耿传友：《〈随园轶事〉真伪考》，《明清小说研究》2012年第2期。

② 袁枚：《溧阳史先生传》，《双柳轩诗文集》，清乾隆刻本。参阅陈正宏：《〈袁枚全集〉校补》，《中国文学研究》第三辑，江西教育出版社2000年版，第367页。

先生飘然而来，则善气迎人，不特满堂弟子，皆执化人之祛；而史师亦释躁平矜，顷刻有沂水春风之乐矣！”“先生”显然是指张有虔。从所引文字看，袁枚是在跟随史中读书时认识张有虔的，张有虔是史中的弟子们在老师“督课谨严”时的觊觎之“客”，并不在“满堂弟子”之列，如果张有虔来了，老师就会“顷刻有沂水春风之乐矣”。换言之，张有虔是袁枚老师史中的客人而非学生。第二，在《寄张有虔先生》的结尾，袁枚说：“枚钦挹之忱，不能缕述，谨赋五律二十四韵，书之扇头，托令甥卢抱经学士代为寄上，仍求视作当时童子，加教诲焉。”①若张有虔与袁枚“年相若”，仅大袁枚三岁的话，袁枚如何写出“求视作当时童子，加教诲焉”这样谦卑的话？第三，袁枚《喜晤张有虔先生却寄二十四韵》云：“一日同文战，三人列上庠（自注：枚与先生及授业师同入学）。扶看棘闱月，领采泮芹香。簇簇联坛社，纷纷具酒浆。婴婗小童子，追逐丈人行。”②从诗意看，“丈人”只能指张有虔。“丈人”是对老人或长辈的称呼，若张有虔是只比袁枚大三岁的同学，袁枚怎能自称“小童子”，而称对方为“丈人”呢？第四，《随园诗话》卷九第四十三则云：“杭州张有虔先生，年九十三，皇上钦赐举人。余自幼蒙提携，故求其诗不得。”③据“余自幼蒙提携”看，这里所说的张有虔与《寄张有虔先生》、《喜晤张有虔先生却寄二十四韵》中的张有虔应该为同一个人。只要对袁枚稍有了解的人都知道，袁枚去世时只有八十二岁，张有虔显然要比袁枚大很多，而决非三岁。因此，《戏赠张敬哉同学》决非袁枚所作。此外，罗先生为了证明《戏赠张敬哉同学》可与袁枚的作品相互印证，还举了《随园集外诗》卷一《入学后呈史师与张同学同作》以证明史中也是张有虔的业师，我想这恐怕不合考证的一般原则，因为我们在考察《随园

① 袁枚：《小仓山房尺牍》卷四，《袁枚全集》第5册，江苏古籍出版社1993年版，第71页。

② 袁枚：《小仓山房诗集》卷二十二，《小仓山房诗文集》，上海古籍出版社1998年版，第533页。

③ 袁枚：《随园诗话》卷九第四十三则，《袁枚全集》第3册，江苏古籍出版社1993年版，第293页。

集外诗》为袁枚的佚作这种说法是否可信，就是对这种说法持存疑的态度，因而《随园集外诗》中的作品是不能作为考证袁枚生平与交游依据的。因为，若以此为依据，就意味着相信《随园集外诗》是袁枚所作，从根本上取消了考察《随园集外诗》为袁枚佚作这种说法可信性的前提。

3. 关于唐静涵。罗先生说："该诗集卷三有《真娘墓同唐静涵作》。笔者判断这首诗袁枚大约写于 17 岁。袁枚于诗中自注'静涵吴人'，这与袁枚《随园诗话》中关于唐静涵住苏州的记载完全一致。袁枚每过苏州必住唐静涵家，以至于'庞公妻子都无避，嵇吕相思便驾车。笑我身如春燕子，一年一度宿君家'，朋友间亲密如此，真令人吃惊。袁枚一宠妾方聪娘就为唐氏所赠。袁枚《唐氏席上赠沈励斋前辈》之唐氏即唐静涵（该诗袁枚 47 岁作于苏州），前四句就是写唐静涵的，'当宴重见鲁灵光，三十年来春梦长。前辈典型还照旧，少时知己最难忘'。其在《哭唐静涵十二首》中又说'伤心三十年中事'，但此时袁枚已经六十二三岁了。如此折中来算，唐静涵可能当时在万松书院求学，与袁枚算得上是'少时知己'。唐静涵死，袁枚诗'量取长江挥老泪，君魂舍我更谁招？'这种悲切，恐怕只能出自少年友谊。"按，这段文字需要斟酌处颇多。第一，在写《哭唐静涵十二首》时袁枚已经六十二三岁了，若袁枚十七岁时就写了《真娘墓同唐静涵作》，说明此时他与唐静涵已相交四十多年。那么，袁枚应该说"伤心四十年中事"才是，他怎能说"伤心三十年中事"呢？第二，唐静涵死，袁枚说"量取长江挥老泪，君魂舍我更谁招"？这种悲切，未必一定需要出自少年友谊。袁枚与唐静涵相交三十年，每过苏州必住唐静涵家，以至于"庞公妻子都无避，嵇吕相思便驾车"，袁枚宠妾方聪娘也是唐氏所赠，如罗先生所言："朋友间亲密如此，真令人吃惊。"那么，唐静涵去世后，作为亲密朋友的袁枚写出"量取长江挥老泪，君魂舍我更谁招""这种悲切"的诗句，不是很贴切吗？第三，说袁枚《唐氏席上赠沈励斋前辈》之"唐氏"即唐静涵是对的，但说"当宴重见鲁灵光，三十年来春梦长。前辈典型还照旧，少时知己最难忘"四句是写唐静涵的，恐怕是误读，这是因为：首先，该诗虽写于唐氏席上，但是赠给沈励斋前辈的，不是赠给唐静涵的；其次，据前所述，袁枚写《哭唐静涵十二首》时六十二三岁了，而诗中说“伤心三十年中事”，不难推断，与唐静涵相识时袁枚当在三十多岁，《唐氏席上赠沈励斋前辈》作于袁枚四十七岁，与唐静涵相识还不到二十年，哪里是“三十年来春梦长”？再次，从诗意看，袁枚所赠之人与他多年未见，这次在唐氏席上重逢，而袁枚与唐静涵相识后来往密切，以至于“一年一度宿君家”，显然不符。因此，袁枚《唐氏席上赠沈励斋前辈》中的“少时知己”，指的是了解、赏识自己的前辈沈励斋，而非彼此相知、情谊深切的唐静涵，由此并不能推断《真娘墓同唐静涵作》作于袁枚十七岁，也不能证明《真娘墓同唐静涵作》为袁枚所作。

4. 罗先生说：“《随园集外诗》卷三有《铁华吟（有序）》，此事被袁枚晚年写入《诗话补遗》，两相比较，后者明显出自前者，实为前者之异文本。健磐叔父即袁枚叔父袁滨（当为袁鸿——笔者注）。《铁华吟》写于约 20 岁时，称叔父，50 多年后写入诗话，袁滨已死，故称‘公’。入诗话去其诗，但保留了原诗注中‘扫眉才子’张淑仪的两句得意之笔。”按，《铁华吟（有序）》原文是这样的：

昔年健磐叔父访戚镇江，寓某铁匠家，与其妻张淑仪有文字知，彼此暗投笺札，唱和甚欢，而终不及于乱。微言挑之，则正色曰：“妾故老秀才某之女，幼嗜文墨，父亡，为媒者所诳，误嫁贱工，一字不识。彼方炽炭，我自吟诗，为此郁郁。得遇君子，聆音识曲，幸何如之？至于情欲之感，发乎情止乎礼义可也。”再三言，则涕泣立誓，以来生订。乃心敬之，不忍强也。逾二年，再过其地访之，则铁铺不开，全家不知何往矣！叔父为余言，因作此吟：

铁树着花花袅娜，春风吹动琼瑶朵。枝柯绰约弄韶华，园林寂寂云烟锁。钱塘袁子事春游，七百里路来润州。飘零琴剑计安置，江波红荡夕阳楼。主人故居临江水，铁中铮铮抱末枝。红炉炽炭烈焰飞，大夫试射如皋雉。嫣然一笑博三年，铁树着花妍复妍。铁兮花兮相附丽，云是误被红丝牵。扫眉才子工作赋，家学渊源父儒素。生小不幸哀昊天，一个铸来成大错。袁子闻言心伤悲，隔楼酬和寄相思。三月桃花妾薄命，爱煞郎筒一卷诗(原注：张寄诗有“三月桃花怜妾命，六桥烟柳梦君家”之句)。邂逅相遇适然至，文墨往还略嫌忌。他年崔护感重来，门前惆怅空题字。吁嗟乎，京江之水清复清，十年乃字守女贞。好花空自着顽铁，说向东风聊敷荣。

《随园诗话补遗》的相关叙述如下：

康熙间，叔父健磐公访戚镇江，寓某铁匠家，与其妻张淑仪有文字之知，彼此暗投笺札，唱和甚欢，而终不及于乱。微言挑之，则正色曰：“妾故老秀才某之女。幼嗜文墨，父亡，为媒者所诳，误嫁贱工，一字不识。彼方炽炭，我自吟诗，为此郁郁。得遇君子，聆音识曲，使我几句荒言，得传播于士大夫之口足矣。至于情欲之感，发乎情止乎礼义可也。”再三言，则涕泣立誓，以来生为订。健磐公心敬之，不忍强也。归家后，诵其佳句云：“懒妆撩鬓易，私泣拭痕难。”送健磐公归云：“三月桃花怜妾命，六桥烟柳梦君家。”逾两年，再过京口，访之，则铁铺不开，全家不知何往矣。后二十年，在粤中，又遇一刘铁匠者，不能作字，而能吟诗。每得句，教人代写。《月夜闻歌》云：“朱栏几曲人何处？银汉一泓秋更清。笑我寄怀仍寄迹，与人同听不同情。”健磐公尝笑谓余曰：“同一铁匠也，使张女当初得嫁刘某，便称嘉偶矣。”①

我之所以不惮烦地将《铁华吟(有序)》及《随园诗话补遗》的相关叙述全部引录，就是希望读者跟我们一起检查一下是不是袁枚“入诗话而去其诗”。只要仔细研究一下，实不难发现，虽《铁华吟》序文与《随园诗话补遗》所述基本相同，但它们与《铁华吟》诗歌正文却有不少不相契合之处：

① 袁枚：《随园诗话补遗》卷二第七三则，《袁枚全集》第3册，江苏古籍出版社1993年版，第600页。

第一，袁枚叔父袁鸿到镇江探访亲戚时寓于铁匠之家，因此得与铁匠之妻张淑仪有文字之知；而诗歌正文却说“钱塘袁子事春游，七百里路来润州。飘零琴剑计安置，江波红荡夕阳楼”，袁鸿是为了“事春游”才到润州（镇江）的，到了镇江后，袁鸿住在江边的楼上，恰逢铁匠也临江而居，因而得以与张淑仪相识。也就是说，诗歌正文所写的袁鸿并没有寓于铁匠家，只是住的离铁匠家较近而已。下文“隔楼酬和寄相思”亦可证明，试想，如果袁鸿就住在铁匠家，又何须“隔楼酬和”呢？第二，袁鸿与铁匠妻张淑仪先是“彼此暗投笺札，唱和甚欢”，在袁鸿“微言挑之”时，张淑仪正色拒之，并叙述了自身的不幸遭遇；而诗歌正文却说“袁子闻言心伤悲，隔楼酬和寄相思”，彼比暗投笺札是在袁鸿听了张淑仪叙述自身的不幸遭遇之后。第三，袁鸿离开时张淑仪赠诗有“三月桃花怜妾命，六桥烟柳梦君家”之句，分别后没有再来往；而诗歌正文却说“三月桃花妾薄命，爰煞邮筒一卷诗”，似乎两人分别后还在寄诗送笺。第四，诗歌正文所说的“嫣然一笑博三年”、“十年乃字守女贞”，也是《铁华吟》序文和《随园诗话补遗》所根本未涉及的。倘若真的是袁枚“入诗话而去其诗”，为什么《铁华吟》序文、《随园诗话补遗》与《铁华吟》诗歌正文合不上榫呢？因此，仅凭《铁华吟》序文与《随园诗话补遗》基本相同，还很难说是袁枚“入诗话而去其诗”。换言之，我们即使不把《铁华吟》序文与《随园诗话补遗》的一致作为前者抄袭后者的证据，但至少不能把其作为《铁华吟》为袁枚所作的证据。

5. 袁枚《随园诗话补遗》卷六：“余九岁时，偕人游杭州吴山，学作五律，得句云：‘眼前三两级，足下万千家。’至今重游此山，觉童语终是真语。又，《偶成》云：‘月因司夜终嫌冷，山到成名毕竟高。’亦似有先知之意。”而《随园集外诗》卷三《十年前偕人登吴山，偶得五言家字、七言高字各一联，今尚谬为人所称诵，然非全首也，因足成之》：“游山城不出，登临足自夸。眼前三两级，足下万千家。揽取江湖胜，来停苏白车。盛年腰脚健，不恤路欹斜。”又有“文章千古属风骚，七字成吟只口号。茶味品从花下胜，诗怀寻入寺中豪。月因司夜终嫌冷，山到成名毕竟高。可笑奚囊李长吉，归来还是苦拈豪。”罗先生说：“《随园集外诗》卷三的这两首诗也完全可与

《随园诗话》印证。”按，袁枚晚年在诗话中并未提及“足成”的这两首诗，且补缀的几联从意境到思想都与“眼前三两级，足下万千家”、“月因司夜终嫌冷，山到成名毕竟高”不合，不类袁枚手笔，罗先生自己也认为“‘盛年腰脚健，不恤路欹斜’简直就是凑数”。① 由于《随园集外诗》来历不明，又有不少诗作显系假造，那么，《随园集外诗》卷三的这两首诗到底是袁枚“足成”的，还是作伪者据《随园诗话》中的两联诗“补缀”的，还是个问题。

6. 罗先生说：“《随园集外诗》卷三有《读女子赵飞莺怨诗十九首书后》其序‘飞莺姑苏人，某参领买为妾，不容于正妻，发配家奴，盖旗厮之走差也。诗诙谐悱恻，颇自可诵可人也，可怜已’。这与袁枚《随园诗话》补遗卷二，第五十四条如出一辙，仅文字略有出入而已。《随园集外诗》卷三《读女子赵飞莺怨诗十九首书后》有诗两首，又代赵飞莺‘补足一首’，共三首诗。其中有句‘炕头马粪夜烧红’，‘马粪’入诗可称怪事，但其明显得自赵飞莺原诗‘炕头不是寻常火，马粪如香细细添。’”按，袁枚《随园诗话补遗》卷二第五十四则是这样叙述的：

> 余幼时，曾见人抄女子赵飞莺《怨诗》十九首。其人，家本姑苏，卖于某参领家作妾，正妻不容，发配家奴，故悲伤而作。首章云：“谁怜青鬓乱飘蓬，马上琵琶曲又终。嫁得伧父双足健，漫言夫婿善乘龙。”味其词，盖旗厮之走差者也。馀诗不甚记忆。其最诙谐者，如云：“炕头不是寻常火，马粪如香细细添。”“俗子不知人意懒，挨肩故意唱秧歌。”

的确如罗先生所言，《读女子赵飞莺〈怨诗〉十九首书后》的序与《随园诗话补遗》的相关叙述如出一辙，仅文字略有出入而已，但并不能因此说《读女子赵飞莺〈怨诗〉十九首书后》和补足的一首诗为袁枚所作。试想，一个对袁枚全集很熟悉的妄者编造出这样的几首诗又有何难？考虑到《随园诗

① 罗以民：《子才子——袁枚传》，浙江人民出版社2007年版，第33页。

话补遗》中的这则材料是袁枚晚年所写，并没有提及《随园集外诗》中的这三首诗，它们到底是袁枚写的，还是作伪者据《随园诗话补遗》伪造的？还是一个问题。在这样的情况下就断定这三首诗为袁枚之作，实嫌证据不足。

除了上述6证外，罗先生《子才子——袁枚传》附录有《新发现〈随园集外诗〉考辨》，①又增加了10证，但在笔者看来，这些证据要么以署名蒋敦复的《〈随园集外诗〉序》为立论的根本前提，要么缺乏足够的证据，要么可以有不同理解，均不能确证这些作品一定是袁枚的佚作，限于篇幅，就不再一一考察了。

罗先生在《〈随园集外诗〉考辨》中说：

> 《随园集外诗》的真伪，最重要的还是要看其与袁枚的生平、思想、艺术风格是否符合。《随园集外诗》收诗约200首，时间跨度从袁枚7周岁到27周岁20年间。《随园集外诗》中有不少人和事都是在袁枚诗文集中出现过的，如与原作情理不合，必是伪作或非袁枚作品。

倘若笔者上述所论没有大谬，再结合拙作《关于〈随园集外诗〉的真伪问题》的相关论证，大概已证明罗先生所举的《随园集外诗》中的人和事有不少与袁枚原作情理不合，那么，这些相关作品“必是伪作或非袁枚作品”。退一步说，即使《随园集外诗》与袁枚的生平、思想、艺术风格相符，仍不能证明其一定是袁枚的佚作，因为如果一个人对袁枚生平及创作很熟悉的话，他编造出一些与袁枚的生平、思想、艺术风格相符的诗歌，并非不可能。换言之，我们倘若证明了《随园集外诗》中的人和事与袁枚原作情理不合，那么，这些相关作品定非袁枚作品；我们倘若证明了《随园集外诗》中的人和事与袁枚原作相符，我们最多只能说《随园集外诗》可能是袁枚

① 罗以民：《子才子——袁枚传》，浙江人民出版社2007年版，第238—272页。

的作品，也可能不是袁枚的作品，正因为这两种可能性都存在，所以仅仅根据《随园集外诗》与袁枚的生平、思想、艺术风格相符，并不足以证明《随园集外诗》为袁枚的佚作。

应该承认，罗先生对袁枚的生平和著作是相当了解的，但由于其考证《随园集外诗》为袁枚佚作的根本前提是署名蒋敦复的《〈随园集外诗〉序》的可信，研究思路又是千方百计地解释和证明《随园集外诗》与袁枚生平、思想、艺术风格相符，因此，虽然花了相当大的功夫，但并没有多少说服力，尚不能证明《随园集外诗》基本属于袁枚所作。

四

在《袁枚作品新发现及对新编〈袁枚全集〉的意义》之前，王英志先生撰有《〈随园集外诗〉的价值》。① 该文先复述署名蒋敦复的《〈随园集外诗〉序》，进而探讨《随园集外诗》的诗学和史料价值。王先生也许根本就没有考虑到《〈随园集外诗〉序》是否可靠尚有待证明。而正因为对这个最关键的问题未作论证，又基本赞同罗以民《〈随园集外诗〉考辨》的论证，认为《随园集外诗》所收绝大多数确系袁枚之作，其一些论述就近于在沙上造楼，缺乏坚实的基础。举例言之：

一、《随园集外诗》有三首诗实为抄袭俞廷瑛《琼华诗集》，王英志先生却将它们作为研究袁枚诗学的依据。

1. 王先生先引用了袁枚乾隆四十六年所作的《仿元遗山论诗》第五首论查他山（慎行）一诗及作于乾隆五十年左右的《随园诗话》卷八："查他山先生诗，以白描擅长，将诗比画，其宋之李伯时乎？"然后说："这都给人袁枚六七十岁晚年才倡导'白描'的印象，其实《随园集外诗》卷四袁枚作于二十岁前后的《读近人诗四首 · 查初白》，早就对查氏白描手法心仪：'才逢敌手吟尤健，诗杂仙心味自腴。可是白描高手笔，龙眠而后替人

① 王英志：《〈随园集外诗〉的价值》，《江苏社会科学》2011年第2期。

无。'由此可知,《随园集外诗》多白描之作与崇尚查氏白描有关;也可知袁枚于四十余年后再提李龙眠与查他山白描,已是老调重谈矣。"按,袁枚论诗主张白描是否与查慎行有关,他究竟什么时候开始倡导白描,还有待研究,此不赘论。俞廷瑛《琼华诗集》卷三《题查初白诗集》云:"玉堂人艳翰林呼,天语偏闻唤钓徒。佳话只今传馆阁,盛名已早播江湖。才逢敌手吟尤健,语杂仙心味自腴。可是白描高手笔,龙眠而后替人无。"①该诗与《随园集外诗》中的《读近人诗四首·查初白》几乎相同。《读近人诗四首·查初白》显系剿袭俞廷瑛《题查初白诗集》,不能作为研究袁枚诗学的依据。

2. 王先生指出,袁枚对王士禛的评价前后有变化,晚年评价并不高,《仿元遗山论诗》其一评王云:"不相菲薄不相师,公道持论我最知。一代正宗才力薄,望溪文集阮亭诗。"但袁枚早年对王士禛却钦佩不已,因为《随园集外诗》卷四《读近人诗四首·王渔洋》云:"尚书门第旧山东,盛世文章珥笔工。玉语从天褒大著,金声掷地振英风。千秋轶事搜罗尽,一代才名赞美同。为问商邱宋开府,中原旗鼓孰称雄。"王先生进一步分析说:"写此诗时袁枚大概并未熟读王氏诗,或虽读过王诗但只是根据王氏的刑部尚书地位,康熙对王诗的赞赏等诗人外部条件,而对王氏大唱赞美诗,并与同时齐名的宋荦进行轩轾。"按,俞廷瑛《琼华诗集》卷三《题王渔洋诗集》云:"尚书门第重山东,文采风流迥不同。入蜀诗堪齐杜老,归田录早著欧公。盛名一代揄扬遍,轶事千秋捃摭工。为问商邱宋开府,中原旗鼓孰称雄。"两相比较,《读近人诗四首·王渔洋》显系剿袭、窜改俞廷瑛《题王渔洋诗集》,以此为依据说明袁枚对王士禛的评价前后有变化,显然不妥。

3. 王先生认为袁枚对吴梅村的评价,可前后对照读。晚年只有《仿元遗山论诗》第二首评吴云:"生逢天宝乱离年,妙咏香山《长庆篇》。就使吴儿心木石,也应一读一缠绵。"而在《随园集外诗》卷四《读近人诗四首·

① 俞廷瑛:《琼华诗集》,清光绪刻本。

吴梅村》有更具体的评论："《麦秀》歌成涕泪潸，北堂有母鬓毛斑。辞官早作陶元亮，避地难为庾子山。公论可怜青史在，初心只乞白衣还。新诗读罢增长叹，有客西田自闭关。"在对此诗进行仔细解读后王先生得出结论："青年与晚年二诗，一论人格一论艺术，正好相辅相成。"按，《随园集外诗》卷四中的《读近人诗四首·吴梅村》又见于俞廷瑛《琼华诗集》卷三《题吴梅村诗集》，内容完全一样，前者实系剿袭后者，以此作为考察袁枚早年对吴伟业评价的依据，并不合适。

二、王先生说："袁枚不仅二十岁前就写艳诗，其青睐于王次回香奁诗，亦始于青年时期，《随园集外诗》卷三就有《读王次回〈疑云集〉二律》，给予'格调风流是作家'的好评。其晚年对王次回的肯定只是青年时期思想的延续而已。"按，王次回名彦泓，晚明诗人。袁枚的确青睐王次回香奁诗，曾因沈德潜编选《国朝诗别裁集》未录王次回《疑雨集》而专门去信责问，并在《随园诗话》中说"香奁诗，至本朝王次回，可称绝调"。① 但是，《疑云集》在袁枚去世一百多年后才出现，乃托名王次回所作的伪书，其主体部分实为剽袭、窜改清末俞廷瑛的《琼华诗集》《琼华词集》而成。② 因此，《读王次回〈疑云集〉二律》决不可能为袁枚所作，自然不能据以得出袁枚"晚年对王次回的肯定只是青年时期思想的延续而已"这样的结论。

三、王先生说："袁枚性灵诗的审美情趣是喜好调侃，风趣诙谐……今存第一首戏诗《戏赠张敬哉同学》作于十五岁：'红缠绯衫映绮罗，哕鸾听彻六街歌。随肩问讯年相若，尊重三龄老大哥。'于张同学的着装与喜好皆作调侃，末句犹见风趣。"按，张敬哉的确为袁枚的同学，但他当跟袁枚的老师史中年龄差不多，比袁枚的年龄大得多，说他与袁枚"年相若"，是大三龄的老大哥，纯属无稽之谈。这一条上文已有涉及，此不赘述。

---

① 袁枚：《随园诗话补遗》卷三第一九则，《袁枚全集》第 3 册，江苏古籍出版社 1993 年版，第 610 页。袁枚推崇王次回诗的相关情况，可参看耿传友：《艳诗该如何对待——由袁枚、沈德潜之争谈中国艳诗的历史命运》，《文艺理论研究》2011 年第 4 期。

② 耿传友：《王次回〈疑云集〉辨伪》，《中国典籍与文化》2006 年第 4 期。

四、王先生认为《随园集外诗》除了诗学的价值外，也有一定的史料价值："使读者对袁枚二十岁以前的履历、思想等有更全面的了解与认识。"他引了《随园集外诗》卷三《中丞席上言志叠前韵》："落花无端异溷茵，况复人生罹凡尘。少壮努力惜良辰，肯负昂藏七尺身。尺蠖屈处犹求伸，何幸大雅今扶轮。冲霄一鹗捷若神，翱翔金阙当惊人。读书往哲□(原文如此)遵循，泥潦困厄羞介鳞。天下何事无来因，但守厥性保天真，亦知贵贱论玉珉。"然后分析说："抒发了应博学鸿词试，以求一飞冲天，改变当下尺蠖蜷曲般处境的雄心壮志。"按，仅凭上述内容不容易看出《中丞席上言志叠前韵》的问题，若把王先生未引的"落花无端异溷茵"以前的几句'薄暮炊烟起城闉，主人张灯玩芳春。光照明月银河津，暖融和风曲水滨'补上，就可清楚看出此诗决不可能是袁枚的作品，应是伪造。由诗句"薄暮炊烟起城闉，主人张灯玩芳春"可以看出《中丞席上言志叠前韵》作于春天，诗题中的"叠前韵"指的是同卷《陪金中丞登龙壁山同健磐叔父作》，诗中有"画戟森森出城闉，舣舟江上春风春。鼓舟顷刻达前津，舍舟登陆缘水滨。……井梧幕府毋断断，韶华春色满九垠"亦可为证，而袁枚乾隆元年五月四日抵达桂林，八月离开广西赴京——王先生《袁枚评传》也这样认为，[①]他陪中丞金鉷、叔父袁鸿游龙壁山，参加中丞金鉷所设宴席只能发生在这段时间。那么，袁枚在五月至八月间竟然写出"薄暮炊烟起城闉，主人张灯玩芳春"这样显然是春天景象的诗句，宁非大谬！《中丞席上言志叠前韵》决非袁枚所作，不能作为把握青年袁枚的生活状态和心态的依据。

五

在这里有两个问题还需略作说明。其一，我在论证《随园集外诗》中的一些诗歌不可能为袁枚所作时，使用了包括《随园诗话》在内的袁枚著

---

① 王英志：《袁枚评传》，南京大学出版社2002年版，第73—77页。

作的相关记载作为依据，而袁枚在记人记事记时方面存在不少错误，钱锺书先生《谈艺录》专门有“随园记事之诬”。[①]《随园集外诗》与袁枚著作之间的相矛盾之处，会不会是袁枚著作本身的错误引起的？其二，《随园集外诗》中的作品，在某些时间上的抵牾，会不会像袁枚其它著作中的一些失误那样，属于编年排序错误的问题，而不涉及真伪？

首先需要强调的是，袁枚的著作如《随园诗话》虽然是我怀疑《随园集外诗》作伪的依据之一，但不是最重要的依据，作为辨伪的核心证据，是在《随园集外诗》中有不少诗歌明显违背事实，如袁枚的老师史中已去世四年，袁枚还写信给他，而史中去世时袁枚就在跟前；袁枚的同学张有虔比袁枚大很多，而不是只大三岁；《疑云集》是晚清民国期间出现的伪书，袁枚如何能读到；署名蒋敦复所作的《序》可疑之处颇多，不足为信；《随园集外诗》中有的诗剿袭俞廷瑛《琼华诗集》等。在此前提下，《随园集外诗》与袁枚《随园诗话》等著作的矛盾自然就很值得重视。同时，我所使用的袁枚著作中的材料，没有一条被人指出过存在记人记事记时方面的问题。换言之，袁枚的著作如《随园诗话》虽然存在一些错误，但仍然是研究袁枚生平、交游和思想的基础依据之一，除非有确凿证据证明其记载有误，因为要在一部中国古代著作——哪怕很杰出的著作——中找出一些细节记载的错误，并不困难，如果因此便否定整部著作的可靠性，恐怕并不合适，只要在使用《随园诗话》这类著作作为立论依据时，保持适当的警惕就行了。

《随园集外诗》中的作品在某些时间上的抵牾与袁枚其它著作中编年排序的错误不是同一性质的问题。一方面，《随园集外诗》分四卷，首篇《童戏四咏》自注云“八岁作”，末篇《离溧水任车中感成》作于二十七岁，中间具有时间线索的诗歌大体以时间顺序排列。另一方面，我们判断《随园集外诗》不足为信的作品，有的既涉及时间上的抵牾，同时又明显违背事实，如《随园集外诗》卷一的《戏赠张敬哉同学》、卷三的《陪金中丞登龙壁

① 钱锺书：《谈艺录》，中华书局 1984 年版，第 266—268 页。

山同健磐叔父作》、卷四的《举京兆寄史师》，或自注，或诗句，或标题，都清楚地表明写作的时间，明显不合情理，均不是编排顺序错误所能解释的。若仔细辨析《随园集外诗》一些诗歌标注的时间，我们还可以发现一些作伪的痕迹。举例言之：卷二的《万松书院》注云："壬子余年十八岁，受知浙督程元章，咨送入院肄业。"实际上，袁枚生于康熙丙申（1716）三月二日，雍正壬子（1732）他只有十七岁，而非十八岁。《随园集外诗》卷二《甲寅元旦上年韵》云：

> 甲寅元旦启良辰，满眼桃符一色新。弱冠年龄谁道稚，太平时代况逢春。竞芳椒柏随时景，并茂春萱健在身。聚顺家庭差可喜，韶华惜取写天真。

雍正甲寅（1734）袁枚其实只有十九岁，而"弱冠"一般指二十岁。《随园集外诗》卷一《入学》（雍正五年丙午科试）云：

> 不会文章也秀才，功名迟早有应该。诵诗舞勺浑闲事，还待明年料理来。（年十二岁）

袁枚十二岁"入学"是对的，但雍正五年为"丁未"而非"丙午"。袁枚为什么会屡犯如此让人惊诧的错误？这显然不能仅用一时疏忽来开脱，一定另有原因。其实这是作伪者弄错了袁枚的生年，误以为袁枚的生年为康熙乙未（1715）。[①]

梁启超在谈到鉴别史料之法时指出："书中所言确与事实相反者，则

---

① 袁枚的生年，方濬师《随园先生年谱》、傅毓衡《袁枚年谱》系于康熙五十五年丙申（1716），而民国时杨鸿烈《袁枚评传》第二章"年谱"系于康熙五十四年乙未（1715）。杨鸿烈的系年为误。参看郑幸：《袁枚年谱新编》，上海古籍出版社 2011 年版，第 3 页。

其书必伪。”[1]《随园集外诗》既然有这么多作品明显违背事实，而叙述其来历的署名蒋敦复的《序》又系伪造，该书卷四《读近人诗四首》实属剿袭、窜改清末俞廷瑛的作品，目前定该书为袁枚佚作的证据皆不能成立，那么，在没有新的文献上的依据之前，还是不把《随园集外诗》作为袁枚的佚作为宜。

（2017 年 12 月 16 日在华南师范大学主办的第三届清代文学国际学术研讨会上宣读）

① 梁启超：《中国历史研究法》，上海文艺出版社 1999 年版，第 103 页。

戴名世《画网巾先生传》并非篡窃的文学经典

——与潘承玉先生商榷

《文学遗产》2010年第1期发表有潘承玉先生《篡窃的文学经典:〈画网巾先生传〉并非戴名世原创》一文。该文考证了李世熊《画网巾先生传》(以下简称"李传")创作时间,并梳理了其传播情况,皆为以前的研究者所未及。但文中也还有若干值得商榷之处,其最重要者是该文的结论:戴名世《画网巾先生传》(以下简称"戴传")实为对李传相当拙劣的篡窃改写。故特草为此篇,以就正于潘承玉先生和其他同行。

一

现代的研究者一般都把《画网巾先生传》的著作权系于戴名世名下,但这并不意味着他们不知道在戴名世之前李世雄已撰有《画网巾先生传》。实际上,有的学者正是在把戴传和李传比较之后,才褒美戴传的。如徐文博、石钟扬《戴名世论稿》就提到李世熊、张岱为画网巾先生作过传,但他们觉得李、张所作都"相当粗糙"。① 后来,石钟扬先生再次重申了这一认识。② 潘承玉先生的看法与此不同,他认为李传判然优于戴传。潘先生共提出五条例证,但似乎都难以成立。

① 《戴名世论稿》,黄山书社1985年版,第79页。

② 石钟扬:《戴名世和他的散文》,《戴名世散文选集》,百花文艺出版社2003年版,第20页。本文对《画网巾先生传》的文本分析,参考了《戴名世和他的散文》一文。

先说潘先生对两传情节、细节的合理性和文字的含蓄性的分析。潘先生举了三条例证，第一条例证是这样论述的：

> 画网巾先生解释画网巾用意后，李传仅写“二仆亦复交相画”，重要的是保留网巾的象征意义，而非画网巾这一动作本身，在这一细节上纠缠过多并无意义；但是戴氏却在“二仆亦互相画也”后，加了句“日以为常”，把叙事焦点倾斜到画网巾动作本身，以工具性的琐事交代冲淡重大主题的表达。况且，“日以为常”，即主仆三人天天都要在额上画网巾，画网巾似乎变成三人的固定动作和仪式表演。但天天画的前提，是天天都要把网巾墨迹从额上清洗掉，以邵武山区而又军中的囚徒条件，画上固不容易，洗掉当然更困难；既然如此重视网巾的象征意义，为什么每天又要洗掉？

按，把画网巾的动作与其象征意义相区分，并没有必要，所谓“重大主题”正是通过画网巾动作本身得以表达。主仆三人每天画网巾的“固定动作和仪式表演”，貌似滑稽，实则蕴含着他们刻骨铭心的故国之思与亡国之痛，而这不正是画网巾事迹的灵魂所在吗？换言之，戴传加了句“日以为常”，对重大主题的表达非但无损，反而有益。

接着潘先生又提出了第二条例证：

> 李传交代“闽督杨名高率兵至邵，与左路总兵王之纲分道掩击”，在邵武围歼四大营，身为邵武镇将的池凤阳才“诡称先生为阵俘，献之杨名高”，也就是说，池氏是在闽督杨名高驾临自己的防地以后，面临压力，担心自己“伟其状，戒部卒”的行动招惹嫌疑，才一改初衷，把画网巾先生献出去的；画网巾先生后来“因谓杨”曰“吾旧识王之纲”云云，从之索死，则应该又是冲着王之纲在四大营覆灭中的此一“功绩”而来，如此叙事，前后严丝合缝，并有深意存于其间。而戴氏仅用“四营兵溃于邵武之禾坪”一句话交代邵武之战，接着就写“池凤阳诡

称先生为阵俘，献之提督杨名高”，邵武镇将如何把画网巾先生献给主掌福建一省军政的提督，具体情形不明，池氏从“戒部卒谨守之”到“诡称先生为阵俘，献之提督杨名高”的态度大转变，更显突兀。

按，戴传仅用“四营兵溃于邵武之禾坪”一句话交代邵武之战，确实比李传简略得多，但这并不影响叙事的完整，因为邵武之战只是画网巾先生被池凤阳献给杨名高的引子，与画网巾先生事迹本身的关系不大，没有详细交代的必要。在戴传中，池凤阳对逮送来的画网巾先生是“去其网巾，留于军中，戒部卒谨守之”，而非李传中“伟其状，戒部卒曰：‘谨事之，去而网巾，无惑众，足矣’”，从戴传来看，池凤阳恐怕就是想寻找机会，献画网巾先生以邀功。换言之，戴传中池凤阳“诡称先生为阵俘，献之提督杨名高”并非态度大转变，而是顺理成章的事情，并不突兀。

下面是潘先生的第三个例证：

李氏原创中王之纲厉声叫嚣“天下大定，一夫强死，何济”，其“理直气壮”中隐含古往今来变节者的自命逻辑，亦隐含王之纲本人屈膝事清的自我心理支撑——顺应天下之势，不得不然，而不涉及其他更卑劣可能也更本质的心理，这样写这个明清易代的变节者和闽省的大吏，既暴露出他变节者的本来面目，又不把话说透说明，把这个变节者写得过于难堪，留有余蕴，提供读者思考和想象的空间；在实际生活中李氏还曾不得不与王之纲发生交往，这更决定他对王之纲的描写，必须留有分寸，不必也不能超过“诛心”尺度。但戴氏却让王之纲公然以变节者现身说法，自称“吾本明朝总兵，徒以识时变，知天命，至今日不失富贵”，赤裸裸地以功名富贵诱使主人公屈膝，作品文字变得了无余蕴，变节者亦被过分丑化和妖魔化。

按，我们赞同潘先生关于李传的分析，但这种所谓的“留有余蕴”并不能证明李传优于戴传，倒是证明了李传对王之纲的描写，因必须留有分寸，而未能把王之纲更为本质的心理揭示出来。从传记的叙事肌理看，如果说怒叱群卒、欣然受戮的二仆是对画网巾先生形象正衬的话，那么本是明朝总兵，后变节降清的王之纲则是画网巾先生形象的反衬。王之纲之所以屈膝事清，除了因为顺应天下之势、不得不然外，对功名富贵的贪恋不也是重要的诱因吗？画网巾先生佯称认识王之纲，"就彼决之"，不正是要找上门去羞辱这个负明易节的败类吗？王之纲现身说法，以功名富贵诱使画网巾先生屈膝，而画网巾先生却大义凛然，视功名富贵如敝屣，既讥讽了王之纲投降变节，又赞美了画网巾先生的高贵节操，瘅恶而彰善，非但没有使作品文字变得了无余蕴，反而产生了震撼人心的艺术效果。

再说潘文对两传思想境界的分析：

> （1）画网巾的目的，李传突出不忘"大明"，不忘"明制"，直言之，突出的是对业已灭亡了的明朝故国及其文化礼制的忠诚，这折射出明清易代之际大批仁人浴血抗清的神圣信念所在；戴氏着眼的则是不忘"太祖高皇帝"，不忘"祖制"，主人公系念的是一去不复返的朱明一家王朝，这就使主人公画网巾的怪异举动和最终牺牲蒙上浓厚的封建愚忠色彩，在一姓王朝之兴衰与天下国家之兴亡于不少先进知识分子那里已然区别开来的明末清初时代，从这个角度去刻意塑造的画网巾先生形象，似乎并没有多少特别的思想魅力可言。（2）李传中，被"执获"而"顾盼晖伟，绝无羁累愁状"者，乃别营投降之"一魁"，其人"行至朱口，独不肯前，伸颈就其党索死"，声称"吾熟思累日，终不能俯仰若"。很明显，"一魁"是一个被俘的南明败军将领"若"即"他们那些人"也就是清廷官方；"一魁""不能俯仰若"，也就是一个被俘南明将领在前往接受招抚的半路上忽然心有所动，宁死同党之手，也不想作为屈节之臣苟活于清廷的淫威之下。这个降将身上觉醒的民族良知，映衬画网巾先生不肯屈膝事敌的殉国志节，也表明民族意识在易代之际较为顽强的存在，并非绝无仅有，即使在一个降将身上，它也召唤出一个壮烈的抗节之举。可以说，"一魁"故事是画网巾先生故事的

一个很好补充和发展。但在戴传中，却是"败将有愿降者"而"一卒独不肯前"，因其"不能俯首事降将"而主动请求并如愿以偿，被同伙杀死。"一魁"变成"一卒"，故事的价值意义也削弱了：一个南明被俘将领宁愿死于同党也不愿活于清廷的殉国故事，变成一个南明败军将领执意投降，却有一个小卒不愿今后继续接受其指挥，遂为同伙所杀的意外插曲，一个有意添加、明显张扬民族意识和民族良知的故事，似乎变成一个更多与个人恩怨相关而与国族认同无关的赘疣。

先看(2)。潘先生所引李传中的"吾熟思累日，终不能俯仰若"在《明文授读》卷五十四《画网巾先生传》中为"吾熟思累日，终不能俯仰官"，①根据上下文，这里"官"可能指清廷官方，也可能指带领"一魁"和其党就邵武听抚的降清之"官"。如果是后者，"一魁""不能俯仰官"，就不能理解为"一个被俘南明将领在前往接受招抚的半路上忽然心有所动，宁死同党之手，也不想作为屈节之臣苟活于清廷的淫威之下"，其与戴传中的"一卒""不能俯首事降将"意思相同。不过，我们认为，这并没有削弱故事的价值意义。试想，一个连降官都不愿俯仰事之的"一魁"，怎么愿意仰面于异姓，苟活于清廷的淫威之下呢？潘先生恐怕曲解了戴传的意思，"一卒""不能俯首事降将"并非与个人恩怨相关而与国家认同无关，因为降将为变节者，其成了王之纲一类的人，一个具有民族气节的人，怎能愿意俯首事之呢？也就是说，李传中的"一魁"和戴传的"一卒"，他们的故事价值并没有高下之分，都是画网巾先生故事的一个很好的补充，映衬了画网巾先生不肯屈膝事敌的殉国志节。就(1)而言，潘先生把李传中的不忘"大明"、不忘"明制"与戴传中的不忘"太祖高皇帝"、不忘"祖制"截然相分，并作为判

① 潘承玉先生所录李传依据《四库禁毁书丛刊》所收《寒支初集》，此影印本的底本为康熙四十一年李氏檀河精舍删削翻刻本，而戴传作于康熙四十年，戴传即使如潘承玉先生所认为的篡窃自李传，也不可能是康熙四十一年李氏檀河精舍删削翻刻本。黄宗羲《明文授读》收录有李传，当据《寒支初集》初刻本而来——潘先生也这样认为。故本文所引李传，如不特别注明，皆据黄宗羲《明文授读》。

断两传思想魅力多少的标准，似乎并不合适。网巾乃明太祖创制，概括说网巾是“大明创制”怎么就比具体说“太祖高皇帝创为”更有思想魅力呢？而就画网巾先生而言，网巾既可以说是“明制”，也可以说是“祖制”，大概差别并不大。在易代之后，清朝统治者新令“剃发、更衣冠，不从者死”，画网巾先生拒不服从清廷的命令，在网巾被去之后画网巾于额，表现出宁愿壮烈成仁，也不投降异族的气节，最后以鲜血和生命捍卫了自己的信念，两传在这一点上并没有实质的差别。①

两传除了情节、文字细节上的差异外，开头和结尾的差别更大。戴传开头交代了画网巾故事发生的社会背景：“新令剃发、更衣冠，不从者死。于是士民以违令死者不可胜数”，并以“而画网巾先生事尤奇”引出对画网巾事迹的记述。而潘承玉先生所录李传并没有戴传开头这段文字，直接叙述画网巾先生的故事；《明文授读》本李传虽也有事件发生背景的介绍，但并不具体，强调的只是画网巾先生的“恬死藏名、悯然沉苦”。在戴传末尾的“赞”中，戴名世抒发了对“不肯以姓字落人间者”的“守节之士”的感慨，并以“如画网巾先生事甚奇”与开头呼应。而李传末尾的“论曰”长达七百字，与戴传几乎完全不同，其中不少文字，似乎是多余的赘疣。

梁启超《中国近三百年学术史》曾称赞戴名世的文章组织才能，说：“盖南山于文章有天才，善于组织，最能驾驭资料而熔冶之，有浓挚之情感，而寄之于所记之事，且蕴且浅，恰如其分，使读者移情而不自知也。以吾所见，其组织力不让章实斋，而情感力或非实斋所逮”。② 准之《画网巾先生传》，洵属的论。

---

① 对于明清易代之际衣冠与民族气节关系的分析，可参看赵园《明清之际士大夫研究》第六章《遗民生存方式》第二节《衣冠》，北京大学出版社 1999 年版。

② 梁启超：《中国近三百年学术史》，中国书店据中华书局 1936 年版影印，第 274 页。

二

当然，李传产生在前，戴传写成在后，戴传确从李传中汲取了营养。然而，这与“篡窃”完全是两码事。《画网巾先生传》乃为人物传记，我们应该考虑其文体的特殊性和作家创作的特定历史情境。

戴名世有志自撰明史。他在《与余生书》中说：“终明之世，三百年无史，金匮石室之藏，恐终沦散放失，而世所流布诸书，缺略不详，毁誉失实。嗟乎！世无子长、孟坚，不可聊且命笔。鄙人无状，窃有志焉。”①在《赠刘言洁序》中又说：“有明一代之史，世无能命笔者，更经一再传，则终沦散放失，莫可稽考。当仿依太史公书，网罗论次，既成，则以藏之名山，传之其人。平生之志，如此而已。”②为完成修史宏愿，他与有意于明史撰写的万斯同、刘继庄、蔡瞻岷等相约偕隐，共成伟业，因故未果。③ 但戴名世一直在为写作明史作着努力，孜孜不倦地搜集相关资料，尤其是南明史料。他在《天籁集序》中说：“顷余有志于先朝文献，欲勒为一书，所致辄访求遗编，颇略具。”④他在《与刘大山书》中又说：“生平尤留意先朝文献，二十年来，搜求遗编，讨论掌故，胸中觉有百卷书，怪怪奇奇，滔滔汩汩，欲触喉而出。”⑤由于多方面的原因，戴名世的明史没能撰成。不过，在《戴名世集》中，今存史传作品 50 多篇，其中有很多是为不愿屈膝事清者书写的传记，这些传记作品实可看作戴名世自撰明史的准备，《画网巾先生传》就是其中影响较大的一篇。⑥

在中国文史著述中，以先前的作品为蓝本进行加工改造而成为经典

---

① 《戴名世集》卷一，中华书局 1986 年版，第 2 页。

② 《戴名世集》卷五，中华书局 1986 年版，第 138 页。

③ 参看俞樟华：《论戴名世与司马迁》，《浙江师大学报》(社会科学版)1994 年第 4 期。

④ 《戴名世集》卷二，中华书局 1986 年版，第 30 页。

⑤ 《戴名世集》卷一，中华书局 1986 年版，第 11 页。

⑥ 《戴名世集・前言》，中华书局 1986 年版。

的例证不胜枚举。《汉书》所叙述的西汉二百三十年历史中有一半和《史记》重叠，有关各篇有的甚至连文字也一扔其旧，很少删润，但这并不妨碍《汉书》成为史学经典；董解元《西厢记诸宫调》和王实甫《西厢记》虽情节相似，不少文字相同，但这并不妨碍两者同为艺术经典；被称为"文学小古董的怪异集合"的《金瓶梅》，其第一至第九回，加上八十七回，大体相当于《水浒传》第二十三到第二十六回的内容，究竟是《金瓶梅》是受《水浒传》的影响，还是两者是双向的影响和作用，虽然学界对此尚有分歧，但并不妨碍《金瓶梅》成为长篇小说的经典；《警世通言》中的《杜十娘怒沉百宝箱》，可以说是宋懋澄的文言小说《负情侬传》的白话译本，但并不妨碍前者成为短篇小说的经典。① 明清人的文集中，为同一个人写传记的例子也不鲜见，如在当时被称为文坛"两司马"的王世贞和汪道昆，分别为许国的父亲写了《许长公小传》和《许长公传》，两传主体部分情节相似，并且部分文字相同，如果我们因此得出两个人中一定有一个是"篡窃"者，恐怕他们二人以及同时代人都不会同意。② 既然都是记述画网巾先生的事迹，戴传和李传自然不必全两样，时间、地点一致，情节相似，也就不必惊奇了。而且，如上文所述，戴传在叙述画网巾先生的事迹时，对相关材料重新加以熔冶，并寄寓了浓挚的情感，不但开头、结尾与李传有很大不同，在情节、细节上也有不少相异之处，为什么非要给戴传加上"篡窃"的恶谥呢？

三

潘承玉先生对李传传播情况的考述，亦有不少值得商榷之处。

画网巾先生的事迹在清初流传很广，除李世熊、戴名世外，文德翼、张

① 针对中国文学史的这种现象，徐朔方先生提出"时代累积型集体创作"说，本文的写作，参看了《徐朔方集》（浙江古籍出版社 1993 年版）中的相关论述。

② 王世贞：《弇州山人四部稿》卷八二，《四库全书》本；汪道昆：《太函集》卷二九，《四库全书存目丛书》本。

岱也写过《画网巾先生传》。潘先生认为李世熊乃《画网巾先生传》的原创作者，文德翼、张岱笔下的画网巾故事全从李传而来，只是未点出原作者之名而已。潘先生的考证并不周密，其推断难以成立。

先看文德翼《画网巾先生传》(以下简称“文传”)：

> 福建建宁城初破，有一士不剃发而网巾以冠。兵执以告帅，帅谕之：“剃发则生，不剃则死！”乃脱其网巾而将代剃之。大呼曰：“头可断，发不可断也！”帅怒而且刑之，密谕吏曰：“如肯剃，且勿杀。”至市，命吏曰：“试为我取笔来。”笔至，问：“何所为？”曰：“衣冠固中华制，代代有之，惟网巾创自洪武年间，不可以无而死。”取笔细画之。已成，又照于渠水，曰：“汝速杀。”吏且笑且叹，驰报其帅。帅怒，而卒杀之。越数月，有仙降于乩者，诗多悲愤，自署曰“画网巾先生”。客曰：“先生何姓名，请书以传后世。”复署曰：“姓名不足传，传画网巾先生足矣。”余年侄西陵张晋侯云。①

文传与李传不但繁简相去甚远，而且对于画网巾先生事迹的记述，差别颇大。第一，在文传中，画网巾先生是在建宁城破后因不剃发而网巾以冠被抓的；而在李传中，画网巾先生潜迹在邵武光泽山寺中，后被发现而遭逮捕。第二，在文传中，画网巾的行为发生在行刑时，他所用的笔是行刑官吏取来的；而在李传中，画网巾的行为发生在逮捕后，在镇将池凤鸣军中。第三，在文传中，网巾为自画，“画网巾先生”称呼在其去世之后；而在李传中，网巾为其仆所画，其被呼为“画网巾”在去世前。显然，文传中的故事不可能来自李传，绝非张晋侯转述时没有交代李世熊的名字。

再说张岱《画网巾先生传》：

> 画网巾先生，闽人。丙戌九月，清兵破福建，先生同二仆匿邵武

① 文德翼：《求是堂文集》卷一二，《四库禁毁书丛刊》集部第141册，第554页。

光泽山中，不剃发，画一网巾于额。庚寅夏，为光泽镇将迹得之，缚至泰宁见总镇王之纲。问其姓氏；先生曰："忠未报国，留姓名则辱国；智不保家，留姓名则辱家；危不致身，留姓名则辱身！今邵人呼我'画网巾'，吾即此姓即此名矣。"之纲反复开谕，谓："肯剃发，即免死！"先生曰："痴人！网巾且不忍去，况发乎！死矣，毋多言！"之纲先斩其二仆，二仆瞋目叱曰："痴鞑子！吾岂怯死者！顾死亦有礼，当一辞主人耳！"向先生拜，且辞曰："奴先行矣，为主人扫除泉下！"再谕先生，先生终不屈；亦命斩之。先生欣然出袖中诗一卷，掷于地；复出白金一小封，掷向刽子曰："此樵川范生所赠，今赠汝！"遂挺立受刃。泰之义士谢韩者收其遗骸，瘗于郭外；岁时谒奠如家仪。①

和文传相比，张岱《画网巾先生传》在情节上与李传较为相似，但仍有一些出入。首先，在张岱《画网巾先生传》中，画网巾的行为发生在邵武光泽山寺中，在丙戌九月清兵破福建后、被光泽镇将逮捕前；而李传却认为发生在邵武镇将池凤鸣军中，是在画网巾先生被逮捕之后。其次，在张岱《画网巾先生传》中，画网巾先生见总镇王之纲是被迫的，而在李传中，是他主动要求见王之纲，以求一死。张岱《画网巾先生传》收在他的《石匮书后集》中，而此书在清顺治十三、十四年已开始编撰，②两传既有以上的异同，在没有弄清张岱《画网巾先生传》写作的具体时间之前，怎么就能断定是张岱《画网巾先生传》从李传而来，而非相反呢？我们也不能排除另外一种可能：两传另有所本。据《邵武府志》，丘嘉彩也曾为画网巾先生作传。③ 丘嘉彩，字白夫，为邵武泰宁人，他与李世熊交往密切。④ 画网巾先生是在泰宁被杀的，而据李传描述，当画网巾先生行刑时，"泰人聚观之，

① 张岱：《石匮书后集》卷五七，《台湾文献丛刊》第282种，第463页。

② 胡益民：《张岱年谱简编》，《文史论荟》，安徽大学出版社2008年版。

③ 《邵武府志》卷一八《寓贤·画网巾先生》，清乾隆三十五年刻本。

④ 《寒支初集》卷一有《同丘白夫感事》、卷二有《丘白夫信宿山楼答其来韵》《丘白夫小影作濯足万里流》。

所画网巾犹斑斑额上也”。丘嘉彩恐怕比李世熊更有条件先知道画网巾先生的事迹并记述下来。

潘承玉先生在述及李世熊同时代人对李传的辗转抄引、节削时还提到了《鹿樵纪闻》。《鹿樵纪闻》并非吴伟业所撰，究竟成书于什么时间，尚不清楚。[①]《鹿樵纪闻》卷中《两先生传》在叙述画网巾先生的事迹时，文字与戴传更为接近，更可能据戴传而非李传而来。如邵武守将为“池凤阳”而非“池凤鸣”；传记正文前有“古来节烈之士，不欲使姓名落人间者，惟明永乐之士独多。当其时，一人殉义，祸延九族；故往往匿迹晦名，以全其宗党。若申、酉鼎革之际，朝令不如是之酷也；而以余所闻，或死或遁，不以姓名、里居示人者多”，[②]与戴传末尾“赞曰”的内容几乎相同。

潘承玉先生对清中后期画网巾先生事迹传播情况的考察，也有与事实相悖之处，史料文献中的《画网巾先生传》，并非皆源于李传，亦有不少是从戴传而来。例如：(1) 乾隆初李天根《爝火录》所介绍的画网巾先生的生平事迹，潘先生推断其是参照《寒支初集》而来。其实，这种推断是错误的。据其前“引用书目”，《爝火录》中的画网巾事迹，当主要参照屈大均《成仁录》而来。而在其“取裁诸书”中列有《戴名世集》，并没有提到李世熊的著作。[③] (2) 乾隆时汪有典《史外》卷二十九有《画网巾先生传》，文字几乎与戴传同，毫无疑义来自戴传。[④] (3) 道光徐鼒《小腆纪传》卷五二《义士列传》有《画网巾先生传》，陈寅恪《柳如是别传》引用时认为来自戴传，[⑤]潘先生也同意其中有些文字是从戴传而来。

目前，学术界“剽窃”或“抄袭”的事件时有发生，一些人自己不动脑筋

---

① 参看谢国桢：《增订晚明史籍考》，上海古籍出版社 1981 年版，第 464—466 页；叶君远：《〈鹿樵纪闻〉辨伪》，《清代诗坛第一家——吴梅村研究》，中华书局 2002 年版。

② 《鹿樵纪闻》，《台湾文献丛刊》第 127 种，第 70—72 页。

③ 李天根：《爝火录》，《台湾文献丛刊》第 177 种。

④ 《四库禁毁书丛刊》史部第 20 册，第 640—641 页。

⑤ 陈寅恪：《柳如是别传》下册，生活・读书・新知三联书店 2001 年版，第 1170 页。

去思考，却利用别人研究的成果来换名易利，对这种现象必须加以斥责和批判。但这种斥责和批判理应持严肃和严谨的态度，遵守相应的学术规范，特别是当把斥责和批判的目光投向中国古代文史著述时，我们不得不十分地谨慎和小心。戴名世这位因"《南山集》案"而被斩的不幸文人，地下若知自己三百年后被冠以"篡窃"的罪名，会作何感想呢？要知道，他身处"文章一事贱如粪壤"时代，[1]却独有志于文章之事，且深谙文之为道，曾说过"文章者，莫贵于独知"、"今夫文之为道，未有不读书而能工者也；然而吾所读之书而吾举而弃之，而吾之书固已读而吾之文固已工"这样的话啊！[2]

（原载《学术界》2010 年第 6 期，与徐翔合写）

---

① 《戴名世集》卷一《与刘大山书》，中华书局 1986 年版，第 11 页。
② 《戴名世集》卷一《与刘言洁书》，中华书局 1986 年版，第 5 页。

《全明词》订补六则

饶宗颐初纂、张璋总纂的《全明词》2004年由中华书局出版。此书深得学界重视，有人称其"填补了词史文献整理研究的一大空白"；[1]也有学者指出，该书"为明词以及整个词史之研究，提供了一部较为完备的明词总集"。[2] 但由于工程浩大，难免会存在一些错讹缺漏之处，对此，已有一些学者撰文补正，这对日后《全明词》的修订，无疑是大有裨益的。笔者在翻阅《全明词》时，也发现了一些问题。刍荛之献，供相关研究者参考。

一　王彦泓

《全明词》第三册第1222—1223页收录王彦泓词2首，小传云：

> 字次回，金坛人。都御史王樵之孙。约明万历间在世。官华亭县训导。喜作艳体小诗，多而工。词不多作，而善改昔人词。有《疑雨集》。

---

① 王兆鹏，胡晓燕：《全明词漏收1000首补目》，《上海大学学报》（社会科学版）2005年第1期。

② 张仲谋：《全明词补辑》，《徐州师范大学学报》（哲学社会科学版）2004年第6期。

小传说王彦泓约明万历间在世，过于笼统。国家图书馆藏《三旌义门王氏族谱》有王彦泓小传，清楚地记载了王彦泓的生卒年：

元五讳彦泓，字次回，任九次子。以岁贡为松江训导，卒于官。博雅有俊才。诗工艳体，格调逼真韩致光。所著有《泥莲》、《疑雨》等稿，尝手录成秩，笔精墨妙，人称双绝；所评阅子史唐宋诗集十余种，并为好事者珍藏。而竟以湎于酒色，甫艾而逝。……生万历癸巳年九月十五日，卒崇祯壬午年六月十八日。①

小传认为王彦泓为王樵之孙，有误。焦竑《南京都察院右都御史方麓王公行状》云：

公讳樵，字明逸，别号方麓。……子四：长启疆，以选贡为涉县令，先公卒，娶按察使贺公邦泰女；次肯堂，翰林院检讨，余同籍进士，娶都察院都事于公明照女；次干城，娶尚宝卿靳公弘女；次岳升，娶云南守张公祥鸢女，皆邑诸生。女一，嫁马震器，早卒。孙五：长懋锟，娶司寇姜公宝孙女，次懋铻，娶汝州同知蔡公近仁女，启疆出；次懋镔，娶处士虞公一凤女，次懋锷，娶贡士孙公云仍女，干城出；次镜，娶余女，岳升出。皆诸生。孙女四，婿为荆本端、孙胤蕃、周绳祖、虞大复。曾孙四：彦淯、彦泓，懋锟出。②

《三旌义门王氏族谱》的相关内容与此完全吻合。由此可知，王彦泓当为王樵之曾孙。

那么，王彦泓小传可改为：

① 《三旌义门王氏族谱》卷五，清光绪刻本。

② 焦竑：《澹园集》卷三十三，中华书局1999年版。

字次回，金坛人。都御史王樵之曾孙。生万历二十一年(1593)，卒崇祯十五年(1642)。官华亭县训导。喜作艳体小诗，多而工。词不多作，而善改昔人词。有《疑雨集》。

《全明词》据《古今词汇》仅收录王彦泓两首词，多有遗漏。王彦泓《疑雨集》共有词两首，《全明词》仅收录一首，另一首为①：

《满江红》

春雨霡霂，正狼藉，落花堪哭。无聊赖，客窗滋味，几宵残烛？眼底乍抛人一个，眉尖压上愁千斛。问断肠词为阿谁吟，楼东玉。
银屏后，阑干曲。偎素脸，频叮嘱。爱明眸秋剪，翠蛾娇蹙。福薄苦无欢笑分，病身甘(一作终)守孤单宿。望天公鉴念一心人，成金屋。

王彦泓善改昔人词，贺裳《皱水轩词筌》共录有王彦泓改词十首，而《全明词》仅收录《念奴娇·茉莉》(改刘叔安词)一首，今辑其他九首于下②：

《蝶恋花》(改吴子和词)

睡思恹恹莺唤起。帘卷西风，犹未欢梳洗。眼细眉长云拥髻。笑垂罗袖熏沉水。　媚态盈盈闲举止。只有江梅，清韵能相比。笑问檀郎词内意。芳心透出眉尖喜。

《画堂春》(改郑中卿词)

东风吹雨破花悭。客毡晓梦寒。有人斜倚小屏山。蹙损眉弯。合是一钗双燕，却成两镜孤鸾。翠绡封字问平安。寄与啼斑。

① 王彦泓：《疑雨集》卷上，清康熙刻本。
② 贺裳：《皱水轩词筌》，《昭代丛书》本，上海古籍出版社1990年版。

《小重山》(改李汉老词)

又见东风腊里来。倩人传赠与,一枝梅。离踪何处暂徘徊。微露笑,拈插鬓云堆。　　玉冷晓妆台。粉绵浑剩却,淡香腮。红罗先绣踏青鞋。春犹浅,花信更须催。

《永遇乐》(改刘叔拟词)

插髻夭桃,叩钗疏竹,亭亭如故。画阁尘凝,风帘絮卷,尽日无情绪。文园消渴,听琴人去,枉把远山眉赋。惜匆匆、风光掣电,梦里看花如雾。　　梅庭润裛,蕙衫凉渗,渐近朱明节序。解箨吹香,遗丸荐脆,小芰浮鸳浦。画栏仍旧,依稀犹记,伫立一钩莲步。销魂处,横波秀剪,隔人偷觑。

《念奴娇》(改刘叔安词)

帘栊午寂,正阴阴窥见,后堂芳树。绿遍长丛花事杳,忽见琼葩丰度。艳雪肌肤,蕊珠标格,销尽人间暑。还忧风日,曲屏罗幕遮护。

长记歌酒阑珊,微闻暗麝,笑觅衣沾露。月浸阑干天似水,相伴谢娘窗户。浴后轻鬟,凉生滑簟,总是牵情处。惹人幽梦,枕边零乱如许。

《长亭怨》(改姜白石词)

渐吹尽、枝头香絮。是处人家,绿深门户。远浦萦回,暮帆零乱向何许。恁春时,那堪离别,自思量十分辜负。料想伊,目断行踪,泪痕归去。　　回望高城不见,只见乱山无数。韦郎去也,怎忘得、玉环分付。君去了,愁心怯怯,似西园、冷花无主。须为我,早早归来,梦魂安妥。

《眼儿媚》(改冯伟寿词)

自颦双黛能啼鸦。帘外翠烟斜。社前风雨重来,燕子未入人家。　　鞋儿试著无人问,莫是略宽些。想他楼上,闷拈箫管,憔悴菱花。

《阮郎归》(改洪叔玙词)

东风吹破藻池冰。云穿天半晴。腊梅香老睡香新。妆成出画屏。　　花艳艳，玉英英。罗衣金缕明。闹蛾儿簇小蜻蜓。相呼看试灯。

《浪淘沙》（改洪叔玙词）

花雾涨冥冥。欲雨还晴。薄罗衫子正宜春。解道明朝寒食近，且莫嘉行。　　花下酒重斟。纤手殷勤。十三弦畔诉离情。又得一宵相倚也，无限叮咛。

《闺人纤趾》（改徐文长词）

多娇最爱鞋儿浅。有时立在秋千板。板已窄棱棱，犹馀三四分。一钩浑玉削。红绣帮儿雀。休去步香堤。游人量印泥。

二、于玉班

《全明词》第四册第1810页收录于玉班词2首，辑自《历代诗余》。其中一首为《念奴娇·茉莉》：

帘栊午寂，正阴阴、窥见后堂芳树。绿遍长丛花事杳，忽见琼葩丰度。艳雪肌肤，蕊珠标格，销尽人间暑。还忧风日，曲屏罗幕遮护。　　长记歌酒阑珊，微闻暗麝，笑觅衣沾露。月没阑干天似水，相伴谢娘窗户。浴后轻鬟，凉生滑簟，总是牵情处。惹人幽梦，枕边零乱如许。

而《全明词》第三册第1223页收录王彦泓《念奴娇·茉莉》（改刘叔安词）为：

帘栊午寂，正阴阴亲见，后堂芳树。绿遍长丛花事杳，忽见琼花丰度。艳雪肌肤，蕊珠标格，销尽人间暑。还忧风日，曲屏罗幕遮护。　　长记歌酒阑珊，微闻暗麝，笑觅衣沾露。月没阑干天似水，相伴谢娘窗户。浴后轻鬟，凉生滑簟，总是牵情处。惹人幽梦，枕边零乱如许。

不难看出，同一词被分录为两人之词。这首词到底应该收录到王彦泓还是于玉班的名下呢？我们认为收在王彦泓的名下为宜，这是因为：贺裳《皱水轩词筌》，邹祇谟、王士禛辑《倚声初集》都把《念奴娇·茉莉》(改刘叔安词)录在王彦泓的名下，[①]而《倚声初集》刊刻的时间为清顺治时期，在把《念奴娇·茉莉》收在于玉班名下、刻于康熙的《御定历代诗余》之前。更重要的是，《历代诗余》卷一百二十《词话》引有贺裳《皱水轩词筌》的片段，其中就提到王彦泓上述这首改词。[②]

三、王朗

《全明词》第四册第1930—1931页收王朗词2首，小传云：

字仲英，自称羼提道人，又曰无生子，金坛人，王彦泓之女，无锡秦松龄之继母。约明崇祯间在世。有《古香亭词》。

说王朗为秦松龄之继母，不确。笔者在上海图书馆得以阅见《锡山秦氏宗谱》，中有这样的记载：

(秦德澄)字以时，邑庠生。以松龄贵赠文林郎、翰林院庶吉士加一级，候赠资政大夫、礼部左侍郎。生万历乙卯二月二十六，卒崇祯戊寅八月初十。配金坛王氏学博彦泓女，赠孺人，候赠太夫人。生万历癸丑七月三十，卒顺治戊子九月三十。嗣子二：一嗣德操子松龄，

① 邹祇谟，王士禛：《倚声初集》卷十七，顺治十七年刻本，《续修四库全书》第1729册。

② 沈辰垣等：《御定历代诗余》，康熙刻本，浙江古籍出版社1997年版。

一嗣德湛子松岱；女一，适华实椒，王出。①

据此可知王朗应为秦松龄之嗣母，而非继母。那么，王朗的小传可改为：

宇仲英，自称羼提道人，又曰无生子，金坛人，王彦泓之女，无锡秦松龄之嗣母。生万历四十一年(1613)，卒顺治五年(1648)。有《古香亭词》。

《全明词》收王朗词三首，据陈维崧编《妇人集》可增补一首，另有残阕、残句各一②：

《浪淘沙·闺情》

斜倚镜台前。长叹无言。菱花蚀彩个人蔫。吩咐侍儿收拾去，莫拭红绵。满砌小榆钱。难买春还。若为留住艳阳天。人去更兼春去也。烦恼无边。

《浣溪沙·春愁》(残阕)

扫月怀风绕夜堂。看花写影上纱窗。薄寒春懒被池香。

残句

昨夜睡浓兼好梦，一身春懒起还迟。

四、于儒颖

《全明词》第五册第2810—2811页收录于儒颖词2首，小传非常简单："字弢仲，金坛人。"金坛《于氏族谱》对他有如下记载：

---

① 《锡山秦氏宗谱》卷七《世系》，清乾隆刻本。

② 陈维崧：《妇人集》，冒褒注《如皋冒氏丛书》本。

(于儒颖)字弢仲,号小音。宏景公次子。万历戊戌八月初三日生。居城,附监生。娶武进龚氏江西按察司讳道立公孙女……顺治壬辰七月初六日卒。①

邹祇谟、王士禛辑《倚声初集》说于儒颖"有《拾香草》"。这样可以把于儒颖的小传充实如下:

字弢仲,金坛人。生于万历二十六年(1598),卒于顺治九年(1652)。有《拾香草》。

五、于儒端

于儒端为于儒颖的哥哥,《全明词》未录,邹祇谟、王士禛辑《倚声初集》说他"有《浣花草》",并录有他的词《菩萨蛮·心期》:

如痴如醉缘思忆。多情劝我休愁绝。管取与欢同,恹恹忍杀侬。谁言无病好。此病谁能讨。病到药难医。相怜事可期。②

金坛《于氏族谱》这样记载:

(于儒端)字贞伯,号端己。宏景公长子。万历丁酉年十二月廿六日生。居城。太学生。娶宜兴吴氏天启乙酉举人讳正己公女,崇祯丁丑进士讳春枝胞姊。……康熙己酉年三月初八日卒。③

---

① 《于氏族谱》第十五本,清光绪庚辰(1880)重修。

② 邹祇谟,王士禛:《倚声初集》卷四,顺治十七年刻本,《续修四库全书》第1729册。

③ 《于氏族谱》第十五本,清光绪庚辰(1880)重修。

据此于儒端的小传可写为：

> 字贞伯，金坛人。生于万历二十五年（1597），卒于康熙八年（1669）。有《浣花草》。

六、唐宇昭

《全明词》第五册第2852页收有唐宇昭词1首，小传缺少生卒年。据唐鼎元编《明唐荆川先生年谱》，[①]唐宇昭为唐顺之玄孙，生万历壬寅（1602），卒康熙壬子（1672），明崇祯丙子（1636）举人。那么唐宇昭小传可充实为：

> 字孔明，号云客，武进人。生万历三十年（1602），卒康熙十一年（1672）。明崇祯九年（1636）举人。

（原载《古籍整理研究学刊》2007年第2期）

① 唐鼎元编：《明唐荆川先生年谱》，《北京图书馆馆藏珍本年谱丛刊》第47册，民国二十八年铅印本。

王次回：一个被文学史遗忘的重要诗人

清朝乾隆年间，袁枚和沈德潜曾发生过争论：沈德潜选《国朝诗别裁集》而摒弃王次回《疑雨集》，袁枚闻知，专门去信诘责。[①] 关于这场争论，现在中国文学批评史著作一般都加以介绍，理论上一般都肯定袁枚的看法，但对引起争论的王次回诗似乎并没有引起特别的注意，在目前大陆通行的中国文学史著作中，对其只字未提。在这里，我想提出一些不成熟的看法，以就正于有关的研究者和读者。

一、王次回诗的两度流行

王次回(1593—1642)，名彦泓，金坛人。[②] 现在一般读者对其已非常陌生。实际上，王次回是一个曾经受到众多读者喜爱的诗人，他的诗在明末清初和清末民国时曾两度流行。

1. 明末清初：王次回诗第一次流行。

现存文献中，较早提到王次回的为钱谦益《列朝诗集》，中有王次回小传：

---

① 袁枚《再与沈大宗伯书》开头便说："闻《别裁》中独不选王次回诗，以为艳体不足垂教，仆又疑焉。"(《小仓山房文集》卷十七，《小仓山房诗文集》下，上海古籍出版社 1988 年版)

② 耿传友：《王彦泓生卒年考》，《古籍研究》2004 年卷下。

彦泓，字次回，金坛人。恭简公樵之诸孙也。以岁贡为华亭训导，卒于官。博学好古，与其叔叔闻为同志。诗多艳体，格调似韩致光，他作无闻焉。[①]

钱谦益对王次回的介绍比较平实，而贺裳《皱水轩词筌》则记录了王次回诗的影响：

王次回名彦泓，后为云间学博，余从母孙也。喜作艳诗而工，凡数百首，见者沁入肝脾，其里习俗为之一变，几于小元白云。[②]

王次回诗竟使“其里习俗为之一变”，可见其强大的感染力。《皱水轩词筌》最迟写于清顺治庚子(1660)，因为王士禛、邹祗谟编于这一年的《倚声初集》引有其中的不少内容，[③]贺裳说的自然是清顺治或以前的情况；[④]到了康熙时，王次回的诗流传更广，影响更大。如陈维崧曾提到王次回“以香奁艳体盛传吴下”；[⑤]严绳孙为《疑雨集》初刻本写的序中说：“今《疑雨集》之名籍甚，江左少年传写，家藏一帙，溉其余沛，便欲名家”。[⑥]

王次回的诗对当时一些重要文人的创作也产生了一定的影响，其中就包括主盟诗界的王士禛和清初词人三大家之一的纳兰性德。袁枚《再与沈大宗伯书》说：“次回才藻艳绝，阮亭集中，时时窃之。”[⑦]袁枚没有举

① 钱谦益：《列朝诗集》丁集第十六，生活·读书·新知三联书店 1989 年缩版影印清顺治九年(1652)毛氏汲古阁刻本。

② 贺裳：《皱水轩词筌》，《昭代丛书》本，上海古籍出版社 1990 年版。

③ 邹祗谟，王士禛：《倚声初集》，顺治十七年刻本，《续修四库全书》第 1729 册。

④ 《倚声初集》刊刻的时间，一般认为是顺治十七年，但书中评语间有顺治以后、康熙四年以前的纪事，顺治十七年可能是开始刊刻时间(参见严迪昌《清词史》，江苏古籍出版社 1990 年版，第 61 页)。

⑤ 陈维崧：《妇人集》，冒褒注《如皋冒氏丛书》本。

⑥ 王次回：《疑雨集》，清康熙刻本。

⑦ 袁枚：《小仓山房诗文集》下，上海古籍出版社 1988 年版，第 1504 页。

出王士禛(号阮亭)集中所“窃”的具体例证，但他说这些话时恐怕是有根据的，王士禛确实对王次回的作品非常熟悉，他所审定的由徐轨编的《本事诗》里，就收有王次回的诗，①他和邹袛谟编的《倚声初集》中也收有王次回的词，并指出“次回艳情诗数百篇，刻画声影，有义山、致光所未到者。”②如果王士禛不是对王次回诗非常熟悉，他是无法作出这样评价的。李勖在给纳兰性德词所作的笺中，提到王次回的诗达七十多次，③尽管个别之处略显牵强，但纳兰词中确有许多语汇借之于王次回《疑雨集》。我们看纳兰性德的两首《浣溪沙》：

容易浓香近画屏。繁枝影著半窗横。风波狭路倍怜卿。　　未接语言犹怅望，才通商略已瞢腾。只嫌今夜月偏明。

五字诗中目乍成。尽教残福折书生。手挼裙带那时情。　　别后心期和梦杳，年来憔悴与愁并。夕阳依旧小窗明。④

而在王次回《疑雨集》中，有这样的诗句：

风波狭路惊团扇，花月空庭泣浣衣(卷下《代所思别后》)。

未接语言当面笑，暂同行坐夙生缘(卷上《和端已韵》)。

今日眼波微动处，半通商略半矜持(卷下《赋得别梦依依到谢家》)。

相对只消香共茗，半宵残福折书生(卷下《梦游》)。

矜严时已逗风情，五字诗中目乍成(卷下《有赠》)。⑤

① 徐轨：《本事诗》，清光绪十四年邵武徐氏刻本，《续修四库全书》第1699册。

② 邹袛谟，王士禛：《倚声初集》卷十五，顺治十七年刻本，《续修四库全书》第1729册。

③ 李勖：《饮水词笺》，正中书局1927年版。

④ 张草纫：《纳兰词笺注》(修订本)卷一，上海古籍出版社2003年版。

⑤ 本文所引《疑雨集》文字，均以清康熙刻本为准。

纳兰词中的“风波狭路”、“未接语言”、“通商略”、“残福折书生”都是王次回诗中用过的词语，而“五字诗中目乍成”更是《疑雨集》中现成的句子，这恐怕不是偶然的巧合。

2. 清末民国：王次回诗再度风靡。

到了乾隆时期，虽有袁枚的大力推崇，但由于统治者文化政策的抑制，王次回的诗日渐受到冷落。然而，至清末、民国时，王次回的诗再度流行，风靡一时，可以说出现了“王次回热”。我们只要排列一下《疑雨集》的刊印情况，就不难理解其在当时的影响：

《疑雨集》四卷，郎园叶氏刻本，1905 年初刻，1908、1919、1935 年分别重印；

《疑雨集》四卷，扫叶山房石印本，1909 年初印，1910、1911、1912、1914、1915、1916、1919、1928 年分别重印；

《疑雨集》四卷，上海著易堂石印本，1909 年印；

《疑雨集》四卷，丰记印书局铅印本，1909 年印；

《〈疑雨集〉注》四卷，丁国钧注，扫叶山房石印本，1911 年初印，1915、1917、1919、1920、1923、1924、1927、1928 年分别重印；

《王次回〈疑雨集〉注》四卷，句漏后裔释，上海文明书局石印本，1918 年初印，1920、1921、1925、1926、1930 年分别重印；

《疑雨集》四卷，锦章书局石印本，1919 年印；

《疑雨集》四卷，扫叶山房新式标点本，1926 年印；

《疑雨集》四卷，上海启智书局新式标点本，1934 年印；

《疑雨集》四卷，大达图书供应社新式标点本，1935 年印；

《疑雨集》四卷，上海中央书店新式标点本，1935 年初版，1936 年再版。

仅在 1905—1936 年间，《疑雨集》就被刊印了三十多次！① 王次回

① 笔者根据复旦大学中国古代文学研究中心明集目录卡片提供的线索，到中国国家图书馆、上海图书馆、南京图书馆、南京大学图书馆、复旦大学图书馆、华东师范大学图书馆、上海师范大学图书馆等作了仔细的查验。

《疑雨集》如此频繁地被刊印，足见其在当时的流行程度。

在王次回诗的读者中，有许多著名的文人。如郑伯奇在《创造社后期的文学活动》中介绍，王独清在日本留学时，一天到晚哼着的诗中就包括《疑雨集》、《疑云集》。[①] 郁达夫致孙荃的信中也提到王次回有《疑雨》、《疑云》二集，并引录了王次回的两首诗；[②]在《杂谈七月》里，他还专门提到王次回“秋夜河灯净业庵”这句诗。[③] 据冰心在《两栖动物》中回忆，她的表兄就曾抄王次回的诗作为给某个表姐的情书，虽然冰心的表兄并没有因此得到那位表姐的青睐，但冰心依然认为是“很好的诗”；[④]在《我的良友——悼王世瑛女士》中冰心说自己也曾集王次回的“明明可爱人如月”和黄仲则的“一星如月看多时”，拟了“一星”的笔名送给一个好朋友。[⑤] 唐弢在《生命册上》说自己也“爱好王次回”，[⑥]在《学史和学文》中说自己一开始读的也是“王次回的《疑雨集》和《疑云集》”。[⑦] 等等。

有很多文人模仿过《疑雨集》写诗。如樊增祥《闲事六首》就注明“效《疑雨集》”；[⑧]陈蝶仙干脆把自己的诗集命名为《新疑雨集》；[⑨]在《从文自传·一个大王》中，沈从文说：“至于女人呢，仿《疑雨集》写艳体诗情形已成过去了，我再不觉得女人有什么意思。”[⑩]这表明他在年轻时曾模仿《疑雨集》写艳体诗。而且，王次回对一些小说的创作也产生了一定的影响。

① 郑伯奇：《郑伯奇文集》，陕西人民出版社1988年版，第1305页。

② 于听：《郁达夫风雨说》，浙江文艺出版社1991年版，第127页。

③ 郁达夫：《郁达夫文集》（国内版）第三卷，生活·读书·新知三联书店香港分店1982年版。

④ 冰心：《冰心选集》第三卷，河北教育出版社1992年版。

⑤ 冰心：《冰心选集》第三卷，河北教育出版社1992年版。

⑥ 唐弢：《唐弢文集：诗词小说散文卷》（上），社会科学文献出版社1995年版。

⑦ 唐弢：《唐弢文集：诗词小说散文卷》（下），社会科学文献出版社1995年版。

⑧ 樊增祥：《樊山集》卷二十《染香集》，清光绪十九年渭南县署刻本，《续修四库全书》第1574册。

⑨ 陈蝶仙：《栩园丛稿：初编之三》，家庭工业社香雪楼藏板。

⑩ 沈从文：《沈从文全集》第十三卷，北岳文艺出版社2002年版。

徐枕亚在《玉梨魂》中借梦霞之口说《疑雨集》"情词旖旎，刻露深永"，①《玉梨魂》中的诗词，有许多为模仿《疑雨集》之作，罗家伦就曾把《疑雨集》作为徐枕亚、李定夷等的小说的"祖传秘本"之一；②张恨水《春明外史》无论是写主人公杨杏园与雏妓梨云的爱情、还是写其与才女李冬青的爱情，都涉及《疑雨集》，杨杏园所写的《乍见》三首，李冬青认为"置之《疑雨集》中，几不可辨矣"，她还把"次回诗"比于"洛妃颜色"。③

值得特别指出的是，王次回在国外也产生了一定的影响。日本著名作家永井荷风在《初砚》中说：

> 我文坛之好西洋艺术者，恒谓中国之诗，如非故炫清寂枯淡之气，就强作豪壮磊落之概，一无道出人类胸中之奥秘弱点者。此或得之。然试翻王次回《疑雨集》，全集四卷，悉皆情痴、悔恨、追忆、憔悴、忧伤之文字。其形式之端丽，辞句之幽婉，又其感情之病态，往往可与蒲特雷(Charles Baudelaire，1821—1867)相对抗。在中国诗集中，吾不知尚有如《疑雨集》之富于肉体美者。蒲特雷《恶之花》(Les Fleurs du Mal)集中横溢之倦怠颓唐之美，盖可直移之为《疑雨集》之特征也。④

蒲特雷(一般译作波德莱尔——笔者注)是法国文学史上最伟大的诗人之一，永井荷风把王次回与之相提并论，赞誉之意，溢于言表。而永井荷风的观点也为现在一些西方的学者所认同，如美国哈佛大学的韩南教授，于

---

① 徐枕亚：《玉梨魂》第七章，江西人民出版社 1986 年版。

② 志希(罗家伦)：《今日中国之小说界》，《新潮》第一卷第一号。

③ 张恨水：《春明外史》第二十回、第三十七回，北岳文艺出版社 1993 年版。

④ 转引自郑清茂：《中国文学在日本·王次回研究》，纯文学出版社有限公司 1981 年版，第 251—252 页。

脆称王次回为“中国的波德莱尔”。①

二、否定王次回诗的理由难以成立

当然，王次回的诗也一直不断受到一些人的非议、批评，甚至鄙弃和贬斥。综而言之，主要有以下三点“理由”：第一，诗多艳体，格调甚卑，甚至“坏人心术”；第二，感情轻薄浮佻，多为游戏之作，甚至“肉欲地狎玩女性”；②第三，刻意模仿，全无创新。在我们看来，这些“理由”都存在需要进一步考虑的空间。

提出第一种理由的，沈德潜可堪称代表，他在《国朝诗别裁集·凡例》中说：

> 诗必原本性情，关乎人伦日用及古今成败兴坏之故者，方可为存，所谓其言有物也。若一无关系，徒辨浮华，又或叫号撞搪以出之，非风人之旨也。尤有甚者，动作温柔乡语，如王次回《疑雨集》之类，最足害人心术，一概不存。③

沈德潜对诗歌“方可为存”的范围作了严格的限定，认为只有写“人伦日用”及“古今成败兴坏之故”的才有价值，而王次回《疑雨集》不仅与此一无关系，而且“动作温柔乡语”，当然没有价值。沈德潜观点的实质是强调文学的道德伦理功能，而根本忽略文学的审美价值，对此本不必再费笔墨，因为袁枚《再与沈大宗伯书》就是由《疑雨集》而起的，该文对沈德潜的观

① 韩南：《中国近代小说的兴起》，徐侠译，上海教育出版社 2004 年版，第 221 页。

② 舒芜：《伟大诗人的不伟大一面》，《读书》1997 年第 3 期。

③ 沈德潜：《国朝诗别裁集》，清乾隆二十五年教忠堂刻本，《四库禁毁书丛刊》第 158 册。

点有较为精彩的批驳——一般的文学研究者对此都很熟悉。① 然而，考虑到中国古代文学研究的现状，所以再补充几句。由于中国传统的主流观念强调“经世济国”，加上礼法顾忌的缘故，便形成了鄙视恋爱的风气。在这种风气下，爱情，便不值得一个堂堂男儿花费太多的精力；写爱情的作品，自然也被视为中国文学的末流。因此，中国诗里写男女关系的情诗很长时间里并没有受到足够重视，而且常常遭到曲解和贬斥；评论者在评价这类作品时，往往并不从自己的感受出发，即使暗里读得津津有味，明里却不好意思表明自己的爱好，感情上被打动了，理智上却依然认定格调不高——这已经成了中国人欣赏、评价艳体文学作品的心理习惯，以致现在还时隐时显地起着作用。文学是以感情来打动人的，而“情所最先，莫如男女”，②最深挚、最具体、容易使人接受和感动的莫过于男女之间的情爱，如果对爱情有过真切的感受，又能把这种感受充分、恰当的传达出来，使读者受到感动，这样的作品不管有没有所谓的社会价值，都是优秀的作品。王次回诗的两度流行已充分显示了其强大的感发力量。可见，因为王次回的诗多艳体而加以否定，是根本没有道理的。

说王次回诗歌感情轻薄浮佻，并不符合实际情况。先看几则对王次回诗的评价。朱彝尊(1629—1709)在《静志居诗话》中说：

风怀之作，段柯古《红楼集》不可得见矣。存者玉溪生最擅场，韩冬郎次之，由其缄情不露，用事艳逸，造语新柔，令读之者唤奈何，所以擅绝也。后之为艳体者，言之惟恐不尽，诗焉得工？故必琴瑟钟鼓之乐少，而寤寐反侧之情多，然后可以追韩轶李。金沙王次回结撰深得唐人遗意，诵之感心嫮目，回肠荡气。③

① 袁枚：《小仓山房诗文集》(下)，上海古籍出版社 1988 年版。

② 袁枚：《小仓山房诗文集》(下)，上海古籍出版社 1988 年版，第 1802 页。

③ 朱彝尊：《静志居诗话》(卷十九)，嘉庆二十四年扶荔山房刻本，《续修四库全书》第 1698 册。

吴雷发《香天谈薮》说：

香奁艳体，至王次回《疑雨集》而极，实度越温李。耳食者每讳言之。且故讥其纤巧，有伤大雅，直登徒子耳。余酷爱其不由熟径，仍入人心坎中，悉评跋之，丹铅不啻再四。①

袁枚在《随园诗话》中说：

王次回诗，往往入人心脾。余年衰无子，宾朋来者，动以此事相询，貌似关切，余深厌之，有诗云："厌听人寻得子无，些些小事不关渠。逍遥公有儿孙累，未必云烟得自如。"后见次回句云："最是厌人当面问，凤凰何日却将雏？"余评女以肤如凝脂为主。次回亦有句云："从来国色夜光寒，昼视常疑月下看。"②

朱彝尊所说的"感心娉目，回肠荡气"，吴雷发所说的"入人心坎"，袁枚所说的"入人心脾"，正是他们的感情被王次回诗打动的反映。王次回的诗如果感情轻薄浮佻的话，怎可能受到朱彝尊等人如此的评价呢？

不妨看两个具体实例。《疑雨集》卷上有《妓有幽怨抱疴强对客者，悲而赋之》：

卧客朝酲正未醒，寒妆先罢影伶俜。香侵病肺常嗔见，歌会愁心暂喜听。爱把远书看亹亹，记将幽梦说惺惺。分明蜡烛身相似，才上欢筵泪已零。

诗中写了妓女虽病还需勉强对客、虽愁仍要假装欢笑的无奈与无助，读之

① 王文濡：《香艳丛书》，上海书店 1991 年据 1913 年上海中国图书公司和记铅印本影印。

② 袁枚：《随园诗话》卷十四，人民文学出版社 1982 年版。

让人酸鼻。如果不是对妓女充满了深深的同情,决写不出这样的诗!上文提到冰心表兄抄王次回的一首诗送给其表姐作情书,这是组诗《奏记妆阁》(卷下)中的一首:

此生幽愿可能酬,不敢将情诉蹇修。半刻沉吟曾露齿,一年消受几回眸。微茫意绪心相印,细腻风光梦借游。妄想自知端罪过,泥犁甘堕亦甘休。

诗中的主人公对这份爱情千番揣测,万分珍惜,到了把爱人奉若世上最美丽最珍贵之物的程度,为了这份爱情,甚至下地狱也毫不在乎,这样表现出的爱情与现代的爱情意识是完全相通的,难怪冰心认为"文抄公"表兄"很有诗才"①。

不可否认,王次回个别诗中确实存在"猥薄语",如《即夕口占绝句十二首》之五(卷下):

斗帐香篝不漏烟,睡鞋暖窄困春眠。教郎被底摩挲遍,忽见红帮露枕边。

这首诗是否定王次回诗的人常常提及的。但是,在《疑雨集》中,这类诗并不是很多。如果只把眼光盯在个别的诗上,而置大多数"感心娉目,回肠荡气"的诗篇不顾,显然是偏颇的。郭沫若在为《郁达夫诗词抄》写的序中说:"我认为,我们应该抱着望远镜去看,把他的优点引到我们身边来;而不是抱着显微镜去看,专门挑剔他的弱点。"②我想,这恐怕也应该是我们对待王次回的正确态度。

一些研究李商隐诗的学者,在谈到李商隐诗的影响时,常常提到王次

① 冰心:《冰心选集》第三卷,河北教育出版社 1992 年版。
② 王自立,陈子善:《郁达夫研究资料》,花城出版社 1985 年版。

回的《疑雨集》和《疑云集》，把它们当作刻意模仿李商隐的例子而加以否定。《疑云集》的真伪尚待判定，暂置不论，《疑雨集》有个别诗篇确实有李商隐影响的痕迹，但不能就此说王次回刻意模仿李商隐，这正如李商隐的有些诗受到过杜甫、李贺的影响，我们不能说李商隐刻意模仿杜甫、李贺一样。王次回"博学好古"，①而且曾"评阅子史唐宋诗集十余种"，②他转益多师，接受的影响是多方面的。而且，他也试图摆脱前代诗人的影响，有所创新。王次回在《试笔》中说："诗家窠臼宜翻洗，人日慵拈薛道衡。"（卷下）并在《白山茶插髻甚可观，因书二绝》中对汤显祖作了很高的评价："玉茗先生迥出尘，语言无处不清新。"（卷上）可见，王次回追求的是自出机杼，赞赏的是清新出尘。王次回的诗确实也在转益多师中实现了继承和创新的统一。薛雪《一瓢诗话》就曾称赞王次回是"团香缕雪手"，说他的诗"不落窠臼"，没有"土气息，泥滋味。"③王士禛曾指出："次回艳情诗数百篇，刻画声影，有义山、致光所未到者"。④ 钱锺书更明确指出："王次回诗很好，不是义山'无题'的传统"。⑤

我们看王次回下面这首诗（卷上）：

几层芳树几层楼，只隔欢娱不隔愁。花外迁延惟见影，月中寻觅略闻讴。吴歌凄断偏相入，楚梦微茫不易留。时节落花人病酒，睡魂经雨思悠悠。

此诗就被有些研究者认为完全是模仿李商隐下面这首诗：

---

① 钱谦益：《列朝诗集》丁集第十六，生活·读书·新知三联书店 1989 年缩版影印清顺治九年（1652）毛氏汲古阁刻本。

② 《三旌义门王氏族谱》，清光绪刻本。

③ 薛雪：《一瓢诗话》，《昭代丛书》本，上海古籍出版社 1990 年版。

④ 邹祗谟，王士禛：《倚声初集》卷十五，顺治十七年刻本，《续修四库全书》第 1729 册。

⑤ 钟来因：《钱锺书致钟来因信八封注释》，《江苏社会科学》2000 年第 3 期。

来是空言去绝踪，月斜楼上五更钟。梦为远别啼难唤，书被催成墨未浓。蜡照半笼金翡翠，麝熏微度绣芙蓉。刘郎已恨蓬山远，更隔蓬山一万重。

这两首诗确实非常相似：都以《无题》为题，都以感情阻隔为主题，都写了梦醒后的孤寂、怅惘和无奈。然而细加分辨，还是有很大差别的。王次回把缠绵悱恻，哀怨怅惘的爱情表达得真真切切，没有遮掩，一般读者都会把它理解为纯粹的爱情诗，不会认为别有寄托。而李商隐的这首诗却朦胧迷幻，相当多的人并不把其作为爱情诗来读，而认为其有风人之旨。如冯浩就认为这首诗"盖恨令狐绹之不省陈情也"；①叶葱奇也说"这是大中元年商隐重入秘书省后接受郑亚的聘请，将远赴桂林时所作"。② 虽然他们的说法并不一定为现代读者所接受，但说这首诗寄托着李商隐坎坷不平的政治遭遇和抑郁难抒的人生感慨，确是为大多数读者认可的。而且王次回的这首诗是其早期的作品，李商隐的这首诗是其意思相对明晰之作，至于王次回后来写的像"悼亡非为爱缘牵"（卷上《悲遣十三章》）、"逢新偏忆旧缠绵"（卷下《残岁即事》）、"岂惮谗唇工贝锦，尚甘诗骨堕泥犁"（卷下《无题》）、"黄祖怒时偏自喜，红儿痴处绝堪怜"（卷下《感旧》）这一类不惮袒露心扉、表现个性的诗句，恐怕是李商隐诗中没有的。严绳孙在《〈疑雨集〉序》中说：

诗发乎情，而《王风》之变，桑中洧外，列在三百，为艳歌之始。其后《读曲》、《子夜》寂寥促节。在唐则玉溪惝恍，旨近楚骚，韩相香奁，言犹微婉。于是金坛王先生彦泓，以闳肆之才，写宕往之致，穷情尽态，刻露深永，可谓横绝今古也。③

① 冯浩：《玉溪生诗集笺注》，上海古籍出版社 1979 年版，第 388 页。
② 叶葱奇：《李商隐诗集笺注》，人民文学出版社 1985 年版，第 139 页。
③ 王次回：《疑雨集》，清康熙刻本。

严绳孙对王次回诗歌特点的概括，是很有见地的。

由此可见，轻视、鄙弃王次回诗歌的理由完全不能成立。

三、王次回被文学史遗忘的根本原因

现在，我们简略分析一下王次回被目前通行的文学史著作遗忘的根本原因。

在王次回诗被接受的过程中，存在一种非常有意思的现象。以严绳孙为例，他一方面称王次回诗"横绝今古"，而同时又指出其"不可谓为正音"。[①] 实质上，他与沈德潜的认识并没有根本的不同：如果仅从艳体诗自身的角度，沈德潜大概也会赞成王次回的诗是"横绝今古"，否则他就不会说"最足"害人心术了；正因为深恐《疑雨集》会对读者造成不良的影响，他才对其弃而不存的。沈德潜主要是一个宫廷诗人，曾因诗得到乾隆皇帝的恩宠，他对待艳体诗的看法其实代表着最高统治者的意见。乾隆在阅四库馆进呈书时曾谕示：

> 夫诗以温柔敦厚为教，孔子不删郑卫，所以示刺示戒也。……朕辑《四库全书》，当采诗文之有关世道人心者。若此等诗句，岂可以体近香奁，概行采录。所有《美人八咏》诗，着即行撤出。至此外各种诗集内有似此者，亦着该总裁督同总校、分校等详细检查，一并撤出，以示朕厘正诗体、崇尚雅醇之至意。[②]

乾隆所谕示的"诗以温柔敦厚为教"、"当采诗文之有关世道人心者"的采诗标准，与沈德潜选《国朝诗别裁集》的标准没有什么不同。乾隆的谕示无疑是编撰《四库全书》的指导思想，在这种思想的主导下，连朱彝尊的

---

① 王次回：《疑雨集》，清康熙刻本。

② 纪昀等：《钦定四库全书总目》，《文渊阁四库全书》本，卷首一。

《风怀诗》二百韵尚且以"流宕艳冶，不止陶潜之赋闲情"而从《曝书亭集》中删去，①像王次回《疑雨集》这样所谓"害人心术"的作品自然更不会被采录。这种偏重从教化的角度评价艳诗的观念很长时间一直占据着主导的地位。甚至到了二十世纪，虽然文学观念有了一些变化，但从伦理的角度否定艳体诗的观念依然很普遍。如梁启超，他尽管认为李商隐这一派的诗"从'唯美的'的眼光看来，自有他的价值"，但仍不能算"诗的正宗"，②这简直就是严绳孙观念的再版。王次回本人甚至受到受正统观念主导的流俗的咒骂，被传为得到"厕上吟诗，误坠粪窖中，七窍粪渍而死"的报应。③ 甚至到了二十世纪八十年代，主流观念对艳体诗的认识依然停留在沈德潜的水平上，仍然以伦理道德为标准。康正果在《风骚与艳情》的后记中说，他以《韩偓诗析论》为硕士毕业论文，因为文中有一部分内容讨论了艳情诗的构成与演变，被取消参加答辩的资格。理由竟然是：妄谈艳诗，渲染色情，如此内容，不宜答辩。④

这种偏重道德伦理、强调文学教化功能的文学观念很大程度上也是近百年一般文学史家的主导观念。从受外国人的影响而有中国文学史以来，在中国文学史的著作中所肯定的作家实际上主要是《四库全书总目提要》上肯定的那些作家，真正是自己发现的就是五四时候提倡新文化的人所发现的，一个是从李贽到袁宏道、晚明小品的一条线，另外一个就是戏曲小说。而对于《四库全书总目提要》的评价，不过翻新花样，比如原来说是忠君，现在说是人民诗人，换个标签而已。王次回是晚明精神的产物，五四新文化运动的人，如周作人、林语堂等虽然对晚明精神肯定，但实际上他们在这方面做工作的时间不多，从二十年代到抗战爆发，也不过十多年的时间，抗战爆发后大家没时间去研究这些东西，而且后来评价的标准也越来越功利主义，他们没有来得及发现的王次回等人就没有人管了。

① 纪昀等：《钦定四库全书总目》，《文渊阁四库全书》本，卷一百七十三。

② 梁启超：《饮冰室诗话》，时代文艺出版社 1998 年版。

③ 王利器：《元明清三代禁毁戏曲小说史料》，上海古籍出版社 1981 年版。

④ 康正果：《风骚与艳情》，河南文学出版社 1998 年版。

另外，文学的评价标准还和《四库提要》差不多，即不注重文学心灵上的作用，偏重文学所谓功利性的作用。① 在这样的评价标准下，王次回为一般的文学史著作所遗忘，这也就很容易理解了。

今日的形势已大不同于往昔。现在，越来越多的研究者逐渐意识到，文学是通过提供美感来打动人的东西，开始注重文学自身的审美价值，并把追求自由、个性作为文学的审美价值取向，不再把所谓“教育意义”作为文学的根本追求。王次回的诗能够激发人们强烈的喜爱和憎恨，显示了他的诗的力度和深度。王次回是富有鲜明特点的诗人，很值得、也很应该加以研究，理应在文学史上获得相应的位置。如果通过对王次回的研究，能引起对以前的文学评价标准深入进行反思的话，那就出乎我们的奢望之外了。

（原载《中国韵文学刊》2006 年第 3 期）

① 这段文字是根据听章培恒先生课的笔记整理而成。

王彦泓《疑雨集》成书及版本考述

晚明诗人王彦泓和他的《疑雨集》近年来似乎开始受到学界关注。作为其表现的，一是章培恒、骆玉明《中国文学史新著》的出版，在这部被称为“有思想的知识体系”的著作中，章培恒先生以四页的篇幅来讨论王彦泓和他的《疑雨集》，并给予了很高评价；[①]二是一些读者注意到日本唯美主义文学家永井荷风对王彦泓的推崇及《疑雨集》对永井荷风创作的滋养，邵毅平《永井荷风的汉诗》[②]、周朝晖《永井荷风与晚明诗人王次回》[③]分别发表在《书品》和《读书》上。然而，在目前通行的文学史著作中，根本找不到介绍王彦泓和他的《疑雨集》的文字，甚至不少中国古代文学研究专家对其也不甚熟悉，对《疑雨集》的成书与版本情况更是罕有论述。笔者经过多方搜求，对《疑雨集》的成书与版本情况作了较为细致地梳理，以期为深入认识与研究王彦泓和他的《疑雨集》提供条件。

---

① 章培恒、骆玉明：《中国文学史新著》，复旦大学出版社、上海文艺出版总社2007年版。参看《有思想的知识体系——〈中国文学史新著〉专家座谈会纪要》，2007年12月7日《文汇读书周报》。

② 邵毅平：《永井荷风的汉诗》，《书城》2009年第3期。

③ 周朝晖：《永井荷风与晚明诗人王次回》，《读书》2011年第6期。

一 《疑雨集》的成书

王彦泓(1593—1642),字次回,金坛人。贺裳《皱水轩词筌》云:“王次回名彦泓,后为云间学博,余从母孙也。喜作艳诗而工,凡数百首,见者沁入肝脾,其里习俗为之一变,几于小元白云。”①王彦泓的诗竟使“其里习俗为之一变”,足征其强大的感染力。《皱水轩词筌》最早有崇祯十七年甲申(1644)鸯桨阁刊《蜕疣集》二卷《红牙集》一卷附《词筌》一卷本②,由此可见王彦泓的诗在当时的金坛一带比较流行。王彦泓的诗在其生前并没有结集刊刻,其主要依靠传抄流传。王彦泓《有女郎手写余诗数十首,笔迹柔媚,纸光洁滑,玩而味之》二首提供了一个具体案例。③

王彦泓的诗歌能够流传后世,于韬仲是首先值得注意的人物。④ 王彦泓《疑雨集》卷下《余旧诗悉已遗忘,而韬仲皆为存录。展阅一过,觉无端往事交集胸怀,怅然久之。因呈四韵》说:“不堪重对旧诗篇,潦倒欢场二十年。多为微辞猜宋玉,敢持才语傲非烟。春风鬓影弹琴看,夜月歌声隔巷怜。今日掩门梅雪下,药炉声沸卧床前。”由此诗可知,于韬仲是王彦泓很多诗篇的存录者,如果不是于韬仲,王彦泓的有些诗篇很可能已因“遗忘”而失传。

于韬仲生前曾想刊印《疑雨集》,但未能如愿。侯文灿为《疑雨集》所作的序说明了《疑雨集》被刊刻的来龙去脉:

> 明万历中,金沙王次回先生以博学好古名闻于时。其为诗多艳体,向尝于《列朝诗集》中窥其一二,意殊未竟也。岁庚午,余选词于

① 贺裳:《皱水轩词筌》,《昭代丛书》本,上海古籍出版社1990年版。

② 孙殿起:《贩书偶记》,上海古籍出版社1990年版,第330页。

③ 王彦泓:《疑雨集》卷下,清康熙刻本,国家图书馆藏。本文所引《疑雨集》文字,如不特别说明,皆据此本,不再注明。

④ 于韬仲(1598—1652),名儒颖。参看《于氏族谱》,清刻本。

亦园。既辍简,客有谓余者曰:"次回先生诗,沉博绝丽,无语不香,有愁必娟,'玉台'、'西昆'而后,不易多得,惜其遗稿未刻也。盍付之梓?"余曰:"诺。"因出其所藏《疑雨集》以示余。余读而爱之,为之弁其首曰:凡物之精神尝萃于是者,其光怪陆离,必有不可遏抑之处。次回先生穷年力学,屡困场屋。断瑶琴,折兰玉。其坎坷潦倒,实有屈子之哀,江淹之恨,步兵之失路无聊,与杜少陵无家垂老之忧伤憔悴。而特托之于儿女丁宁,闺门婉恋,以写其胸中之幽怨,不得概以红粉青楼、裁云镂月之句目之也。先生既殁,其遗孤尚幼,诗几散轶矣。而故交弢仲于君藏之巾笥,屡欲售之剞劂,后因循未果。蠹蚀尘侵,又几散轶矣。而今尚有录而存之者。嗟乎!物之出也有候,其藏也有待。先生之去今,百有余年矣,而先生之精神,有尝萃于是者。余之为是刻也,余非知先生者也。夫亦先生之诗,所为光怪陆离,久而欲出者,自不可遏抑焉尔。梁溪后学侯文灿书于野草堂。

《疑雨集》的刊刻,使其得以大量而迅速地传播,侯氏自称"非知先生者也",但他在《疑雨集》传播史上的意义,是值得重重写上一笔的。

二 《疑雨集》版本源流

笔者对《疑雨集》今存版本作了较为仔细的调查,发现至少有16家41种。版本虽多,但并不复杂。从卷数看,有二卷本、四卷本两种。现在的研究者大都是根据四卷本来研究的。笔者在国家图书馆发现了二卷本,即侯文灿初刻本,通过比较,四卷本实由二卷本析分而成:二卷本分卷上和卷下,卷上即四卷本的卷一、卷二,卷下即四卷本的卷三、卷四。而且每种版本的篇目都完全相同,一般都有严绳孙、侯文灿的序。可见,现存的《疑雨集》都同属于一个系统,均以侯文灿刻本为祖本。不过,这些版本有优有劣,它们之间存在大量的异文。现对几种重要的版本略加介绍。

(一)无注本

1. 侯文灿初刻本

二卷。左右双边,单鱼尾,半页 9 行,行 21 字,版心题"亦园藏本"。国家图书馆有藏。书前有严绳孙和侯文灿的序。严绳孙,字荪友,无锡人。长于诗词,著有《秋水集》,是纳兰性德的好朋友。朱彝尊在《承德郎日讲官起居注右春坊右中允兼翰林院编修严君墓志铭》中说他"康熙四十一年正月卒,享年八十",[①]由此推之,他的生卒年为 1623—1702。

对于侯文灿初刻本的刊刻时间,目前存在着不同的看法。如王云五主持的《续修四库全书提要》认为侯文灿刊《疑雨集》于康熙丙辰(1676),[②]而黄世中先生则认为乾隆十五年庚午(1750)始由侯文灿刻播。[③] 这两种说法似都存在问题。上引侯文灿的序,清楚表明他是于"岁庚午"选词结束之后在别人的建议下才刊刻《疑雨集》的,在这以前他并没看到过《疑雨集》。侯氏所说的"选词",指的应该是《古名家词》,侯氏在《〈古名家词〉序》后署"时康熙己巳嘉平亦园侯文灿序"与此合。[④] 可见,侯氏刊《疑雨集》当在康熙庚午(1690)或之后的一两年,至迟当不迟于康熙壬午(1702)。

2. 骚余馆藏板本

四卷。大约刻于乾隆时期。左右双边,单鱼尾,半页 9 行,行 21 字。国家图书馆、复旦大学图书馆有藏。此版本似乎在一定时间内很通行,如《乐府小令》、《巾箱小品》所收录的都是这种版本,但其讹谬较多。

3. 五知堂藏板本

四卷。左右双边,单鱼尾,半页 9 行,行 21 字。书前有"纫佩仙馆印"。为吴梅藏书,由其后人捐献于国家图书馆。经过比勘,此版本讹谬

---

① 朱彝尊:《曝书亭集》卷七十六,《四部丛刊》本。

② 《续修四库全书提要》12,台湾商务印书馆 1972 年版,第 185 页。

③ 黄世中:《古代诗人情感心态研究》,浙江大学出版社 1990 年版,第 220 页。

④ 侯文灿编:《古名家词》,《宛委别藏》本,台湾商务印书馆 1981 年版。

之处较骚会馆藏板更多。

4. 叶氏观古堂刻本

四卷。左右双边，双鱼尾，半页 11 行，行 22 字。复旦大学图书馆有藏。光绪乙巳(1905)初刻，其后至少又被重印三次。书前有叶德辉《重刻〈疑雨集〉序》：

> 前明王次回《疑雨集》，专为香奁艳诗。钱牧翁《列朝诗集》、朱竹垞《静志居诗话》、王文简《渔洋诗话》，均极推重之。乾隆时，沈归愚选《明诗别裁集》，摈斥不录，袁子才作书诤之。见所作《随园诗话》。……
>
> 余幼时见书棚通行袖珍本，讹谬甚多。家有其书，屡为友人持去。近则科举将废，声律一事，已渐无人考求。彼汉魏六朝已降，各家之诗，且坐视其泯灭，而无所顾惜，何况是集之晚出者乎！光绪五年，广东双门底登云阁，有新刻本，即据袖珍本重雕。长沙粟谷青户部掞出以见示，字句讹夺，或在疑似之间。因与谷青分卷校雠，重写付刻，而后可以句逗焉。惟四卷壬午年下忽有小注"六月十八日戌时长逝"云云。与上下文不相属，以无别本可证，亦姑仍之。

观古堂刻本版式宽大，字迹清晰，又经过叶德辉、粟掞校雠，看起来较为精良。此本也是非常受欢迎的一个版本，1908 年、1919 年、1935 年分别重印。然而，由于依据的底本较差，校雠中存在的误断之处也不少。如观古堂刻本《疑雨集》卷三《训婢》："收书拂扇叠诗笺，敌得灵光赋一篇。浴砚定须频换水，炙香宜令慢生烟。未妨帘下窥侯曲，只莫泥中恼郑元。休厌酒阑亲涤缶，卓文君也在炉边。""只莫泥中恼郑元"中的"元"乃是因为避清圣祖康熙玄烨的讳，而改"玄"为"元"，这用的是《世说新语》的典故："郑玄家奴婢皆读书。尝使一婢不称旨，将挞之。方自陈说，玄怒，使人曳着泥中。须臾，复有一婢来，问曰：'胡为乎泥中？'答曰：'薄言往诉，逢彼之怒。'"[1]根据律诗的文体特点,"侯曲"也当是人名,与"郑玄"相对,但怎么也查不到出处。而在侯文灿初刻本中,一般都为"侯白"。据《隋书》:"侯白字君素,好学有捷才,性滑稽,尤辩俊。举秀才,为儒林郎。通脱不恃威仪,好为诽谐杂说,人多爱狎之,所在之处,观者如市。"[2]"未妨帘下窥侯白,只莫泥中恼郑玄"是非常工整的一联,显然是观古堂刻本把"侯白"误断为"侯曲"。因此,在使用观古堂刻本时,需要非常小心。值得注意的是,叶德辉这段小序问题也很多:其一,王彦泓《疑雨集》并非"专为香奁艳诗",应该说它的内容是非常广泛的;其二,沈、袁有关是否该选《疑雨集》之争,是由沈德潜选《清诗别裁》引起的,叶德辉误当成选《明诗别裁》;其三,现在所见到的《渔洋诗话》并没有提到王彦泓《疑雨集》。

5. 上海著易堂石印本

四卷。宣统元年(1909)印,题"精校本疑雨集"。南京图书馆有藏。书中有重校缘起:

> 《疑雨集》一书,为金坛王次回先生原著。始刻于梁溪侯氏,一时风行海内,几欲家置一编。然历年既久,几经翻刻,鲁鱼帝虎,舛误滋多,读者病焉。兹本局览得家藏旧本,不敢草率行事,即付石印,因延聘通人,详加仇校,误者正之,阙者补之,以望尽善尽美,使读者展卷了然,更无遗憾。星霜两易,始克告成。爰特倩名手重录一通,详校再三,始行上石。现已出版,存书无多,定价从廉。如欲订购者,请认明本局图记,庶不致误。至是书字迹之工整,纸张之光洁,刷印之精良,装订美备,尤为余事,看识者自能鉴别焉。本局主人识。

此虽为书商广告语,却也名副其实。此本恐怕是根据侯文灿刻本而校,和流行最广的扫叶山房本相比,确实精良得多。

---

① 朱铸禹:《世说新语汇校集注·文学第四》,上海古籍出版社2002年版。

② 《隋书》卷五十八,中华书局1973年版。

6. 扫叶山房石印本

四卷。宣统元年(1909)初印,1910年、1911年、1912年、1914年、1915年、1916年、1919年、1928年分别重印,是流行颇广的本子。

(二) 注本

1. 常熟丁国钧注本

题“疑雨集注”,扫叶山房石印本。丁国钧在序中说明了他注《疑雨集》的缘由和经过:

> 光绪纪元之岁,桐乡金君次良读书吾家。箧中有旧抄本王次回《疑雨集》,系次回故交于君弢仲所手录,足正坊刻之误者甚夥。次良曾影抄副本二,因乞藏其一。课余相与览讽以为乐。遇隶事奥隐处,次良时时持卷相质,余辄为标注于书眉。积年余,书眉几满,而次良别去。临行,坚以全注是集相劝勉。余意亦愿成之。搜采群籍,稿凡两易。中间游闽、游皖、游鄂,恒置行箧,偶一展阅,时复增补所未备。细字错互,猝不易认。而意渐厌倦,杂乱帙中,不复省视。今岁,赵剑秋都转托曹君直舍人,索观甚殷。盖前同肄业南菁书院时,曾见余是注焉。因检旧稿,重加董理,付写官录成清本。昔黄石牧先生曾注是集而未成,余因同学之怂恿,得积渐成稿。缮写甫竟,嗜痂者争假传录,并有愿任剞劂者。昔次良墓木已拱,不复见是注之有定本焉。抚卷泫然。时宣统戊申孟冬,常熟丁国钧秉衡氏记于江南图书馆。

王彦泓博学好古,其所用典故极为庞杂,丁国钧断断续续历数十年注《疑雨集》,实为不易。丁国钧注本宣统三年(1911)初版,1915年、1917年、1919年、1920年、1923年、1924年、1927年、1928年分别重刊,这个注本对《疑雨集》的流传无疑起了推波助澜的作用。

2. 句漏后裔注

题“王次回疑雨集注”,上海文明书局刊本,1918年初版,1920年、

1921年、1925年、1926年、1930年分别重印。句漏后裔注本在丁国钧注本后，其显系根据丁注本增益而成，因此较为赅备。

（原载《图书馆杂志》2013年第4期）

王彦泓《疑雨集》窜入的伪作、编年及其他问题

晚明诗人王彦泓(字次回)近年来似乎开始受到学界关注。最具代表性的是在章培恒、骆玉明《中国文学史新著》这部被称为“有思想的知识体系”①的著作中以 4 页的篇幅来讨论王彦泓和他的《疑雨集》,并给予了很高评价。② 在研究中一些学者注意到日本唯美主义文学家永井荷风对王彦泓的推崇及王彦泓诗歌对永井荷风创作的滋养,邵毅平《永井荷风的汉诗》③、周朝晖《永井荷风与晚明诗人王次回》④都有所论及;另外,以王彦泓及其诗歌为研究对象的学位论文也已出现。⑤ 尽管如此,一般读者对王彦泓仍不熟悉,其尚未融入人们的知识谱系。如周朝晖是在永井荷风的文集里首次读到王彦泓的诗歌,当他发现永井荷风“频繁引用王次回诗作,而且天衣无缝地嵌在行文之中”时非常惊讶,对其触动更大的是永井

---

① 复旦大学出版社、上海文艺出版总社为《中国文学史新著》的出版召开了专家座谈会,国内名流汇集,大家对《中国文学史新著》的开创性和引领学科发展的意义,给予很高的评价。参看《有思想的知识体系——〈中国文学史新著〉专家座谈会纪要》,2007 年 12 月 7 日《文汇读书周报》。

② 章培恒,骆玉明:《中国文学史新著》,复旦大学出版社、上海文艺出版总社 1996 年版。

③ 邵毅平:《永井荷风的汉诗》,《书城》2009 年第 3 期。

④ 周朝晖:《永井荷风与晚明诗人王次回》,《读书》2011 年第 6 期。

⑤ 耿传友:《一个被文学史遗忘的重要作家——王次回及其诗歌研究》,复旦大学 2005 年博士论文。

荷风在《初砚》中竟将王彦泓的《疑雨集》与波德莱尔的《恶之花》相提并论。他不禁感慨："失之东隅，得之扶桑，没想到故国沉沦几百年的王次回，竟然在孤悬汪洋一隅的日本找到知音，并滋养了唯美主义文学大师的创作。"客观来看，王彦泓及其《疑雨集》尚未深度进入学界的视野，相关研究资料没有得到系统搜集，文献整理的一些基础性工作尚未开展，这极大影响了对王彦泓的深入研究和对其在诗史上意义的认识。收集资料、考辨资料是作家研究的基础工作，也是极为重要的工作，本文拟对王彦泓《疑雨集》所收《龙友尊慈七十寿歌》的可靠性、《疑雨集》的编年及相关研究资料进行探讨，以期引起学界的关注。

一　《龙友尊慈七十寿歌》为窜入的伪作

一个作家的作品无疑是研究这个作家的最重要资料。王彦泓的作品，世所通行者有《疑云集》和《疑雨集》两种。《疑云集》迟至清末才出现，其所收的 102 首词全部见于俞廷瑛《琼花词集》，所收诗也有近 200 首见于俞廷瑛《琼花诗集》，应是一部伪书。① 《疑雨集》今存版本甚多，笔者查阅到的就至少有 16 家 41 种。版本虽多，但并不复杂，不同版本的篇目大体相同，排列顺序一致，且都有严绳孙、侯文灿的序，康熙庚午（1690）亦园刻本实为现存《疑雨集》其它版本的祖本。② 笔者最近在为《疑雨集》作笺注时发现，卷下所收的《龙友尊慈七十寿歌》当为伪作。《龙友尊慈七十寿歌》的内容如下：

> 金筑峰峦双凤翅，茗兰柯叶香风炽。拔秀钟灵到硕人，闺阁典型林下气。璇源遥溯自涂山（越为大禹之后），拾得神螺赣水湾。国士当年杨万里，才华独步卧龙番。良姻妙选高门簿，婉嫕浑如出寒素。

① 耿传友：《王次回〈疑云集〉辨伪》，《中国典籍与文化》2006 年第 4 期。

② 耿传友：《王彦泓〈疑雨集〉成书及其版本考述》，《图书馆杂志》2013 年第 4 期。

> 姜橘亲调奉舅姑，荆簪一洗铅华御。同看淮南一县花，悬鱼拔薤在冰衙。横经讲席三年后，桐封骄僭消萌芽。越东估客滇南士，讴吟是处题碑记。次第看山到永嘉，携归只有酬恩泪。凤诏频褒内助贤，翟珈辉映紫泥鲜。闺房风义相师友，人羡齐眉鹤发仙。买得名姝曾劝进，靓妆深夜持茶问。整容拱手诵尚书，温公心感清河郡。荀家龙种谢家雏，和璧隋珠岂在多。片玉已成清庙器，一鸣飞占上林柯。鳣堂暂息鲲鹏驾，声谊文章动天下。广被频招气类游，米车恐触尊慈骂。钟陵遥隔彩云西，梦里时因啮指啼。于今益信无投杼，自古何劳有断机。壮游不用离肠绕，胪唱应偕鹤觞到。雷电催开梦笔花，露华益茂忘忧草。忆昔狂童犯顺年，腥风血雨暗蛮天。讹传梦怪日千变，怪梦惊心徒忧煎。须臾风霁烟霾息，爱女门楣森鼎立。相逢一笑话团圞，不羡珠圆钦玉洁。玉洁珠圆抢攘时，造物疑于阿母私。定知仙树秾枝叶，冬有吉祥云护持。只今兰玉盈阶砌，绕膝含饴还问字。置笏终须满一床，藏书近欲过千筒。况复修心向鹿车，香台时礼妙莲花。故应不羡生天福，慧业文人聚一家。①

此诗编年于崇祯丙子(1636)。在《疑雨集》的各种注释本中，都认为这首诗中的龙友为贵州的杨文骢，相关的研究论著常将此诗作为王彦泓与杨文骢交游的证据，有的学者亦依据此诗论述杨文骢的家世。

杨文骢字龙友，乃明清之际著名的诗人和画家，孔尚任在《桃花扇》中将其塑造为周旋于清流与浊流之间八面玲珑的人物。据白坚《杨文骢年谱》，杨龙友崇祯甲戌(1634)任华亭教谕，己卯(1639)调任青田知县，辛巳(1641)调任永嘉知县，壬午(1642)调任江宁知县。甲申(1644)之变后，福王朱由崧立于南京，改元弘光，杨文骢先后任兵部职方司主事、兵部员外郎、兵部郎中等职，甲申(1644)十二月二十七日，迁兵备副使，巡按常州、

① 王彦泓：《疑雨集》，清康熙刻本。

镇江二府，监郑鸿逵、郑采军。[1] 杨文骢母亲七十寿辰时，万寿祺参加了寿宴，并写了《杨司马监军南徐，母夫人迎自京国，是日七十岁矣，衙堂开宴》一诗记其事：[2]

东海云霓承帱日，北堂鸠翟拜恩回。令公牙帐军中宴，天姥霞车帝所来。鹤息三千能羽变，人生七十遇花开。不知世泽深多少，琪树阶前处处栽。

根据杨文骢的生平经历，他以司马的身份监军南徐在清顺治乙酉（1645）初，白坚《杨文骢年谱》将万寿祺此诗系于这一年的三月是可靠的。既然杨文骢母亲顺治乙酉（1645）方寿登七十，王彦泓岂能在万历丙子（1636）就写出《龙友尊慈七十寿歌》这样的诗呢？会不会是《疑雨集》编年错误呢？这决不可能，因为王彦泓崇祯壬午（1642）就已去世[3]，而这一时间离杨文骢母亲七十寿辰尚有三年。《龙友尊慈七十寿歌》中的“龙友”会不会是与其同名的另一个“杨龙友”呢？这种假设同样不能成立。杨文骢崇祯甲戌安葬父亲杨师孔时，曾请董其昌作《明故亚中大夫浙江布政使右参政鲁源杨公墓志铭》（以下简称《墓志铭》），请陈子龙作《明故亚中大夫浙江布政使右参政鲁源杨公墓碑》（以下简称《墓碑》），所叙述的杨文骢的家世与《龙友尊慈七十寿歌》（以下简称《寿歌》）若合符契。为便于将杨文骢家世情况与《寿歌》所述相对照，先引《墓志铭》于后，限于篇幅，在此仅择其关键之处加以摘引：

按状，公讳师孔，字冷然，号鲁源。……既丧丁恭人，义不再娶，

① 白坚：《杨文骢年谱（简编）》，《杨文骢传论：附录》，上海人民美术出版社 1990 年版。

② 万寿祺：《隰西草堂诗集》卷三，民国八年罗氏铅印明季三孝廉集本，《续修四库全书》第 1394 册。

③ 耿传友：《王彦泓生卒年考》，《古籍研究》2004 年卷下。

郡守刘公曰:“此奇节,非孝子所安也。”为缔姻于越公女,荆布相庄,劝读益力。万历丁酉举于乡,又三年辛丑成进士。筮仕为山阳令。山阳属淮郡,东南一都会也。部院开幕府其中,时有矿税中使陈增、鲁保怙宠同城,横甚,大中丞李道甫欲以法裁之,而有司慑于齿马,不能应。公为政,但以洁己爱民为要领。淮民好讼,公以讼止讼,凡蛮触之争,不令游徼操勾摄之权,第使讼者自拘其所讼,即解仇不复赴谳亦听之,即拟罪而求末减亦听之。要使无所利于终讼,则讼心自微,鹰化鸠、雀化口为是耶?公盖宽然长者,似无击断。忽一日捕丽阉诸大猾,格杀百数十人,郡中大快。识者曰:“公盖神勇不怒者,藉令公当日先见锋颖,渠魁能无佚罚乃尔?”于是抚臣能公,条上山阳治行最江南北。而二阉为公催角距,则大怨,欲迹其瑕中伤之。赖公伐葵,清操无可点,而一切故常奇羡,毫末不得入,足关二阉口。……庚戌,加翰林院检讨,充福王讲官。……丁巳冬,补昌平州学正,已,升国子学正,已,升工部都水司主事。……明年,奉命榷浙南关。先是浙抚急军兴得请,两关皆加派,公不立新条,但悉核故额,以羡余充数,不加赋而用足。昔闻其语“处脂膏而不润”,今见其人,又为祛寒陋之习,定悃载之期,日计不足,月计有余。菜佣可宽,吞舟不漏,商民均感,立石颂德焉。癸亥事竟报命,量移屯田司郎中。拮据陵工,功力不浅。其余以裁减中涓帽价,触逆铛贤,公不自安,遂有去志。会滇省学缺,当事以属公。滇于公为归途,过家上冢,买臣荣际,而安酋为梗,须从蜀道。公间关叱驭,得官兵五千护行,脱于豺虎,险远极矣。滇士于公,残膏剩馥,沾溉有年。而公之抽秘谈经,故其长技,爰宣诏旨,更定章程。伏波马式,潜通制举之科;王子鸡神,转作得贤之颂。质一变至于文,文一变至于道,蒸蒸雅化焉。……戊辰,升浙江参政,分守温处,驻括苍,海防倭,山防矿。公文武具宜,政成游刃,绰有余裕。会当入贺,次于南徐,末病委顿,从孝廉谏,将请急矣。忽报虏骑薄郡城,亟投袂起,扶疾就道,至于德州,喟然叹呼侄文骅曰:“死无他恨，恨不能戮力灭虏以贼遗君父耳。"目遂瞑。①

以此来与《寿歌》相对照，那么，第一，《墓志铭》说杨文骢的父亲杨师孔"既丧丁恭人，义不再娶，郡守刘公曰：'此奇节，非孝子所安也。'为缔姻于越公女"，与《寿歌》中"璇源遥遡自涂山，拾得神螺赣水湾"及作者自注"越为大禹之后"语合，《墓志铭》中的"荆布相庄，劝读益力"也与《寿歌》"良姻妙选高门簿，婉嫕浑如出寒素。姜橘亲调奉舅姑，荆簪一洗铅华御"之语相合。另，叶象荷《明故敕赠杨母胡太孺人墓志铭》亦载杨师孔"续娶武定府同知越公文辉女"。② 第二，杨师孔任山阳县令时洁己爱民，打击豪强，与《寿歌》中"同看淮南一县花，悬鱼拔薤在冰衙"语相合。第三，杨师孔奉命榷浙南关时，不立新条，不加税额，结果"商民均感，立石颂德焉"；受命督滇学政期间，"爰宣诏旨，更定章程。伏波马式，潜通制举之科；王子鸡神，转作得贤之颂"，这与《寿歌》中"越东估客滇南士，讴吟是处题碑记"相合。第四，《墓志铭》说："会当入贺，次于南徐，末病委顿，从孝廉谏，将请急矣，忽报虏骑薄都城，亟投袂起，扶疾就道，至于德州，喟然叹呼侄文骅曰：'死无他恨，恨不能戮力灭虏，以贼遗君父耳。'目遂瞑。"而据《杨文骢年谱》，杨师孔崇祯元年(1628)升浙江参政，分守温处道，驻处州；崇祯二年(1629)，杨文骢奉父为天台、雁荡之游。这与《寿歌》中"次第看山到永嘉，携归只有酬恩泪"相合。此外，陈子龙所作《墓碑》说杨师孔"生平无姬妾音乐之好，特嗜书史，旁及山水鼎彝"③，也与《寿歌》中"买得名姝曾劝进，靓妆深夜持茶问。整容拱手诵尚书，温公心感清河郡"之语相应。天启元年(1621)，彝族安邦义等叛乱，数次进围贵阳城，龙友曾募士随父拒守，次年围解。这与《寿歌》中"忆昔狂童犯顺年，腥风血雨暗蛮天。讹传梦怪日千变，怪梦惊心徒忧煎"相合。据杨文骢《独坐栝苍山怀周又新、薛伯玉、

① 董其昌：《董文敏遗墨》，《民国贵州通志：人物志》，贵州人民出版社 2001 年版。

② 贵州省博物馆编：《贵州省墓志选集》，贵州省博物馆，1986 年。

③ 陈子龙：《安雅堂稿》卷十五，明末刊本。

李卓如三妹丈》①诗后注释，杨文骢三个妹婿分别为周又新、薛伯玉、李卓如，三人因避安氏之乱举家金陵与杨文骢家同住在一起，也可与《寿歌》中“须臾风霁烟霾息，爱女门楣森鼎立”相映照。至于杨文骢的才华与交游，自然可与《寿歌》中“荀家龙种谢家雏，和璧隋珠岂在多。片玉已成清庙器，一鸣飞占上林柯。鳣堂暂息鲲鹏驾，声谊文章动天下”相互发明。

由于《龙友尊慈七十寿歌》中的“龙友”与贵州杨文骢存在这么多的相通点，而明清之际的士人中并无另一个“杨龙友”的家世、生平可与《龙友尊慈七十寿歌》相比附，所以《龙友尊慈七十寿歌》就是为贵州杨文骢母亲所作的七十寿歌。杨文骢母亲七十寿辰为清顺治乙酉(1645)，而王彦泓早在崇祯壬午(1642)就已去世，那么，《龙友尊慈七十寿歌》就不可能是王彦泓所作，当是窜入《疑雨集》的伪作。既然如此，就不能以此诗作为王彦泓与杨文骢交游的证据。

二　编年问题

《疑雨集》所收作品，按年代先后排列，起于万历乙卯(1615)，终于崇祯壬午(1642)。经过仔细辨析，我们发现编年存在不少错误。

先谈王彦泓进京谒选的时间。

据《三旌义门王氏族谱》卷五，②王彦泓以“岁贡为松江训导”。③ 按晚明的考贡之法，每岁预将次年应贡生员严加考试，取其优者充贡，次年四

① 关贤柱：《杨文骢诗文三种校注》，贵州人民出版社1990年版，第115页。

② 王嘉渊等：《三旌义门王氏族谱》，清光绪刻本。

③ 有关王彦泓任教职的记载很多。《三旌义门王氏族谱》、《金坛县志》作“松江训导”，《御选历代诗馀》、乾隆《镇江府志》、钱谦益《列朝诗集小传》等作“华亭训导”。华亭当时属于松江府，因此，这两种说法并不冲突。但是，朱彝尊《明诗综》却作“慈溪儒学教授”，这恐怕是错误的。因为《疑雨集》卷下庚辰年有《松郡迎春遥忆故园诸女伴仍用前韵》、辛巳年有《将返棹松江书怀留别韬仲》，可知王彦泓做官的地方是在松江。据《明史·职官志》，明代在府学设儒学教授，县学没有儒学教授一职，而慈溪在当时是宁波府属县，是不可能设儒学教授的。

月到部听候廷试，经过廷考、国子监考、吏部考、第二次廷考等“四考”，始得授教职。[①] 明代末期，程序虽有所简化，但贡生仍需进京谒选才能任教职。王彦泓进京谒选期间创作了大量诗歌，现存《疑雨集》的各种版本，均将这些诗歌编于“丙子年”，但在个别诗篇中注明为“乙亥年作”——《寄怀孝尼》诗题后注明“此下四首皆去秋所作，追忆录此”，包括《寄怀孝尼》“莫问行人寄问疏”一首，《旅况诗寄云客》二首，《在北有怀仲父叔器，时里中传余陷敌。去年从父楚游，亦误传陷寇，何其相类也》一首，在《寄孝尼第二首》后注明“此亦乙亥年作”。若将王彦泓入京前后所作的有时间线索的诗歌进行排列，便可推断出王彦泓进京及离京的大致时间。

《疑雨集》卷下《北行留别》云：

> 花时为客最难拼，恨叶情条满故园。惜别倍贪歌宛转，寻欢频见涕潺湲。情深为我留颜色，泪尽烦卿强笑言。传语同心众闺阁，莫拈红豆且栽萱。

此诗当作于王彦泓离家上京之时，由“花时为客最难拼，恨叶情条满故园”之语可知为春天。在进京途中，王彦泓遇到参加科考的姓单的生员，作《同舟单兄韵》三首，第一首颔联为“茶香经雨歇，花事过淮无”，可见此时淮河以北的花尚未开放。逗留北京期间，王彦泓创作好几首怀念朋友的诗篇，包括《京寓有怀端己》（首联为“长夏知君断杂宾，旧吟兰水句清真”，知作于夏天）、《寄怀韬仲》、《寄怀孝尼》二首、《在北有怀仲父叔器，时里中传余陷敌。去年从父楚游，亦误传陷寇，何其相类也》等诗篇。写给阿锁的诗最多，至少有 29 首。阿锁乃京城名妓，进士介松年因迷惑她而惊动

---

① 陈宝良:《明代儒学生员与地方社会》第五章《生员的仕进之途》，中国社会科学出版社 2005 年版。

崇祯皇帝，被吏部除名，递解回籍。[①] 王彦泓离京前在与阿锁分别的筵席上口占十六首，诗前的小序作了这样的说明：

> 临行，阿锁欲尽写前诗，凡十一首。既而色有未满，曰："斯语太文，妾不用此。可为别制数章，取数月来情事踪迹历历于心者谱之。勿谐勿艳，勿誉妾姿艺，如一语有犯即罚君一杯。"余曰："固然，但每诗成而卿以为可，亦引满赏此，何如？"一笑许诺。遂口占为下酒。

其中的第十三首为：

> 藕花飘紫水拖蓝，秋夜河灯净业庵。此景却疑身是梦，与卿携手在江南。(连饮至此，红霞上颊，似不胜酒，因触往事云。)

晚明北京于农历七月十五日中元节夜，有燃莲花灯于水上以烛幽冥的习俗，谓之"放河灯"。刘侗《帝京景物略》[②]卷二《春场》云："七月十五日，诸寺建盂兰盆会，夜于水次放灯，曰放河灯。"此诗说明王彦泓与阿锁七月十五日就已在北京净业庵"携手"。其中的第四首为：

> 问郎灯市可曾游？可买香丝与玉钩？可有绣帘楼上看，打将瓜子到肩头？

据刘侗《帝京景物略》卷二《春场》，灯市自正月初八起，至十八日罢。由此诗可知王彦泓"灯市"时尚在北京。王彦泓离京也当距"灯市"结束不会太久，否则不仅与此诗的情境不符，也与两人的"情事踪迹"只有"数月"不

① 参看《疑雨集》卷下《左卿阿锁》其二诗中自注"进士介松年惑之，为逻骑发其事，奉旨：松年着吏部除名，递解回籍，寓僧杖赎左大饶他"。本文所引《疑雨集》文字，如不特别注明，皆据侯文灿康熙庚午刻本。

② 刘侗：《帝京景物略》，明崇祯刻本。

合。王彦泓还写有《车中再赠》二首，其一云：

坐郎兜里泪相看，双箸垂痕舐不干。橄榄味前偏耐等，蔗竿甜后却轻拚。婴年弄玉言犹在，嫁日量珠事匪难。归到乱红争笑处，可能还念缟梅寒？

“归到乱红争笑处，可能还念缟梅寒”是借时序物象所作的比喻，也可证王彦泓离京的时间当为初春时节。

王彦泓还有一些诗歌可作旁证。《疑雨集》卷下《送五叔父北上兼和来韵》云：

狂澜文运已多年，正赖如椽力挽牵。金马故为家旧物（先太史己卯、己丑，故祝家叔以丁卯、丁丑），火牛频遇圣朝怜（先高祖正德丁丑，先伯父万历丁丑）。吾宗自爱诗传钵，臣叔尤耽易绝编。堪报先公还一事，表章经学御筵前。

据《三旌义门王氏族谱》，王彦泓的五叔父为王镜，字观宗。注中的“先太史”为王肯堂，万历己卯（1579）举人，万历己丑（1589）进士；先高祖为王臬，正德丁丑（1517）进士。王家“火牛频遇圣朝怜”，王彦泓于此祝愿天启丁卯（1627）中举的五叔父崇祯丁丑（1637）能“力挽狂澜”，再传捷报。简言之，王彦泓五叔父“北上”是参加崇祯丁丑（1637）的会试。会试二月在北京举行，南方的考生一般前一年的冬天就从家里出发，此诗在《疑雨集》中编于“丙子年”是对的。既然是送五叔父“北上”，说明王彦泓此时已不在北京。《疑雨集》卷下另有《送云客赴春官》：

吟坛饮社共髫年，互语闲情事几联？我已荷衫卸拘束，君今芸阁竚摩编。才华淡写官眉妩，标格平趋国步妍。预想捷书春夜到，玉人喧笑画屏前。

云客是唐宇昭的号，字孔明，为唐顺之玄孙，武进人。生万历壬寅(1602)，卒康熙壬子(1672)。明崇祯丙子(1636)举人。① 唐云客与王彦泓五叔父王镜一样，也是去北京参加会试，诗中在祝愿朋友的同时，也有放下科举枷锁后的轻松。“我已荷衫卸拘束”，说明此时的王彦泓已经不再需要参加科举考试，这意味着他已就任华亭训导。

综上所述，王彦泓崇祯乙亥(1635)春离家进京谒选，崇祯丙子(1636)初春获任华亭训导后离开北京。如果上述分析不误的话，《疑雨集》编于“丙子年”的诗歌，除了诗中已注明为“乙亥年”的5首外，还至少有19首应当编于乙亥年，包括《无题》八首，《北行留别》一首、《同舟单兄韵》三首、《京寓有怀端己》一首、《寄怀韬仲》一首、《左卿阿锁》三首、《再访左卿》二首。

《疑雨集》还有一些诗歌的编年存在错误。

《疑雨集》卷下《郑超宗母七月七夕七旬初度》云：

> 巉巉白岳英灵囿，不钟男子钟闺秀。天上光潜婺女星，人闲瑞启康成后。夫君早岁擅豪华，置驿邀宾家法奢。肯为无衣开画匣，屡因沽酒拔金钗。森森玉树盈阶砌，机杼声中课经艺。孙绕芝兰七叶兴，儿传俎豆双珠贵。阿鸿指日去摩天，阿母高怀自洒然。谈麈故存林下气，板舆真称地行仙。高堂桐竹新凉早，瓜藕筵中陈火枣。断机余缕付穿针，凤毛麟角争呈巧。曝衣楼上古仪型，俭制俱堪士女师。孟被未由参气类，班书纵拟爱文词。洛阳声价陶公久，美誉宁因范逵有。要识薪蒭剉荐心，教成竹木匡时手。岁岁花前梵呗声，无生悟后即长生。顿令千古痴儿女，一洗银河怅望情。

此诗编年于崇祯丙子(1636)。郑超宗即郑元勋，先籍徽州歙县，在扬州构

① 唐鼎元：《明唐荆川先生年谱》，1939年铅印本，《北京图书馆馆藏珍本年谱丛刊》第47册。

筑影园。郑元勋母七旬初度，其专门请当时的名流陈子龙、陈继儒分别写了寿序，[①]排场非常大。郑元勋在《先妣张太夫人行述》中说：

己卯七夕寿登七十。先是受道家张真人符箓，建大醮许日，有白鹤翔舞之瑞。设帨时康强怡悦，四方名公巨卿争颂祷，登堂而拜者数百人，皆叹羡去。[②]

在《行述》中，郑元勋记载了郑母的生卒年：

先妣生于隆庆庚午七月七日午时，卒于崇祯庚辰十月初八日酉时，享年七十有一。

既然郑元勋母七旬初度的时间为崇祯己卯(1639)七月七日，那么，《郑超宗母七月七夕七旬初度》创作时间当为崇祯己卯(1639)而非丙子(1636)。考虑到《龙友尊慈七十寿歌》为窜入的伪作，《郑超宗母七月七夕七旬初度》是否王彦泓所作可能还是个问题。

《疑雨集》卷下有《戏赠弢仲叔四十初度》(时丁娘在坐)：

十样生香十索篇，裙裾妙悟有诗传。柔乡永锡君难老，惑溺才当不惑年。

此诗编年为崇祯丙子(1636)，亦有误。弢(一作韬)仲是《疑雨集》中出现频率最多的人物，也是王彦泓最好的朋友，对王彦泓诗歌的保存和流传起

① 陈子龙:《郑母张孺人七十寿序》(《安雅堂稿》卷六，明末刊本)、陈继儒《郑母张太君七十寿序》(郑庆佑《扬州休园志》卷二，清乾隆三十八年刻本，《四库禁毁书丛刊》史部第41册)。

② 郑庆佑:《扬州休园志》卷六，清乾隆三十八年刻本，《四库禁毁书丛刊》史部第41册。

了关键作用。王彦泓崇祯庚午(1630)有诗《余旧诗悉已遗忘,而韬仲皆为存录。展阅一过,觉无端往事交集胸怀,怅然久之。因呈四韵》(《疑雨集》卷下),可见《疑雨集》的许多诗篇正是由弢仲记录、保存下来的。王彦泓《送弢仲叔之东昌》(《疑雨集》卷下)云:

> 望衡对宇互欣然,曳屐相过只几砖。花下有甘须并剖,卷中无句不同研。身堆恨事襟怀共,社立狂名毁誉连。别后不知谁是客,一般凄绝度残年。

由此可知二人住处相距甚近,他们时相过从,并结社唱和。从诗句"花下有甘须并剖,卷中无句不同研"来看,《疑雨集》中的作品也包含有弢仲的辛劳。金坛《于氏族谱》对弢仲有这样的记载:

> (于儒颖)字弢仲,号小音。宏景公次子。万历戊戌八月初三日生。居城,附监生。娶武进龚氏江西按察司讳道立公孙女……顺治壬辰二月初六日卒。①

于弢仲万历戊戌(1598)八月初三生,则其"四十初度"为崇祯丁丑(1637)而非崇祯丙子。因此,《戏赠弢仲叔四十初度》当编年于崇祯丁丑(1637)。

侯文灿在介绍刊刻《疑雨集》的来龙去脉时说:

> 明万历中,金沙王次回先生以博学好古名闻于时。其为诗多艳体,向尝于《列朝诗集》中窥其一二,意殊未竟也。岁庚午,余选词于亦园。既辍简,客有谓余者曰:"次回先生诗,沉博绝丽,无语不香,有愁必媚,'玉台'、'西昆'而后,不易多得,惜其遗稿未刻也。盍付之

① 《于氏族谱》第十五本,福兼堂梓,清光绪庚辰(1880)重修。

梓?”余曰:“诺。”因出其所藏《疑雨集》以示余。……先生既殁,其遗孤尚幼,诗几散轶矣。而故交弢仲于君藏之巾笥,屡欲售之剞劂,后因循未果。蠹蚀尘侵,又几散轶矣。而今尚有录而存之者。嗟乎!物之出也有候,其藏也有待。先生之去今,百有余年矣,而先生之精神,有尝萃于是者。余之为是刻也,余非知先生者也。夫亦先生之诗,所为光怪陆离,久而欲出者,自不可遏抑焉尔。

由此可知,在王彦泓生前,《疑雨集》没能刊刻。在王彦泓去世后,因“遗孤尚幼”,《疑雨集》“几散轶矣”。后来,《疑雨集》为王彦泓好友于弢仲收藏,于弢仲多次找机会刊刻,但都没有结果,《疑雨集》“蠹蚀尘侵,又几散轶矣”。《疑雨集》能留存下来,实属不易!但由于数次“几散轶矣”,《疑雨集》编年出现了错误,甚至窜入了伪作。因此,在使用《疑雨集》探讨王彦泓生平和交游时需保持适度的谨慎,不要为错误的编年及窜入的伪作所误导。

三 《疑雨集》研究资料的收集和整理

如果要研究一个作家,我们应该首先知道关于这一个作家及其作品有哪些研究资料。由于王彦泓《疑雨集》自 20 世纪 40 年代以来一直为大陆学界所冷落,相关研究资料尚没有得到系统的收集和整理。因此,广泛地收集相关研究资料是深入研究王彦泓和《疑雨集》的基础。王彦泓是一位曾受到读者广泛欢迎的作家,《疑雨集》在明末清初和晚清民国时两度流行,相关资料十分丰富。概括言之,这些资料主要包括三个方面:

其一,传播资料。

《疑雨集》在侯文灿于康熙庚午(1690)刊印之前,其中的诗歌主要以传抄的方式流传。严绳孙在为《疑雨集》初刻本所写的序中说:“今《疑雨集》之名籍甚,江左少年传写,家藏一帙,溉其余沈,便欲名家。”可见当时《疑雨集》在江南的传抄频率之高,受欢迎的程度之广。《疑雨集》有了刊印本之后，仍有一些抄本流传。笔者在北京大学图书馆就读到《疑雨集》一抄本，中有题记："此系大兴朱少河先生锡庚家旧钞，虽非足本而较胜坊刻。宣统改元八月国维记。"《疑雨集》中个别诗篇以抄写或书写的方式被传播的资料很多。例如：冰心在《两栖动物》中回忆，[①]她的表兄曾抄《疑雨集》卷下《奏记妆阁》"此生幽怨可能酬"作为给某个表姐的情书，虽然冰心的表兄并没有因此得到那位表姐的青睐，但冰心依然认为是"很好的诗"，并由此开始注意到《疑雨集》；张大千作有《王次回诗意图》，此仕女图乃是据王彦泓诗"别来清减转多姿，花影长廊瞥见时。双鬟淡烟双袖泪，偎人刚道莫相思"而作[②]；李叔同创作有书法作品《苏体行书节录王次回先生问答词横》、《苏体行书王次回和孝仪看灯词横》。[③] 与抄写和书写相比，刊印对《疑雨集》传播发挥的作用更大，《疑雨集》的各种版本，无疑可看作其传播的重要证据。

《疑雨集》口头传播资料也需要注意，在某种程度上可以更直观地反映《疑雨集》受读者欢迎的程度。例如：1922 年出版的《晚霞杂志》第 2 期录有《霜红楼女子酒令》，集《疑雨集》32 句；1922 年《游戏世界》第 11 期录有《游戏世界撰述同文别署酒令》，叠《疑雨集》35 句，1922 年《游戏世界》第 12 期录有《游戏世界人名酒令》，叠王次回诗 17 句。这些集《疑雨集》诗句而成的酒令，涉及当时众多的文化名人，他们当都对《疑雨集》非常熟悉。

其二，评价资料。包括《疑雨集》各种版本的序跋，诗话、词话，一些诗歌选本的零散批评等。笔者已收集到《疑雨集》序跋有 14 篇，批评有 30 多则，这方面还有不少工作要做。

其三，影响资料。王彦泓《疑雨集》是纳兰性德所接受的重要资源，纳

① 冰心：《冰心选集》第三卷，河北教育出版社 1992 年版。

② 包立民：《张大千二十年代初的设色仕女画》，《张大千艺术圈》，中国文联出版公司 1999 年版。

③ 《天津文史》1999 年 10 月第 22 期彩页七、封底。这两件书法作品现藏天津市艺术博物馆。

兰的不少词都是借鉴《疑雨集》而创作出来的，这一点已有学者作过细致的探讨①。此外，《疑雨集》对王士禛、鸳鸯蝴蝶派作家的创作都产生过影响，甚至一度成为写诗的范本。严绳孙《〈疑雨集〉序》说："今《疑雨集》之名籍甚，江左少年传写，家藏一帙，溉其余沈，便欲名家。"表明模仿《疑雨集》写艳体诗在明末清初的江南成为一时习尚。此后，模仿《疑雨集》写艳体诗代不乏人。袁枚的弟弟袁树有诗《效〈疑雨集〉体十三首》。② 樊增祥《闲事六首》也注明"效《疑雨集》"。③ 卷二十王韬《淞隐漫录》中也有效《疑雨集》的诗。④ 在《从文自传·一个大王》中，沈从文说："至于女人呢，仿《疑雨集》写艳体诗情形已成过去了，我再不觉得女人有什么意思。"⑤这表明他在年轻时曾模仿《疑雨集》写艳体诗。胡兰成在作品中也提到他的朋友马孝安学《疑雨集》写诗的事。⑥ 值得特别一提的是陈蝶仙，他干脆把自己的诗集命名为《新疑雨集》。⑦ 集句王彦泓诗的现象也很值得关注。如黄文炳《疑雨集新编》集句王彦泓诗达三百首，在《例言》中说："《疑雨》一集，洵为香艳传神之笔，其摹写情态必尽态极研，间览奁体诗无有出其右者。是编惟取原集，摘句成篇，不敢另为拟作也。"⑧

上述《疑雨集》研究资料，每一方面都可能潜藏着有待发掘的丰富内涵，启迪人们去思考和研究。

综合《疑雨集》的传播资料，我们可以发现其传播经历过从高潮到低潮、再从低潮到高潮、再从高潮到低潮的两个周期，明显能从中看出政治、

① 张宏生：《情感体验与字面经营——纳兰词与王次回诗》，《社会科学》2012 年第 2 期。

② 袁树：《红豆村人诗稿》，《袁枚全集》七，江苏古籍出版社 1993 年版。

③ 樊增祥：《染香集》，《樊山集》卷二十，清光绪十九年渭南县署刻本，《续修四库全书》第 1574 册。

④ 王韬、陆碧珊：《淞隐漫录》，人民文学出版社 1983 年版。

⑤ 沈从文：《沈从文全集》第十三卷，北岳文艺出版社 2002 年版。

⑥ 胡兰成：《今生今世：我的情感历程》，中国社会科学出版社 2003 年版。

⑦ 陈蝶仙：《栩园丛稿》初编之三，家庭工业社香雪楼藏板。

⑧ 黄文炳：《疑雨集新编》，清刻本，南京图书馆藏。

道德及与之相关的文学批评观念的深刻影响。当政治对文学的影响减弱，文学接受的道德伦理教化目的淡化时，就会形成《疑雨集》接受的高潮；当政治对文学的干预增强，文学接受的道德伦理教化目的强化时，就会形成《疑雨集》接受的低潮，这两种潮流的起伏便构成《疑雨集》的接受史。借鉴刘学锴先生的说法，可称之为"钟摆现象"。[①] 这个事实说明，像《疑雨集》这样的作品，认识它需要对接受者的文学观念进行辨析。

就目前掌握的《疑雨集》的评价资料看，对《疑雨集》价值和成就的认识存在巨大的分歧。如潘德舆《养一斋诗话》[②]曾这样批评《疑雨集》：

> 元末之诗宗杨铁崖，乃入于妖；明末之诗宗钟伯敬、谭友夏，乃流于鬼。王彦泓《疑雨》一集，以淫靡之思，刻划入骨，使人心流气荡，觉铁崖徒炫其貌，惑人伎俩，犹有未尽致者，彦泓乃足为妖中之妖耳。句如"含毫爱学簪花格，展画惭看出浴图"，"翻成绣谱传人画，会得琴心允客挑"，"窗下有时思梦笑，灯前长不卸头眠"，"陈王著眼先罗袜，温尉关心到锦鞋"，"体自生香防姊觉，眉能为语任郎参"，"素艳乍看疑是月，清欢何暇想为云"，能以佻冶不堪之事，写到通微入玄处，此即朱竹垞《静志居琴趣》所本。然在词家，亦为下乘，况以之玷污风雅哉！

对潘氏所摘引的这些诗句，周寿昌《思益堂日札》卷六"潘四农斥王次回诗"条认为潘氏"从淫荡处着想，故见得如此"，[③]它们虽不工，但不能算"佻冶不堪"，"不过写一憨慵小女子之情态"而已，并批评潘氏"坛坫气太重"。在潘德舆之前，朱彝尊曾对"含毫爱学簪花格，展画惭看出浴图"、"翻成绣谱传人画，会得琴心允客挑"、"窗下有时思梦笑，灯前长不卸头

---

① 刘学锴：《古典文学研究中的李商隐现象》，《社会科学辑刊》1998 年第 1 版。

② 潘德舆：《养一斋诗话》，《清诗话续编》，上海古籍出版社 1983 年版，第 2093—2094 页。

③ 周寿昌：《思益堂日札》，清光绪十四年刻本。

眠”等诗句非常欣赏，在《静志居诗话》[1]中称赞它们“皆饶风韵，诵之感心娉目，回肠荡气”。沈德潜和袁枚曾因《疑雨集》引发争论，更常为研究者提及。沈德潜《国朝诗别裁集·凡例》特别提到《疑雨集》：

> 诗必原本性情，关乎人伦日用及古今成败兴坏之故者，方可为存，所谓其言有物也。若一无关系，徒辨浮华，又或叫号撞搪以出之，非风人之旨也。尤有甚者，动作温柔乡语，如王次回《疑雨集》之类，最足害人心术，一概不存。[2]

袁枚对沈德潜的做法极为不满，专门写信给沈德潜，对他不选王次回诗进行质疑：

> 闻《别裁》中独不选王次回诗，以为艳体不足垂教。仆又疑焉。夫《关雎》即艳诗也，以求淑女之故，至于辗转反侧，使文公生于今，遇先生，危矣哉！《易》曰：“一阴一阳谓之道。”又曰：“有夫妇然后有父子。”阴阳夫妇，艳诗之祖也。[3]

尽管沈德潜没有回应，但袁枚一直对此事耿耿于怀，后来撰写《随园诗话》时旧事重提：

> 本朝王次回《疑雨集》，香奁绝调，惜其只成此一家数耳。沈归愚尚书选国朝诗，摈而不录，何所见之狭也！尝作书难之云：“《关雎》为《国风》之首，即言男女之情。孔子删诗，亦存郑、卫，公何独不选次回

① 朱彝尊：《静志居诗话》，人民文学出版社 1990 年版，第 570 页。

② 沈德潜：《国朝诗别裁集》，清乾隆二十五年教忠堂刻本，《四库禁毁书丛刊》第 158 册。

③ 袁枚：《再与沈大宗伯书》，《小仓山房诗文集·文集》，上海古籍出版社 1988 年版，第 1504 页。

诗?”沈亦无以答也。[①]

袁枚、沈德潜之争引起了强烈反响,赞成袁枚者有之,支持沈德潜有之,折衷者亦有之,对《疑雨集》评价的分歧被进一步放大。[②] 二十世纪二三十年代,苏联有一位叫作梅耶荷德的戏剧家,他重新定义了艺术家成功的标准:一个艺术家的作品出来了,如果所有的人都说好,表明这个作品彻底的失败了;如果所有的人都说不好,那也是失败了,但是还算是有特点;如果反响强烈,一部分人喜欢得要命,另一部分人恨得要命,这才是真正的成功。这个定律,后来被称为梅耶荷德定律。如果按这个规律来衡量,《疑雨集》所激起的极端情绪,评价的巨大分歧,恰恰证明了《疑雨集》的巨大成功。在研究《疑雨集》时,我们需要“兼听则明”,既要倾听赞许的声音,也要倾听呵斥的声音。关于王彦泓《疑雨集》的研究,对文学评价标准同样是一个挑战。

至于《疑雨集》对后来作家创作影响的材料,可挖掘的空间还非常大,很值得深入探讨。如王士禛对《疑雨集》评价很高,他在《倚声初集》[③]卷十五中指出:“次回艳情诗数百篇,刻画声影,有义山、致光所未到者。”《疑雨集》对王士禛的创作也很有影响,袁枚《再与沈大宗伯书》就曾指出:“次回才藻艳绝,阮亭集中,时时窃之。”如果我们将王士禛的诗和《疑雨集》细加比较,便可明白袁枚所言不虚,遗憾的是,目前这一点尚未见有学者进行学理上的探讨。关于《疑雨集》对鸳鸯蝴蝶派作家创作影响的资料就更多了,二者的关系目前很少有人涉及。大量模仿《疑雨集》写诗的例证表明,王彦泓诗歌的创作已具有独特的个性和鲜明的特色,成为后人师法的对象,而“《疑雨集》体”的提出,表明在接受者的心目中王彦泓的创作已形

① 袁枚:《随园诗话》,人民文学出版社 1982 年版,第 15 页。

② 耿传友:《艳诗该如何对待:由袁枚、沈德潜之争谈中国艳诗的历史命运》,《文艺理论研究》2011 年第 4 期。

③ 邹祗谟,王士禛:《倚声初集》,清顺治十七年刻本,《续修四库全书》第 1729 册。

成了与众不同的风貌和相对统一的风格，自成一体。

由此可见，王彦泓是一位产生重要影响的作家，《疑雨集》是后来不少作家所接受的重要资源，《疑雨集》的文献整理工作，不仅有助于揭示王彦泓作为一个重要诗人的价值，从而唤起一种文学史的记忆，而且对深入研究那些受到《疑雨集》滋养的作家，进而对厘清明清诗史发展的某些脉络，对探讨明清、民国文献之间的传承接续关系，也能提供一些启发。

［原载《苏州大学学报》（哲学社会科学版）2016 年第 4 期］

王次回《疑云集》辨伪

王次回(1593—1642),名彦泓,金坛人。[①] 清乾隆时,袁枚与沈德潜曾因王次回《疑雨集》发生过争论。[②] 关于这场争论,在《中国文学批评史》一类的著作中一般都加以介绍。清末,又出现了署名王次回的《疑云集》。在二十世纪前期王次回诗流行时,就包括《疑雨集》、《疑云集》。[③] 研究者大都认为王次回著有《疑雨集》、《疑云集》。[④] 但也有人对署名王

---

① 参见耿传友:《王彦泓生卒年考》,《古籍研究》2004 年卷下。

② 沈德潜《国朝诗别裁集·凡例》说:"诗必原本性情,关乎人伦日用及古今成败兴坏之故者,方可为存,所谓其言有物也。若一无关系,徒辨浮华,又或叫号撞搪以出之,非风人之旨也。尤有甚者,动作温柔乡语,如王次回《疑雨集》之类,最足害人心术,一概不存。"(清乾隆二十五年教忠堂刻本,《四库禁毁书丛刊》第 158 册)袁枚《再与沈大宗伯书》开头便说:"闻《别裁》中独不选王次回诗,以为艳体不足垂教,仆又疑焉。"(《小仓山房诗文集·文集》卷十七,上海古籍出版社 1988 年版)

③ 笔者根据复旦大学中国古代文学研究中心明集目录卡片提供的线索,到中国国家图书馆、上海图书馆、南京图书馆、南京大学图书馆、复旦大学图书馆、华东师范大学图书馆、上海师范大学图书馆等对《疑雨集》、《疑云集》的版本情况作了仔细的调查,发现在 1905—1936 年,《疑雨集》就被刊印了三十多次,《疑云集》也至少被刊印六次,足见王次回诗在当时受读者喜爱的程度。

④ 据笔者统计,目前研究王次回的论文有四篇:郑清茂《中国文学在日本·王次回研究》(台湾纯文学出版社有限公司 1981 年版)、钟来因《王彦泓探考》(《徐州师范学院学报》哲社版,1985 年第 3 期)、黄世中《王次回"疑云""疑雨"诗探考》(《古代诗人情感心态研究》,浙江大学出版社 1990 年版)、康正果《词淫和意淫:谈王次回及其〈疑雨集〉》(《万象》2001 年第 3 卷第 7 期)。这些论文都把《疑雨集》、 (转下页注)

次回的《疑云集》提出疑问的，例如：徐珂曾指出《疑云集》有22首词实为他的老师俞廷瑛所作，是“奸贾射利，攘师词以附益之，冀使卷帙稍富耳”；①钱锺书先生也敏锐地感觉到，《疑云集》不像王次回的风格，真假难定。②最近笔者发现，《疑云集》中的词竟全部见于清末俞廷瑛《琼华词集》，《疑云集》中的诗也有近200首见于俞廷瑛《琼华诗集》，只不过个别文字略有差异而已。我认为署名王次回的《疑云集》完全是一部伪书，在相当大的程度上实为剽袭、窜改清末俞廷瑛《琼华诗集》、《琼华词集》而成。现试陈管见于下，以期引起相关专家和读者的批评。

一

《疑云集》以“黄山程文远”刊本为最早，扫叶山房石印，题“王次回先生著”。上海图书馆有藏。笔者所寓目的还有上海国学维持社1918刊印《疑云集》(王文濡据程文远刊本点勘，现美国哈佛燕京学社有藏。中国台湾学者郑清茂校《王次回诗集》所收《疑云集》，就是据此本而施以新式标点)、上海大东书局1922年刊印《疑云集》(国家图书馆有藏)、大达图书供应社1935年刊印《疑云集》(上海图书馆有藏)、中央书店1935年刊印《疑云集》(南京图书馆有藏)。它们之间的差异非常微小。另有雷瑨注释、扫叶山房1929年刊印的《注释疑云集》(复旦大学图书馆有藏)。

《琼华诗集》和《琼华词集》题“吴县俞廷瑛筱甫”。上海图书馆有藏。

(续上页注)《疑云集》作为王次回的作品。郑清茂先生整理的《王次回诗集》(联经出版事业公司1984年版)，也正是由《疑雨集》、《疑云集》两部分组成。另外，一些研究唐代文学的学者，在谈到李商隐、韩偓诗歌的影响时，也提到“王次回《疑雨集》、《疑云集》”。如施蛰存《唐诗百话》(上海古籍出版社1987年版，第688页)、刘学锴《李商隐诗歌接受史》(安徽大学出版社2004年版，第463页)等。

① 徐珂：《可言》卷五，《天苏阁丛刊》二集。

② 钟来因：《钱锺书致钟来因信八封注释》，《江苏社会科学》2000年第3期，第115页。

它们被装订为上、下两册，其中上册三卷，皆诗，下册三卷，其中诗一卷，词二卷。

我把《疑云集》与《琼华诗集》、《琼华词集》仔细对勘后发现，《疑云集》中的词竟全部见于《琼华词集》，且词的内容几乎完全相同，只是一部分词题有所不同罢了！今仅把词题不同者列表对照如下（本文所引《疑云集》文字，如不特别注明，皆以"黄山程文远"初刊本为准）：

《疑云集》	《琼华词集》
《南浦·新柳和元甫韵》	《南浦·新柳和边竹潭》
《金缕曲·端己将赴吴中，于余扇头书所作词，画兰一枝，亦题小令，拈此为谢》	《金缕曲·沈子佩昌宇将赴杭州，于余扇头书所作词，画兰一枝，亦题小令，拈此寄谢》
《浣溪沙·姚妹》	《浣溪沙》
《玉蝴蝶·题湘云〈百蝶图〉册子》	《玉蝴蝶·题上虞谢韦舟〈百蝶图〉》
《壶中天·题端己别业》	《壶中天·题山阳段笏林〈秋林习隐图〉》
《点绛仙·京口阻风》	《点绛仙·湖上阻风》
《菩萨蛮》	《菩萨蛮·题宗载之〈陌上寻钿图〉》

《疑云集》中的诗，也有近200首诗见于《琼华诗集》。具体情况如下：

第一，两书内容完全相同。

在《疑云集》和《琼华诗集》中，有些诗两书完全相同。如《游仙》、《春寒》、《射覆》、《投壶》、《扫花》、《品茗》、《忆旧》、《记得》、《偶成》、《雨窗》、《偶作》、《忆梅》、《寻梅》、《赏梅》、《惜梅》、《秋香》、《秋色》、《秋影》、《秋声》、《拟田家诗》、《拟左太冲咏史》、《岁暮述怀》等。这种情况较多，限于篇幅，不再一一列举。

第二，两书内容基本一致，只是个别文字略有不同。

1. 人名、地名的不同。在《疑云集》中，有些诗与《琼华诗集》中的诗只是诗题或诗中的人名、地名不同，其它则基本一致。兹择其要列表对照：

《疑云集》	《琼华词集》
《闺词》"花朝，孝先、彂仲邀赴龙山精舍，作此辞之"（卷一，壬申年）	《闺词》"戊寅花朝，秋珊邀赴治春诗社，作此辞之"（卷二）
《十二月十七日，招云客、孝先、彂仲、端己小饮，成即事一首》（卷一，壬申年）	《十二月十七日，招二屏凤藻、江秋珊、钱子奇国珍、汪咏之昌小饮寓斋，成即事一首》（卷二）
《偕孝先、子巨万束坡酒肆小饮，成四绝句》（卷一，癸酉年）	《偕同人饮于金波桥酒肆，成四绝句》（卷四）
《立春后三日，孝先招同子荆、彂仲、端己饮于龙山精舍，分韵得人字》（卷二，乙亥年）	《戊寅立春后九日，同人宴秦澹如都转缃业于吴山之太虚楼，分韵得人字》（卷二）
《三月七日，小岻山修禊，分韵得毕字》（卷二，乙亥年）	《三月七日，海潮寺修禊，分韵得毕字》（卷四）
《清明日，同人宴集龙山，得七律二首，叠韵》（卷二，丙子年）	《清明日，同人宴集湖舫，得七律二首，叠韵》（卷三）
《戊寅仲冬二日，云客招赏菊花》（卷三，戊寅年）	《戊寅仲冬二日，许星台方伯招赏晚菊》（卷四）
《十二月十九日，孝先召集同人，祝东坡生日于龙山，成七古一首》（卷三，戊寅年）	《十二月十九日，许星台方伯应鏁召集同人，祝东坡生日于吴山，成七古一首》（卷四）
《东坡生日，用小坡〈斜川集〉中〈大人生日〉韵五首，寄孝先，并示里中诸同人。上年十二月十九日，孝先召集同人，祝东坡生日于龙山，余成七古一首，同人约余来岁作东道主。今年滞迹云间，深以莫践前约为憾。青阳逼岁，旅感丛生，回首乡关，益增离索，因作此以寄焉》（卷三，己卯年）	《东坡先生生日，同人依翁覃谿学士苏斋故事，用小坡〈斜川集〉中〈大人生日〉韵五首》（卷二）
《花朝日，删社诸友招饮，予未赴也。翌日，莲公以所作见示，并以不到为讯。次韵报之》（卷三，庚辰年）	《花朝日，秋珊招饮于所居之花坞夕阳楼，予未赴也。翌日，子奇以所作见示，并以不到为讯。次韵报之》（卷二）

2. 时间不同。在《疑云集》中，有些诗只是与《琼华诗集》中的诗写作时间不同，其它则完全一致。如《疑云集》卷二丙子年《元旦试笔》在《琼华诗集》卷三为《辛巳元旦试笔》；《疑云集》卷三戊寅年《元旦立春》在《琼华

诗集》卷三为《丙戌元旦立春》等。

3. 数字不同。在《疑云集》中，有些诗与《琼华诗集》中的诗数字不同，其它则基本一致。如《疑云集》卷三《岁暮述怀》中的“读书二十年，作客二十载”在《琼华诗集》卷三《岁暮述怀》为“读书三十年，服官二十载”。

4. 其它不同。如《疑云集》卷一《玉茗花》只有正文，没有注；而《琼华诗集》卷一《玉茗花》的正文与前者完全相同，却有注：“用《疑雨集》诗意”、“蒋心余先生著传奇九种，《临川梦》其一也”。

二

《疑云集》与《琼华诗集》、《琼华词集》存在如此之多相同或基本相同的作品，这绝不可能是偶然的巧合。这里存在两种可能：第一种可能是《疑云集》剽袭、窜改俞廷瑛的《琼华诗集》、《琼华词集》，第二种可能是俞廷瑛窃王次回的作品以为己作。到底那种可能更为合理呢？我们认为只有第一种可能是符合实际的，即《疑云集》窜改、剽袭俞廷瑛《琼华诗集》、《琼华词集》。主要理由如下：

第一，在《疑云集》中，有些诗的内容完全不合情理、违背事实；而在《琼华诗集》中则不存在这样的问题。我们先看两个例子：

1. 从上文所列表中可以看出，在《疑云集》中，乙亥、戊寅、己卯年都有有关孝先的诗。孝先即于钟元，金坛《于氏族谱》有如下记载：

> 钟元字孝先，号皋羽。菊隐公次子。万历丁酉九月初三日生。居城。廪生。娶宜兴吴氏正国公女，继娶无锡华氏天启乙丑会元琪芳公胞妹。崇祯甲戌六月初二日卒。①

① 《于氏族谱》第十五本，福兼堂梓，清光绪庚辰（1880）重修。南京大学图书馆藏。

在《疑雨集》中，最后提到孝先的诗为崇祯癸酉年的《孝先、韬仲过存病榻，携具为欢，予于枕上劝酬，笑谈弥日，乐而咏之》(卷下)①，甲戌年后孝先再没有出现，这可为族谱的记载提供旁证。孝先既然已经于崇祯甲戌六月初二日卒，他怎可能在其后的乙亥、戊寅年招集同人？王次回怎会在己卯年还寄诗给他？岂非见鬼？而在《琼华诗集》中，我们并没有发现这些诗篇有什么不合情理之处。

2.《疑云集》卷三《戊寅仲冬二日云客招赏菊花》(《琼华诗集》分别作"许星台方伯"、"晚菊"。与《琼华诗集》不同的文字加划黑线以示区别，必要时在括号里加以说明。以下与此相同，不再特别指明)的最后几句为"鲰生不才徒肉食，频年忝侍高人侧。愿从寿客晋寿觞，搴帘笑看南山色"。后有注："云客初度在即。"(《琼华诗集》作"是月十一日，为公七旬大寿")云客即唐宇昭，他是唐顺之的玄孙，唐君瑜的儿子，生万历壬寅(1602)，卒清康熙壬子(1672)。② 王次回生万历癸巳(1593)，卒崇祯壬午(1642)，③比云客年长几乎十岁；从《疑雨集》看，二人辈分相同，相交甚契。他对云客说"鲰生不才徒肉食"已让人觉得不怎么妥当，更何况"频年忝侍高人侧"这样的话呢？而"南山"为祝寿常用之语，用来夸赞人的长寿。在崇祯戊寅，云客仅有三十几岁，到王次回去世时，云客也不过四十一岁，王次回怎能在"云客初度在即"时写出"愿从寿客晋寿觞，搴帘笑看南山色"这样的诗句呢？而作为俞廷瑛写给许星台七旬大寿的诗句，则合情合理，非常妥帖。

第二，《疑云集》有诗三卷，编年，但有些诗的编年与诗中显示的时间完全不符。而在《琼华诗集》中则根本不存在任何问题。如《疑云集》卷三

---

① 本文所引《疑雨集》文字，如不特别注明，皆以国家图书馆藏清康熙刻本为准。

② 参看唐鼎元编：《明唐荆川先生年谱》，1939 年铅印本，《北京图书馆馆藏珍本年谱丛刊》第 47 册。

③ 《三旌义门王氏族谱》卷五，清刻本，国家图书馆藏。袁枚、沈德潜误把王次回作清朝人，拙文《王彦泓生卒年考》(《古籍研究》2004 年卷上)对此有具体考证。

戊寅年有《元旦立春》：

> 蜡鼓送残年，新声到耳边(《琼华诗集》为“甲子从头数，重逢丙戌年”)。欣当椒酒暖，恰称菜盘鲜。佳节诚难遇，韶光倍可怜。凭栏闲觅句，且自学坡仙。

上文已提到，王次回生万历癸巳(1593)，卒崇祯壬午(1642)，如果《疑云集》真是王次回创作的话，《元旦立春》当作于崇祯戊寅。按照历法常识，以公元月日计算，立春在每年的2月3—5日交节。根据《两千年中公历对照表》，[①]崇祯戊寅“元旦”(农历正月初一)为公元1638年2月14日，根本不可能是立春日。古人对节气的变化比现代人敏感得多，以常理言，是不会把立春时间搞错的，特别是“春朝岁旦”这样容易给人留下深刻印象的情况。王次回绝不可能在戊寅年写出《元旦立春》这样的诗来！这首诗在《琼华诗集》作《丙戌元旦立春》。《琼华诗集》前有俞廷瑛自序，序云：

> 予于咸丰乙卯编次所作古今体诗八卷，名之曰《琼华集》。庚申之变，罹于兵火。厥后，流离迁徙，转入戎幕，飞书弛檄，日昃不遑，风雅之途，几若冰炭。同治癸亥，以署鄞县丞事，由衢州至宁波。阅十有三年，始迁杭州。其间存诗无几。迨光绪丁丑，同人招要入社，东涂西抹，作三五少年伎俩。然仕宦不进，才亦浸退，视昔所编次者，有不及无过之矣。乃复珍而惜之，录而存之，不啻以千金视敝帚者。殆孟氏所谓失其本心者欤！

---

① 薛仲三、欧阳颐：《两千年中公历对照表》，生活·新知·读书三联书店1956年版。《疑雨集》卷上崇祯戊辰年《新岁竹枝词》之二云：“春朝岁旦古难并，十九年来见两巡。记得簸钱时未远，对门除夕看迎春。”根据《两千年中公历对照表》，崇祯戊辰元旦(这里的“元旦”，指农历正月初一)为公元1628年2月5日，而十九年前的万历己丑元旦为公元1609年2月4日，都为立春日，与诗句“十九年来见两巡”完全相符。

据此序文可知，俞廷瑛主要生活在清咸丰、同治、光绪间，丙戌当为光绪丙戌(1886)，而这一年的“元旦”(农历正月初一)为公历2月4日，正是立春日。显然，只能是《疑云集》窜改《琼华诗集》。再如，《疑云集》卷一《十二月十七日，招云客、孝先、韬仲、端己小饮，成即事一首》“缇室早报葭灰飞，滕六未放阳春回”后有注：“逾冬至将一月”(《琼华诗集》作“上月十八日冬至后”)，这首诗在壬申年下，根据《两千年中公历对照表》，崇祯壬申年十二月十七日为公元1634年1月26日，按历法常识，崇祯壬申年冬至交节在公元1633年12月21—23日，崇祯壬申年十二月十七日逾冬至已一月有余，而非“将一月”。而在清光绪丁丑(1877)，十一月十八日为公元1877年12月22日，正是冬至日，这与《琼华诗集》中“上月十八日冬至”相吻合。这也说明是《疑云集》窜改《琼华诗集》而非相反。

第三，在《疑云集》中，有些诗的题目与内容根本不符，而在《琼华诗集》中完全吻合。如《疑云集》卷二崇祯丙子年有《清明日同人宴集龙山，得七律二首，叠韵》：

> 有约龙山(《琼华诗集》作“苏堤”)共探春，平明策骑向湖滨。已过上巳刚三日，小聚同朋只四(《琼华诗集》作“十”)人。打桨中流桃叶远，插檐一路柳条新。持杯笑看苍鳞色，烟雨空蒙画入神。
>
> 记否当年共赏(《琼华诗集》作“赋冶”)春，酒船风阻泊江滨。难从流水寻残梦，应有垂杨识旧人。裙屐一时酬唱在，峰峦千古画图新。主张端属于东海，万卷罗胸笔有神。

“上巳”是指农历三月三日；诗中说“已过上巳刚三日”，表明这一天为农历三月初六。然而，根据《两千年中公历对照表》，崇祯丙子三月初六为公元1636年4月11日，清明已过了好几天。可是，从诗题看，这两首诗显然写于崇祯丙子清明。简直是牛头不对马嘴！从“平明策骑向湖滨”、“打桨中流桃叶远”、“持杯笑看苍鳞色”、“难从流水寻残梦”的诗意看，宴集的地方也应在湖上的船里，而非在山上。而且，从“记否当年共赏春，酒船风阻泊江滨”、“难从流水寻残梦”、“裙屐一时酬唱在”看，诗人和现在宴集的一些朋友曾经有过类似的活动，并且有过唱和，而在《疑雨集》中，王次回根本没有和朋友在船上宴集的丝毫迹象，更没有相关的诗篇。而就《琼华诗集》而言，诗题与诗中描写的内容完全吻合，根本不存在丝毫问题。

我们还可举一些旁证。徐世昌编《晚晴簃诗汇》收有俞廷瑛《拟太冲咏史》二首、《落叶》二首，这四首诗也见于《疑云集》，且内容完全一致。① 吴唐林辑《侯鲭词》中有俞廷瑛《琼华室词》，其中的 22 首词与《疑云集》基本相同，只是个别文字略有差异。② 谭献辑《箧中词续》曾提到吴唐林辑《侯鲭词》，并且选录了俞廷瑛《琼华室词》中的《买陂塘》，这首词与《疑云集》中《买陂塘》完全相同。③ 而且，叶恭绰编《全清词钞》，也选了俞廷瑛的这首《买陂塘》。④

上述内容足以说明，《疑云集》与《琼华诗集》、《琼华词集》相同或基本相同的作品，只能是《疑云集》剽袭、窜改《琼华诗集》、《琼华词集》，而绝不可能相反。

三

除了上文所涉及的以外，在《疑云集》中，还有其它一些和事实不符、与《疑雨集》相矛盾之处，甚至自身前后相冲突。兹列其显误者如下：

第一，《疑云集》卷三己卯年有《四不愁诗》三首，其中第二首为：

> 我今登山殊不愁，振衣千仞开双眸。九点烟觉齐州小，一杯水看沧海浮。万里空明无一障，只有星斗在头上。三年阁笔不吟诗，今日仰天发高唱。

---

① 《晚晴簃诗汇》卷一百六十八，中华书局 1990 年版，第 7339—7340 页。

② 《侯鲭词》，清光绪刻本。复旦大学图书馆有藏。

③ 《箧中词续》卷二，《箧中词》，清光绪刻本，《续修四库全书》第 1732 册。

④ 《全清词钞》，中华书局 1982 年版，第 1381—1382 页。

诗人既然说“三年阁笔不吟诗”，按理说他在此之前的三年应该停止了写诗。《疑雨集》在丁丑、戊寅和己卯三年确实没有诗，而在《疑云集》中，《四不愁诗》之前己卯年就有《人日同人小集，分咏昌黎人日诗韵》、《海棠词》、《春思》等三首，丁丑年有诗六十二首、戊寅年有诗三十九首。诗人焉能如此健忘？《人日同人小集，分咏昌黎人日诗韵》、《海棠词》、《春思》等三首，因与《四不愁诗》同为己卯年所作，存在顺序颠倒的可能性，我们暂且抛下不论，《疑云集》戊寅年、丁丑年的诗和《四不愁诗》必有一伪或两俱伪。

第二，《疑云集》卷三己卯年有《哭叔闻》一首：

> 每谓君才晚必伸，哪知天竟丧斯人。酒杯尚忆生前兴，诗卷空余箧里春。白马未能棺次哭，炙鸡终拟墓前陈。年来亲串多乖忤，目断江云泪满襟。

叔闻是王鐕的字，《疑雨集》曾多次提到他。署“虞山钱谦益撰”的《王叔闻先生诗钞序》说：

> 鐕，字叔闻，金坛人。恭简公樵之诸孙也。数踏省门，不得举，闭门下键，读书尚志，欲期古人于千载之上。……乱后，每抠衣循发，以不即死为耻。悲歌流涕，有沉渊立槁之志。一日，从里人饮，大醉，病卧三日，遂不起。丁亥之九月也，年已七十矣。[1]

《三旌义门王氏族谱》记载王鐕卒于丁亥九月二十五日，与此一致。王次回卒于明崇祯壬午，这有充分的证据；叔闻亡于顺治丁亥，这也不容置疑。王次回怎能写出《哭叔闻》这样的作品呢？

第三，《疑云集》卷一甲戌年有《续梦辞》十二首，第十二首为：

---

① 《王叔闻先生诗钞》卷首，清乾隆七年(1742)清芬堂刻本，《四库禁毁书丛刊》第165册。

月华才调迥超群，占得芳姿胜几分。绀雪作肤融暖玉，碧罗倚酒带春云。迎来桃叶春深渡，拜倒石榴艳夺裙。探喜良朋狂不已，宏农乐府拟云云。（注：阿姚来归，同人日来探喜。乐府有《宏农得宝歌》，为玄宗得太真而作。）

诗的前两联夸赞阿姚才调超群，美丽不凡；后两联是说迎来阿姚，良朋探喜。假如这首诗确实是王次回写的话，当写于迎来阿姚之后，诗中的注也说明这一点。《疑雨集》崇祯乙亥有诗《阿姚之归，凡同心皆为予喜，而向来知其事者端已、韬仲叔也。于其来贺，赋谢一章》（卷下），在此之前，乙亥年还有诗《金缕曲》四首、《劝驾词》十二首、《病讯》四章。《金缕曲》有"东归青鸟报欢音，喜字回环寓意深"之句，表达的是佳期已定、等待阿姚来归的喜悦心情；《劝驾词》也只能写在阿姚准备来归之时；《病讯》更是清清楚楚地说"无端娇病减琼姿，正压钿车欲驾时"。在乙亥年，王次回尚在为等待阿姚来归而喜悦，阿姚还在"欲驾时"，怎么可能在甲戌年就"阿姚来归，同人日来探喜"呢？很是让人惊诧！

综上所述，《疑云集》属于伪书，殆无疑义。

四

这里有一点需要特别说明。我们在上文以《疑雨集》作为《疑云集》辨伪的证据材料之一，然而《疑雨集》的刊刻时间最早不早于康熙庚午，在此以前，其主要以抄本的形式广为流传。[①]《疑云集》和《疑雨集》之间存在的矛盾，会不会是因为《疑雨集》在传抄过程中出现了增减、改动呢？

我曾对可能收有王次回诗词的总集、选集作了较为仔细的调查，至今尚未发现支持上述疑问的材料。退一步说，即使《疑雨集》在传抄过程中

① 参看侯文灿《〈疑雨集〉序》、严绳孙《〈疑雨集〉序》，《疑雨集》卷首，清康熙刻本。

出现了增减、改动，也不会动摇上述的结论。这是因为：我们说是《疑云集》窜改、剽袭《琼华诗集》、《琼华词集》而非相反，最重要的根据是其与常识、客观事实相违背之处。

那么，作伪者是靠什么手段使一般的读者，甚至相关的研究者相信《疑云集》是王次回的作品呢？下面我们对此略加解释，以便进一步揭露作伪者的伎俩。

首先，《疑云集》出现之时也正是王次回《疑雨集》风靡之时，借用所谓李定《疑云集序》的话就是“万人万遍，脍炙人口”。① 有的书商觉得有机可乘，便伪造王次回的作品以射利，这虽然可恶，但也不足为怪。王次回是以写艳体诗著称的，提起他的《疑雨集》，读者也多着眼于其中的香艳之作；而在中国的文化背景中，“云”、“雨”常常结合在一起，表示特定的含义。一个已经对《疑雨集》有了一点了解的读者，当听说王次回还有《疑云集》时，他第一反应恐怕并不是考虑其真假，而是觉得这是非常自然的事情。

其次，作伪者之所以选择俞廷瑛的作品作为伪造《疑云集》的基础，显然是经过仔细琢磨的。第一，俞廷瑛对《疑雨集》非常熟悉，并在具体的创作中从《疑雨集》中汲取养分，这使得他的有些作品烙有《疑雨集》影响的痕迹。上文提到《琼华诗集》卷一《玉茗花》诗中的注“用《疑雨集》诗意”可以证明这一点。第二，《琼华诗集》中有些诗与王次回的身世恰巧暗合。如《琼华诗集》卷四有一首《遇邻媪》，这首诗没有作任何改动而被编进《疑云集》（卷一）：

> 西邻有媪鬓如丝，曾见侬家全盛时。四壁芸香书估集，一年花事酒人知。金笺满座催诗早，玉笛深宵按曲迟。今日天涯共沦落，不堪回首更寻思。

① 《疑云集》卷首，清末扫叶山房石印本。

从王次回的身世看这首诗，几乎完全吻合：王次回出身于名门望族，高祖王臬、曾祖王樵、从祖王肯堂都中过进士，他们在政治、文化上都有一定的影响，王家确实经历过"全盛时"——这是稍作考察就能了解到的，说王家当时"四壁芸香书估集，一年花事酒人知。金笺满座催诗早，玉笛深宵按曲迟"，当然并不为过；而在《疑雨集》中，很多诗篇弥漫着哭穷的调子，王家显然已经"沦落"，自然也就"不堪回首更寻思"了。如果仅从作者的经历判断，谁又能想到这首诗不是王次回所作呢？第三，俞廷瑛在社会上的影响不大，他的诗词知道的人不会很多，以此作伪，不容易被发现。

再次，作伪者对《疑雨集》相当熟悉，可以说作过一番非常细致的研究。如《疑云集》对《琼华诗集》、《琼华词集》人名、地名的窜改，显然都是根据《疑雨集》而来。而当人们阅读《疑云集》时，这些人名、地名无疑在向读者暗示着它们和《疑雨集》的联系，使读者觉得"游迹朋好，与前悉符"。[①] 除此之外，作伪者还费尽心机，仿照《疑雨集》创作作品。如上文提到的《续梦辞》"月华才调迥超群，占得芳姿胜几分"这首诗，就是模仿《疑雨集》卷下《阿姚之归，凡同心皆为予喜，而向来知其事者端已、韬仲叔也。于其来贺，赋谢一章》。这无疑使人觉得，《疑云集》在格调、用语等方面也与《疑雨集》相似，从而进一步蒙骗了一般的读者，甚至相关的研究者。

（原载《中国典籍与文化》2006 年第 3 期）

① 朱太忙：《王次回〈疑云集〉序》，《王次回〈疑雨集〉》卷首，大达图书供应社 1935 年版。

族谱中所见王次回家世资料

王次回(1593—1642),名彦泓,金坛人。① 他是一位引起过很大争议的作家:一方面,他的诗受到众多读者的喜爱和一些著名文人的很高评价;②另一方面,他的诗也不断受到批评,甚至强烈的抨击。清乾隆时,袁枚、沈德潜的争论正是这两方面意见的直接冲突。③ 王次回在国外也产

---

① 参见耿传友:《王彦泓生卒年考》,《古籍研究》2004年卷下。

② 笔者根据复旦大学中国古代文学研究中心明集目录卡片提供的线索,到中国国家图书馆、上海图书馆、南京图书馆、南京大学图书馆、复旦大学图书馆、华东师范大学图书馆、上海师范大学图书馆等对《疑雨集》版本情况作了仔细的调查,发现在1905—1936年,《疑雨集》就被刊印了三十多次!足见其在当时受读者喜爱的程度。相关资料很多,可参看耿传友《王次回:一个被文学史遗忘的重要诗人》(《中国韵文学刊2006年第3期》)。

③ 袁枚《再与沈大宗伯书》开头便说:"闻《别裁》中独不选王次回诗,以为艳体不足垂教,仆又疑焉。"(《小仓山房文集》卷十七,《小仓山房诗文集》下,上海古籍出版社1988年版)沈德潜《国朝诗别裁集·凡例》中说:"诗必原本性情,关乎人伦日用及古今成败兴坏之故者,方可为存,所谓其言有物也。若一无关系,徒辨浮华,又或叫号撞搪以出之,非风人之旨也。尤有甚者,动作温柔乡语,如王次回《疑雨集》之类,最足害人心术,一概不存。"(清乾隆二十五年教忠堂刻本,《四库禁毁书丛刊》第158册)

生了一定影响,被称为“中国的波德莱尔”。① 近年来,随着文学观念的变化和中国古代文学研究的深入,王次回开始引起国内外一些研究者的关注,并发表了一些研究成果,如钟来因《王彦泓探考》、黄世中《王次回“疑云”“疑雨”诗探考》、郑清茂《王次回研究》、美国耶鲁大学康正果《词淫和意淫:谈王次回及其〈疑雨集〉》等。② 这些论文都对王次回的家世作了考述,但由于受到资料的限制,均存在一些问题:郑先生对王次回家世的介绍非常简略,甚至未提王次回祖父、父亲;其他几位先生都认为王次回的祖父为王樵、父亲为王肯堂,而这与王次回《疑雨集》的内容相矛盾。③ 笔者最近得以阅见的《三旌义门王氏族谱》,有很多有关王次回的资料,它基本上可以帮助我们弄清楚王次回的家世,这对正确理解王次回的诗歌是

① 最早把王次回与波德莱尔相提并论的为日本作家永井荷风,他在《初砚》中说:“我文坛之好西洋艺术者,恒谓中国之诗,如非故炫清寂枯淡之气,就强作豪壮磊落之概,一无道出人类胸中之奥秘弱点者。此或得之。然试翻王次回《疑雨集》,全集四卷,悉皆情痴、悔恨、追忆、憔悴、忧伤之文字。其形式之端丽,辞句之幽婉,又其感情之病态,往往可与蒲特雷(Charles Baudelaire,1821—1867)相对抗。在中国诗集中,吾不知尚有如《疑雨集》之富于肉体美者。蒲特雷《恶之花》(Les Fleurs du Mal)集中横溢之倦怠颓唐之美,盖可直移之为《疑雨集》之特征也。”(转引自郑清茂《中国文学在日本·王次回研究》,台湾纯文学出版社有限公司1981年版,第251—252页。蒲特雷,一般译作波德莱尔)而永井荷风的观点为现在一些西方的学者所认同,如美国哈佛大学的韩南教授,干脆称王次回为“中国的波德莱尔”。(韩南:《中国近代小说的兴起》,徐侠译,上海教育出版社2004年版,第221页)

② 钟来因:《王彦泓探考》,《徐州师范学院学报》(哲社版)1985年第3期;黄世中:《王次回“疑云”“疑雨”诗探考》,《古代诗人情感心态研究》,浙江大学出版社1990年版;郑清茂:《中国文学在日本·王次回研究》,台湾纯文学出版社有限公司1981年版;康正果《词淫和意淫:谈王次回及其〈疑雨集〉》,《万象》第三卷第七期,2001年7月。

③ 王次回《送王叔父北上兼和来韵》(《疑雨集》卷下)说:“狂澜文运已多年,正赖如椽力挽牵。金马敢为家旧物(自注:先太史己卯、己丑,故祝家叔以丁卯、丁丑),火牛频遇圣朝怜(自注:先高祖正德丁丑,先伯父万历丁丑)。吾宗自爱诗传钵,臣叔尤耽易绝编。堪报先公还一事,表章经学御筵前。”查《明清进士题名碑录索引》,明正德丁丑科第二甲第十七名为金坛人王皋。据《明史·王樵传》载,王樵为王皋之子,王肯堂之父,既然王皋为王次回的高祖,那么王樵当为王次回曾祖父,而非祖父,王肯堂也就不可能是王次回的父亲了。

大有裨益的。

《三旌义门王氏族谱》收藏于国家图书馆，十册十四卷，清光绪庚辰(1880)刊，木活字本。据该谱卷四世系表，王次回属十三世，他的父亲为王楙锟，祖父为王启疆，曾祖父为王樵。该谱卷五有王楙锟的详细传记：

> 任九讳楙锟，后更讳历昌，字伯弢，别号瀣生，亦称癸源。戊十四公长子。性姿警敏，博极群书。君自幼即濡染家学，祖研父书，生而习之，殆鸷鸟之禀气于掷卵时也。所著有《羼提集》。诗文在徐、庾、温、李之间，而抒之以性灵，标之以迥悟，采春华者却步焉。领万历癸卯乡荐。君门阀既高，方壮岁登科，兼才名倾一时，旁观拭目，谓将继太史公而起，骎度骅骝前矣。其后竟用数奇，伏枥以老。晚由学博迁南安令。南安故仕国，君用柱后惠文抨击豪强，无所避。有富人黄沧溪者，怒于郑公子鏶，鏶父毓麒官户部郎，居乡横甚，惑于其子肤诉，乃亲率苍头庐儿数十人，擒沧溪于其家，立扑杀之，而弃尸于道不收。君闻，为列上其事于两台，逮捕郑鏶对狱。鏶匿不敢出。两晋士大夫为郑父子居间求解者百端。终不听，追讨益峻。久之，购铨部某公书至，请移狱家人，且要君以美迁。自持关节已到，乃出官就讯。比狱具，毓麒论死，鏶及家人俱从坐有差。方虑狱时，士民观者数千，见君讫法，欢声若雷。而衔君者于是切骨矣。无何蝎谮，语闻京师，会考察，遂摭他事为科道纠拾，坐赃至万余金。后虽遇赦豁免，而其家竟用是毁。有是哉，强项吏之不可为也！生嘉靖丙寅年八月二十二日，卒崇祯己巳年九月十六日。配姜氏，封孺人，生隆庆丁卯年十月十八日，卒崇祯癸酉年九月二十九日。①

王楙锟小传中提到的官户部郎郑毓麒，为万历壬子(1612)举人，万历丙辰(1616)进士。王楙锟任南安令的时间为天启癸亥(1623)，而其为科道纠

① 《三旌义门王氏族谱》卷五，清光绪刻本。

拾，在天启乙丑(1625)。[①] 王楙锟大概在崇祯登基时遇赦豁免，钱谦益《列朝诗集》所收王叔闻《读从兄南安令崇祯太平曲有感》也有相关的记述：

洗眼乾坤正，回头日月新。百年垂半日，千载中兴辰。凤下辉堪揽，河清颂好陈。真逢击壤乐，犹欲叩阍申。忆昨衣冠祸，将舒刀锯嗔。风云资腐质，霜露落饕唇。兰锜三官拟，铜封五等频。倾储窃弓玉，空匦赐麒麟。金虎通严寝，城狐列要津。貔貅符悉绾，鹰隼翅虚振。对簿陈公老，收资萧傅贫……[②]

王樵《方麓集》说"居官如江心之舟"，[③]王次回的父亲王楙锟因秉公执法而遭诬陷的经历正是此最好的注脚。了解王楙锟的上述情况，对理解王次回的一些诗作是非常有益的。这里有几点非常值得重视：第一，王楙锟的遭遇给王家带来灾难性的后果："其家竟用是毁。"家境的急剧变化使王次回对人生、对社会、对世情产生了一种不同寻常的感受和体验，王次回诗中的穷愁悲叹，一部分是与此相联系的。如《感怀杂咏》四首(《疑雨集》卷上)：

何处青林好(一作可)卜居，布帆空载一船书。埋文有冢惭吞凤，避债无台敢食鱼。贫骨岂容仙药换，牢愁难借妙言除。临邛四壁今如此，谁更同时识子虚。

旅梦初回百恨新，寸肠焚绝泪成冰。穷途易感如杨子，旧里难归似柏人。骏价有谁沽死骨，鲸波无分活枯鳞。多愁髀肉空如削，跃马何曾及病身。

---

① 参看《泉州府志》，清乾隆二十八年(1763)刻本。

② 钱谦益：《列朝诗集》丁集第十四，顺治九年毛氏汲古阁刻本，生活·读书·新知三联书店1989年缩版影印。

③ 王樵：《方麓集》卷九《与长男启疆书》，《四库全书》本。

梯攻百道是愁心，痛饮排愁肺病侵。无计散怀惟恸哭，难持孤愤寄登临。雪封客舍炊烟断，风度僧寮药气深。世味如茶尝欲遍，剩余残骨付（亦作一）哀吟。

病骨巉岩又见春，百忧丛集未亡身。朋欢散尽清言绝，家信来疏恶梦频。永夜独醒如露鹤，他年相吊只秋蝇。蒲团欲觅消除法，心似惊波恨（一作泪）转新。

诗中有因家难而陷入贫困境地的哀愁，有才华满腹而无人赏识的痛苦，有对人情冷暖的感喟，也有对命运乖谬的愤懑与抗争。诗人的感情犹如愤怒的海啸，肆意奔流，其中裹挟着浓郁的失望和无奈。不难看出，诗人与现实的冲突是多么的剧烈，环境对人性的压抑是多么的严酷！由于以前的研究者对王次回家世或缺乏了解或认识错误，他们对王次回这一类诗所作的有些推测距事实甚远。第二，王楙锟“诗文在徐、庾、温、李之间，而抒之以性灵，标之以迥悟”，这无疑对王次回的诗歌创作产生一定影响，王次回之所以能够成为中国艳体诗的集大成者，[①]恐怕与这种家庭背景不无关系。

该谱卷五还有王次回的祖父王启疆的传记：

戊十四公讳启疆，字宇定，别号栗庵。丙九公之冢子。少善属文，下笔千言，如吐宿构，每试于有司，文辄先成，奏卷常在第一，比发案，名亦在第一，往往以是倾其流辈焉。公食饩最早，追以明经谒选，年犹未登，强仕。主爵者惜其年富，劝且藏器待时，公殊不顾。选浙江平湖训导，迁福建漳州府教授，以两台交荐，升彰德府涉县知县。为政宽简，涉人安之。会有巡方者操切其属人，不能堪。时恭简公致政家居，公以亲老乞终养。归子舍三年，得肺疾，先恭简公一月而卒。后用子官赠文林郎。生嘉靖丙午年三月二十六日，卒万历乙亥年七

① 李祥：《〈疑雨集〉注序》，《〈疑雨集〉注》，扫叶山房石印本。

月二十七日。配贺氏，赠太孺人，生嘉靖乙巳年七月二十五日，卒万历戊申年九月三十日。①

王樵《方麓集》有《与长男启疆书》二十二则，信从王启疆到平湖任学官始，至他任涉县知县止，其内容可与族谱互相补充。上引王启疆的传记说他任涉县知县时"为政宽简，涉人安之"，这在《与长男启疆书》第二十二则中有具体的记述。王樵写道："河南宪司承差樊嘉谟来言……汝革商税，革加耗，小民十分感颂。因汝告归侍亲，俱赴上司保留，又求我致书止汝，得汝在涉县多做一年官，实百姓之福。我闻言感动，特笔相慰。民心如此，端不可负之。爱民之事，尤须行之有终，使实惠法及人而后可。勉之！勉之！"②读至此，我们不难理解王次回的父亲王棥锟为什么会不惜得罪权贵而把郑毓麒父子正法。而正因为此，王棥锟的悲惨结局更值得同情和深思。

王次回有个哥哥，族谱中这样记载：

元三讳彦泱，字孟原。任九公冢子。生而夙慧，见者莫不有宁馨之叹。恭简公奇爱之，为作《字说》。束发食糈，文誉籍甚胶庠。三试京兆，一中副榜。未几遘疾卒，玉折兰摧，人以为恨焉。生万历乙酉年闰九月初十日，卒万历辛亥年正月初一日。配于氏，为如庵公女，孀居，常依止母家，贞操三十年，为中外所仰。既殁，族姻私谥为端介洁肃，生万历戊子年五月初七日，卒崇祯庚辰年六月初五日……③

《三旌义门王氏族谱》也有王次回高祖王臬、曾祖王樵、叔祖王肯堂的传记，且篇幅很长，特别详细，因他们的事迹《明史》有载，④这里不再

① 《三旌义门王氏族谱》卷五，清光绪刻本。

② 王樵：《方麓集》卷九《与长男启疆书》，影印文渊阁《四库全书》本。

③ 《三旌义门王氏族谱》卷五，清光绪刻本。

④ 《明史》卷二百二十一《王樵传》，中华书局1984年版。

转述。

这里需要解决一个问题：国家图书馆所藏的《三旌义门王氏族谱》刻于光绪庚辰(1880)，离王次回的时代已有二百多年，其所记载的有关王次回家世的资料是否可信呢？我们的回答是肯定的。第一，现在所见到的《三旌义门王氏族谱》虽刊于光绪庚辰(1880)，而据该谱卷十四《书后一条》，我们前引《三旌义门王氏族谱》中王次回家世的资料却是依照旧谱“重缮付较”的。而据该谱卷四《增修族谱记》，这些资料都来自于康熙庚戌(1670)所修之谱。第二，我们上文提到的《方麓集》、《列朝诗集》、《明史》等书中有关王次回家世的资料与《三旌义门王氏族谱》的记载都是一致的。第三，焦竑《南京都察院右都御史方麓王公行状》有这样的叙述：

> 公讳樵，字明逸，别号方麓。……子四：长启疆，以选贡为涉县令，先公卒，娶按察使贺公邦泰女；次肯堂，翰林院检讨，余同籍进士，娶都察院都事于公明照女；次干城，娶尚宝卿靳公弘女；次岳升，娶云南守张公祥鸢女，皆邑诸生。女一，嫁马震器，早卒。孙五：长懋锟，娶司寇姜公宝孙女；次懋锟，娶汝州同知蔡公近仁女，启疆出；次懋镔，娶处士虞公一凤女；次懋锷，娶贡士孙公云仍女，干城出；次镜，娶余女，岳升出。皆诸生。孙女四，婿为荆本端、孙胤蕃、周绳祖、虞大复。曾孙四：彦湞、彦泓，懋锟出。……①

这与《三旌义门王氏族谱》的相关内容完全相同，也证明族谱的记载是可信的。

（原载《文献》2007年第1期）

① 焦竑：《澹园集》卷三十三，中华书局1999年版。

论晚清民国王次回诗歌的流行

在中国文学发展的历史长河中，作家的穷通和作品的显晦存在着很复杂的情况。有的作家一登上文坛便迅速成为耀眼的明星，他的作品自始至终保持着盛誉；有的作家仅像一颗流星，经历了短暂的闪耀之后便消失在茫茫夜空中了，其作品最终成为无人问津的一堆故纸；有的作家在世时遭到冷落，其作品后来因偶然的机缘被读者发现和重视，最终在文学史上获得一席之地；还有的作家声名随时代潮流的变化而高低起伏，其作品的命运也与之相应和，时而非常流行，时而又被无情的历史浪潮淹没，回环往复，如钟摆般摆动。① 王次回和他的《疑雨集》就属于最后这一种情况。

王次回（1593—1642），名彦泓，江苏金坛人。自明末以来的三百多年间，王次回《疑雨集》曾经历两次流行过程。一次是清初。王次回在世时，他的诗歌只在很小的范围流传，声名不显，但到清初时，其影响越来越大，受到较为普遍的推崇。王士禛、严绳孙、朱彝尊和陈维崧等著名文人都给王次回诗以很高评价，王士禛和纳兰性德等人的创作亦曾受到王次回诗歌的滋养和启发。第二次是晚清民国。随着时间的推移，到乾隆时王次

① 关于作家穷通和作品显晦的复杂情况，已有不少学者作过探索。参见程千帆：《古诗考索》（与《唐代进士行卷与文学》合刊），商务印书馆 2014 年版，第 193—210 页；童庆炳等主编：《文学经典的建构、解构和重构》，北京大学出版社 2007 年版；詹福瑞：《论经典》，人民文学出版社 2015 年版。

回诗歌受到的批评越来越多，不像清初那样受到推崇了。但到了清末，王次回的诗歌再次走红，《疑雨集》屡经翻印，受到非常广泛的欢迎和较为普遍的称誉，并成为很多人写诗的范本。虽经历过两次洗礼，但王次回《疑雨集》的"经典化"并没有真正完成，随着抗日战争的爆发，其影响逐渐减弱，慢慢从人们的阅读视野里消失，新中国成立以后很少再有人提起他。近十多年来，王次回又开始再次受到关注，并渐入学术研究领域，被写进文学史著作。[①] 王次回声名的升降起伏，足以发人深省，笔者曾撰文作过初步研究。[②] 随着一些新资料的发现，笔者认为有些问题还需要进一步思考，特别是晚清民国的"王次回热"，潜藏着有待发掘的丰富内涵，对于文学史实丰富复杂面貌形成过程的认识有着较为重要的启示意义，对于已有文学史研究观念和评价标准的反思也不无益处。

一 传播和阅读

1921年，朱瘦月发表《不羡鸳鸯室诗话》，其中有一段文字涉及王次回《疑雨集》的刊印和销售情况：

> 《疑雨集》初为苏州木刻袖珍本，长、广均三寸余。清光绪末扬州吴梦兰主京师《国学萃编》月刊时，特遍征题词，用铅字排印，式颇精雅，继上海扫叶山房、著易堂、文瑞楼、文明书局、朝记书庄各家皆有石印本。扫叶、文明因是书销行逾百万册，为牟利计，更延通人笺注，另行出版。[③]

① 参见章培恒、骆玉明主编：《中国文学史新著》，复旦大学出版社、上海文艺出版总社2007年版，第242—246页。

② 参见耿传友：《王次回：一个被文学史遗忘的重要诗人》，《中国韵文学刊》2006年第3期。

③ 朱瘦月：《不羡鸳鸯室诗话》，《小说月报》1921年第7卷闰五月增刊。

扫叶山房、文明书局两家销售的《疑雨集》就超过百万册，足见其受读者欢迎的程度。此后，不仅朱瘦月提到的一些刊本一版再版，[①]而且出现了一些新的刊本，如上海扫叶山房(1926)、上海启智书局(1934)、上海中央书局(1935)、上海大达图书供应社(1935)都出版过新式标点本。自清光绪三十一年(1905)叶德辉重刻《疑雨集》以来，至1935年止，《疑雨集》的正式印行当达数百万册，王次回诗歌在此期间拥有的读者数量，毫无疑问要比《疑雨集》印行的数字多出几倍，当以千万计，可以说出现了"王次回热"。

王次回《疑雨集》现存版本提供了丰富的读者信息。首先，一些现存的《疑雨集》曾为名人藏书。北京大学图书馆有一部《疑雨集》残本，是王国维藏书，中有王国维题记："此系大兴朱少河先生锡庚家旧钞，虽非足本而较胜坊刻。"收藏于国家图书馆的五知堂板《疑雨集》，书前有"钿佩仙馆印"，当为吴梅旧藏，书中有一些批点，指出刊刻之误，如卷三末尾批曰："有佳酿苦无善肴，以《疑雨集》三卷下酒三升。"由此可见，王国维、吴梅都曾是《疑雨集》的爱好者。其次，晚清民国新刊印的《疑雨集》一般会有新的序跋，而序跋的作者毫无疑问都读过《疑雨集》，有的还对《疑雨集》用功甚深。如朱太忙弱冠时"即熟读《疑雨集》不啻数十过"，"于是有纂《艳体诗汇选》之意"。[②] 再次，有的刊本还附录题辞或批点。如京都国学萃编社在清宣统元年(1909)刊行的《疑雨集》就附有一册《疑雨集题辞》，内容包括"序"三篇、"题词"九十六篇，作者有江峰青、沈宗畸、吴清庠、王谢家、王佺孙、金绶熙、朱点衣、定信、令汝楫、李维藩、王潜刚、郑钟琪、阿邻、韩叔密、戴坤、史恩培、金葆桢、张仁寿、陈寅、钟绳武、李靖国、李盛基、孙奇、张瑞毓、陈索然、王延钊、孙熙鼎、吴仲、汪笑梅、沈雯、勒德慧、畹兰女史、赵静芙、晨风阁侍史兰睇、袁祖光、叶玉森、余际春、吕调元、张其镃、张瑜、

① 如上海文明书局1918年初版的《王次回疑雨集注》，至1930年已出至第六版。

② 朱太忙：《疑雨集序》，朱太忙校阅《王次回疑雨集》，大达图书供应社1935年版，第1页。

沈豫善、童闰、朱素贞等四十三人，这些序文和题词的作者都是“王次回迷”。

翻阅、检索晚清民国的图书，我们可以频繁地发现王次回的踪影。在《玉梨魂》中，徐枕亚借梦霞之口称赞《疑雨集》“情词旖旎，刻露深永”。[①]张恨水《春明外史》有数处提及《疑雨集》，如第三十七回写李冬青看到杨杏园登在报纸上的《乍见》三首，便寄信给他，认为这三首诗“文情并茂，置之《疑雨集》中，几不可辨矣”，并随信附诗三首，其二为：“才子佳人信有之，洛妃颜色次回诗。低吟光动惊鸿句，我亦倾心乍见时。”[②]李冬青把“次回诗”与“洛妃颜色”相提并论，赞誉之情溢于言表。徐枕亚、张恨水把《疑雨集》写进自己的小说中，并借笔下的人物予以赞美，表明他们非常熟悉和喜爱《疑雨集》。《玉梨魂》《春明外史》都先后在报刊连载，单行本出版后发行量巨大，乃当时的畅销书，它们对王次回《疑雨集》的推崇，可能会吸引读者去阅读《疑雨集》，从而进一步扩大《疑雨集》的影响。

徐枕亚、张恨水后来被目为旧派文人，或被称为通俗文学作家，其实许多属于新文学阵营和革命阵营的文人同样爱读王次回诗歌。例如，胡适《藏晖室日记》1910 年正月二十九日记读王次回《疑雨集》。[③] 顾颉刚《写歌杂记》提到，胡适曾对他说：“此诗（引者按：指《野有死麇》）之义，经学家虽讲为峻拒，文学家却是讲为互恋的。记得王次回诗中即有此类句子。”顾颉刚依了这个指导，果然在《疑雨集》中找到了类似的诗。[④] 郁达夫致孙荃的信中提到王次回有《疑云》《疑雨》二集，并抄录其中的诗给孙荃读。[⑤] 冰心在《两栖动物》中回忆，她在十二岁时经常穿行于两群表兄

① 徐枕亚：《玉梨魂》，江西人民出版社 1986 年版，第 40 页。

② 张恨水：《春明外史》，洪江编《张恨水文集》上册，华中师范大学出版社 1997 年版，第 482 页。

③ 参见胡适著，曹伯言整理：《胡适日记全编》第 1 册，安徽教育出版社 2001 年版，第 23 页。

④ 参见顾颉刚等辑，王煦华整理：《吴歌·吴歌小史》，江苏古籍出版社 1999 年版，第 132 页。

⑤ 参见于听：《郁达夫风雨说》，浙江文艺出版社 1991 年版，第 127 页。

姐之间，替他们传书递简，有一位表兄写了一首诗给一位表姐，诗云："此生幽愿可能酬，不敢将情诉蹇修。半刻沉吟曾露齿，一年消受几回眸。微茫意绪心相印，细腻风光梦借游。妄想自知端罪过，泥犁甘堕未甘休。"后来冰心在八舅舅杨子玉的书桌上看到王次回的《疑雨集》，竟也有这首诗："原来就以为很有诗才的那位表兄，也是一个'文抄公'！"①1919年2月，恽代英在日记中曾抄录王次回《悲遣十三章》，有的还附有小注，随笔记下自己读诗时的感受，最后感慨道：

> 我卖此，一一合之葆秀之事，每不禁怃然泪下。借他人酒杯，浇自己块垒，亦无聊之至极也。但愿天下有情眷属，皆得偕老百年，莫留情天下之缺憾如我也。②

恽代英显然对王次回诗产生了共鸣。如果不是出于恽代英自己的记载，今天的读者恐怕很难相信这位无产阶级革命家在阅读《疑雨集》时有如此强烈的感受，这使我们对王次回诗歌的接受效果有了非常深切的了解。

王次回诗歌也被一些艺术家相中，将其向其他艺术形式转化。张大千作有《王次回诗意图》，此仕女图是据王次回诗"别来清减转多姿，花影长廊瞥见时。双鬓淡烟双袖泪，偎人刚道莫相思"诗意而作。③ 李叔同创作有书法作品《苏体行书节录王次回先生〈问答词〉横》《苏体行书王次回〈和孝仪看灯词〉横》等。④ 有的读者还把兴趣转向与王次回及其诗歌相关的空间或事物。1914年，无锡侯疑始寓居北京九条胡同，因王次回诗有"曲折胡同到九条"句，乃以邻刹及门前石井推证其所寓果为阿锁故居，

---

① 冰心著，卓如编：《冰心全集》第8册，海峡文艺出版社2012年版，第25—27页。

② 恽代英著，中央档案馆等编：《恽代英日记》，中央党校出版社1981年版，第489页。

③ 参见包立民：《张大千艺术圈》，中国文联出版社1999年版，第49页。

④ 参见《天津文史》1999年第22期彩页七、封底。这两件书法作品现藏于天津市艺术博物馆。

便招客征诗，严复、易顺鼎的诗文集中都收有应征的诗。① 南社诗人张挥孙，曾赴金坛访王次回故宅，看到的仅有废柱危栏、寒烟古树而已，为之怃然。②

在文学和文化圈形成的“王次回热”，逐渐扩大到公众领域。如《晚霞杂志》1922 年第 3 期刊载的霜红《霜红楼女子酒令》(集《疑雨集》句)完全把王次回诗歌当做大众“消费”的对象。此酒令凡三十三条，现列举几条于下：

> 弄玉当年未嫁时(未嫁者饮)。
> 拢髻斜阳换翠簪(簪翠簪者饮、梳髻者饮)。
> 今宵多半要装绵(服绵绸者饮)。
> 楞严初读面生红(面红者饮)。
> 尊前一笑两相同(相对笑者各饮一杯)。
> 窗前有时思梦笑(窃笑者饮)。③

在此酒令中，王次回诗句丰富的情感内涵被剥去，原有的抒情与审美功能遭到削弱，成为单纯的文字游戏，对理解诗歌本身没有多少价值。但这不仅更直观地反映了《疑雨集》受读者欢迎的程度，而且也有力地拉近了王次回诗歌和大众的距离。我们若要了解王次回诗歌在当时传播和阅读的情况，集《疑雨集》句酒令的意义便值得特别关注。

综上所述，在晚清民国，王次回《疑雨集》销量巨大，其读者数量以千

---

① 参见严复:《侯疑始寓九条胡同，因金坛王次回赠妓左阿锁，有“曲折胡同到九条”句，乃以邻刹及门前石井推证所寓之果为左妓阿锁故居，遍征题咏焉》，王栻主编《严复集》第 2 册，中华书局 1986 年版，第 387 页；易顺鼎著，王飚校点:《琴志楼诗集》卷一八《侯君疑始所居九条胡同为〈疑雨集〉中左阿锁故居召客征诗因赋二首》，上海古籍出版社 2004 年版，下册，第 1341—1342 页。

② 参见郑逸梅:《艺林散叶》，《郑逸梅选集》第 3 卷，黑龙江人民出版社 1991 年版，第 163 页。

③ 《霜红楼女子酒令》(集疑雨句)，《晚霞杂志》1922 年第 3 期。

万计。王次回诗的读者中，不仅有普通市民和一般文化青年，还有王国维、吴梅、胡适、郁达夫、张恨水、冰心、张大千、李叔同等一流的学者、作家和艺术家，王次回在当时成为一位精英文化和大众文化"通吃"的作家。

二　拟作和集句

在晚清民国，仿效王次回诗歌进行创作的文人层出不穷，诗作数量可观。从形式上看，有模仿单篇（题）作品的。如王韬因见《疑雨集》中有《劝驾词》，便"戏效其体以示红蕤"，作《劝驾词》八首，后来他还将这组诗移入《淞隐漫录》，成为推进故事情节发展的情感线索。① 有的模拟之作不提具体篇章，只笼统说"效《疑雨集》""仿《疑雨集》"或"仿《疑雨集》体"等。如樊增祥就模仿《疑雨集》写了《闲事六首效疑雨集》②《用前韵效疑雨集和云生》③等。由于只是凭空想象儿女之情，缺乏深层次的感情体验，因此樊增祥的拟作缺乏王次回诗的神韵。相较而言，柳亚子《有悼十章，为云间赵生作，仿〈疑雨集〉体》，则颇得王次回诗风味，且看其中的两首：

惆怅西风着意吹，章台攀折最高枝。桃花门巷崔郎怨，樊素风情白傅诗。得句始知前日谶，寻芳苦恨再来迟。匆匆一握重千里，悔煞韶华满眼时。

书来招我石城游，少妇卢家字莫愁。双桨桃根终负汝，一宵荷雨又成秋。自怜倦翮飞难起，谁料今生事便休。欲傍玉棺眠未得，黄衫肯赦十郎不。④

---

① 参见王韬：《淞隐漫录》卷三《陆碧珊》，人民文学出版社 1983 年版，第 98 页。

② 樊增祥著，涂晓马、陈宇俊校点：《樊樊山诗集·樊山集》卷二〇，上海古籍出版社 2004 年版，上册，第 457 页。

③ 《樊樊山诗集·樊山续集》卷二一，中册，第 1269 页。

④ 柳亚子著，中国革命博物馆编：《磨剑室诗词集·磨剑室诗初集》卷八，上海人民出版社 1985 年版，上册，第 132 页。

这些诗写得情致缠绵，哀感顽艳。不管是选词用字还是写法，无论是用典还是意象，都神似王次回，若置入《疑雨集》中，几乎可以乱真。宣侠父也曾模仿《疑雨集》写了一组诗，共十首。这组诗写的是他的亲身经历，现选录二首：

山海旧时盟遽寒，况当秋色正阑珊。逢人酒后感伤易，觉我花前笑哭难。夜月圆何堪独照，春池皱讵不相干。书生愧未禁磨折，尺二腰围带又宽。

尺布空劳密密缝，陡传消息恨重重。僵蚕欲化身先缚，孤蝶惊寒力已慵。死恐转移天下笑，生愁再在梦中逢。秋蝉毕竟痴于我，尚抱枯枝不放松。①

宣侠父在诗中表达了失恋的痛苦、悲伤、迷茫和无奈，文字质直，感情纯真。不过宣侠父所借鉴的并不限于艳体诗，如“逢人酒后感伤易，觉我花前笑哭难”，实由王次回《强欢》“阅世已知寒暖变，逢人真觉笑啼难”脱化而出。②

此外，陈蝶仙自比王次回，他的诗集被命名为《新疑雨集》。据朱瘦月《不羡鸳鸯室诗话》，朱天目《怜心集》“专摩《疑雨》”，沈从文在《从文自传·一个大王》中说：“至于女人呢，仿《疑雨集》写艳体诗情形已成过去了，我再不觉得女人有什么意思。”③这表明沈从文在年轻时也曾以《疑雨集》为范本学作艳体诗。

以上这些例证足以说明王次回在当时已成为很多人师法的典范，而

① 宣侠父：《拟疑雨集》，全国政协文史资料委员会、浙江省政协文史资料委员会、政协浙江省诸暨市委员会编《宣侠父诗文集》，中共党史出版社 2003 年版，第 311 页。

② 王彦泓：《疑雨集》卷上《强欢》，清康熙刻本，第 13a 页。

③ 沈从文著，张兆和主编：《沈从文全集》第 13 卷，北岳文艺出版社 2002 年版，第 342 页。

"《疑雨集》体""王次回体"的提出则表明，在模仿者的心目中，王次回的诗歌创作已形成了与众不同的风貌和相对统一的风格。

在晚清民国，还出现了署名王次回的《疑云集》，其亦可看作特殊的模拟之作。署名李定所作的《序》云：

金沙王次回先生，怀沉博绝丽之才，伊郁不平之志。……所撰《疑云》《疑雨》两集；《疑雨》已刻于梁溪侯氏，万本万遍，脍炙人口。惟《疑云》则尚在若存若亡间。今春晤江右易肯构君，云有家藏抄本，系其先人以百金，沽诸先生后裔名嗣原者。索阅一过，为之狂喜。易君为江右大贾，豪于资，发潜阐幽，当所乐为。他日得付剞劂，海内人士必有先睹为快者，因作此以贻之。①

序中提及的易肯构、嗣原和李定纯属子虚乌有，琢磨一下这些名字的意思或谐音就可明白。但序中说《疑雨集》"万本万遍，脍炙人口"却是事实，作伪者之所以花这么大的气力伪造《疑云集》，就是看好了"王次回"这个金字招牌，因为他们觉得假托王次回的《疑云集》一定有人愿意购买。果然，《疑云集》刊行后得到了不少人的喜爱，而且评价还很高，相当有市场，被多次刊印。②

在晚清民国，还有一类特殊的创作现象与王次回相关，那就是集句诗。目前我们收集到的集《疑雨集》句而成的诗（以下简称"集疑诗"）共四百九十首，作者有黄文炳、俞达、周瘦鹃、丘复、王瘦月、徐笑云、殷信笃、胡问锜、陈秋熙、樵渔、章山、绿芳红蕤楼主、鸳春、效嵇、孙熙曾、吴国栋、程仙骏、树人、青莲诗裔、姜寅、云客、林蕴光、杨二、厮养卒等二十余人。从形式上看，集疑诗采用七绝和七律两种形式，在功能上有抒情、纪事、寄赠、题画（影）和题辞等。如青莲诗裔曾集《疑雨集》句成《己辛本事》，共十

① 王彦泓著，郑清茂校：《王次回诗集》，联经出版事业公司 1984 年版，第 345 页。

② 参见耿传友：《王次回〈疑云集〉辨伪》，《中国典籍与文化》2006 年第 4 期。

二首，并在每首诗后加注释，说明写作的背景和情境。选录于下：

夜饮朝歌昼未眠，逢新偏忆旧缠绵。合欢心事相关处，引得红腮一笑嫣。（葵倩于酒酣耳热时能絮絮述旧人琐事，尝以恋新又忆旧讥之，辄嫣然一笑。）

月明波上载卿卿，草草犹多未诉情。惆怅不知今夕是，佳期无奈销凤城。（识晓眉三月，闻嫁有期，乃为置酒饯别。席未终，投予怀啜泣，情不自胜，以长揖报知己之情，竟消受玉人深深一拜。此事至今犹恋恋焉。）①

这组集疑诗的写法，与王次回《疑雨集》中赠给阿锁的一组诗相似，从中我们能看到那些极其私密、只属于恋人之间的情感记忆。因为有了本事的填充，这组诗比一般写与妓昵狎的诗显得真切，但根底里仍有轻薄之病，本身的价值并不高。不过，从中可见王次回《疑雨集》所写两性情感状态的丰富多样。又如绿芳红蘨楼主用《疑雨集》句作《赠绿牡丹》二十首，②这组诗对绿牡丹的色艺作了描绘和刻画，涉及扮相、做工、白口、唱工等，表彰不遗余力，同时也对绿牡丹不幸的人生经历表达了同情。《赠绿牡丹》显属捧角诗一类，其实质和描写文士与妓女冶游的艳诗并没有太大的区别，但这组诗词意相属，若把它和当时与绿牡丹相关的剧评对读，可以发现大体上是合拍的。

从整体上看，集疑诗或多或少都包含着调侃和戏谑的色彩，创作的目的很大一部分是为了消遣和娱乐，平心而论，称得上佳作的不是很多。它们的价值主要不在于这些作品本身的文学成就，而在于这一现象所包含

① 青莲诗裔：《己辛本事》（集疑雨），《晚霞杂志》1922 年第 1—2 期。

② 参见绿芳红蘨楼主：《赠绿牡丹》，《消闲杂志》1921 年第 5 期。“绿牡丹”是旦角演员黄玉麟的艺名，在民国时曾红极一时，为南派四大名旦之一，鼎盛时至与梅兰芳相抗衡，陆澹庵曾撰《欧碧馆主小传》以介绍和推誉。绿芳红蘨楼主为陆澹庵的好友，其另撰有《碧欧琐话》，主要叙评绿牡丹的演剧情况。

的文学和文化信息。

首先，集句是集引前人成句而重新组成新作品的修辞法，集引者必须对原作非常喜爱和精通。选择以王次回《疑雨集》作为集句的取材来源，意味着集引者对《疑雨集》的喜爱和熟稔，同时也就意味着王次回诗对其产生了一定的影响。

其次，集疑诗意味着对王次回《疑雨集》的推崇和高度评价。宗廷虎在《中国集句史》中指出，集句属于引用辞格，因此它的文化心理基础与引用辞格相同，即主要为权威崇拜心理。① 集句诗的创作实践印证了这一判断。从目前学界发现的集句文献看，杜甫、陶渊明、李白、苏轼、龚自珍等是有集引专书的原作者，他们也正是中国文学史上的经典诗人。② 集疑诗在晚清民国的大量出现，跟当时人们对《疑雨集》的特别推崇显然有着非常密切的关系。

再次，从题材内容上看，集疑诗绝大多数为艳体诗，这一方面体现了集引者的选择，另一方面又塑造着其他接受者的阅读趣味。因为有了大量的集疑诗，王次回作为“艳体诗人”的符号特征就更加鲜明了。如黄文炳《疑雨集新编》共有诗三百首，全部为艳体诗，他在《疑雨集新编·例言》中说：“《疑雨》一集，洵为香艳传神之笔，其摹写情态必尽态极妍，间览奁体诗无有出其右者。是编惟取原集，摘句成篇，不敢另为拟作也。”③这既是对王次回诗歌的推重，也是对王次回诗歌的定位。

三　评价和研究

在晚清民国的图书报刊上，对王次回诗歌的品评层见叠出，诗话、序

① 参见宗廷虎、李金苓：《中国集句史》，山东文艺出版社 2009 年版，第 2—4 页。

② 参见张明华、李晓黎：《集句诗文献研究》，社会科学出版社 2012 年版，第 7—179 页。

③ 黄文炳：《疑雨集新编》卷首，清刻本，第 1a 页。

跋、题辞和论诗诗等各体批评形式中，都有对王次回诗歌的批评和阐释，还出现了专门的研究论文。仔细梳理相关的论述文字，我们发现，虽正面的肯定和赞誉居多，但也有负面的非议和贬斥。正面的肯定和赞誉大致可概括为三个方面：

首先，为王次回艳体诗辩护，认为其艳情中寓有人生况味。《疑雨集》中的艳体诗所占比重很大，①如何理解和评价艳体诗自然成了后来关注的焦点问题。我们搜集到的晚清民国王次回诗集的序跋共有十六篇（含为伪书《疑云集》所写的序跋五篇），题辞共一百首（其中诗九十首，词十首）。这些序跋和题辞不约而同地为王次回艳体诗辩护。如长沙叶德辉重刻《疑雨集》时，即为序重斥沈德潜：

> 前明王次回《疑雨集》，专为香奁艳诗。钱牧翁《列朝诗集》、朱竹垞《静志居诗话》、王文简《渔洋诗话》，均极推重之。乾隆时沈归愚选《明诗别裁集》，摈斥不录，袁子才作书诤之，见所作《随园诗话》。又孙渊如《祠堂书目》载有四卷本，与今传本同。孙目分内外编，而入此于内编集部，是知其集流传海内。以朱、王、袁、孙诸先生之鸿辞博学，而心折其人，然则归愚之兢兢别裁，殆不免于村夫子之见矣。②

叶德辉所引以为据的钱谦益、朱彝尊、王士禛、袁枚和孙星衍均为“鸿辞博学”之人，他们对王次回的共同推重自然具有很强的说服力。王易《我友诗话》（《小说丛报》1914 年第 6 期）则认为王次回的艳体诗绝不仅“男女悦慕”而已，而是别有所指：

> 世多以王次回《疑雨集》为香奁，此不善读《疑雨者》也。次回盖

① 据笔者统计，《疑雨集》所收诗共八百六十首，另有词二阕，其中可归入艳体诗的有五百二十五首，所占比重达 60%左右。

② 叶德辉：《重刻疑雨集序》，王彦泓《疑雨集》卷首，清光绪三十一年叶氏观古堂刻本，第 1a 页。

亦学义山而稍变其格调耳。集中如《个侬》诸作，未尝不似香奁，但细味其词，决不仅男女悦慕而已。如"谗唇激浪稽千尺，妒眼成城绕一周"之句，必别有所指。

为《疑雨集》题辞时，题辞者多以比兴寄托阐释艳情。如王佺孙云：

霞裳绮丽茜裙红，都入江山感喟中。文藻凄凉悲故国，余生寥落托钗丛。采薇空洒夷齐泪，赠芍休嗤郑卫风。《哀郢》《怀沙》无限意，不堪高唱大江东。①

王佺孙注意到了《疑雨集》的感伤特征，并进一步将这种感伤与遗民之恨、故国之悲相联系。其实王次回在崇祯十五年(1642)已去世，离明朝灭亡尚有一段时间，说王次回"文藻凄凉悲故国"与事实不符，但细读王次回诗歌，确实能感受到渗透到字里行间的悲凉情绪。林之夏《题王次回〈疑雨集·感怀杂咏〉后》(《兵事杂志》1915年第11期)云："楚天云雨漫猜疑，岁月颓唐系梦思。多少美人香草句，知君尽是断肠词。"话说得虽有些绝对，却也不无道理，王次回艳体诗中颇多感慨深沉之作，的确有寓人生况味于艳情之中的倾向。

其次，称赞王次回善写艳情，认为他的诗歌达到了很高的艺术水准。黄遵宪曾向日本人宫岛诚一郎推荐《疑雨集》，说王次回"天赋艳才，最能写男女之事，无微不备"。② 王次回的"艳才"，首先表现在选词造语上，他特别善于描摹女性的意态神情。陈蝶仙《栩园诗话》对此有具体阐发：

余改赵廷玉无题诗有一联云："睡眼细挼慵裹手，堕鬟教整许凭肩。"廷玉驳之曰："吾闻裹足者矣，未闻有裹手者。"不知王次回已有

① 京都国学萃编社编：《疑雨集题辞》，清宣统元年刻本，第2b—3a页。
② 陈铮编：《黄遵宪全集》上册，中华书局2005年版，第739页。

"裹手倩人收宝钏"之句。"裹手"者正状其撮手作裹形,小儿女睡起或啼后,每每有此形景,倘无次回用之在前,余犹不能描画出此语也。虽所状情景不同,而"裹手"二字实具画工。①

王次回的"艳才",还表现在香艳典故的使用上。王次回博学好古,诗中用典甚为丰富,在一定程度上,王次回诗歌的特色和魅力,与其富有个性特点的用典紧密相关。如李伯元《南亭四话》在论及王次回《却要》时说:

《疑雨集》云:"却要因循簟未铺,鹦哥传道画堂呼。风光瞥去销魂在,赢得惊心也胜无。"自注云:却要,助辞。引韩偓诗"却要因循添逸兴"为证。余谓此诡言也,盖必私婢之作。《三水小牍》载某巨公有婢名却要,艳绝,巨公有子二人,均欲私之,相约于樱桃花下,云云。意次回必暗用此典,玩下语气可见。又,《感怀》诗"手推自喜调家婢"云云,然则芳姿团扇,王氏固有家传也。②

李伯元说王次回诗暗用"却要"之典是对的,但他对"却要"典源的分析可能是来自个人记忆,存在错误。据黄甫枚《三水小牍》载,却要是湖南观察使李庾的侍婢,美容止,善辞令。李有四子,都打却要的主意。有一年清明节,李家四子分别向却要求欢,却要便分别取了茵席给他们,让他们晚上在厅中的四个角落里等待。到了晚上,她突然点亮火炬,"豁双扉而照之",四子只得掩面而逃。③ 却要的故事既香艳又有趣,仔细品味《却要》这首诗,不难体会到王次回用典的深密和贴切。

由于王次回"天赋艳才",又在诗歌艺术上进行过艰苦的探索,因此他

① 陈蝶仙:《栩园诗话》卷三,《著作林》1900 年第 5 期。

② 李伯元著,薛正兴校点:《南亭四话》卷四"却要诗"条,江苏古籍出版社 2000 年版,第 248—249 页。

③ 参见黄甫枚:《三水小牍·逸文》,丁如明等校点《唐五代笔记小说大观》下册,上海古籍出版社 2000 年版,第 1203—1204 页。

的诗歌达到了很高的艺术水准，受到众多读者的揄扬。周瘦鹃《香艳丛话》曾称赞王次回《疑雨集》“绝多回肠荡气之作”，并摘录《秋词》《杂记》《寒词》《看灯词》《问答词》《即夕口占》《口占示阿锁》等数十首诗加以证明。①陈益《疑雨集序》则给王次回诗以高度评价：

> 王次回先生，明金坛人也。工文章，犹善于艳体小诗。性磊落，执爵推敲，颇有嵇、阮、李、杜之风。观其所著《疑雨集》之诗，天机清妙，音节琮琤，字字出于性灵，语语发自天籁；而妩媚轻盈，细腻熨贴，为艳诗中独步。②

说王次回诗“字字出于性灵，语语发自天籁”，或许是出于陈益的偏爱；说其“妩媚轻盈，细腻熨贴”，倒是抓住了特点。

再次，用诗史的眼光来考量王次回诗歌的价值，认为其可与文学史上的经典作家作品相媲美。先看国学萃编社刊印本《疑雨集题辞》中的两首诗：

> 郑卫风诗先屈宋，从来绮语最艰辛。艳词毕竟含敦厚，哀感何妨杂笑颦。开府清新堪嗣响，玉溪才调是前身。琳琅满纸芬芳溢，始信生花笔有春。（李盛基）③
>
> 江花吴月盛南天，寂寞风流二百年。长吉呕心传艳体，温岐义手著吟篇。雌黄讵免当时口，翰墨终留异代缘。此际巾箱添韵事，《香奁》妙集快重镌。（王谢家）④

一个作家或一部作品的价值不可能孤立地得到说明，只有在与他之前或

① 参见周瘦鹃：《香艳丛话》卷四，中华图书馆 1914 年版，第 47—50 页。
② 陈益：《疑雨集序》，王彦泓《疑雨集》，扫叶山房 1926 年版，第 1 页。
③ 京都国学萃编社编：《疑雨集题辞》，清宣统元年刻本，第 9a 页。
④ 京都国学萃编社编：《疑雨集题辞》，第 1a 页。

之后的经典作家的联系中才能体现。题辞者将《疑雨集》与《诗经》中的郑卫之风、屈宋骚赋等并提，将王次回与李贺、温庭筠、李商隐、韩偓等相联，无疑是在反复证明王次回《疑雨集》的价值，在一定程度上确定了该诗集在中国艳体诗发展史上的经典地位。李详《疑雨集注序》则在诗史的视野下高度评价《疑雨集》的地位。他说：

> 诗有六义，其三曰比，在古原与赋、兴分编，孔子合之，令人各揣其意之所在。郑、卫之诗，多托为男女慕悦之词，而郑卿即赋之以见志，未可以淫亵视也。《古诗十九首》多具此义。至《子夜》《读曲》诸歌，则一意淫放，荡不可稽，比几于赋矣。唐之义山，以格诗写之，寓意最工，其姨子韩氏致尧和之。义山之诗，有吴江朱氏为之表章。致尧诗，近有吾友震钧在廷，著《香奁发微》。李、韩之诗，皆知其有为而言矣。明之季叶，金坛王次回出所著《疑雨集》，遂集此体之大成。[①]

“集大成”这个词最早是孟子用来赞美孔子的，这个概念移置到诗歌领域，在中国诗史上能够戴上“集大成”这一桂冠而不被认为是僭越的只有杜甫。[②] 因此，从李详的这段评论来看，他认为王次回《疑雨集》在艳体诗史上的地位就像杜甫在中国诗史上的地位一样，是无与伦比的。

民国时期的期刊上也发表了几篇专门研究王次回诗歌的论文，大都对王次回在诗史上的价值和地位加以肯定。如王芸孙《谈疑雨集》(《华文大阪每日》1939 年第 2 卷第 2 期)将中国旧诗中描写艳情的诗歌分为香奁派、无题派和写实派，推尊王次回为写实派艳诗的开山老祖，不但认为王次回有些诗篇所表现的“才、情、功力、风趣、神韵，无不达到炉火纯青的境界”，而且认为王次回《疑雨集》可与曹雪芹《红楼梦》并驾齐驱：“他的身世和境遇，与《红楼梦》作者曹霑，颇有些相类，不过曹霑以小说作他的情

① 李详：《疑雨集注序》，王彦泓《疑雨集》卷首，扫叶山房 1923 年石印本，第 1a 页。

② 参见程千帆、莫砺锋：《杜诗集大成说》，《文学评论》1986 年第 2 期。

史的记录，而次回是以诗句作他的情史的歌颂，其表现的方式，各有不同而已，《红楼梦》既成为世间著名的小说，则《疑雨集》，又岂不是古今有数的好诗呢?”考虑到《红楼梦》在民国时的地位，这种意见是很令人惊奇的。

同样让人惊奇的是日本作家永井荷风，他在《初砚》里竟拿王次回《疑雨集》与波德莱尔《恶之花》相比：

> 我文坛之好西洋艺术者，恒谓中国之诗，如非故炫清寂枯淡之气，即强作豪壮磊落之概，一无道出人类胸中之奥秘弱点者。此或得之。然试翻王次回《疑雨集》，全集四卷，悉皆情痴、悔恨、追忆、憔悴、忧伤之文字。其形式之端丽，辞句之幽婉，又其感情之病态，往往可与蒲特雷(Charles Baudelaire，1821—1867)之诗相对抗。在中国诗集中，吾不知尚有如《疑雨集》之富于肉体美者。蒲特雷《恶之花》(Les Fleurs du Mal)集中横溢之倦怠颓唐之美，盖可直移之为《疑雨集》之特征也。①

永井荷风不愧是唯美主义的文学大师，他对王次回诗歌艺术特点的概括非常到位。波德莱尔是法国文学史上最伟大的诗人之一，具有世界性的影响力，永井荷风将王次回与波德莱尔相提并论，对王次回的钦慕之情，溢于言表。

对王次回诗歌的非议和斥责，主要涉及两个层面：

一是从诗歌文本本身出发，认为王次回诗格调不高，特重狎亵之情。如杨南村《摅怀斋诗话》(《民权素》1915 年总第 12 集)云：

> 义山《无题》，韩偓《香奁》，其用意深婉，盖别有所托，非咏闺事也。后人不明此旨，几欲将身化为妇女，淫词亵媟，至不堪寓目。王

① 转引自郑清茂：《王次回研究》，《中国文学在日本》，纯文学出版社有限公司 1981 年版，第 251—252 页。

次回《疑雨集》，诗格既不高，而淫气满纸，直是描摩秘戏图耳。

杨南村虽不排斥艳体诗，但他欣赏的是那些“别有所托”之作，在他看来，王次回《疑雨集》单纯“咏闺事”至不堪寓目的程度，故予以斥责。朱东润《中国文学批评史大纲》在述及袁枚、沈德潜因王次回《疑雨集》引发的争论时，虽认为袁枚“其说甚辩”，但他的看法还是更接近沈德潜：

随园之言性情，是也，其失则在特重男女狎亵之情。归愚摒王次回诗，以为艳体不足垂教，随园争之，以为《关雎》即为艳诗，又曰：“《易》曰‘一阴一阳谓之道’，又曰‘有夫妇然后有父子’，阴阳夫妇，艳诗之祖也。”其说甚辩，然以次回《疑雨集》，与《随园诗话》所举随园、香亭兄弟之诗论之，非特与男女性情之得其正者无当，即赠芍采兰，亦不若是之绘画裸陈也。①

朱先生将艳诗所写的男女情爱分为“男女性情之得其正者”“赠芍采兰”与“绘画裸陈”三种类型，他认为每种类型的价值并不等同，他将《疑雨集》归入“绘画裸陈”之列，认为其越过了情的界限，自然不能认可。

二是从王次回诗歌可能产生的负面影响出发加以批评，认为其败坏风俗。皕诲《皕诲堂随笔》(《进步》1912 年第 3 期)云：

儇薄轻浮王次回，《疑云》《疑雨》费诗才。欲崇女德敦风俗，铲却香奁丽句来。(香奁诗为摧抑女德、败坏风俗之尤，文人无行，涉笔儇薄，谬托风怀，肆为污蔑，值此提倡女学之世，首亦划除此种文体。)

皕诲不但斥责王次回儇薄轻浮，说《疑云》《疑雨》枉费诗才，而且更进一步

① 朱东润：《中国文学批评史大纲》，上海古籍出版社 2001 年版，第 359—360 页。

从整体上否定香奁诗，认为其摧抑女德，败坏风俗，甚至认为香奁诗（艳体诗）毫无价值，根本没有存在的必要，应该从诗国里将此种文体铲除。

当然，也有一些批评者对王次回诗歌作具体分析，并不是单纯地赞美或非议。如卢冀野，他既称赞王次回《疑雨集》是“宛转陈词，耐人寻味”之作，也指出其中一些诗篇有油滑、芜秽和琐碎之嫌①。

四　流行的原因

在晚清至民国前期，王次回《疑雨集》虽然风靡一时，但并没有确立经典的地位。随着抗日战争的全面爆发，王次回诗歌的影响逐渐减弱。新中国成立以后，王次回《疑雨集》几乎销声匿迹，以致今天的一般读者对其已相当陌生。周朝晖 2011 年发表的《永井荷风与晚明诗人王次回》一文提到，他在日本唯美主义文学家永井荷风的文集里遇到了“前所未闻”的王次回，惊讶地发现永井荷风“频繁引用王次回诗作，而且天衣无缝地嵌在行文之中，成为文章意境的有机部分”，尤其感到新奇的是，永井荷风在《初砚》中竟将王次回《疑雨集》与波德莱尔《恶之花》相提并论。这令周朝晖非常感慨：“身为中国人，自诩阅读面不太狭隘，竟然对影响日本文学巨匠的王次回的诗作一无所知，就连名字也闻所未闻！”在惭恨自己孤陋寡闻之余，周朝晖发愿要搜读王次回诗集，但结果却令他遗憾：“归国后，逛了大中城市的各种书店，查遍古典诗歌书架，收效甚微。”②这大概能反映王次回诗歌在目前的阅读和接受情况，《疑雨集》几乎从普通读者的阅读视野里消失，甚至不少中国古代文学研究专家对王次回也不甚熟悉。

时过境迁，站在今天的立场上回看晚清民国时期的“王次回热”，有一个问题值得思考：王次回《疑雨集》在晚清民国为什么会如此流行，它到底是喧腾一时的畅销书，还是可以流传久远的文学著作？

---

① 参见卢冀野：《读王次回疑雨集》，《东南论述》1926 年第 10 期。

② 周朝晖：《永井荷风与晚明诗人王次回》，《读书》2011 年第 6 期。

一部作品的流行不能排斥偶然性因素所起的作用，这种作用有时甚至具有决定性意义。但在一般情况下，流行总是在一定的社会历史条件下发生的，因而是可以根据这些条件加以解释的。王次回《疑雨集》在晚清民国的流行与当时的社会风气和舆论氛围息息相关。在晚清，诗酒声伎之会是不少文人日常生活的重要组成部分，而随着中西文化交流的增多，西方言情小说的译介，知识阶层开始崇尚西方的浪漫爱情，在这两种潮流的共同影响下，重情之论风行一时，写情之作大量涌现。林纾很早就注意到小说“言情”感染力的强大：“小说之足动人者，无若男女之情。”① 吴趼人在《劫余灰》卷首发出“上自碧落之下，下自黄泉之上，无非一个大傀儡场，这牵动傀儡的总线索，便是一个情字”的议论，尽管吴趼人所说的“情”范围很宽，但从具体创作来看，他所写的主要还是儿女之情，从他的《恨海》开始，一个写情小说的时期开始到来。② 降及民国，封建帝制被废除，一些保证公民自由平等权利的法律得以制定和实施，促进了青年男女对自由恋爱的追求。而随着西方价值观念向中国的进一步渗透，对封建礼教形成了极大的冲击，这样的社会状况产生了对言情文学的巨大需求。书商为了赚钱，自然会迎合读者的心理，投其所好，促使作家去写。多种因素的叠加，便形成了言情文学创作的狂焰。程公达指出：“近来中国之文士，多从事于艳情小说，加意描写，尽相穷形，以放荡为风流，以佻达为名士，言之者蜜蜜，味之者津津，一编脱稿，纸贵洛阳。”③不仅小说如此，在晚清至民国初年的这段时期里，艳体诗的创作和批评也非常活跃。翻检晚清民国的报刊，艳体诗和其他艳体之作的数量非常多，其中连续登载次数较多的报刊栏目有《玲珑》杂志的“今代艳闻”与“今古艳闻”、《小说月报》的“奁艳”、《小说日报》的“奁艳绀珠”、《女子世界》的“香奁集”与“香奁诗话”、《文艺杂志》的“香艳诗话”、《饭后钟》的“信芳阁艳集”与“信芳阁艳

① 林纾：《不如归序》，转引自袁进《觉醒与逃避——论民初言情小说》，王晓明主编《二十世纪中国文学史论》，东方出版中心 2003 年版，第 95 页。

② 参见阿英：《晚清小说史》，东方出版社 1996 年版，第 202—206 页。

③ 程公达：《论艳情小说》，《学生杂志》1914 年第 1 卷第 6 期。

体诗”、《小说新报》的“艳牍”与“艳藻”、《小说丛报》的“艳薮”等。[①] 艳体类的诗话也在当时的报刊上大量刊载，据学者统计，有二十多种。[②] 在这种风气之下，以艳体诗闻名的王次回自然会吸引读者的目光。

上面所述是形成王次回《疑雨集》流行的重要背景，但只是外因。中国艳体诗创作源远流长，作品众多，以清代为例，雷瑨编选的《五百家香艳诗》就收有诗人五百余人，诗作两千余首。除王次回《疑雨集》及署名王次回的伪书《疑云集》外，民国出版的艳诗专集还有韩偓《香奁集》、黄之隽《香屑集》、黄仁《香草笺》、孙原湘《天真阁艳体诗》、席佩兰《长真阁艳体诗》、王闿运《湘绮楼艳体诗》等。就我们掌握的资料来看，其他的艳体诗人和诗集虽也受到一些人的推崇，但并没有形成阅读的热潮。王次回诗歌流行的根本原因，还得从《疑雨集》自身来找。

梳理、评估晚清民国时期王次回诗歌的传播和接受资料，我们注意到，即便是非议王次回诗歌的读者，也大都从伦理教化的角度入手，批评其“诲淫”，却很少直接否定其艺术上的价值。如严厉斥责王次回“淫气满纸”的杨南村，对王次回诗歌的价值也没有一笔抹煞，他说：

> 次回诗虽不能如杜老所谓“不废江河万古流”，然灵思绮笔，亦足自一家。就中固有过甚之处，要未可以一恶而掩百臧也。不过后人学之，要有分寸耳。若一概抹煞，则袁简斋辨之于前，更毋庸南村之冗于后矣。（《摅怀斋诗话》）

而肯定王次回诗歌的评论者，对王次回《疑雨集》的艺术特色和价值，作了许多有益的探索，其中涉及主题、语言、风格和文学史意义等，这些在“评价和研究”部分已有讨论，兹不再赘述。这里谈谈对王次回诗歌存在的一些误

① 参见熊啸：《明清艳诗初论》，上海师范大学2015年博士论文，第266页。

② 参见李德强：《近代报刊诗话的娱乐性新变》，《华南师范大学学报》2012年第2期。

解，这些误解反而引发了读者的阅读期待，对"王次回热"的形成起到了促进作用。首先，误认为王次回特重男女"云雨私情"。署名王次回的《疑云集》在晚清出现，随后大量刊行，除个别人提出质疑外，大都将它与《疑雨集》一起看作王次回的作品，由于"云雨"在中国文化中又具有特殊内涵，这样便造成严重的误导，王次回被烙上艳体诗人甚至性爱诗人的鲜明印痕。《香艳杂志》1914 年第 1 期《滑稽闺语》"王次回未曾经过人道"条载：

一友善滑稽，一日同人论诗及王次回。友曰："王次回好作香奁诗，说得如许浓艳，其实未曾经过人道。"众诘之曰："次回有妻有女，汝何以妄断为未曾经过人道。"友笑曰："尔者不观其集名乎？云雨者，人道之谓也。疑云疑雨，是于人道有所未知也，不过一色界之思想家而已。人谓其有妻有女，吾不信也。"

这或许只是玩笑而已，当不得真，但却反映了因《疑云集》的出现，一些徒闻其名的人对王次回诗歌生发的想象。谭正璧《诗歌中的性欲描写》曾述及王次回诗集的名称问题：

至于《疑云》《疑雨》二集，但观其名的人，以为内容写的至少十之七八是些云雨私情，孰知十之一二也没有！这正是王次回的有意欺人！他好似在替书局作广告，完全有名无实！①

谭正璧显然仔细阅读过《疑云集》《疑雨集》这两部诗集，他说王次回"有意欺人"虽非事实，但指出"云雨私情"占王次回诗"十之一二也没有"却是符合实际的。由于《疑云集》为伪书，其中的"云雨私情"自然与王次回无关，所谓"云雨私情"的联想，只不过是以讹传讹罢了。不过，因"疑云""疑雨"生发的想象，确实"好似在替书局作广告"，为"王次回热"的出现，添上了

① 谭正璧：《诗歌中的性欲描写》，光明书局 1928 年版，第 59 页。

一把火。

其次，误把《疑雨集》当作艳体诗专集。据郑逸梅《艺林散叶》记载，某次酒叙，有人拈"次如"二字为鸢肩格，易顺鼎先成一联"艳体次回《疑雨集》，美人如是绛云楼"，合座为之搁笔。[①] 这说明参加酒叙的都共同认可王次回《疑雨集》为艳体诗专集。其实，《疑雨集》在内容的多样性上与一般文人的诗集并没有根本差别，只不过艳体诗所占的比重较大而已。早有读者注意到这一点，永井荷风在《初砚》中曾抄录王次回的诗"以聊慰心中之忧"[②]，包括《岁暮客怀》一首、《强欢》一首、《愁遣》一首、《不寝》一首、《述妇病怀》二首、《悲遣十三章》二首、《寒词》一首，它们都不属于艳体诗。超然(冯迴)《文林摭语》(《独立周报》1913 年第 2 卷第 28—29 期)曾摘录《疑雨集》中的一些诗句，以说明王次回的"非言情之什"也很出色：

> 次回之艳体诗，固属专门名家，其非言情之什、侧艳之篇，亦颇思致清妍，风神婉丽，置之唐宋诸名家诗中，几不复能辨楮叶，试为摘录于左。如"穷途易感如扬子，旧里难归似柏人""泼翠林峦三代器，斩新花鸟六朝文"，其比例抑何新确也；如"有才轻艳真为累，作计疏狂不近名""都无长物惟存砚，净扫闲心胜爱香"，其标寄抑何哀艳也；如"衰杨傍水疑人立，坏叶凌风作蝶飞""果实带风趋晓市，禾苗忍死持秋霖""病酒心情频卧起，酿花时节乱晴阴"，其摹写抑何细腻也。他如"朋欢散尽清言绝，家信来疏噩梦频""永夜独醒如露鹤，他年相吊只秋蝇""雪后蕙花犹几箭，雨前茶叶不多枪""客呈便面求新句，婢掣搔头拨晚香"，以上诸句，或体物幽清，或抒怀凄切，有元白之明切而无其俚，有皮陆之生峭而无其涩，较之獭祭温李者胜，较之皮传杜韩者胜。此等才人，吾直当买思绣之。

---

① 参见《艺林散叶》，《郑逸梅选集》，黑龙江人民出版社 1991 年版，第 3 卷，第 163 页。

② (日)永井荷风著，陈德文译：《初砚》，《永井荷风散文选》，百花文艺出版社 1997 年版，第 234—236 页。

海纳川《冷禅室诗话》指出：

> 人只知王次回《疑雨集》为言情之作，以为全集不脱香奁本事窠臼，其实亦不尽然。王集中凡朋友赠答之诗，山川凭吊之作，皆屏去浮华，力求简奥，始信大家固无不能也。①

王次回是否能够配得上“大家”的称号，尚需深入讨论，因为“大家”是和“名家”相对而言的，只有既具有杰出成就又具有深远影响的人，才配得上这一称号。不过，海纳川能注意到王次回艳体诗之外那些诗歌的价值，是很有见地的。

像冯迴（超然）、海纳川这样相对持平的声音似乎被掩盖和遮蔽，王次回其他类型的诗歌似乎也并没有引起大众的注意。在大多数读者的印象中，王次回成了专写艳体诗的诗人，《疑雨集》成了艳体诗的代名词。不过，对于王次回诗歌的流行，这样的误解反而起着推波助澜的作用。

五　启示和反思

王次回《疑雨集》在晚清民国的流行，虽与当时的社会思潮和文学观念息息相关，但起决定作用的还是其自身的艺术价值。开展王次回研究，考察《疑雨集》“经典化”的曲折历程，具有多方面的意义：

首先，文学史研究有多种路数，文学史也可以有多种写法，但遴选哪些作家作品作为经典进入研究和叙述的视野，以什么样的标准评价这些经典作品，是撰写文学史著作必须要考虑的。近年来，随着明清文学研究的深入，明清诗词的经典化建构工作逐渐受到重视，但这一建构还处于初始状态，不仅与唐诗宋词相比不够充分，即便与明清小说戏曲相比也有很

① 海纳川著，沈蘅仲、王淑均校点：《冷禅室诗话》“王次回”条，张寅彭《民国诗话丛编》第 2 册，上海书店出版社 2002 年版，第 695 页。

大的差距，一些应该受到重视的作家尚未进入文学史的视野。更为尴尬的是，明清诗词的经典作品只局限在很小的学术圈子里推崇，进入文学史的诗词名家大都没有为今天的一般读者所接受，如果做一个中国诗词的排行榜，明清作家能入围的恐怕并不多，可见明清诗词经典化建构的效果并不显著。对于今天的文学史研究者来说，若对明清诗词作家的传播和接受资料进行系统梳理和归纳，做出评估和判断，或许能从中发现为今天大众所接受和喜爱的新经典。就王次回《疑雨集》而言，其能否进入文学经典的行列，还须经历时间的筛选，目前似不宜急于下结论。但我们注意到，王次回《疑雨集》之所以能再次引起现代学者的注意，进入学术研究领域，晚清民国时期的读者起着重要的中介作用。如中国台湾学者郑清茂是较早对王次回进行系统研究的学者，他不仅发表了论文《王次回研究》(《台大文史哲学报》1965 年 11 月，总第 14 期)，而且点校出版了《王次回诗集》(台湾联经出版社事业公司 1984 年版)。郑先生注意到王次回，就是缘于永井荷风在《初砚》里对王次回的推崇。① 郑先生对王次回诗歌的整理与研究，在台湾产生了很好的效应，据香港中文大学黄坤尧教授说，王次回在台湾知道的人很多，被认为是重要作家。② 又如，李勖在其 1927 年出版的《纳兰词笺》中，引王次回诗达七十一次。如果仔细梳理李勖的这些注释，则不难发现，虽然有几处或有牵强之处，但大都是恰当的。③ 李勖《纳兰词笺》一书最早注意到纳兰性德词与王次回诗之间存在密切的

① 郑清茂《王次回研究》是以永井荷风拿王次回与波德莱尔相比的话开头的，然后他说："王次回在中国，尤其在二十世纪的今天，可说是一个被遗忘的诗人。在目前通行的各种诗歌选本或文学史著作里，很少有提到他的。没想到这个在本国被冷落的诗人，竟在日本受到如此的赏识和重视。"这说明此前他对王次回并不了解。

② 笔者参加了 2017 年 10 月 28 日在上海召开的"第二届中华诗词古今演变研究学术研讨会"，在会上宣读了论文《"造就香奁一代才"——读国学萃编社刊行的〈疑雨集题辞〉》，黄坤尧在作评议时说了这番话。

③ 张宏生《情感体验与字面经营——纳兰词与王次回诗》(《社会科学》2012 年第 2 期)利用李勖《纳兰词笺》对纳兰词与王次回诗歌的承传关系作了学理上的探讨，认为王次回在明清之际受到较大的关注，他的诗对纳兰性德很有影响。

联系，对后来出现的《纳兰词笺注》（上海古籍出版社2003年版）、《饮水词笺校》（中华书局2005年版）等影响甚大。纳兰词近年来甚为流行，一些读者之所以注意到王次回诗，就是以纳兰词的这些注释本为引线的。纳兰性德、永井荷风在今天是公认的经典作家，王次回《疑雨集》既然对他们的创作产生这么大的影响，确实值得深入地探索和研究。

其次，从晚清民国的传播接受资料来看，王次回在当时受到非常热烈的欢迎，其爱好者既有旧派文人，也有属于新文学阵营的作家，既有国民党官员，也有属于革命阵营的共产党人，既有普通的读者和评论者，也有第一流的学者和作家。"《疑雨集》体"的提出，说明在当时接受者的心目中，王次回开辟了新的艺术范式，他被公认为与李商隐、韩偓相媲美的艳体诗人，甚至成为评价艳体诗的价值坐标，得到较为普遍的推崇。然而，新中国成立以后，随着社会思潮和文学观念的变动，王次回《疑雨集》在大陆地区逐渐被冷落，目前已从普通读者的阅读视野里消失，一般的文学史著作很少提及。上文已提到，徐枕亚、周瘦鹃、朱天目等"鸳鸯蝴蝶派"作家对王次回及其诗歌高度赞赏，他们的作品有不少曾从王次回《疑雨集》中汲取营养。① 从民国初年到20世纪80年代，王次回《疑雨集》与"鸳鸯蝴蝶派"小说传播和接受的轨迹极为相似，而在现代文学领域，长期被学者否定和批判的"鸳鸯蝴蝶派"小说，在近年来逐渐受到学界重视，其中有

① "鸳鸯蝴蝶派"的内涵和外延，在不同研究者有不同的理解，涵盖面有宽有窄，这里主要以芮和师、范伯群等编的《鸳鸯蝴蝶派文学资料》（知识产权出版社2010年版）为主要参照来确定该作家群的范围。"鸳鸯蝴蝶派"还有很多作家是王次回诗的爱好者。《游戏世界》为"鸳鸯蝴蝶派"的刊物，该刊1922年第11期登有《游戏世界撰述同文别署酒令》（叠王金坛《疑雨集》句），列入条目者有苕狂、天笑、寒云、指严、涵秋、独鹤、小凤、漱石、君博、寄尘、红蕉、小蝶、忆凤、知新、枕绿、雪芳、灵凤、长风、大可、心木、凤竹、吟水、不才、小白、半梅、瘦菊、小青、律西、豁公、一尤、笑烟、戍生、王天、逸梅和灵兰，虽然酒令的具体玩法不能确定，但可以肯定的是，参与酒令游戏的这些人当都对王次回《疑雨集》非常熟悉。志希（罗家伦）《今日中国之小说界》（《新潮》1919年第1卷第1号）曾把王次回《疑雨集》作为徐枕亚、李定夷等人小说创作的"祖传秘本"，应该是有根据的。王次回诗是"鸳鸯蝴蝶派"作家所接受的重要资源，以《疑雨集》为典范写作诗歌是其整体性的选择，这个问题我们将另文探讨。

不少作品已被写入现代文学史，甚至被确认为经典。① 这不能不说是一种失衡的情况。

再次，虽然在内容的多样性上，《疑雨集》与一般文人的诗集并没有多少差别，只不过艳体诗占的比重较大而已；但晚清民国对王次回诗歌的评价，大都聚焦于艳体诗。艳体诗的内涵很复杂，就王次回而言，他写的艳体诗有些就是爱情诗。如上文提到的冰心所推崇的《奏记妆阁》，在今天读来依然具有打动人心的力量。无产阶级革命家宣侠父创作的"拟《疑雨集》"组诗，感情纯真，显然他是把《疑雨集》当作爱情诗集看待的。当然，在《疑雨集》中也有一小部分诗歌纯属游戏之作，其中个别诗篇不免有轻佻淫靡之病。如果不对艳体诗加以区分，只看到王次回诗中的油滑和无聊之作，或戴着有色眼镜，心存鄙弃艳体诗的先见，就难以认同王次回艳体诗的价值。更进一步看，除艳体诗外，王次回《疑雨集》中的悼亡诗、感怀诗等同样写得颇有特色。若仔细阅读《疑雨集》，平心持论，实不难发现，王次回善于对人生感受、情感经历和创作经验进行浓缩、提炼和概括。他诗中的句子，如"当初语笑浑闲事，向后思量尽可怜"（《奏记妆阁》）、"阅世已知寒暖变，逢人真觉笑啼难"（《强欢》）、"未形猜妒思犹浅，肯露娇嗔爱始真"（《再赋个侬》）、"韩凭死遂双飞愿，羞学偷生说断肠"（《再赋个侬》）、"天台再许刘晨到，肯惜千回度石梁"（《即事》）、"岂惮谗唇工贝锦？尚甘诗骨堕泥犁"（《无题》）、"诗家窠臼宜翻洗，人日慵拈薛道衡"（《试笔》）等，皆细腻真切，耐人寻味，今天读来依旧能动人心弦，具有为大众接受的潜在美质。

郭沫若在为《郁达夫诗词抄》写的序中说："我们应该抱着望远镜去看，把他的优点引到我们身边来；而不是抱着显微镜去看，专门挑剔他的弱点。"②我想这也是对待王次回以及类似作家的正确态度。对王次回

① 参见范伯群：《中国现代通俗文学史》（插图本），北京大学出版社 2007 年版，第 1—12 页。

② 陈子善、王自立编：《郁达夫研究资料》，花城出版社 1985 年版，第 164 页。

《疑雨集》之类虽有一定缺陷但产生过重大影响的古代文学作品，应以一种宽广的文化胸襟，秉持通达的文学观念，着力挖掘和阐释作品中有价值的部分，使之融入我们今天的文化建设中，以满足人们多样化的审美需求。就目前而言，最迫切的工作，是系统搜集王次回的相关资料，重新整理出版《疑雨集》，为挖掘王次回诗歌蕴含的独特价值创造条件。

（原载《文学遗产》2018 年第 6 期）

“造就香奁一代才”

——读国学萃编社刊行的《疑雨集题辞》

王彦泓(1593—1642),字次回,江苏金坛人,著有《疑雨集》。在《疑雨集》的传播和接受史上,1909 年是非常值得重视的一年,这一年至少有三种版本的《疑雨集》得以刊行:上海扫叶山房石印本,上海著易堂石印本,京都国学萃编社本(丰记印书局铅印本)。京都国学萃编社刊行本共 5 册,前 4 册为《疑雨集》正文,分别对应《疑雨集》卷一、卷二、卷三和卷四,第 5 册封面题《疑雨集题辞》,内容由序和和题词两部分组成。“序”共 3 篇,包括婺源江峰青《序》、番禺沈宗畸《重刊〈疑雨集〉序》和丹徒吴清庠《重刻〈疑雨集〉序》。“题词”共 96 篇,包括题词诗 86 首(其中闺秀诗 16 首),其顺序为王谢家 10 首、王佺孙 4 首、金绶熙 4 首、朱点衣 2 首、定信 2 首、令汝楫 4 首、李维藩 4 首、王潜刚 2 首、郑钟琪 2 首、阿邻 4 首、韩叔密 4 首、戴坤 2 首、史恩培 2 首、金葆桢 1 首、张仁寿 2 首、陈寅 1 首、钟绳武 2 首、李靖国 2 首、李盛基 1 首、孙奇 2 首、张瑞毓 1 首、陈索然 2 首、王延钊 2 首、孙熙鼎 5 首、吴仲 3 首、汪笑梅 2 首、沈雯 4 首、勒德慧 2 首、畹兰女史 1 首、赵静芙 4 首、晨风阁侍史兰睇 3 首;题词词 10 首(其中闺秀词 1 首),其顺序为袁祖光 1 首、叶玉森 2 首、余际春 1 首、吕调元 1 首、张其锱 1 首、张瑜 1 首、沈豫善 1 首、童闰 1 首、朱素贞 1 首。这些序、题词不仅是研究《疑雨集》传播和接受的重要资料,也涉及国粹思潮背景下对传统诗歌的认知、中国艳体诗发展演变的理论和实践等问题,有多方面的价值和意义,但目前尚未见有人提及,故于此略作论述。

一 著涒吟社的一次加课

根据版权页，国学萃编社本《疑雨集》于宣统改元（1909）四月望日印刷发行，重刊者为江都吴仲（梦兰），校正者为番禺沈宗畸（太侔），同校者为江都童闰（补罗）。沈宗畸《重刊〈疑雨集〉序》对重刊《疑雨集》的缘由有具体说明：

> 王次回先生，明万历间诗人也。其所为诗，摘粉搓酥，薰香猎艳，于明七子外，独竖一帜。《疑云集》不可得而见矣。《疑雨集》初仅有传钞本，先生殁后百余年，侯子蔚醱为之刊行。其后坊间复据侯本翻刻，即今坊间通行本是也，校勘不精，鲁鱼亥豕，触目皆是。吴子梦兰读而病之，出其家藏旧本，用聚珍板排印，委予雠校，固辞不获。

韩叔密在题词时也曾提及国学萃编社本《疑雨集》的刊印情况：“镂月裁云自一家，艳情香语岂欹斜。著涒吟主（沈、吴）风流甚，点检遗编校舛差。”沈即沈宗畸，吴即吴仲。沈宗畸、吴仲重刊《疑雨集》时，他们正组织著涒吟社，编刊《国学萃编》。著涒吟社是由沈宗畸于清光绪戊申（1908）初在北京发起成立的，所谓“著涒”，取自《尔雅》太岁纪年法中的“著雍”“涒滩”，即对应干支“戊”“申”，盖以成立之年命名。[①] 在著涒吟社编辑的《国学萃编》第五十期开头，列有著涒吟社第七十八课题目预告，说明该社社集正课至少有七十八课。沈宗畸编撰有《著涒吟社诗词钞》五卷，此书为著涒吟社的诗词选集，此书载录社集 55 课，[②]根据该书统计，先后加入

---

① 参看朱则杰：《著涒吟社考》，《社会科学战线》2016 年第 2 期。

② 沈宗畸：《著涒吟社诗词钞》，清末广益印字局铅印本。苏州大学图书馆藏《著涒吟社诗词钞》共五卷，其中 50 次正课（第 48、49 课失录），5 次加课。国家图书馆出版社 2013 年出版的《清末民国旧体诗词结社文献汇编》第 10 册收录的《著涒吟社诗词钞》，只有卷一及加课，包含正课第 1—10 课，加课 2 课。

著涒吟社的超过 200 人。为国学萃编社本《疑雨集》写序或题词的共有 43 人，其中参加著涒吟社社集且有诗词选入《著涒吟社诗词钞》就有 29 人。他们被选入的课次分别为：令汝楫 26 课、金绶熙 25 课、袁祖光 24 课、朱点衣 22 课、定信 20 课、阿邻 15 课、沈宗畸 10 课、张瑜 9 课、李维藩 9 课、张其锱 8 课、王佺孙 6 课、李靖国 5 课、戴坤 5 课、陈寅（毓寅）4 课、韩叔密 3 课、孙熙鼎 3 课、吴清庠 2 课、李盛基 2 课、金葆桢 2 课、王潜刚 2 课、郑钟琪 2 课、史恩培 2 课、沈豫善 2 课、童闰 2 课、张仁寿 1 课、陈索然 1 课、吴仲 1 课、吕调元 1 课、王延钊 1 课。

沈宗畸无疑是著涒吟社和国学萃编社的核心和灵魂，张次溪《京华耆旧传》曾这样介绍沈宗畸：

> 繁霜翁，番禺沈氏，讳宗畴，辛亥后易名宗畸，字孝耕，一字太侔，号南雅楼主，晚更号南野。故扬州知府笔香先生长子也。先生幼孤苦，……甲戌戊进士，廷试二甲，自是知名。……（庚寅）翁往省父，时当暮春残红堕水，翁赋落花诗数十首，大江南北和者百人，多称之为沈落花。……戊申翁卧病榻，尚组著涒社，刊《国学萃编》，凡名篇孤本，无不编次梓行，出书数十种。值辛亥国变，社遂解散。乱定，翁又组织艺社，名流多依之。①

张次溪所说的“著涒社”显为著涒吟社的简称。沈宗畸编撰的《著涒吟社诗词钞》前有《著涒吟社同人录》，按入社的先后为序编排，为《疑雨集》写题辞的有 14 人名列其中，且有简单的介绍。现列举如下：

毓寅，号铁如，别号中成子。住东四牌楼五条。

王延钊，号镜航，别号如谏果室。山东济宁州人。住校场头条。

袁祖光，号小称，别号瞿园。安徽太湖县人。住校场二条。

① 张次溪：《京华耆旧传（六）沈南野》，《文字同盟》1927 年第 5 期。转引自孙浩宇：《清末北京著涒吟社岁时活动考》，《中国文化研究》2016 年秋之卷。

张瑜，号郁庭，别号铁柱轩。顺天大兴县人。住江擦胡同。

定信，号可安，别号法界众生。满洲正黄旗人。住大院儿胡同。

阿麟，号子祥，别号竹隐生。正黄旗汉军人。住北沟沿东观音寺。

金绶熙，号绂青，别号勺园。浙江桐乡人。住嘉兴馆。

王佺孙，号曙笙，别号亦谙。顺天宝坻县人。住象房桥龙泉寺。

李靖国，号可亭，别号宜春馆主。安徽合肥县人。住东太平街。

李维藩，号麓石，别号湛园居士。湖南湘潭县人。住学部公所。

令汝楫，号莲舫，别号拙斋居士。山东平度州人。住吏部缮摺处。

李盛基，号仲衡，别号惰农。陕西长安县人。住石驸马大街施医局。

金葆桢，号实斋，别号意尹。河南祥符县人。住南横街祥符馆。

沈宗畸，号太侔，别号二禹山樵。广东番禺县人。住前青厂番禺新馆。

张文森撰于1914年的《著涒吟社诗同人小传》①，传主共收录12位，其中为《疑雨集》作序或题辞的有金绶熙、沈宗畸、袁祖光和张瑜，介绍更为细致，兹录于下：

金绶熙，字绂青，号勺园，又号绮佛。年五十八岁。浙江桐乡人。前官补用知府。著有《清雅堂诗文集》《艳雪词钞》《勺园四种曲》。住北京虎坊桥天顺栈通信处天津北马路德馨栈。

沈宗畸，字孝耕，号太侔，又号南雅。年五十岁。广东番禺县人。己丑举人，前官礼部主事，现充交通部编辑员。著有《南雅堂诗词钞》。现住北京前青厂番禺新馆。

袁祖光，号小称，别号瞿园。年四十岁。安徽太湖县人。癸巳进士，前官吏部主事，改官直隶州知州。著有《瞿园诗文钞》《绿天香雪簃诗话》《瞿园杂剧》数十种。现住湖北官纸印刷局。

张瑜，字二周，号郁庭，别号铁柱轩主。年三十七岁。直隶大兴人。

① 张文森：《著涒吟社同人小传》，《清末民国旧体诗词结社文献汇编》第10册，国家图书馆出版社2013年版。

前清布衣，现司法使幕中事。著有《天碧阁诗》二卷、《铁花仙馆词》二卷、《六朝艳体词选》八卷、《谜海二十六种》计百卷。住北京崇文门内箭棹胡同。

著涒吟社是清末影响甚大的文人社团，凝聚了当时众多的社会名流，是"国粹思潮中北方的社团代表"①，参与社集的很多人进入民国时都做了遗老。该社编有《国学萃编》，由吴仲任总理，沈宗畸任总编选；刊有《晨风阁丛书》，由沈宗畸编校。沈宗畸、吴仲等著涒吟社成员及其周围的文人之间掀起的为《疑雨集》题词的热潮，可以看作著涒吟社的一次加课。②吴仲在重刊《疑雨集》杀青后题有三绝，其二为：

> 一般骚怨非无记，六义风诗未可删。异代知音者谁氏，夷门而外有仓山。（坊间通行本为侯氏所刊，而以《别裁》不登次回诗争之于沈归愚者，则袁简斋也）

侯文灿是《疑雨集》的最早刊刻者，袁枚曾因沈德潜编《国朝诗别裁集》不登王次回诗而去信相争，侯文灿、袁枚对《疑雨集》的传播和接受发挥了积极作用，影响深远，吴仲将他们看作王次回的"异代知音"。实际上，吴仲和沈宗畸同样可看作王次回的"异代知音"，《疑雨集》的重刊，受他们之邀而作的这些序文和题辞，无疑对促进《疑雨集》的传播和接受、扩大《疑雨

① 孙浩宇：《清末北京著涒吟社岁时活动考》，《中国文化研究》2016 年秋之卷。

② 国学萃编社本《疑雨集》附刊的序文和题词，当为吴仲所征求。吴仲征撰《疑雨集》题辞的文字未见，但《国学萃编》第四十五期载有加课题目《征撰〈吉林纪事诗〉题辞》，为沈宗畸、吴仲代启："此集乃沈大令钧平所著，其中子目分为《发祥》《巡幸》《天文》《地舆》《岁时》《职官》《人物》《金石》《物产》《杂俎》等十门，均各有诗，诗后注以事实，现已编辑成书四大册，定为异日志乘之一大助，期其必传，敝社代为付印，今春一准出版。敢乞海内名家，闺阁名媛，不吝珠玉。无论诗词序跋，一律征求，诗不限体韵，词不限词牌，序跋亦不拘长短，选刊者即赠全书一部，如有佳构，另行加彩，即不选刊，亦各有所赠。正月三十日截止，二月望揭晓。卷寄吉林省城都练公所兵备处文案室沈君钧平自收。"《疑雨集》附刊的序文和题词，也当是吴仲以类似方法征求。

集》的影响,具有重要的意义。

二 丰富的传播史料蕴藏

如果仔细阅读这些与《疑雨集》正文一起刊印的序文和题辞,实不难发现,这里有丰富的史料蕴藏,对研究《疑雨集》的传播和接受具有重要价值。

首先,这些序文和题辞有助于了解《疑雨集》在当时的传播语境。从序文和题辞透漏出的信息看,《疑雨集》在清末曾引起过很大的争议。一方面,《疑雨集》曾受到众多读者非常普遍的欢迎。吴清庠《重刻〈疑雨集〉序》云:

> 《疑雨集》,同郡金坛王次回先生所著也。……所惜梨枣模糊,丹采黝黯。郭公夏五,讹脱滋多;帝虎鲁鱼,刊除未尽。然犹贾人来购,囊空鸡林之金;豪贵传抄,价长洛阳之纸。此开卷者所由志逸肠抽,而校书者每恨臭朽蟫断也。江都吴君梦兰乃为访求旧钞,嘉惠艺林。鸠集卖文之钱,重付怀铅之手。纷搴华藻,独振芳尘。奏河间写真之能,擅南平雠校之美。将见徐庾绮艳之体传诵京师,颜谢词彩之名永垂江左。

从"贾人来购,囊空鸡林之金;豪贵传钞,价长洛阳之纸"的口吻中,不难想见《疑雨集》在当时所受到的喜爱和追捧。吴仲、沈宗畸之所以重刊《疑雨集》,很大程度上是看好《疑雨集》潜在的消费市场。另一方面,《疑雨集》也受到一些读者的批评和讥诮。沈宗畸《重刊〈疑雨集〉序》云:

> 客有过予者于案头见是书,读未终卷,怫然不悦,正襟危坐而诘予曰:"艳体贵有含蓄,次回诗过于刻露,非香奁正轨。今君刻之,得毋有意诲淫耶?"

沈宗畸所写之"客"对《疑雨集》的态度，在当时恐怕并非个案，这也正是江峰青、吴清庠和沈宗畸在《序》中为《疑雨集》辩护的现实针对性。金葆桢在为《疑雨集》题辞时说："词成绮语托荃荪，小雅风人义尚存。悱恻芬芳神女梦，温柔敦厚楚骚魂。文章一厄休相诮，著述千秋有定论。不待后来笺注作，分明顽艳效西昆。""文章一厄休相诮"正表明在当时有人讥诮《疑雨集》为"文章一厄"。

其次，这些序文和题辞提供了不少生动鲜活的案例，为我们考量《疑雨集》在当时的传播和接受提供了一定的依据。题辞的作者与普通的阅读者不同，他们对作品往往有更深切的理解。如王谢家先题辞 4 首，然意犹未尽，接着又撰成 6 首，在小序中说："前诗脱稿未见其可，雨窗多暇，复走笔成六长句，末首'红窗'云云，盖当年本事诗也。"其所说的"末首'红窗'"诗为：

> 少年结习慨销沉，绮语重拈感更深。尚忆红窗成对影，共翻湘帙试清吟。鹣鹣已向花前化，燕燕凭谁卷里寻。一片墨痕千点泪，几回掩抑湿罗襟。

王谢家，字幼杭，山东济宁人。光绪癸卯(1903)举人。有《桥庵遗集》2卷。从诗意看，王谢家早年曾与恋人共读《疑雨集》，现在再次读到该书，内心珍藏的记忆被掘发出来，但物是人非，原来共读的人已化为黄土，无处寻觅，不禁泪湿罗襟，感慨万千。王谢家的题词提供了王次回诗在晚清传播和接受情况的一段很珍贵的资料，说明《疑雨集》具有极强的感发力量。再看郑钟琪的题词：

> 卷开一读一销魂，粉滴酥搓笔底痕。浓着胭脂铺北地(集中赠左卿诸诗皆客京师时作)，细参胎息压西昆。谢娘影事迷飞絮(集中"谢娘"两字屡见，有《戏占答客》句云："风絮清才团扇曲，莫应长合属王郎")，蔡女清才种慧根(次回有女名朗，亦工艳体诗词，见陈迦陵《妇

女集》)。旷代怜才谁最笃,延陵风趣抗夷门(是集始刊于梁溪侯氏,今为维扬吴梦兰君重刊)。

郑钟琪,字寄伯,江苏溧水人。著有《茶醉轩诗选》。[①] "卷开一读一销魂",反映了《疑雨集》引发的审美效应之强烈;"集中'谢娘'两字屡见,有《戏占答客》句云:'风絮清才团扇曲,莫应长合属王郎'"等注释,显示出郑钟琪对《疑雨集》印象之深刻。类似的题词还有不少。例如:

才不成名玉化烟,百无聊赖写婵娟。擘肌为纸肝为墨,[②]如此诗人亦可怜。(孙奇)

漫道王郎嗜好寄(集中有"天壤王郎嗜好奇"之句),灵均心事玉溪诗。哀时词客偏摇落,云雨高唐有所思。(韩叔密)

问卿甚事总干卿,如此茫茫百感并。倾国倾城中妇艳,春风春水丽人行。舌翻莲瓣婆心苦,眼触桃花圣解生。我亦东西爱涂抹,笑拈秃笔忏多情。(金绶熙)

鱼豕何从更质疑,庐山真面少人知。而今幸觅麻沙本,重读扬州买妾词。(王延钊)

隔世阅词场。词人两鬓霜。酒醒时、云雨荒唐。别有伤心人不解,将绮语,学冬郎。　　旧梦忆萧娘。温柔是此乡。最销魂、最耐思量,好约南皮吴季重,重领略,一分香。(吕调元《唐多令》)

韩叔密、金绶熙前已介绍。王延钊,字镜航,山东济宁人,王谢家的父亲。吕调元,原名景平,字权予,号燮甫,安徽太湖人,民国时曾任安徽省长。他们在题辞时或引用《疑雨集》的诗句,或叙述自己阅读时被打动,说明也都对《疑雨集》非常熟悉和喜欢。"重读扬州买妾词",表明有的已不是第

① 柯愈春:《清人诗文集总目提要》,北京古籍出版社 2001 年版,第 1653 页。

② "擘肌为纸肝为墨"出自王彦泓《疑雨集》卷上《感遇》,原诗为"一顾难酬暗有期,自抽心茧报心知。擘肌为纸肝为墨,尚呀吟成鬓未丝"。

一次阅读《疑雨集》了。这些题辞，使我们对《疑雨集》的接受效果有了比较深切的了解。为《疑雨集》题辞的还有一些闺秀。丰记印书局刊本共录闺秀题词诗16首，题词词1首。如：

谩云惯作懊侬篇，半为怜人半自怜。侍女挑镫郎伴绣，教侬转忆十年前。（赵静芙）

惜花往日笑郎痴，读罢遗篇也系思。莫怪归愚浑不觉，断肠滋味几人知。（赵静芙）

艳境迷离梦里春，此中疑假又疑真。花魂月魄描摹尽，名士前身是美人。（汪笑梅）

一日相思十二时，个中况味阿谁知。此生却被柔情误，谶绮词成悔已迟。（沈雯）

不写合欢写别离，谁将彩笔绕情丝。楼头杨柳青如许，愁煞先生一卷诗。（畹兰女史）

这些题词以女性特有细腻和敏感表达了阅读《疑雨集》时的感动甚至共鸣，她们显然为王次回出众的才华所深深折服。晨风阁侍史兰睇受丈夫沈宗畸之命也题词3首：

劫火丛残鬼哭闻，人间何处觅《疑云》。一编把向灯前读，绝代风骚让此君。

逸少风流早擅名，在腰为带寄闲情。才人不遇原多感，漫拟寻常郑卫声。

旧本麻沙细校雠，定香熏透骨都柔。独怜梦觉扬州后，尚欠情天万斛愁。（曩夫子刻《拜鸳楼小品四种》，其中《欠愁集》一卷为二姊拜鸳手录。今二姊逝已三年矣，伤哉！）

晨风阁侍史兰睇是带着自己的生命体验进入《疑雨集》描绘的意境的，她沉浸其中流连忘返。这些闺秀的题词值得特别注意,说明王次回的诗不但受到男性读者的喜欢,在闺阁中也有知音。

国学萃编社所刊《疑雨集题辞》中的序文和题辞,既是一个个《疑雨集》传播和接受的例证,同时也可看作是一则则广告,它们汇合成一场声势浩大的宣传活动,形成了一种强势传播效应,营造了某种氛围和舆情,从而引起读者的阅读期待。

三 "奇才甘蠖绮罗丛":辩护与阐释

《疑雨集》诗多艳体,如何认识、理解和评价艳体诗一直是《疑雨集》接受过程中的焦点问题,有的人对《疑雨集》口诛笔伐,不但斥责作者王彦泓有意诲淫,连刊刻者、推崇者也成了风雅罪人。正因为如此,对《疑雨集》艳体的辩护成了丰记印书局所刊《疑雨集》序的核心内容。如江峰青从王彦泓的人生际遇出发为《疑雨集》辩护:

> 美人香草之吟,惊鸿游龙之赋,作者其有忧患乎?文章之士,恒有英光,足以烛霄汉而不足辱王公一日之知者,乃愤而遁于粉白黛绿之场,冀当吾世而有知我、厚我、爱我、怜我之一人,而其人又为我所知、我所厚、我所爱怜之人,而于是焉借酒杯浇垒块,居恒愤郁不平之气与夫磊落奇伟之思,欲发扬蹈厉而无由者,假吟风弄月之余间而尽情倾吐,锋刃横溢,情思悱恻,不知者以为文人之艳福,其知者以为大化之商音,此王次回先生所为有《疑雨集》之作也。嗟乎!十年绮梦,悠悠薄倖之名;一枕红绡,滴滴穷途之泪。天盖高而长醉,地无冢以埋忧,被酒佯狂,长歌当哭,先生殆古之伤心人哉?然岂独先生哉!

艳情之作,有的是才人浪子在得意时所为,为"文人之艳福",有的是志士才人不遇与时的英雄之泪,为"大化之商音"。在江峰青看来,《疑雨集》显然属于后者。"伤心人"王彦泓在个人价值难以实现时,不得已逃于"粉白黛绿之场”,希望在女性身上获得情感慰藉,以纵情声色的方式来发泄愤懑和绝望。《疑雨集》正是王彦泓人生遭际的反映,其与“美人香草之吟”“惊鸿游龙之赋”等类似,艳情中寄寓着身世之感,“假借吟风弄月之间”尽情倾吐其愤郁不平之气,实为“长歌当哭”“借酒杯浇垒块”之作。

沈宗畸《重刊〈疑雨集〉序》则采用主客对话的形式,通过回应“客”的诘问来为《疑雨集》辩护:

> 客有过予者于案头见是书,读未终卷,怫然不悦,正襟危坐而诘予曰:“艳体贵有含蓄,次回诗过于刻露,非香奁正轨。今君刻之,得毋有意诲淫耶?”予应之曰:“子何迂之甚也!孔子删诗,独存郑卫,而河洲一什实为后世香奁之滥觞。《疑雨集》中诸作借题发挥,寄情绵邈,亦犹屈子《离骚》美人香草、《山鬼》萝衣,无非托物起兴,藉以写缠绵悱恻之思,若必谓有是事乃有是诗,正所谓刻舟求剑。善读诗者,当不若是之拘迂。”客固解人,言下大悟,揖予曰:“唯敬闻命矣。”

针对王彦泓所写艳情不够含蓄,过于刻露,刊刻《疑雨集》为有意诲淫的质疑,沈宗畸从三个方面作了回应:一是攀附经典,用经典中的艳体篇章为《疑雨集》辩护。沈宗畸抬出被儒家奉为经典的《诗经》:郑卫之诗既然可以堂而皇之地出现在《诗经》中,孔子不将其删去,而《诗经》的首篇《关雎》(即河洲一什)实可看作后世艳体诗的滥觞,那么,《疑雨集》中的艳体诗也自有其存在的价值。二是强调比兴寄托,将《疑雨集》置于“美人香草”的文学传统中以挣得合法地位。认为《疑雨集》所写艳情不过是“借题发挥”,与屈原《离骚》、《山鬼》等相似,“无非托物起兴,藉以写缠绵悱恻之思”。三是认为《疑雨集》所写情事当不得真,不必刻舟求剑,过于拘迂。

相较而言,吴清庠的辩护更为细致深入,其《重刻〈疑雨集〉序》云:

> 顾或谓襞纸驱墨,横流可哀;嘲风弄花,六义浸失。方今青楼薄

倖之流，城隅佻达之子，轻唇利吻，脂粉为之不芳；荡语淫哇，房帷于焉流秽。截断众流，端赖大雅。今复推波以助澜，嘘火以张焰，将以为后生准的，得毋作风雅罪人欤？虽然，艳歌有女，我闻乐府之音；香草美人，咸识灵均之怨。且也相思千里，范公填怀旧之词；归去一官，陶令草闲情之赋。根情苗言，具有定论；清词丽句，尽可为邻。况乎玉溪沦落之年，沉吟《锦瑟》；韩偓忧危之日，传写《香奁》。惟予怀其信芳，乃文外为独绝。所当略其迹象，通以性灵，则佳人绝代之词，不过自矜标格；倡妇登楼之作，多应聊寄生平。彼夫怀朴之伦，欲绝衔华之事。是必八音迭奏，进钟鼓而可退管弦；五色相煊，得青黄而可删红紫。何其固哉，可无取矣！然则此华篇丽篆，密制精裁，固宜并芍药以相遗，浣蔷薇而雒诵。道魔可厌人，莫来绿衣纻絮之讥弹；绮语遭呵我，不信马腹驴胎之梦呓！

在清末，随着道德伦理约束力的下降，当时社会兴起了竞相追求色欲的狂潮，有人指责此时重刊《疑雨集》是对这种人欲横流社会风气的推波助澜，是风雅罪人。对此，吴清庠以公认的经典作家作品为例证明表现艳情的作品存在的合理性，从多个层面展开辩护：其一，在中国文学中，用爱情相思、美人香草比兴寄托是一种传统，如屈原的作品、傅玄的《艳歌有女篇》，都能从字里行间读到微言大义。其二，写男女之情并不与人品名节相抵牾，正人君子也不废艳情。范仲淹填有《御街行·秋日怀旧》这样因景怀人、念远伤离的词，并不妨碍其成为政治革新家；陶渊明著有《闲情赋》这样铺叙爱情之流宕的赋，并不妨碍其成为六朝第一流人物。其三，艳情描写中常常渗透着作者的身世之感：“玉溪沦落之年，沉吟《锦瑟》；韩偓忧危之日，传写《香奁》。”其四，在评论艳情作品时应有一种通达、宽容的姿态和气度：“清词丽句，尽可为邻。”此外，对写艳情而要遭到报应的说法也提出了怀疑。

这三篇《序》可以相互补充参证，其主要内容皆为尽力洗刷《疑雨集》诲淫的嫌疑，这些话在今天看来似乎并无多少新意，但在当时却是有针对性的，有助于《疑雨集》被社会认可和向大众传播。

国学萃编社本《疑雨集》所附载的96篇题词在对《疑雨集》进行评价或叙述读后感想时，也往往以比兴寄托解读《疑雨集》中的艳情书写，将王彦泓所写艳情与其身世之感、人生体验联系起来，认为作者用心良苦，立意良深。题辞诗如：

楚旨含情饶寄托，湘波如泪半离忧。（王谢家）
云雨生涯神女梦，兰荃怀抱楚人些。（金绶熙）
孤愤且凭柔翰诉，壮才应许定香熏。（王佺孙）
万方多难百忧集，镂草雕花亦可怜。（王潜刚）
痛饮排愁托艳歌，无家有泪似金波。（韩叔密）
可怜一掬荃荪泪，洒向毫端句亦香。（吴仲）
接轸千秋香草意，有功一代浣花吟。（陈寅）
莫把高唐讥宋玉，楚天云雨本堪疑。（沈雯）

题辞词如：

黯澹江南，北望天涯，王孙芳草，骚情郁积，殢雨尤云，身世感愁绝。（袁祖光《虞美人》）①

美人投赠思香草。绮丽知多少。闲情寄托自遥深。只有玉溪声调是同心。　　高唐漫说荒淫赋。佳什堪千古。枣梨灾后渐凋残。恰幸羞翁珍重为重刊。（张其锽《虞美人》）

次回前辈，乃金坛诗伯。家学渊源绍贞白。具江淹别恨，元稹悲怀，身世感、寄托花晨月夕。　　天涯维旧雨，断梦难凭，反复人情自怜惜。珠玉半沉埋，随处搜罗，赖侯子、汇刊成册。又亥豕、而今太模

① 《著涒吟社诗词钞》卷三载有第二十八课《仿元遗山论诗绝句》（专论本朝诗家，作七言绝句不拘首数），袁祖光论王次回云："楚骚风韵托兰蘅，儿女温柔遣性情。独有苦衷言不得，解人谁是玉溪生。"

糊,愿季札重镌,寿同金石。(朱素贞《洞仙歌》)

上述题辞或将王次回《疑雨集》纳入美人香草、比兴寄托的诗学传统,或强调绮罗脂粉背后作者的身世之感和人生之哀,但说得都比较笼统,并未明言哀感的具体内涵。有的题辞则将哀感限定在故国之思、遗民怀抱上,将香艳之情融进忠爱之心。如:

霞裳绮丽茜裙红,都入江山感喟中。文藻凄凉悲故国,余生寥落托钗丛。采薇空洒夷齐泪,赠芍休嗤郑卫风。《哀郢》《怀沙》无限意,不堪高唱大江东。(王佺孙)

一卷闲情稿。写淋漓、妇人醇酒,遗民怀抱。百炼钢肠磨不断,化向指头缠绕。聊遣兴、修纤斗巧。热血满腔何处洒?旧山河、回首英雄老。家国恨、托香草。(童闰《金缕曲》)

据《史记》卷六一《伯夷列传》载,周武王灭殷之后,"伯夷、叔齐耻之,义不食周粟,隐于首阳山,采薇而食之"。"采薇空洒夷齐泪"用的就是这一典故。《哀郢》《怀沙》是屈原《九章》中的两篇,前者所写是郢都被攻破后作者流亡的经历,作品充满对楚国的眷恋和忧虑,后者是屈原的绝命辞,感情极其沉痛。王佺孙注意到了《疑雨集》感伤的风格特征,并进一步将这种感伤与故国之悲相联系。童闰以"遗民怀抱"解读《疑雨集》,认为其艳情里寄寓着"家国恨"。实际上,王次回崇祯十五年已去世,离明朝灭亡尚有一段时间,说王次回"悲故国"、"遗民怀抱",未免显得无的放矢,但细读《疑雨集》,确实能感受到渗透到字里行间的感伤情绪,表现出明显的末世特征。张仁寿为《疑雨集》题辞时云:"艳迹南朝事已空,独传绮语状惊鸿。金荃集尚留宗派,香草词原继国风。彩笔平驱烟墨气,奇才甘蠖绮罗丛。青楼脂粉青袍泪,都入回肠荡气中。""奇才甘蠖绮罗丛"应该是对王次回十分恰当的概括。

四 “玉溪才调是前身”：融入经典的谱系

在题材的多样性上，《疑雨集》其实和一般文人的诗集没有多大的差别，但不管是写序者还是题词者，都不约而同地将笔墨集中在艳体诗上。以香草美人的传统为《疑雨集》辩护，将艳情描写与作者的身世之感相关联，强调艳情书写的合理与合法，固然有利于《疑雨集》被读者接受和认可，但这毕竟是在外围打转，没能触及王次回《疑雨集》的独特价值。实际上，《疑雨集》常常为艳情而写艳情，用比兴寄托来解释其中的艳体诗，虽说不上是削足适履，但终觉没能搔到痒处。在序及题辞中，很多作者都对《疑雨集》的艳情展开了正面的讨论。如吴清庠《重刻〈疑雨集〉序》云：

> 握孙楚之笔，文生于情；擒王昕之才，丽绝当世。呼屈宋作衙官，驱李温为弄命。巧心妙手，言成一家；缛旨繁文，卿推独秀。茂先艳体，不嫌儿女情多；总持侧篇，宜为好事讽遍。

吴清庠（1878—1961），字眉孙，号双红豆斋主。江苏丹徒人。清末优贡生，南社社员。著《寒芋词》《绿么韵语》等。吴清庠这段文字涉及孙楚、王昕、屈原、宋玉、温庭筠、李商隐、张华、江总等文学史上的言情高手，大意是说王次回诗多艳体，文辞华美，能自成一家，富有艺术感染力，深受读者的喜爱。在叙及自己的阅读体验时，题辞者大都对王次回写艳情的“巧心妙手”表达了称许。他们有的指出《疑雨集》所写艳情类型丰富，情境繁多。如王谢家云：

> 欢悰别绪都吟遍，更写闲情夕秀诗。未必茗华皆薄命，尽教裯衽惹相思。青溪小妹青绫帐，白马三郎白纻词。收拾一编勤护袭，才人心血后来知。

“欢悰别绪都吟遍，更写闲情夕秀诗”说的正是《疑雨集》将男女情爱的各种情境体验都写到了。

有的则指出王次回善于描摹女性的意态神情，捕捉女性心曲的微妙波动。如：

冬郎藻思江郎笔，妙管生花值万金。一片媚情呼欲出，十分忍俊未能禁。红灯隔泪真佳句，黄绢成词耐细吟。惭愧题诗病司马，开篇酸透待灰心。（李靖国）

漫言儿女太情长，聊借悲欢写侠肠。电露六如归解脱，雨云一梦寓荒唐。吟成靡曼香三日，画出娉婷态万方。腻语缠人痴欲死，不愁妒艳有鸳鸯。（郑钟琪）

艳境离梦里春，此中疑假又疑真。花魂月魄描摹尽，名士前身是美人。（汪笑梅）

甘泽三生石，巫山一段云。阳台梦幻总非真，聊尔赋东邻。　点窜娇嗔态，描摹浅笑神。彩毫真欲摄香魂，忍俊不能禁。　红豆生南国，佳人出北方。庐家小妇郁金堂，都入笔端忙。　历尽蘼芜怨，余兹齿颊香。个中滋味指曾尝，意境至薯疆。（张瑜《巫山一段云》）

“一片媚情呼欲出”、“画出娉婷态万方”、“花魂月魄描摹尽”、“彩毫真欲摄香魂”，这些诗句指向的都是《疑雨集》表现艳情的具体生动、细腻熨贴，富于感染力。

有的赞扬王次回才调翩翩，辞藻艳丽。如：

王郎才调忒翩翩，簇锦团珠萃一编。初日朝霞难比艳，惊鸿彩凤与争妍。新词旖旎愁中侣，影事荒唐梦里天。欲向巫山问神女，疑云飞去是何年。（李靖国）

何时把卷上旗亭，赌唱双鬟更好听。秀语夺春千种绿，余音终曲

数峰青。英雄草草谈风月，儿女喁喁见性灵。言外有人容绝代，低徊不嫁惜娉婷。（金绶熙）

牧外睹吟情，胸中蕴玉清。山川澄秀色，天地泄琼英。奇藻三唐擅，风流两晋名。墨华春滟水，笔湛晓烟轻。（钟绳武）

王次回诗的语言既艳丽华美，又新鲜活泼，“初日朝霞难比艳，惊鸿彩凤与争妍”、“秀语夺春千种绿，余音终曲数峰青”、“山川澄秀色，天地泄琼英”，这些诗句描绘的正是王次回驾驭语言的本领。

有的则将王次回《疑雨集》与中国文学史上经典作家和经典作品相联系，在艳体诗词发展的历史长河中对王次回进行考察和定位。如：

郑卫风诗先屈宋，从来绮语最艰辛。艳词毕竟含敦厚，哀感何妨杂笑颦。天府清新堪嗣响，玉溪才调是前身。琳琅满纸芬芳溢，始信生花笔有春。（李盛基）

明月扬州杜牧之，枇杷门巷遍题诗。生耽冶习差同我，语涉风怀便郁伊。吟管不辞裙底秃，绮情半在酒边痴。玉溪不作冬郎死，《子夜》犹传绝妙词。（张仁寿）

幽韵芳情学楚骚，玉溪生后独挥毫。不为凡鸟咿唔语，此是祥禽一羽毛。（令女楫）

江花吴月盛南天，寂寞风流二百年。长吉呕心传艳体，温岐叉手著吟篇。雌黄讵免当时口，翰墨终留异代缘。此际巾箱添韵事，《香奁》妙集快重镌。（王谢家）

冬郎藻思汇郎笔，妙管生花值万金。一片媚情呼欲出，十分忍俊未能禁。红灯隔泪真佳句，黄绢成词耐细吟。惭愧题诗病司马，开篇酸透待灰心。（李靖国）

我国艳体诗源远流长。在最早的诗歌总集《诗经》中的风诗，颇多男女相悦之作。屈原开创了以美人香草比兴寄托的传统，宋玉的《高唐赋》《神女赋》《登徒子好色赋》被称为文人艳体文学的百代之祖,“云雨高唐”成了艳情的象征。唐代是中国诗歌的黄金时代,艳体诗也大放异彩:李贺诗集中,有关男女之情的诗歌占了相当大的比重,对女性有出色的描写;温庭筠常出入青楼楚馆,他的“侧艳之词”造就了他在文学史上的声名;李商隐诗风绮艳,他的无题诗缠绵委婉,迷离惝恍,他的创作标志着艳体诗发展的新方向;杜牧寄情声色,其在诗歌中常以多情和轻狂自我标榜,他的形象被塑造为风流浪子型的人物;韩偓晚年称自己“不能忘情,天所赋也”,将自己幸存下来的艳体诗编为《香奁集》,严羽《沧浪诗话》就此提出“香奁体”之说,后来“香奁体”成了艳体诗的代称。一个作家或一部作品的价值不可能孤立地得到说明,只有在与他之前或之后的经典作家的联系中才能体现,题词者将《疑雨集》与《诗经》中《郑风》《卫风》相连,与屈宋骚赋等并提,与李贺、温庭筠、李商隐、杜牧、韩偓等类比,无疑是在反复证明王次回《疑雨集》的经典价值,在一定程度上帮助确定了该诗集在中国艳体诗发展史上的经典地位。

总之,国学萃编社《疑雨集题辞》中序文或题词,可看作是一篇篇的导读性文字,它们凝聚成阐释引线,引导甚至控制着读者的理解方向,对王次回《疑雨集》的传播和接受产生了极大影响。孙奇在为《疑雨集》题辞时写道:“疑雨疑云入梦来,诗魂无日不妆台。荀郎熨体潘郎鬓,造就香奁一代才。”“造就香奁一代才”正可借来说明这些序文和题辞对《疑雨集》在清末民国经典化的重要意义,王次回被历史性地定位为艳体诗的代表性人物,《疑雨集》自然融入了艳体诗的经典谱系。

（原载《中国诗学》2019 年卷）

“俱非才子不能道”
——《才子牡丹亭》批评视野下的《疑雨集》与《牡丹亭》

把王彦泓的《疑雨集》与汤显祖的《牡丹亭》相提并论，看起来似乎有点不伦不类，按一般的看法他们相去甚远：在目前通行的文学史著作中，《牡丹亭》都被作为第一流的作品加以介绍，而对《疑雨集》却很少提及。[①] 吴震生、程琼夫妇合作完成的《才子牡丹亭》——一部非常独特的《牡丹亭》评注本——却把《牡丹亭》与《疑雨集》紧密地联系起来，他们征引王彦泓《疑雨集》中的诗句达110余处，涉及《牡丹亭》55出中的30出。[②] 吴震生、程琼夫妇在批点《牡丹亭》时指出，《疑雨集》与《牡丹亭》无论是思想主旨还是在情感的具体表现上均存在相通的成分。我们认为，认识这些相通之处不但有助于理解这两部作品本身，而且对考察晚明诗歌与戏曲的关系，甚或对深入认识晚明文学思潮也不无裨益。因尚未见有学者对此展开论述，故草为此篇，以就正于方家。

---

① 章培恒、骆玉明主编，复旦大学出版社2007年出版的《中国文学史新著》，是目前唯一一部提及《疑雨集》，并给予很高评价的中国文学史著作；他们主编的复旦大学出版社1996年版《中国文学史》，尚未提及《疑雨集》。

② 《才子牡丹亭》又名《笺注牡丹亭》，是清雍正年间“笠阁渔翁”刻，此书批者署名“阿傍”。华玮曾将此书批语与史震林《西青散记》相关内容比对，认为笠阁渔翁的真实身份便是清代戏曲家徽州歙县人吴震生，而阿傍即其妻子程琼，此书系出自夫妇二人之合作。参见华玮：《〈才子牡丹亭〉作者考述——兼及〈笠阁批评旧戏目〉的作者问题》，《戏曲研究》第55辑，文化艺术出版社2000年版。

一

王彦泓(1593—1642),字次回,金坛人。[1]《才子牡丹亭》在批点《牡丹亭》第一出《标目》【蝶恋花】时说:

> 万历时,金坛王次回情深之至,诗过冬郎。其《白山茶诗》云:“玉茗先生迥出尘,语言无处不清新。琼花风度钗头见,更觉堂名绝可人”、“第一人簪第一花,风吹花叶雾鬟斜。看来姿韵超天下,当得临川一叹嗟。”似曾在“玉茗堂前朝复暮”者。[2]

王彦泓《白山茶诗》全称为《白山茶插髻甚可观因书二绝》,第二首在《疑雨集》中为“第一人簪第一花,风吹花叶雾鬟斜。看来姿韵超天下,当得临川丽句夸”,[3]与《才子牡丹亭》所引微有不同。这段话有两点值得注意:一是吴震生、程琼夫妇认为王彦泓极善言情,“诗过冬郎”。冬郎乃韩偓小名,其《香奁集》是我国第一部个人所写的艳诗集,影响深远,若联系《才子牡丹亭》所引的“来生只愿嫁冬郎,得知闺人意思祥”,[4]“诗过冬郎”实是很高的评价。二是他们敏锐地感受到汤显祖对王彦泓创作的影响,而其中的核心乃一“情”字。

《牡丹亭》的中心是一个“情”字,汤显祖《牡丹亭记题词》对此作了明晰的说明:

---

① 关于王彦泓的生平与创作情况,可参看拙作《一个被文学史遗忘的重要作家——王次回及其诗歌研究》,复旦大学2005年博士论文。

② 吴震生、程琼:《才子牡丹亭》,华玮、江巨荣点校,学生书局2004年版,第8页。

③ 王彦泓:《疑雨集》卷上,清康熙刻本,国家图书馆藏。需要指出的是,在征引王彦泓的诗句时,吴震生、程琼《才子牡丹亭》文字与《疑雨集》不同处颇多,似乎是凭记忆而为,下文不再一一注明。

④ 吴震生、程琼:《才子牡丹亭》,第160页。

天下女子有情宁有如杜丽娘者乎！梦其人即病，病即弥连，至手画形容传于世而后死。死三年矣，复能溟漠中求得其所梦者而生。如丽娘者，乃可谓之有情人耳。情不知所起。一往而深，生者可以死，死可以生。生而不可与死，死而不可复生者，皆非情之至也。梦中之情，何必非真，天下岂少梦中之人耶？必因荐枕而成亲，待挂冠而为密者，皆形骸之论也。……嗟夫！人世之事，非人世所可尽。自非通人，恒以理相格耳！第云理之所必无，安知情之所必有邪！①

在汤显祖的时代，由于社会处于变革时期，传统的尊“天理”而抑“人欲”的程朱理学，已难以像以前那样起到维系人心、巩固封建统治秩序的有效作用。于是，在一部分知识分子中出现了一股怀疑程朱理学绝对权威的思潮，并进而对程朱理学以理制情的理论发出了某种抗议和批判。从《牡丹亭题词》看，汤显祖显然属于这股怀疑和抗议程朱理学思潮中的一员。不过，尊情抑理的思潮在当时虽然有很强的影响力和巨大的生命力，但程朱理学依然是官方的学说，依然是维护社会伦理纲常的理论基础。表现在对戏剧的评论上，便是占据主流的戏剧评价标准依然是看作品是否合乎伦理，是否有益教化。为了节约篇幅，这里以在文学观念上较为激进的徐谓为例。徐谓曾对《琵琶记》大加褒扬：“《琵琶》高人一头处，妙在将妻恋夫，夫恋妻，都写作子恋父母，妇恋舅姑。……此其不淫不伤，发乎情，止于礼仪者也。”而对《西厢记》却非常不满，说其“毕竟只写得男女缱绻之私”。② 不难想见，在这样的戏曲观念之下，以尊情抑理为主旨的《牡丹亭》，是不可能受到正确对待的。陈继儒《批点牡丹亭题词》曾这样记载：

张新建相国尝语汤临川云：“以君之辩才，握麈而登皋比，何渠出

① 汤显祖：《汤显祖集》，上海人民出版社 1973 年版，第 1093 页。

② 高明：《成裕堂绘像第七才子书琵琶记》卷一《前贤评语》引，吴门程氏课花书屋刻本。

> 濂、洛、关、闽下？而逗漏于碧箫红牙队间，将无为青青子衿所笑？”临川曰：“某与吾师终日共讲学，而人不解也。师讲性，某讲情。”①

此说又见于冯梦龙《古今谭概》、朱彝尊《静志居诗话》、周亮工《书影》、尤侗《西堂杂俎》等，虽为传闻，难以据信，但从中可看出时人风气。② 也就是说，在汤显祖的老师张位看来，以汤显祖的才干，完全可以有更大的作为，而不应“逗漏于碧箫红牙队间”。在这种惋惜和遗憾的背后，正是时人对“濂、洛、关、闽”的肯定与推崇，对包括《牡丹亭》在内的言情之文的贬抑。③

吴震生、程琼夫妇对汤显祖的认识与张位这类人是大相径庭的，他们在批点《牡丹亭》第七出《闺塾》时说：

> 自古至今，有韵之文，十七皆儿女此事。亦以为非此一事，则文必不能妙也。佛以老婆为千劫系驴桩，然同此男女，或能为妙事焉，或不能为妙事焉。于何知之？于其文知之。若其文，既为必能为妙事之文矣，而欲其亦被禁杀，除非天下真有不淫好色一法。教以葩经，而“付与无邪”，亦不济事。④

他们借用并发挥金圣叹评点《西厢记》的话，不仅认为写男女情爱是文学的主体，而且进一步指出只有写男女情爱，文才能成为妙事之文，而妙事之文是任何力量都禁杀不了的。再看他们对《牡丹亭题词》的批语：

① 陈继儒：《晚香堂小品》卷二二，《中国文学珍本丛书》第一辑。

② 参见徐扶明：《牡丹亭研究资料考释》，上海古籍出版社 1987 年版，第 42—43 页。

③ 参看郭英德：《明清传奇戏曲文体研究》，商务印书馆 2004 年版，第 49 页；朱万曙：《明代戏曲评点研究》，安徽教育出版社 2002 年版，第 267—268 页。

④ 吴震生、程琼：《才子牡丹亭》，第 85 页。

> 只一序已含蕴无穷，毫无瘢痕，便示人以放重笔用轻笔之法。……玉茗之心，全在一序。此即其断肠句也，此即其难诉情也，此即彼先以“死”处其身，但思不负之定计也。若士既复念庵以“师言性，弟子言情”，自此序一出，玉茗一军，遂与贤文，永作敌国。……此书大旨，大概言：色情一事，若非阳法未辱，则阴谴亦不必及，而归其罪于天公开花。天公既开花，则其不罪若辈可知。……佛教全在去妄，而若士独言色情是真，即西方亦必引人以妙好也。世间好话佛说尽，佛慧不过文士业，天下之言，只堪理极当，即百灵依随。原造物借一人之心，以宣其意也。若士以开花归天公，亦天借其口耳。……“第云理之所必无，安知情之所必有”，二语妙极！孤“情”绝照，寄托一编，“理”遂不能强敌。①

他们不仅明确把汤显祖《牡丹亭》理解为言情之作，给予了极高评价，而且清楚看到其与“理”、“贤文”的对立，对此江巨荣、华玮为《才子牡丹亭》所写的《导言》中已有具体论述，不再赘述。②

王彦泓在《白山茶诗》中对汤显祖的评价与吴震生、程琼夫妇上述批语是相通的，他所说的“玉茗先生迥出尘”，恐怕正是称赞汤显祖在“性”、“情”观念上迥别于流俗的认识。上文批语中的“佛慧不过文士业”用的也是王彦泓的诗句③。《才子牡丹亭》在批点《牡丹亭》第二十八出《幽媾》【浣溪沙】中的“拈诗话，对会家”时说：

> 金坛又云：“看镜徘徊影自怜，关心消息在今年。风情领略非容

① 吴震生、程琼：《才子牡丹亭》，第 2 页。吴震生、程琼夫妇认为“师言性，弟子言情”为汤显祖复罗洪先（念庵）之语，这与陈继儒《批点牡丹亭题词》所载似有矛盾。已有学者指出，罗洪先年岁与汤显祖相差较大，吴震生、程琼夫妇的认识有误，吴震生、程琼夫妇的错误可能沿自《吴吴山三妇合评牡丹亭》。

② 吴震生、程琼：《才子牡丹亭·导言》。

③ 王彦泓：《再用前韵酬孝先端己韬仲见和之作》，《疑雨集》卷下。

易，分付儿身若个边”，“拈诗话”也。“浴室笑言樊嫕侍，闺房风俗济尼知。酿成消渴那因酒，画出娉婷赖有诗”，“对会家”也。刘端已云：“感君同病更知音，许把闲情次第吟。别去向谁吟一字，纵无离恨也难禁”，所谓“诗话会家”也。又云：“妖唱能传作者心”，则不但批《牡丹亭》，虽唱演亦复不易。①

《才子牡丹亭》以王彦泓的诗句笺释《牡丹亭》中的“拈诗话，对会家”，体会的确很深切，类似的批评很多，对此下文再展开分析。“妖唱能传作者心”出自王彦泓《栎园姨翁坐上预听名歌并观二剑即事呈咏》，诗很长，节录于下：

练色知声第一流，檀痕亲掐教伊州。呼来绛树皆琼树，倚遍笙楼即镜楼。临川丽曲才人赋，慧业情钟兼妙悟。妖唱能传作者心，圆喉脆节如丝度。②

从批语“‘妖唱能传作者心’，则不但批《牡丹亭》，虽唱演亦复不易”看，吴震生、程琼夫妇认为《栎园姨翁坐上预听名歌并观二剑即事呈咏》所说的“名歌”指的是《牡丹亭》。“临川丽曲才人赋，慧业情钟兼妙悟”，再次证明王彦泓对《牡丹亭》言情艺术的高度评价。《才子牡丹亭》在批点《牡丹亭》第十出《惊梦》时说：

《牡丹亭》言情，大概言至虽佛理亦不能解而后已。贤文其粗之又粗者矣……王阮亭曰：“王次回艳情诗数百篇，刻画声影，有致光、义山所未到者。”盖次回喜作艳诗而工，见者沁人肝脾，里俗为之一变。……古之才人，皆能抉其臆而显摅之，未有情不至而文至者。③

① 吴震生、程琼：《才子牡丹亭》，第 392 页。
② 王彦泓：《疑雨集》卷上。
③ 吴震生、程琼：《才子牡丹亭》，第 140—143 页。

王阮亭即清初诗坛盟主王士禛。王士禛对王彦泓诗歌的评价，大概亦可看作是吴震生、程琼夫妇对王彦泓诗的理解，他们在对王彦泓艳情诗称赏的同时，进一步抉发了《牡丹亭》“至情”的主旨。换言之，在吴震生、程琼夫妇看来，王彦泓属于“遂与贤文，永作敌国”的“玉茗一军”，他与汤显祖一样，是“能抉其臆而显摅之”的才人。

二

《才子牡丹亭》引用王彦泓《疑雨集》以评点《牡丹亭》，既体现在对言情之作的评价与“至情”主旨的抉发上，也体现在对《牡丹亭》艺术奥秘的揭示上。吴震生、程琼夫妇所引《疑雨集》的诗句，有时是对《牡丹亭》人物心理情态的真切体察，有时是对戏曲篇章字句的细致赏评，有时则只是随意联想与发挥。

1. 对《牡丹亭》人物心理情态的真切体察。《才子牡丹亭》引用《疑雨集》诗句，为理解《牡丹亭》中人物的情感，提供了适宜的参照。如在批点第十六出《诘病》中老夫人的说白“中间缘故，春香必知，则问他便了”时说：

> 王金坛：“腰肢未许同行拟，性格还从夫婿猜。阿母错疑教不嫁，几回偷看画图来”，又“说嫁惊心尽日痴，当初忍笑画鸳鸯，真个如今拟凤凰”。文友：“欲语欢言碍小姑，捏郎臂上问寒无。交膝语欢言，低处便模糊。小姑却做痴呆态，故把欢言细问奴”，皆为“其间缘故”四字作许绮语。①

杜丽娘在春日美好景色的激发下，自我意识开始觉醒，产生了对异性强烈的渴望之情，以致由情入梦，因梦而病。杜丽娘一病半年的“缘故”，实由

① 吴震生、程琼：《才子牡丹亭》，第238页。

爱情意识觉醒后得不到实现的深刻苦闷而起。批点所引王彦泓诗句分别出自《疑雨集》卷上的《无题》和《催妆诗》,前几句诗细腻熨帖的传达出未婚女子对爱情的渴望和对阿母"错疑"的遗憾和怨恨,后几句诗传神入微的描摹出待嫁少女将信将疑,如在梦寐的复杂情态,而这实可看作对"其间缘故"的具体而婉转的阐释。

《才子牡丹亭》拈出"色情难坏"一语作为全剧精神之所在,不仅涉及形而上的精神层面,也较多触及形而下的肉体之爱。《才子牡丹亭》有时引用《疑雨集》的诗句与《牡丹亭》中描写男女情爱的语句相对照。如在批点第十出《惊梦》【鲍老催】中的"娇凝翠绽魂儿颤"时说:

"魂颤"而"翠绽"则信宜谓之风情。眉与毛俱散为"翠绽",是验室女法。声颤觑人"娇",其状令人欲死。"娇凝翠绽魂儿颤"与次回"细唾柔断慢视时"同妙,君从何处看得此无人态耶?①

在批点第二十三出《冥判》【油葫芦】中的"溜笙歌惊梦纱窗外"时说:

盖天下之声,无有过于此声者。玉茗比之"笙歌",真乃古今第一解人。王金坛云:"感郎珍重不能羞,红酣尝湿雨中鸠。更有销魂人不见,断云零雨数声中。"亦俱妙句。②

在批点第二十八出《幽媾》【滴滴金】中的"把他艳软香娇做意儿要,下的亏他?便亏他则半要"时说:

王金坛《纪事》:"月到西南倍可怜,照人双笑影娟娟。擎来始信云非梦,抱定还疑玉是烟。忍把狂欢消此夜,难将辛苦合从前。由来

① 吴震生、程琼:《才子牡丹亭》,第153页。
② 吴震生、程琼:《才子牡丹亭》,第342—343页。

半刻千金值，只得如花一黯然。”酷切“把他”数句。①

这几处所引王彦泓的诗句，都畅快地、毫不掩饰地描写了男女欢会，穷情尽态，刻画入骨，可谓至矣尽矣，批点者以之批点《牡丹亭》，赞为“同妙”、“俱妙”、“酷切”，对二人描绘男女情爱的俊妙巧思极为赞许，深为折服。

在有的评点中，吴震生、程琼夫妇则直接称赞王彦泓为才子：

“三生一会”，若生前已思而为理所格，直至今生“会”始无碍也。王金坛：“似梦浓欢复似真，细看原是掷梭人。当初薄怒尤娇绝，笑倩如花更一嗔”，唯彼“三生一会”者，较此和谐更趣。又“引开笑语欢初洽，逼出风情态转妍，矜严标格渐成狂”，俱非才子不能道。②

王金坛：“寻常意绪任郎猜，音信全无笑口开。尽日客窗孤烛下，取侬情味细尝来。临行记得语依依，莫昵杯觞莫睡迟。幸是不曾消费坏，谨持原样付还尹”，真才子语。③

在上述两处批语中所引《疑雨集》中的诗句，对男女情爱的描写深细而鲜活，达到通玄入微之境。吴震生、程琼夫妇赞为“俱非才子不能道”、“真才子语”，是对《疑雨集》的极高评价，因为“才子”是他们对“笔端直欲戏弄造化”汤显祖的称誉。④

总之，在吴震生、程琼夫妇看来，无论是汤显祖还是王彦泓，都对恋人的心理有真切的体察和洞悉，并成绮语藻思，产生了摄人心魄的力量。

2. 对《牡丹亭》篇章字句的细致赏评。吴震生、程琼夫妇引用《疑雨集》所作的有些评点，是对《牡丹亭》曲词的阐释和串解，可以看作是对《牡丹亭》的鉴赏活动。从这些批点文字中，我们可以看出批点者敏锐而独特

① 吴震生、程琼：《才子牡丹亭》，第 398 页。
② 吴震生、程琼：《才子牡丹亭》，第 484 页。
③ 吴震生、程琼：《才子牡丹亭》，第 633 页。
④ 阿傍：《批才子牡丹亭序》，吴震生、程琼《才子牡丹亭》卷首。

的审美感受力。如在批点第二十出《悼殇》【红纳袄】中的"从今后谁把亲娘叫也,一寸肝肠做了百寸焦"时说:

> 读"一寸肝肠"句,颇觉痕血盈篇,鬼声震册。王金坛悼妻诗"最是舌根强短后"、"户外遥闻便刺心"、"我已自知生趣短,暂停相待却如何"、"凄凉欲就魂宴醉",颇有"一寸肝肠百寸焦"意。①

"世间只有娘怜女",杜丽娘的逝去,最伤心的无疑是杜夫人,"一寸肝肠做了百寸焦",写出杜夫人极其凄苦之情。王彦泓悼妻诗句同样是情至之语,读之使人凄然动心,与杜夫人失去爱女的沉痛悲哀完全相通。在批点第二十八出《幽媾》【金玲瓏】中的"惊春谁似我"时说:

> "惊春谁似我",谁似我但见诸花即作色观也。……王金坛:"卖赋惟储瞯浴金",又"裾飘屧响到阶墀,便遣萧郎不自持",皆"谁似"意。其云:"里中可语人偏少,世上无情事却忙",是不识"惊春"者,其云:"但有玉人长照眼,更无他务暂经心",是最解"惊春"者。②

以王彦泓《疑雨集》中的诗句从正反两方面解释柳梦梅的唱词,挖掘出柳梦梅惊春惜春、钟情特甚的情感内涵。在批点第二十八出【宜春令】中的"他惊人艳,绝世佳。闪一笑风流银蜡"时说:

> 王金坛:"从来国色玉光寒,昼视常疑月下看。况复此宵兼雪月,白衣裳凭赤阑干",与此"惊人艳"三句暗合。③

王彦泓诗名为《寒词》,是一首描绘绝色女子的诗篇,《才子牡丹亭》顺手拈

① 吴震生、程琼:《才子牡丹亭》,第303页。
② 吴震生、程琼:《才子牡丹亭》,第354页。
③ 吴震生、程琼:《才子牡丹亭》,第394页。

来，以此与柳梦梅眼中杜丽娘的惊人之美相辉映。

《才子牡丹亭》在征引《疑雨集》批点《牡丹亭》时，甚至进一步指出《疑雨集》超过《牡丹亭》之处。在批点第十出《惊梦》【金玲璁】中的“困春心游赏倦，也不索香熏绣被眠”时说：

> 王金坛《花烛词》：“四月春蚕已剥绵，困人风日嫁人天。不知织就鸳鸯锦，废却如花几夜眠。”织棉者，想出房中百千情状也，较“不索香熏绣被眠”又高兴多矣。①

在批点第二十八出《幽媾》【浣溪沙】中的“对他脸晕眉痕心上掐”时说：

> “脸晕眉痕”云云，亦无如次回：“愿作君家扫除隶，一生常拜美人图”、“要识寸心相喻处，明明如月在君看”四句之妙也。②

吴震生、程琼夫妇感受很深入，细加领会，《牡丹亭》中的上述曲词的确不如王彦泓的诗句细腻真切。

3. 批点者随意的联想与发挥。如在批点第九出《肃苑》【一江风】“（贴上）小小春香，一种在人奴上，画阁里从娇养。待娘行，弄粉调朱，贴翠拈花，惯向妆台傍。陪他理绣床，陪他烧夜香。小苗条吃的是夫人杖”时说：

> 王金坛“琼枝何必问根芽”，“娇养在人奴上也”。又“见人佯不隐红鞋”，又“感卿觉我欲来前，特地兜鞋碧槛边”，此种犹甚。又“意外逢欢笑脸圆，半羞半喜依依处”，亦善写此一种。又“抽来书传情都浅，镜侧闲看婢扫眉”，写得他虽“侍娘行弄粉调朱”，别自含情蓄思，

① 吴震生、程琼：《才子牡丹亭》，第163页。
② 吴震生、程琼：《才子牡丹亭》，第392页。

与“贫家灯昏,镜暗妆无样”心绪迥别。又“可能髻摆钗梁后,还向迷藏旧处行”,不知代人“贴翠拈花”时,殊有髻安钗梁之望。又“小玉添香瑟瑟衾,此味近来同嚼蜡”,若只“陪他理绣床”,益觉难乎为情也。……王金坛:“花落春喧日影移,侍儿出幔罢矜持。灯前侧立难定,细唾柔嘶慢视时”,皆因其惯向“妆台旁”耳。……若次回“津头狂暴毁妆风”,则“夫人杖”之说也。……王次回爱族婢阿姚甚,后卒娶之,诗云:“拾翠南湘有二姚,风情天付眼眉腰。合德可须分月彩,阿环那更惜风飘”;又:“芳姿旧喜擎团扇,合德何劳带异香”,则腰身虽好,已不“苗条”。①

这段文字所引王彦泓的诗句,有的可看作是对《牡丹亭》的赏评与注释,如以“津头狂暴毁妆风”来解释“夫人杖”的涵义。但更多的时候只是由《牡丹亭》的字句联想到《疑雨集》而已,如由婢女春香“待娘行,弄粉调朱,贴翠拈花”联想到《疑雨集》所写作者与婢女情感的诗句,由“小苗条吃的是夫人杖”中“苗条”联想到《疑雨集》写阿姚“腰身虽好,已不苗条”的诗句,似乎脱离了剧本情境。不过,这些看似随意的批点仍然和情色联系在一起,批点者以其独特的感觉力注意到婢女春香的爱欲情感:在其为小姐弄粉调朱之时“别自含情蓄思”,在代小姐贴翠拈花之际“殊有髻安钗梁之望”。

总之,《才子牡丹亭》引用《疑雨集》批点《牡丹亭》时,往往和男女情事联系在一起,维系了其对《牡丹亭》的评论基调:“色情难坏”。中国文学传统观念的主流强调“温柔敦厚”,提倡“乐而不淫”、“哀而不伤”、“怨而不怒”等特点,因此在抒发感情时,一般讲求含蓄蕴藉,对感情,尤其是男女之情进行淋漓表现的作品非常少,更何况是比情更进一层的性爱之欲!在《才子牡丹亭》的批点中,《牡丹亭》、《疑雨集》无疑都突破了传统观念,它们都表现了包括性爱之欲在内的“情”的美好动人,把人物内心深处的

① 吴震生、程琼:《才子牡丹亭》,第110—111页。

奥秘穷情极态的加以表现。

三

限于评点的零碎，我们只能选择部分批语加以分析。实际上，《才子牡丹亭》在征引《疑雨集》时，其所涉及的问题和批评层面远不止上述我们所论及的范围。仅从我们上文的分析就可看出，在《才子牡丹亭》的批评视野中，《疑雨集》与《牡丹亭》都属“从情根种出，千古不灭”的才子之文。这或许只是评点自己的咀嚼和领悟，不过借《牡丹亭》以宣扬自己的情色意识而已，如评点者所言：“信笔所至，可自成书，正不必尽于作者肤貌相属。”[①]但是，若联系晚明文学创作的情境，《才子牡丹亭》的解读毕竟还是有一定文本依据的。[②] 作为同为晚明时期的文学作品，一为诗集，一为戏曲，二者在思想主旨、情感表现中出现的上述相通之处值得我们深思。这表现在以下几个方面：

其一，晚明文学思潮一直是明代文学研究以至整个中国古代文学研究的热点之一，研究者一般认为，在晚明文学中出现了与传统文学迥异的新特点。多数研究者认为这些新的特点主要表现在小说、戏曲上，《金瓶梅》、“三言二拍”、《牡丹亭》是其中重要的代表作品。实际上，如章培恒先生指出的那样，对当时知识人来说，戏曲、小说仅仅是小道，诗歌依然是时人抒发内在情感的主要手段，如果只在小说、戏曲里出现新倾向，而在诗歌创作中一仍旧贯，文学的基本面貌就不能算是发生了变化。[③] 吴震生、程琼夫妇以《疑雨集》来注释《牡丹亭》，注意到这两部著作都畅意地描写了“情”与“欲”，表现了它们的美好动人，表明在晚明时期，小说、戏曲中出

① 阿傍：《批才子牡丹亭序》，吴震生、程琼《才子牡丹亭》卷首。

② 参看商伟：《一阴一阳之谓道：〈才子牡丹亭〉的评注话语及其颠覆性》，华玮《汤显祖与牡丹亭》，第429—466页，“中央研究院中国文哲研究所”2005年版。

③ 章培恒：《元明清诗鉴赏辞典序》，《元明清诗鉴赏辞典》，上海辞书出版社1994年版。

现的新倾向在诗歌中也有充分的反映,这启发我们应把同一时代的不同文体联系起来认识。

其二,学界一般认为,晚明文学思潮到天启、崇祯时已趋于消歇。吴震生、程琼《才子牡丹亭》出现在康雍之际,这是值得进一步探讨的话题,或许能促使我们进一步思考晚明文学消歇的过程,深入认识晚明文学思潮的复杂性。

其三,《才子牡丹亭》将《疑雨集》与《牡丹亭》相提并论,无疑是对《疑雨集》的推崇,其实在吴震生、程琼夫妇之前的清初,包括王士禛等著名文人在内,对《疑雨集》的评价颇高。《才子牡丹亭》或许能够引发我们对《疑雨集》的重新思考或争论。当然,这是另一篇文章要讨论的问题。

(原载《戏曲研究》第八十五辑,文化艺术出版社 2012 年 4 月)

艳诗该如何对待

——由袁枚、沈德潜之争谈中国艳诗的历史命运

艳诗,《汉语大词典》解释为“以男女爱情为题材的诗歌”,相关的称呼还有艳歌、情诗、艳体诗、艳情诗、爱情诗等。实际上,古代“艳情”的范围远远比现代“爱情”复杂得多。中国艳诗源远流长,其绝对数量虽不算少,但一般认为中国艳诗并不发达,有时中国诗里的男女爱情,看起来远不如同性朋友间的情谊笃厚。① 而更有意味的是,历代不仅对艳诗的评价大相径庭,在艳诗的理解上也存在很大分歧,有的阐释者有意识地调整、置换诗歌的重心,把男女情爱的描写引向政治或道德伦理的框架中。因此,尽管学界对中国艳诗已展开过多次讨论,亦取得了若干共识,但中国艳诗似仍未得到合理对待,一些应进入研究视野的作家作品很长时间被冷略。艳诗究竟该如何对待?我想袁枚与沈德潜因王彦泓《疑雨集》引起的论争是一个很好的窗口,由此正可透视中国艳诗的历史命运,进而探讨如何以更宽广更通达的视野来对待中国艳诗。

一、《疑雨集》:袁枚、沈德潜之争的焦点

袁枚和沈德潜之争,是由沈德潜选清诗引起的。袁枚先写了《答沈大宗伯论诗书》,对沈德潜《国朝诗别裁集》的编选原则“诗贵温柔,不可说

---

① 黄永武:《中国情诗论》,《古典文学》第七集下册,学生书局1985年版。

尽，又必关系人伦日用”颇不以为然；[①]后语意未尽，又写了《再与沈大宗伯书》，[②]专门对沈德潜不选王彦泓（字次回）《疑雨集》进行质疑，信的开头说：

闻《别裁》中独不选王次回诗，以为艳体不足垂教。仆又疑焉。夫《关雎》即艳诗也，以求淑女之故，至于辗转反侧，使文公生于今，遇先生，危矣哉！《易》曰：“一阴一阳谓之道。”又曰：“有夫妇然后有父子。”阴阳夫妇，艳诗之祖也。

接下来，袁枚以史实说明写艳诗与人的品行没有直接关系，并指出沈德潜最尊崇的王士禛在创作上也深受“才藻艳绝”的王彦泓的影响：

傅鹑觚善言儿女之情，而台阁生风；其人，君子也。沈约事两朝，佞佛，有绮语之忏；其人，小人也。次回才藻艳绝，阮亭集中，时时窃之。先生最尊阮亭，不容都不考也。

进而袁枚对选诗之道提出自己的看法，认为“诗之道大而远”，选者应该具备史家意识，“无庸拘见而狭取之”：

选诗之道，与作史同。一代人才，其应传者皆宜列传，无庸拘见而狭取之。宋人谓蔡琰失节，范史不当置《列女》中，此陋说也。夫《列女》者，犹云女之列传云尔，非贞烈之谓。或贤或才，或关系国家，皆可列传，犹之传公卿，不必尽死难也。诗之奇、平、艳、朴，皆可采取，亦不必尽庄语也。杜少陵，圣于诗者也，岂屑为王、杨、卢、骆哉？

① 袁枚：《小仓山房文集》卷十七，《小仓山房诗文集》下，上海古籍出版社 1988 年版。

② 袁枚：《小仓山房文集》卷十七，《小仓山房诗文集》下，上海古籍出版社 1988 年版。

然尊四子以为万古江河矣。黄山谷，奥于诗者也，岂屑为杨、刘哉？然尊西昆以为一朝郛郭矣。宣尼至圣，而亦取沧浪童子之诗。所以然者，非古人心虚，往往舍己从人；亦非古人爱博，故意滥收之。盖实见诗之道大而远，如地之有八音，天之有万窍，择其善鸣者而赏其鸣足矣，不必荣宫商而贱角羽，进金石而弃弦匏也。

在信的最后，袁枚认为诗人不必兼善众体，只要“就其诣之所极”，就应该兼收之，提出“艳诗宫体，自是诗家一格”：

且夫古人成名，各就其诣之所极，原不必兼众体。而论诗者，则不可不兼收之，以相题之所宜。即以唐论：庙堂典重，沈、宋所宜也；使郊、岛为之，则陋矣。山水闲适，王、孟所宜也；使温、李为之，则靡矣。边塞风云，李、杜所宜也；使王、孟为之，则薄矣。撞万石之钟，斗百韵之险，韩、孟所宜也；使韦、柳为之，则弱矣。伤往悼来，张、王、元、白所宜也；使钱、刘为之，则仄矣。题香襟，当舞所，弦工吹师，低徊容与，温、李、冬郎所宜也；使韩、孟为之，则亢矣。天地间不能一日无诸题，则古今来不可一日无诸诗。人学焉而各得其性之所近，要在用其所长而藏己之所短则可，护其所短而毁人之所长则不可。艳诗宫体，自是诗家一格，孔子不删郑、卫之诗，而先生独删次回之诗，不已过乎？至于卢仝、李贺险坚一流，似亦不必摈弃。两家所祖，从《大招》、《天问》来，与《易》之龙战，《诗》之天妹，同波异澜，非臆撰也。一集中不但艳体宜收，即险体亦宜收。然后诗体备而选之道全。谨以鄙意私于先生，愿与门下诸贤共详之也。

袁枚《再与沈大宗伯书》大约写在乾隆二十六年左右，[①]是针对沈德潜《国朝诗别裁集 - 凡例》中的：“诗必原本性情，关乎人伦日用及古今成

① 郑幸：《袁枚年谱新编》，复旦大学2009年博士论文。

败兴坏之故者，方可为存，所谓其言有物也。若一无关系，徒辨浮华，又或叫号撞搪以出之，非风人之旨也。尤有甚者，动作温柔乡语，如王次回《疑雨集》之类，最足害人心术，一概不存”而发的，[①]他与沈德潜一主艳情，一反艳情，文学观念尖锐对立，势如水火，王彦泓《疑雨集》无疑是冲突的具体焦点。

面对袁枚的质疑，沈德潜并没有回应，或许他根本不屑于回应，因为这是他一贯的选诗主张，二十多年前编选《明诗别裁集》时，沈德潜就声明摈去“浮艳淫靡”之作；[②]四十多年前编选《唐诗别裁集》时，沈德潜就明确指出：“《诗》本六籍之一，王者以之观民风，考得失，非为艳情发也。……集中所载，间及夫妇男女之词，要得好色不淫之旨，而淫哇私亵，概从阙如。”[③]而袁枚则一直对沈德潜不选王彦泓诗耿耿于怀，后来撰写《随园诗话》时旧事重提：“本朝王次回《疑雨集》，香奁绝调，惜其只成此一家数耳。沈归愚尚书选国朝诗，摈而不录，何所见之狭也！尝作书难之云：‘《关雎》为《国风》之首，即言男女之情。孔子删诗，亦存《郑》、《卫》，公何独不选次回诗？’沈亦无以答也。”[④]

二、袁枚、沈德潜之争的不同回响

袁枚、沈德潜关于王彦泓《疑雨集》该选不该选的争论，引起了强烈反响，成为后来评论者的热门话题，斥责袁枚者有之，折中者有之，批评沈德潜者亦有之。

斥责袁枚者，当以章学诚最为激烈，从他抨击袁枚《随园诗话》的话语，不难推断他对袁、沈之争的立场：

---

① 沈德潜：《国朝诗别裁集·凡例》，清乾隆二十五年教忠堂刻本，《四库禁毁书丛刊》第158册。

② 沈德潜：《明诗别裁集·序》，上海古籍出版社1979年版。

③ 沈德潜：《唐诗别裁集·凡例》，上海古籍出版社1979年版。

④ 袁枚：《随园诗话》卷一，人民文学出版社1982年版，第15页。

> 略《易》、《书》、《礼》、《乐》、《春秋》而独《毛诗》;《毛诗》之中，又抑《雅》、《颂》而扬《国风》;《国风》之中，又轻国政民俗而专重男女慕悦；及男女慕悦之诗，又斥诗人风刺之解而主男女自述淫情；甚且言采兰赠芍，有何关系而夫子录之，以驳诗文须有关系之说。自来小人倡为邪说，不过附会古人疑似以自便其私，未闻光天化日之下，敢于进退六经，非圣无法，而恣为倾邪淫宕之说，至于如是之极者也！①

“甚且言采兰赠芍，有何关系而夫子录之，以驳诗文须有关系之说”虽针对袁枚《随园诗话》卷十四“选家选近人之诗，有七病焉。……动称纲常名教，箴刺褒讥，以为非有关系者不录。不知赠勺采兰，有何关系而圣人不删”而发，②实也可看作对袁枚《答沈大宗伯论诗书》、《再与沈大宗伯书》的指斥。章学诚的文学观与沈德潜虽不尽相同，但在根本上是相通的，都遵循儒家的诗教观，教化意味浓厚。因此，他对袁枚“进退六经，非圣无法”之举极为不满，挥舞封建道德的大棒向袁枚进行挞伐。另如：

> 声诗三百，圣教所存，千古名儒，不闻异议。今乃丧心无忌，敢侮圣言，邪说倡狂，骇人耳目。六义甚广，而彼谓《雅》、《颂》劣于《国风》;《风》诗甚多，而彼谓言情妙于男女。凡圣贤典训，无不横征曲引，以为导欲宣淫之具，其罪可胜诛乎！③

章学诚对袁枚如此深恶痛绝，以致于欲除之而后快。当听说刘墉欲诛杀袁枚时，章学诚认为刘墉是“知所务矣”，并赞扬刘墉“有古大臣之风烈”，而对老师朱筠为袁枚求情，则深表遗憾。④

章学诚之后论及袁、沈之争斥责袁枚者为数不少，至当代仍不乏章学

---

① 章学诚：《书坊刻诗话后》，《文史通义》内篇五，民国嘉业堂章氏遗书本。

② 袁枚：《随园诗话》卷十四，人民文学出版社1982年版，第465页。

③ 章学诚：《诗话》，《文史通义》内篇五，民国嘉业堂章氏遗书本。

④ 章学诚：《论文辨伪》，《文史通义》外篇一，民国嘉业堂章氏遗书本。

诚的同调，如黄海章《中国文学批评简史》认为："袁以王次回的《疑雨集》为香奁绝调，为书难沈，不选其诗。是则他所指的艳诗，纯粹是黄色的毒物，乃用《关雎》来为之辩护，这是一种重大的歪曲。"①

也有一些批评家在评论袁、沈之争时并不简单地站在哪一方，而是具体分析，平亭是非。如黄培芳《香石诗话》：

> 《再与沈公书》则驳其明诗独不选王次回诗，至引孔子删诗，首《关雎》而不去郑、卫。论固大矣，愚窃不谓然。书词有云："《关雎》即艳诗也。"此语大谬。孔子曰："乐而不淫，哀而不伤。"《小序》曰："《关雎》，太姒之德也。"御纂《诗义析中》曰："《关雎》，文王之本也。"此古今圣贤定论，岂寻常写艳可比，何得援此藉口？试观次回《疑雨集》，果能不淫不伤否乎？孔子删诗，贞淫并录。贞者为万世法，淫者为万世戒，终不离乎"思无邪"之旨，非存采兰赠勺之句与后人学也。若沈公之选明诗，不过备一代诗格，为学者取法，亦能如孔子之意，存次回作以为戒乎？不存以为戒，宁必存以为法乎？次回艳诗自在，好之者选之读之，自无不可；而沈公不以入选，持一家之论，亦未尝不是。至作书难之，妄引圣人，甚不伦矣。抑《别裁》一集，遗美颇多，不他只问，而是之问，何耶？书词又云："以求淑女之故，至于辗转反侧，使文王生于今遇先生，危矣哉！"此徒取快意，复成何议论？谓足以折服沈公之心乎？论诗未尝废香奁一体，余非恶夫艳诗也，恶夫附会之言邻于非圣，启后生无忌惮之渐，故辨之。②

黄培芳论诗虽也持儒家诗教观，但他对袁、沈之争的辨析也有不少合理之处。首先，黄培芳对艳诗并非一味地排斥，他虽尊崇《诗经》，对袁枚引《诗经》为王彦泓艳诗辩护的"非圣"之举不满，却赞成艳诗为诗中一体，"好之

① 黄海章：《中国文学批评简史》（增订本），广东人民出版社 1981 年版，第 195 页。

② 黄培芳：《香石诗话》卷三，清嘉庆刻本。

者选之读之，自无不可”。在《香石诗话》中，黄培芳还举了王隼《无题》诗一百首中的若干句子，如“合欢枝上结相思，不断缠绵是兔丝”、“欲扑流萤懒下阶，愿随明月入君怀”、“侍儿亦解相思苦，偷种当归与合欢”之类，认为“皆情深韵远”，[①]而这些诗句不啻《疑雨集》复出。其次，黄培芳认为沈德潜之所以不选王彦泓诗，是因为他编选《国朝诗别裁集》是“备一代诗格，为学者取法”，这对理解和把握沈德潜的选诗原则富有启发意义。既然目的是为学诗者提供范本，强调“温柔敦厚”，排斥“缘情绮靡”，就很好理解了。方孝岳《中国文学批评》对袁、沈之争的评述与黄培芳近似，他虽然认识到“袁枚的原意未尝不是为救弊而发，他想拿性灵二字来医诗学界那些讲空架子或搬弄书卷的毛病”，但对袁枚臆解经典以饰其说也颇有微词：

> 袁枚主张那种绘画媟亵状态的《疑雨集》实在已经和起初的艳歌大相径庭，《关雎》诗，经学家的解说当然很多，我们不暇征引；但即请看《关雎》的本文，又岂有丝毫和《疑雨集》那种艳体诗相近的地方？他拿《易经》的话来比譬更是有意取闹。[②]

在叙及袁、沈关于选不选王彦泓《疑雨集》这段公案时，赞成袁枚者在清代也不乏其人 他们多批评沈德潜的偏狭和道学气。如叶德辉《重刻〈疑雨集〉序》认为沈德潜“兢兢别裁，殆不免于村夫子之见矣”，并希望后之人“续金坛之艳缘，祛归愚之腐习，庶乎榛苓香草，不失风骚之传”。[③]到了当代，随着文学观的嬗变，儒家诗教观开始受到批判，“文以载道”的意识被重新审视，赞成袁枚、批评沈德潜逐渐成了学界的主导倾向。如邬国平、王镇远《清代文学批评史》认为沈德潜拘守封建伦常而泯灭个人情

① 黄培芳：《香石诗话》卷二，清嘉庆刻本。

② 方孝岳：《中国文学批评》，世界书局 1936 年版，第 158 页。

③ 叶德辉：《重刻〈疑雨集〉序》，《疑雨集》卷首，叶氏观古堂刻本。

感,“袁枚对沈氏的批评十分有力。”[1]袁济喜《新编中国文学批评发展史》指出,袁枚对沈德潜的批驳“有力地回击了沈德潜在格调的幌子下,对于男女爱情诗的一概封杀”[2]。章培恒、骆玉明主编的《中国文学史》则直斥沈德潜为“矫饰虚伪的假道学”[3];在《中国文学史新著》中进一步对袁、沈之争作了细致深入的分析,指出袁枚以一种狂放不羁、轻视名教的个人姿态,在文学理论方面提出了一系列冲决传统诗教的激进主张,把自晚明即已开始,在清初受到阻断,以李贽“童心说”、袁宏道“性灵说”为代表,合乎人性的文学思想重又标举了出来。[4]

三、中国艳诗的历史命运

袁、沈之争及其后来的不同回响,说明不同的评论者对艳诗的理解差异很大,态度也因之大相径庭。综合历代对待艳诗的态度,大致有三种方式:

1. 对艳诗的口诛笔伐。鲁迅在《摩罗诗力说》中指出:

> 如中国之诗,舜云言志;而后贤立说,乃云持人性情,三百之旨,无邪所蔽。夫既言志矣,何持之云?强以无邪,即非人志。许自繇于鞭策羁縻之下,殆此事乎?然厥后文章,乃果辗转不逾此界。其颂祝主人,悦媚豪右之作,可无俟言。即或心应虫鸟,情感林泉,发为韵语,亦多拘于无形之囹圄,不能舒两间之真美;否则悲慨世事,感怀前

① 郇国平、王镇远:《中国文学批评通史》陆《清代卷》,王运熙、顾易生主编,上海古籍出版社1996年版,第438页。

② 袁济喜:《新编中国文学批评发展史》,中国人民大学出版社2006年版,第312页。

③ 章培恒、骆玉明:《中国文学史》下,复旦大学出版社1996年版,第495页。

④ 章培恒、骆玉明:《中国文学史新著》下卷,复旦大学出版社、上海文艺出版总社2007年版,第454页。

贤，可有可无之作，聊行于世。倘其嗫嚅之中，偶涉眷爱，而儒服之士，即交口非之。况言之至反常俗者乎?①

鲁迅把中国文学中"嗫嚅之中，偶涉眷爱"之作放在"心应虫鸟，情感林泉"、"悲慨世事，感怀前贤"之上加以肯定的同时，也注意到中国主流观念对待艳诗的基本态度："交口非之。"中国历代"儒服之士"的行列极为庞大，如俞樾《秦扶雨诗序》在梳理了诗坛"丽"与"则"的关系源流之后，指责王彦泓为"风雅之罪人"：

扬子云："诗人之赋丽以则，词人之赋丽以淫。"是知古所谓诗人词人者，虽有则与淫之别，而丽则一也。……若夫唐人温、李之诗，寄托遥深，实古风骚之遗韵，而沿其体者，徒拾浮华，不存古意。至宋初杨、刘诸公衍为西昆体，则又丽而不则矣。其弊也，以韩致光《香奁》为滥觞，极而至于国朝王次回之《疑雨集》，丽而不则，又入于淫，斯风雅之罪人矣。②

吊诡的是，批评艳诗的"儒服之士"，有的本身也爱写艳诗。据皮日休《论白居易荐徐凝屈张祜》记载，白居易选拔人才时"荐凝而抑祜"，就是因为张祜好写乐府艳发之词，而徐凝的诗风朴略椎古。当令狐楚向元稹奉上张祜诗，元稹说的是："雕虫小技，或奖激之，恐害风教。"其实当时艳诗写得最多、最好的恰恰是元稹和白居易，文学史上所谓的"元和体"，指的主要是那些"浮靡艳丽"的艳诗。③ 杜牧很同情张祜的遭遇，曾借李戡之口说："诗者可以歌，可以流于竹，鼓于丝，妇人小儿皆欲讽诵。国俗薄厚煽之于诗，如风之疾速。尝痛自元和以来，有元、白诗者，纤艳不逞，非庄士雅人，多为其所破坏。流于民间，疏于屏壁，子父女母，交口交售，淫言

① 鲁迅：《鲁迅全集》第1卷，人民文学出版社2005年版，第70—71页。

② 俞樾：《春在堂杂文》三编卷三，《续修四库全书》第1550册，第331页。

③ 《全唐文》卷七百九十七，《元稹集》附，中华书局1982年版。

媟语，冬寒夏热，入人肌骨，不可除去。吾无位，不得用法以治之。”①口吻与章学诚对袁枚的抨击何其相似！而杜牧自己又如何呢？“十年一觉扬州梦，赢得青楼薄幸名”已如自己轻狂放荡的自供状，以“娉娉袅袅十三余，豆蔻梢头二月初”来赞美青楼女子，其“浮靡艳丽”并不比“元和体”逊色。② 不选王彦泓艳诗的沈德潜本人又如何呢？他不也曾为苏州名妓张忆娘偶赋闲情吗？袁枚以此为佳话，书之《随园诗话》；③有研究者注意到，除《题簪花图遗照》外，沈德潜《归愚诗钞》，表现男女风怀的作品还有不少！④

2. 对艳诗的删除

中国古代文人编集时，不录艳诗是常态，这恐怕是我们感觉艳诗不发达的原因之一。有时是编者所为，为尊者讳，有时则是作者自己有意为之。那些坚持把艳诗入集的文人反而不被理解，成了另类。袁枚《答蕺园论诗书》开头说：“来谕谆谆教删集内缘情之作，云‘以君之才学，何必为白傅、樊川自累’。”⑤蕺园即程晋芳，他与袁枚相交甚深，他劝袁枚删去缘情之作，主观上无疑是为袁枚考虑，是爱惜袁枚的。其实，谆谆教袁枚将集中缘情之作大加删削的不只有程晋芳，还有朱珪。在给袁枚的书信中，朱珪以朱彝尊《竹垞先生集》不删《风怀二百韵》为恨事，以至于痛哭流涕。⑥袁枚当然没有听从程晋芳、朱珪的规勉，但由此不难想见，在编集时删削艳诗，在很多人看来不是理所当然的吗？有些被删削的艳诗偶然会流传

① 杜牧：《唐故平卢军节度巡官陇西李府君墓志铭》，《樊川文集》卷九，《四部丛刊》本。

② 参阅康正果：《重申风月鉴》，辽宁教育出版社 1998 年版，第 260—261 页。

③ 袁枚：《随园诗话》卷六，人民文学出版社 1982 年版，第 207—208 页。

④ 参阅王炜：《〈清诗别裁集〉研究》，上海古籍出版社 2010 年版，第 192—193 页。

⑤ 袁枚：《小仓山房续文集》卷三十《答蕺园论诗书》，《小仓山房诗文集》下，上海古籍出版社 1988 年版，第 1801 页。

⑥ 袁枚：《小仓山房尺牍》卷九《答朱石君尚书》后《附来书》，《袁枚全集》第 5 册，江苏古籍出版社 1993 年版，第 185 页。

下来，但大多数被删削的艳诗可能就此了无踪迹了。

更为极端的是，有的甚至把删削的大斧砍向流传已久的前代作品。如朱熹的三传弟子王柏，不明白为什么一些“淫诗”竟堂而皇之地出现在《诗经》这部经典中，竟主张把它们全部逐出《诗经》，“一洗千古之芜秽”！①

3. 对艳诗的辩护

上文我们提到，在与沈德潜的论争中，袁枚搬出儒家经典为艳诗存在的合理性辩护，认为《诗经》、《周易》都有描写男女之情的作品，既然连圣人孔子和周公都不废艳诗，那么后人有什么理由排斥艳诗呢？而这恰恰触动了“儒服之士”最敏感的神经，章学诚抨击袁枚“混侧清流，妄言文学，附会经传，以圣言为导欲宣淫之具，蛊惑少年，败坏风俗人心，真名教中之蟊贼，非仅清客之谓也”，②针对的就是袁枚诸如此类的言论。

袁枚的理解是否合理且不去管它，但把《诗经》中“风”理解为艳诗，并不是袁枚的首创。明代大戏曲家汤显祖，曾借杜丽娘之口指出《诗经》首篇《关雎》并非歌咏后妃之德，而是一首热烈的恋歌。③ 具有极高文学悟性的理学宗师朱熹，很早就对视为金科玉律的以“美刺之说”阐释《诗经》大义的做法产生了怀疑，在《诗集传序》中说：“吾闻之，凡诗之所谓‘风’者，多出于里巷歌谣之作，所谓男女相与咏歌，各言其情者也。”在此认识基础上，他把《诗经》国风中三十首诗定性为“淫诗”。④ “淫诗”这个名称本身虽意味着否定，是对艳诗的贬称，事实上，只要在朱熹解读的基础上变化一下价值判断，就与袁枚的解读相差不远了。换言之，袁枚对《诗经》

① 王柏：《诗疑》，《丛书集成初编》第1726册，中华书局1985年版，第13页。

② 章学诚：《论文辨伪》，《文史通义》外篇一，民国嘉业堂章氏遗书本。

③ 汤显祖：《牡丹亭》第七出《闺塾》、第九出《肃苑》，《汤显祖集》（三），上海人民出版社1973年版。

④ 参阅莫砺锋：《从经学走向文学：朱熹“淫诗”的实质》，《文学评论》2001年第2期。

中艳诗的理解，其实质与朱熹是相通的，不过价值判断的方向相反而已。当朱熹识破“淫诗”的真相后，他对《诗经》中何以会收入“淫诗”，煞费苦心地作出解释：“圣人删录，取其善者以为法，存其恶者以为戒，无非教者，岂必灭其籍哉！”正像莫砺锋先生分析的那样，朱熹的这些话都不够理直气壮，在逻辑上也不够严密。他明白那些爱情诗本是民间的歌谣，是民间的男女自道其情、自叙其事的作品。但他无法说明为什么它们竟堂而皇之地出现在《诗经》这部经典中，为什么孔子也不将它们删去，于是只好勉强地以“为戒”二字解之。①

为了提高艳诗的地位，以比兴寄托来解释艳诗就成了必然。陆游因李商隐无题诗多狎邪之语而加以指摘，清人吴乔对此不以为然，不承认李商隐的无题诗是写艳情的，指出“无题诗十六篇，托男女怨慕之辞，而无一言陈本意，不亦《风》、《骚》之极致哉”②。为此，吴乔写了《西昆发微》，专门选评李商隐的无题诗。③ 章学诚也认为“古人思君怀友，多托男女殷情”，④说明他其实也不排斥书写男女之情，只不过要施予道德的装饰罢了，这实即沈德潜所说的“词则托之男女，义实关乎君臣有朋”⑤。侯文灿在刊刻《疑雨集》时，也曾为之辩护：

> 次回先生穷年力学，屡困场屋。断瑶琴，折兰玉。其坎坷潦倒，实有屈子之哀，江淹之恨，步兵之失路无聊，与杜少陵无家垂老之忧伤憔悴。而特托之于儿女丁宁，闺门婉恋，以写其胸中之幽怨，不得

① 参阅莫砺锋：《从经学走向文学：朱熹“淫诗”的实质》，《文学评论》2001年第2期。

② 吴乔：《〈西昆发微〉序》，《西昆发微》卷首，《丛书集成初编》，中华书局1985年版。

③ 参阅吴宏一、何继文：《清代艳体诗论二题》，张宏生《明清文学与性别研究》，江苏古籍出版社2002年版。

④ 章学诚：《妇学》，《文史通义》内篇五，民国嘉业堂章氏遗书本。

⑤ 沈德潜：《唐诗别裁集·凡例》，上海古籍出版社1979年版。

概以红粉青楼、裁云镂月之句目之也。①

钱锺书《中国文学小史绪论》曾对中国艳诗的历史境遇作了十分精到的概括：

同一《无题》诗，伤时感世，意内言外，香草美人，骚客之寓言，子之夭桃，风人之托兴，则尊之为诗史，以为有风骚之遗意，苟缘情绮靡，结念芳华，意尽言中，羌无寄托，则虽《金荃》丽制，玉溪复生，众且以庾词侧本鄙之，法秀泥犁之诃，端为若人矣！此《疑雨集》所以不见齿于历来谭艺者，吴乔《围炉诗话》所以取韩偓诗比附于时事，而"爱西昆好"者所以纷纷刺取史实，为作"郑笺"也。究其品类之尊卑，均系于题目之大小，而所谓大小者，乃自世眼观之，初不关乎文学；由世俗之见，则国家之事为大，而男女爱悦之私，无关政本国计，老子、韩非为学派宗师，而虬髯客、毛颖则子虚乌有之伦，宜其不得相提并论矣。②

四、艳诗的文学史书写

最后谈谈中国艳诗的文学史书写问题。

当我们仔细梳理与袁、沈之争的相关资料后，一个悖论出现了：经过长期的争论，目前学界一般都肯定和赞成袁枚的观点，如袁行霈主编的《中国文学史》就认为，袁枚公开为写男女之情的诗歌张目，"在当时颇有振聋发聩之效"；③但具体到对王彦泓《疑雨集》的评价似乎仍站在沈德潜一边——《疑雨集》并未进入《中国文学史》的视野。其实，类似的悖论在

---

① 侯文灿：《〈疑雨集〉序》，《疑雨集》卷首，清康熙刻本。

② 《国风》第三卷第八期，1933 年 10 月 16 日。

③ 袁行霈：《中国文学史》第四卷，高等教育出版社 2005 年版，第 321 页。

《疑雨集》最早被刊刻时就已出现，严绳孙《疑雨集》序说：

诗发乎情，而《王风》之变，桑中洧外，列在三百，为艳歌之始。其后《读曲》、《子夜》，寂寥促节。在唐则玉溪惝恍，旨近楚骚；韩相香奁，言犹微婉。于是，金坛王先生彦泓，以闳肆之才，写宕往之致。穷情尽态，刻露深永，可谓横绝今古也。今《疑雨集》之名籍甚，江左少年传写，家藏一帙，溉其余沈，便欲名家，而本集顾未有锓板以传者。侯子蔚䜭，读而赏之。爰加校定，付之劂劂。由是，先生之诗，显然共之天下矣。嗟乎！金沙当承平之日，甲第相望。一时裙屐子弟，席华膴，擅才情，平居以声色相征逐，拂袖挂钗，留髡送客之事，习为故常。至于擘笺刻烛，才亦足以副之。故当日能诗之士，盖多其人，而风尚所归，并同一辙。虽其酣嬉荡轶，不可谓为正音，然由后以观盛衰之端，感慨系之矣。余既喜蔚䜭之能刻是诗，而因征论其世，以俟后之览者定焉。①

严绳孙表现出一种文学史家的眼光，在中国艳诗发展的脉络中为王彦泓《疑雨集》作了定位。“横绝今古”可不是随便就可给的评价，严绳孙无疑对《疑雨集》推崇备至！然而，批评与嗜好的矛盾如此错综交织：从描写艳情的层面看是“横绝今古”，而从诗教的视角却是“不可谓为正音”。沈德潜又何尝没感受到《疑雨集》强大的冲击力，“最足害人心术”如果转换一下价值判断不就是最具有打动人的力量么？认识到《疑雨集》强大感染力的文人还有很多，如黄遵宪曾向日本宫岛诚一郎推荐《疑雨集》，认为王彦泓“天赋艳才，最能写男女之事，无微不备”。②

既然如此，王彦泓《疑雨集》为什么长期被文学史家冷落呢？答案还得从《疑雨集》文本中去寻找。朱东润《中国文学批评史大纲》在论述袁、

① 严绳孙：《〈疑雨集〉序》，《疑雨集》卷首，清康熙刻本。

② 《黄遵宪全集》（上），中华书局 2005 年版，第 739 页。另参阅耿传友：《王次回：一个被文学史遗忘的重要诗人》，《中国韵文学刊》2006 年第 3 期。

沈之争时指出：

> 随园之言性情，是也。其失则在特重男女狎亵之情。归愚摒王次回诗，以为艳体不足垂教，随园争之，以为《关雎》即为艳诗，又曰：《易》曰："一阴一阳谓之道。"又曰："有夫妇然后有父子"，阴阳夫妇，艳诗之祖也。其说甚辩，然以次回《疑雨集》，与《随园诗话》所举随园、香亭兄弟之诗论之，非特与男女性情之得其正者无当，即赠勺采兰，亦不若是之绘画裸陈也。章学诚《文史通义》篇斥为"洪水猛兽"，言虽过当，持之盖有故。性情之说，本为国人旧论，若因风趣二字，遂使次回一派，以孽子而为大宗，固不可矣。①

朱东润先生将艳诗所表达的男女之情分为三种类型："男女性情之得其正者"、"赠勺采兰"与"绘画裸陈"，在他看来，每种类型的价值并不等同，而《疑雨集》所写男女之情多为"绘画裸陈"的"狎亵之情"，过了情的界限；所以朱东润先生虽认为袁枚所说"甚辩"，在对《疑雨集》的评价上，还是更接近沈德潜。

朱东润《中国文学批评史大纲》的上述论断大概曾受到日本铃木虎雄《中国诗论史》的启发，后者对袁、沈之争的评述更为具体：

> 沈德潜以王次回诗为"害人心术"的"温柔乡语"而加以斥责，与此相反，随园则云"香奁诗，至本朝王次回，可称绝调"而予以激赏。王次回诗究竟如何，为便于说明，现举其《个侬》诗如下……这首诗大概是宿于妓馆的翌日所写。其此类诗句如"难藏靥晕依微笑，已露眉湾黯澹愁"……"未形猜妒思犹浅，肯露娇嗔爱始真"等，皆无非是对偎香倚玉、猜妒娇嗔的冶态柔情的细致描摹，而这也正是随园所称誉

① 朱东润：《中国文学批评史大纲》，上海古籍出版社 2001 年版，第 359—360 页。

的“绝调”。对于所谓的情歌与艳诗，既不应一概加以排斥，也不可一味沉迷其中，而必须根据各种不同的实际情况，分析其情感抒发的诚挚程度以及艺术表现的形式特点，然后判断其在文学上的价值如何。有时某种作品在道德风教方面不足为训，而在文学方面却颇有价值，这在古今中外都是不乏其例的。在这方面，如果说沈德潜之见可谓“不及”，难么袁枚之见可谓“过”了。但若就王次回的艳诗看，我倒宁可赞成沈氏之见。①

朱东润、铃木虎雄所论实为持平之见，在大的原则上我们并没有不同意见，对于艳诗，当先看其性质如何，再论其艺术如何，艳诗可以艳冶、亲密，但不可流于轻薄与狎亵，狎亵的艳诗是不应该邀入文学经典之列的，受到文学史家的冷落，自然不足为怪。换言之，文学史研究中一个重要的任务就是遴选经典、诠释经典，轻薄、狎亵的艳诗从文学史家的视野中淡出乃为题中应有之义。问题是，如何界定轻薄与狎亵？不同时代，人们对轻薄与狎亵的理解并不相同，如朱熹眼中的“淫诗”，我们今天却公认为“爱情诗”，相去何止千里。即使同一时代，不同人的心目中，轻薄与狎亵内涵也有差异。王彦泓《疑雨集》的实际情况如何呢？

王英志《袁枚评传》曾把《疑雨集》中写男女之情的诗歌分为五类：写年轻少女对爱情的向往，如《花烛》、《催妆》等；写新婚少妇幸福、羞涩的心理活动，如《无题》、《即事》等；写对死去伴侣的思念之情，如《死别》、《空屋》等；表白对爱情的忠贞不渝，如《和于氏诸子秋词》、《感遇》等；有个别写倚香依玉之冶态者，如《个侬》。在这五类中，前四类自然可免狎亵之嫌，就是个别写倚香依玉之冶态者，王英志也认为并未涉及色情淫秽，仅是言“儿女之情”。② 我们阅读的结果与王英志先生大略相似。为节约篇幅，我们看潘德舆对王彦泓诗的斥责：

---

① （日）铃木虎雄：《中国诗论史》，许总译，广西人民出版社 1989 年版，第 201—202 页。

② 王英志：《袁枚评传》，南京大学出版社 2002 年版，第 451 页。

元末之诗宗杨铁崖，乃入于妖；明末之诗宗钟伯敬、谭友夏，乃流于鬼。王彦泓《疑雨》一集，以淫靡之思，刻划入骨，使人心流气荡，觉铁崖徒炫其貌，惑人伎俩，犹有未尽致者，彦泓乃足为妖中之妖耳。句如"含毫爱学簪花格，展画惭看出浴图"，"翻成绣谱传人画，会得琴心允客挑"，"窗下有时思梦笑，灯前长不卸头眠"，"陈王著眼先罗袜，温尉关心到锦鞋"，"体自生香防姊觉，眉能为语任郎参"，"素质乍看疑是月，清欢何暇想为云"，能以佻冶不堪之事，写到通微入玄处，此即朱竹垞《静志居琴趣》所本。然在词家，亦为下乘，况以之玷污风雅哉！①

潘德舆所征引王彦泓的诗句，体格固然不高，但其"淫靡"之思、"佻冶不堪"之处不但不及《诗经・国风・召南・野有死麕》中的"舒而脱脱兮，无感我帨兮，无使尨也吠"，也不逮李商隐《北齐》诗中的"小怜玉体横陈夜"。周寿昌《思益堂日札》就不觉得王彦泓这些诗句"佻冶不堪"，认为平情论之，它们"不过写一憨慵小女子之情态"而已，潘德舆"力持诗教，坛坫气太重"，"从淫荡处着想，故见得如此"。② 在潘德舆之前，朱彝尊《静志居诗话》也曾征引"含毫爱学簪花格，展画惭看出浴图"、"翻成绣谱传人画，会得琴心允客挑"、"窗下有时思梦笑，灯前长不卸头眠"等诗句，认为"皆饶风韵，诵之感心嫮目，回肠荡气"，并赞其"深得唐人遗意"。至于朱彝尊所称引的"一层芳树一层楼，只隔欢娱不隔愁"、"当初语笑浑闲事，向后思量尽可怜"、"明明可爱人如月，漠漠难寻路隔烟"、"水国不生红豆子，赠君何物助相思"、"分明蜡烛身相似，才上欢筵泪已零"等《疑雨集》中的诗句，更是与"淫靡"、"佻冶不堪"毫无牵连。③

当然，王彦泓有个别诗篇咏金莲、写纳妾，难逃轻薄与纤佻之讥，但从

① 潘德舆：《养一斋诗话》卷六，《清诗话续编》，上海古籍出版社 1983 年版，第 2093—2094 页。

② 周寿昌：《思益堂日札》卷六"潘四农斥王次回诗"条，清光绪十四年刻本。

③ 朱彝尊：《静志居诗话》卷十九，人民文学出版社 1990 年版，第 570 页。

整体上看，大都是情诗而非淫诗。退一步说，即使《疑雨集》中有个别的诗篇流于狎亵，也不能因此抹杀《疑雨集》的整体价值，我们在评价一个作家的作品价值时，应该使用望远镜而不是显微镜。

艳诗该不该进入文学史，写什么固然需要关注，其艺术上达到的高度同样值得考量。中国历代艳诗数量庞大，特别是明清时期，尚有大量艳诗没有得到清理，如明末清初，诗坛刮起了一股浓郁的香艳之风，讴歌男女情爱的诗歌十分繁盛。钱谦益《牧斋有学集》卷三九《与吴梅村书》说："江右艳曲，盈缃溢缥。西昆、香奁，塞破此世界矣。"①这些艳诗鱼龙混杂，需认真辨别，绝大多数的作品肯定只能成为文学史上的流星。我们之所以认为王彦泓《疑雨集》应该写进文学史，是因为其艺术上达到的成就。如对王彦泓艳诗甚熟的王士禛，通过与李商隐、韩偓艳诗的比较，在《倚声初集》中指出："次回艳情诗数百篇，刻画声影，有义山、致光所未到者。"②李祥在为《〈疑雨集〉注》所作的序中则以文学史的宏大视野，确立《疑雨集》在艳诗发展史上的地位：

> 诗有六义，其三曰比，在古原与赋、兴分编，孔子合之，令人各揣其意之所在。郑、卫之诗，多托为男女慕悦之词，而郑卿即赋之以见志，未可以淫亵视也。《古诗十九首》多具此义。至《子夜》、《读曲》诸歌，则一意淫放，荡不可稽，比几于赋矣。唐之义山，以格诗写之，寓意最工，其姨子韩氏致尧和之。义山之诗，有吴江朱氏为之表章。致尧诗，近有吾友震钧在廷，著《香奁发微》。李、韩之诗，皆知其有为而言矣。明之季叶，金坛王次回所著《疑雨集》出，遂集此体之大成。③

---

① 钱谦益：《牧斋有学集》卷三九，上海古籍出版社1996年版。

② 邹祗谟、王士禛编：《倚声初集》卷十五，顺治十七年刻本，《续修四库全书》第1729册。

③ 李祥：《〈疑雨集〉注序》，《〈疑雨集〉注》卷首，上海扫叶山房石印本。

总之，艳诗作为诗家一格，应该对其作出历史的分析，在文学史著作中获得适当的位置，像王彦泓这样在艳诗创作中达到很高成就的作家，应该在文学史中给予应有的关注。

王彦泓是以写艳诗出名的，《疑雨集》因此也成了艳诗的代名。其实，稍加浏览《疑雨集》，不难发现，其内容的多样性与一般文人的诗集并没有根本的差别。海纳川《冷禅室诗话》指出：

> 人只知王次回《疑雨集》为言情之作，以为全集不脱香奁本事窠臼，其实亦不尽然。王集中凡朋友赠答之诗，山川凭吊之作，皆屏去浮华，力求简奥，始信大家固无不能也。①

王彦泓是否能进入大家行列尚可商议，但《疑雨集》确实到了应该认真对待的时候了。

（原载《文艺理论研究》2011 年第 4 期）

① 张寅彭：《民国诗话丛编》二，上海书店出版社 2002 年版，第 695 页。

王彦泓诗论*

——兼及文学史研究的观念问题

一、一种奇异的阅读和接受现象①

王彦泓(1593—1642),字次回,金坛人,著有《疑雨集》。随着中国古代文学研究的深入,王彦泓近年来逐渐受到学界关注。作为其标志的,是章培恒、骆玉明主编的《中国文学史新著》的出版,在这部被学界誉为“有思想的知识体系”的著作中,②章培恒先生花了四页的篇幅讨论王彦泓,认为在竟陵正盛之时,王彦泓“异军突起,以其富于个性的诗歌,作出了自己的贡献”。③ 但王彦泓大体仍是被漠视的。2011 年第 6 期《读书》载有周朝晖《永井荷风与晚明诗人王次回》一文,④在文中周朝晖提到,他在日本唯美主义文学家永井荷风的文集里遇到了“前所未闻的中国明末诗人

---

* 原稿撰于 2013 年 8 月,曾在复旦大学主办的中国明代文学学会第九届年会暨 2013 年明代文学国际学术研讨会上宣读。

① 笔者曾撰有《王次回:一个被文学史遗忘的重要诗人》(《中国韵文学刊》2006 年第 3 期),本部分在其基础上利用一些新的资料进行了重写。

② 《有思想的知识体系——〈中国文学史新著〉专家座谈会纪要》,2007 年 12 月 7 日《文汇读书周报》。

③ 章培恒、骆玉明:《中国文学史新著》,复旦大学出版社、上海文艺出版总社 1996 年版。

④ 周朝晖:《永井荷风与晚明诗人王次回》,《读书》2011 年第 6 期。

王次回(即王彦泓)的诗歌”,惊讶地发现永井荷风“频繁引用王次回诗作,而且天衣无缝地嵌在行文之中”,对其触动更大的是永井荷风在《初砚》中竟将王彦泓的《疑雨集》与波德莱尔的《恶之花》相提并论,评价甚高。周朝晖不禁感慨:“失之东隅,得之扶桑,没想到故国沉沦几百年的王次回,竟然在孤悬汪洋一隅的日本找到知音,并滋养了唯美主义文学大师的创作。”于是周朝晖发愿要搜读王彦泓诗集,让他感到遗憾的是,“逛了大中城市的各种书店,查遍古典诗歌书架,收效甚微”。

这大概能反映王彦泓诗的目前阅读和接受情况。其实,王彦泓并没有“沉沦几百年”,他的诗在明末清初与晚清民国时曾两度流行,受到非常广泛的欢迎,他的诗也引起了激烈争论,人们对其褒贬不一,评价分歧甚大,激发了极端的爱和恨,构成一种奇异的、令人注目的阅读和接受现象。综观王彦泓诗阅读和接受的历史进程,具有如下两个突出特点:

第一,接受的钟摆现象。王彦泓诗的接受过程,曾经历过两次高潮和低潮的起伏,借鉴刘学锴的说法,可称之为“钟摆现象”。[①]

在王彦泓生前,他的诗主要依靠传抄流传。王彦泓《有女郎手写余诗数十首,笔迹柔媚,纸光洁滑,玩而味之》提供了一个具体案例:

> 笔砚精良映绮疏,瘦璠人作瘦筋书。古钗妙迹看来似,黄绢妍词愧未如。疏懒未成投芍药,清新先荷赏芙渠。从今咏到关心句,一望枝娘柳下居。
>
> 无聊私咏隔天涯,不道吟哦到齿牙。江令诗才犹剩锦,卫娘书格是簪花。长将唾压香浓染,怕被娘窥烛半遮。想得笑和桃叶语,羡伊根蒂属王家。[②]

这是反映王彦泓诗在同时代人中接受情况的一段鲜活而生动的材料,不

① 刘学锴:《古典文学研究中的李商隐现象》,《社会科学辑刊》1998年第1期。

② 王彦泓:《疑雨集》卷下,清康熙刻本,国家图书馆有藏。如不特别注明,本书所引《疑雨集》文字皆据此本。

难看出，王彦泓在当时已有一定的知名度，连闺阁中也有知音。

明清之际，王彦泓的诗在江南一带非常流行。贺裳《皱水轩词筌》说：

> 王次回名彦泓，后为云间学博，余从母孙也。喜作艳诗而工，凡数百首，见者沁入肝脾，其里习俗为之一变，几于小元白云。①

王彦泓诗竟使"其里习俗为之一变"，足征其在当地受欢迎的程度。随着王彦泓诗被传抄次数的增加，其名声越来越大。严绳孙《〈疑雨集〉序》指出："今《疑雨集》之名籍甚，江左少年传写，家藏一帙，溉其余沈，便欲名家。"②王士禛、朱彝尊、陈维崧都给王彦泓诗以很高评价，王士禛、纳兰性德的创作都受到王彦泓诗的较大影响。③

随着王彦泓诗影响的愈益广泛，渐渐引起刻书者的重视，最终在康熙庚午得以刊布流传。侯文灿《〈疑雨集〉序》说明了《疑雨集》被刊刻的来龙去脉：

> 明万历中，金沙王次回先生以博学好古名闻于时。其为诗多艳体，向尝于《列朝诗集》中窥其一二，意殊未竟也。岁庚午，余选词于亦园。既辍简，客有谓余者曰："次回先生诗，沉博绝丽，无语不香，有愁必媚，'玉台'、'西昆'而后，不易多得，惜其遗稿未刻也。盍付之梓？"余曰："诺。"因出其所藏《疑雨集》以示余。……嗟乎！物之出也有候，其藏也有待。先生之去今，百有余年矣，而先生之精神，有尝萃于是者。余之为是刻也，余非知先生者也。夫亦先生之诗，所为光怪陆离，久而欲出者，自不可遏抑焉尔。④

① 贺裳：《皱水轩词筌》，《昭代丛书》本，上海古籍出版社1990年版。

② 侯文灿：《〈疑雨集〉序》，《疑雨集》卷首。

③ 参看张宏生：《情感体验与字面经营——纳兰词与王次回诗》，《社会科学》2012年第2期。

④ 侯文灿：《〈疑雨集〉序》，《疑雨集》卷首。

《疑雨集》的刊刻，使王彦泓诗得以大量而迅速地传播，侯氏自称“非知先生者也”，但他在王彦泓诗接受史上的意义，是值得重重写上一笔的。

到清代中期，儒家的诗教观逐渐占了上风，对王彦泓诗批评的声音日益响亮起来。黄之隽壮齿时非常喜爱《疑雨集》，并为之作注，但终因“觉其纤亵悖诗教”而“弃之”。[①] 力主“温柔敦厚”的沈德潜，在编《国朝诗别裁集》时，斩钉截铁地把《疑雨集》作为“反面教材”全盘否定：“如王次回《疑雨集》之类，最足害人心术，一概不存!”[②]阳湖人钱初喜欢写诗，偶然得到王彦泓《疑雨集》，大为称赏，旦夕吟咏，并模仿《疑雨集》写诗。陆继辂得知后，力劝其改弦易辙。[③] 王衍梅见有人诵《疑雨集》，作诗规劝：

> 云雨荒唐竟梦思，非关宋玉有微词。浪传乐府携桃叶，失笑巴人和竹枝。绮靡至今犹作俑，淫奔自古不存诗。祖龙已死囊萤在，付于荼毗尚恨迟。[④]

在这样的形势下，王彦泓诗的影响力自必一步步萎缩。

降及晚清、民国，随着沈德潜一派诗论影响的逐渐削弱，王彦泓的地位逐渐恢复，再次走红，形成了王彦泓诗接受的第二次高潮。这主要表现在以下几个方面

一是拥有的读者甚多。这可以从王彦泓作品的刊印情况加以推断。

---

① 黄之隽：《䜩言》，清乾隆刻本，《四库全书存目丛书》集部第 271 册，第 429 页。

② 沈德潜：《国朝诗别裁集·凡例》，清乾隆二十五年教忠堂刻本，《四库禁毁书丛刊》第 158 册。

③ 陆继辂：《候补觉罗官学教习钱君行状》，《崇百药斋文集》卷十九，《续修四库全书》第 1497 册。

④ 王衍梅：《有诵〈疑雨集〉者作此示之》，《绿雪堂遗集》卷十四，清刻本。

据笔者调查，仅在1905—1936年间，《疑雨集》就被印了三十多次。① 另外，还出现了伪托王彦泓所著的《疑云集》，也颇为流行。②

二是覆盖的地域较广。王彦泓《疑雨集》虽主要在上海刊行，但其流传的区域却非常广。台湾作家连横《诗荟余墨》有多处提到《疑雨集》，且看其中的两处：

> 今之作诗者多矣，然多不求其本。《香草笺》能诵矣，《疑雨集》能读矣，而四始六义不识。是犹南行而北辙，渡江而舍筏也。
>
> 少年作诗，多好香奁，稍长即便舍去。施耐公山长有《艋津赠阿环》七律三十首，滞雨尤云，怜红惜绿，置之《疑雨集》中，几无以辨。及后自编诗集，弃而不存。然清词丽句，传遍句阑。可作曲中话。③

连横对《疑雨集》虽有轻视之意，但却道出了《疑雨集》为台湾读者喜爱的事实。文中提到的施耐公就是施士洁，他晚年号耐公。我们不知道施士洁《艋津赠阿环》与《疑雨集》有多大程度的联系，但可以肯定的是，连横自己也在"《疑雨集》能读矣"的行列，否则他怎能说出"置之《疑雨集》中，几无以辨"这样的话呢？台湾作家赖和在《谨复某老先生》中也曾提到王彦泓。④ 王彦泓诗也为一些日本作家所喜爱。上文已提到，永井荷风对王彦泓《疑雨集》甚为推崇。永井荷风的父亲永井禾原也是王彦泓诗的爱好

① 笔者根据复旦大学中国古代文学研究中心明集目录卡片提供的线索，到中国国家图书馆、上海图书馆、南京图书馆、南京大学图书馆、复旦大学图书馆、华东师范大学图书馆、上海师范大学图书馆等作了仔细的查验。

② 耿传友：《王次回〈疑云集〉辨伪》，《中国典籍与文化》2006年第4期。

③ 连横：《雅堂文集》卷四，《台湾文献丛刊》第八辑，大通书局1984年版。

④ 赖和：《赖和作品选集》，中国广播电视出版社1987年版。赖和的这篇文章最早载于《台湾民报》九十七号，1926年3月21日。

者，其《来青阁诗集》里载有《新岁竹枝词仿王次回体即用原韵》十三首。① 芥川龙之介在《上海游记》里引用过《疑雨集》里的诗，说明他对《疑雨集》也不陌生。②

三是读者的文化跨度很大。王彦泓诗的读者中，不但有普通市民、一般文化青年，而且还有第一流学者、作家和艺术家。现把笔者搜集到的部分资料表之于下：

清末、民国名人阅读王彦泓诗一览表

人名	证据资料	出处
黄遵宪	曾向日本宫岛诚一郎推荐《疑雨集》，认为王彦泓"天赋艳才，最能写男女之事，无微不备"。	《黄遵宪全集》(上)，中华书局2005年版，第739页。
徐枕亚	在《玉梨魂》中借梦霞之口说《疑雨集》"情词旖旎，刻露深永"。	《玉梨魂》第七章，江西人民出版社1986年版。
王国维	《疑雨集》一残本中有王国维题记："此系大兴朱少河先生锡庚家旧钞，虽非足本而较胜坊刻。宣统改元八月国维记。"	此《疑雨集》残本为王国维旧藏，现藏北京大学图书馆。
胡适	1.《藏晖室日记》1910年正月二十九记："读王次回《疑雨集》。" 2. 顾颉刚在《写歌杂记》中提到，胡适曾对他说："此诗(指《野有死麇》)之义，经学家虽讲为峻拒，文学家确是讲为互恋的。记得王次回诗中即有此类句子。"顾颉刚依了这个指导，果然在《疑雨集》中找到了类似的诗。	1.《胡适日记全编》第1册，安徽教育出版社2001年版，第23页。 2.《吴歌·吴歌小史》，江苏古籍出版社1999年版，第132页。

---

① （日）大木康：《日本文学中的南京秦淮》，章培恒、梅新林主编《中国文学古今演变研究论集》，上海古籍出版社2002年版。

② （日）芥川龙之介：《中国游记》，陈生保、张青平译，北京十月文艺出版社2005年版。

续表

人名	证据资料	出处
张恨水	《春明外史》无论是写主人公杨杏园与雏妓梨云的爱情、还是写其与才女李冬青的爱情，都涉及《疑雨集》；杨杏园所写的《乍见》三首，李冬青认为“置之《疑雨集》中，几不可辨矣”；李冬青还把“次回诗”比于“洛妃颜色”。	《春明外史》第二十回、第三十七回，北岳文艺出版社 1993 年版。
郁达夫	1. 郁达夫致孙荃的信中提到王彦泓有《疑雨》、《疑云》二集，并引录了王彦泓的两首诗。 2. 在《杂谈七月》里，郁达夫引用了王彦泓“秋夜河灯净业庵”这句诗。	1. 于听：《郁达夫风雨说》，浙江文艺出版社 1991 年版，第 127 页。 2.《郁达夫文集(国内版)》第三卷，生活 · 读书 · 新知三联书店香港分店 1982 年版。
冰心	1. 冰心在《两栖动物》中回忆，她的表兄曾抄王彦泓的诗作为给某个表姐的情书，虽然冰心的表兄并没有因此得到那位表姐的青睐，但冰心依然认为是“很好的诗”。 2. 在《我的良友——悼王世瑛女士》中，冰心说自己曾集王彦泓的“明明可爱人如月”和黄仲则的“一星如月看多时”，拟了“一星”的笔名送给一个好朋友。	《冰心选集》第三卷，河北教育出版社 1992 年版。
张大千	张大千作有《王次回诗意图》，此仕女图乃据王彦泓诗“别来清减转多姿，华景长廊瞥见时。双鬟淡烟双袖泪，俍人刚道莫相思”而作。	包立民《张大千二十年代初的设色仕女画》，《张大千艺术圈》，中国文联出版公司 1999 年版，第 49 页。
李叔同	李叔同二十岁左右，创作有书法作品《苏体行书节录王次回先生问答词横》、《苏体行书王次回和孝仪看灯词横》。	《天津文史》第 22 期彩页七、封底，1999 年 10 月。这两件书法作品现藏天津市艺术博物馆。

上述种种现象，足征王彦泓诗在当时受到广泛的欢迎，可以说出现了“王彦泓热”。

然而，从1937年开始，王彦泓诗歌失去了接受的土壤与气氛，渐渐淡出了人们的阅读视野，再次遭到冷落。直至目前，《疑雨集》在中国大陆几乎没有重印过，其间虽偶尔有人提及，但似乎都没有产生什么影响。

第二，评价的巨大分歧。在对王彦泓的评价中，存在巨大的分歧，褒贬不一，誉之者尊为艳体圣手，毁之者贬为名教罪人。上文对此已有涉及，这里再略加补充。如朱彝尊就对王彦泓诗非常推崇，认为“启、祯善言风怀者，莫若金沙王次回”，①并在《静志居诗话》“王彦泓”条作了详细论述：

> 风怀之作，段柯古《红楼集》，不可得见矣。存者，玉溪生最擅场，韩冬郎次之，由其缄情不露，用事艳逸，造语新柔，令读之者唤奈何，所以擅绝也。后之为艳体者，言之惟恐不尽，诗焉得工？故必琴瑟钟鼓之乐少，而寤寐反侧之情多，然后可以追韩轶李。金沙王次回，结撰深得唐人遗意。起句如：“雨下春泥月下霜，几年辛苦是萧郎。”“一层芳树一层楼，只隔欢娱不隔愁。”“月到西南倍可怜，照人双笑影娟娟。”中联如：“烧灯院落更衣影，听曲帘栊点屐声。”“当初语笑浑闲事，向后思量尽可怜。”“画舫帘衣凭雪蘸，玉筝弦索见春葱。”“明明可爱人如月，漠漠难寻路隔烟。”“临水偶来同倚槛，隔花何路可登楼。”“封来泪点红犹湿，翦后香丝绿未齐。”“绣佛像前同下拜，泥金经尾独佥名。”“含毫爱学簪花格，展画惭看出浴图。”“花下小楼堆烛泪，柳边低舫载茶烟。”“翻成绣谱传人画，会得琴心允客挑。”“窗下有时思梦笑，灯前长不卸头眠。”结句如：“水国不生红豆子，赠君何物助相思。”“残阳欲度梅梢尽，才向红窗拂镜奁。”“蜡照渐微香炧冷，佩声才达画堂东。”“阑干一曲无多地，才着思量便渺然。”“仙家合住烟霞外，金屋藏渠也不堪。”“今日席间谁认得，旧时家令沈休文。”“分明蜡烛身相似，才上欢筵泪已零。”“一生长羡金泥蝶，颤向钗边与镜边。”皆饶风

① 朱彝尊：《静志居诗话》卷二十二，人民文学出版社1990年版，第703页。

韵，诵之感心娉目，回肠荡气。①

朱彝尊的评价得到了一些人的赞成，但也有一些人提出异议，如朱琰在《明人诗钞续集》“王彦泓”条说：

无题之诗，玉溪生最为擅场，顾其自言不登娈童之床，不入季女之室，盖以才高不偶，乃借闲情摅其幽素，《梓州吟》云“楚雨含情俱有托”，非自诬也。若元微之《会真》、韩冬郎之《香奁》，语涉淫靡，旨戾风雅，言虽可市，况愈下矣。次回《疑雨集》，竹垞谓“诵之感心娉目，回肠荡气”，使次回果能动人若是，则次回得罪名教大矣。②

潘德舆在《养一斋诗话》也对朱彝尊进行了直截了当的批评：

元末之诗宗杨铁崖，乃入于妖；明末之诗宗钟伯敬、谭友夏，乃流于鬼。王彦泓《疑雨》一集，以淫靡之思，刻划入骨，使人心流气荡，觉铁崖徒炫其貌，惑人伎俩，犹有未尽致者，彦泓乃足为妖中之妖耳。句如“含毫爱学簪花格，展画惭看出浴图”，“翻成绣谱传人画，会得琴心允客挑”，“窗下有时思梦笑，灯前长不卸头眠”，“陈王着眼先罗袜，温尉关心到锦鞋”，“体自生香防姊觉，眉能为语任郎参”，“素质乍看疑是月，清欢何暇想为云”，能以佻冶不堪之事，写到通微入玄处，此即朱竹垞《静志居琴趣》所本。然在词家，亦为下乘，况以之玷污风雅哉！古之燕女溺志，恐亦未臻此境也。竹垞斥刘钦谟、瞿宗吉、杨君谦、张君玉之艳诗如腻污人，而独谓彦泓追李轶韩，深得唐人遗意，既无定志，且误后学。③

---

① 朱彝尊：《静志居诗话》卷十九，人民文学出版社 1990 年版，第 570 页。

② 朱琰：《明人诗钞续集》卷十，清乾隆刻本，《四库禁毁书丛刊》第 37 册。

③ 潘德舆：《养一斋诗话》卷六，《清诗话续编》，上海古籍出版社 1983 年版，第 2093—2094 页。

朱琰、潘德舆与朱彝尊时代悬隔，自然无法直接讨论，袁枚和沈德潜则为王彦泓诗展开了论争，把对王彦泓诗评价的分歧充分显现。沈德潜在《国朝诗别裁集·凡例》中特别批评了《疑雨集》：

> 诗必原本性情，关乎人伦日用及古今成败兴坏之故者，方可为存，所谓其言有物也。若一无关系，徒辨浮华，又或叫号撞搪以出之，非风人之旨也。尤有甚者，动作温柔乡语，如王次回《疑雨集》之类，最足害人心术，一概不存。①

袁枚对沈德潜不选王彦泓诗的做法极为不满，为此专门致信沈德潜，进行质疑：

> 闻《别裁》中独不选王次回诗，以为艳体不足垂教。仆又疑焉。夫《关雎》即艳诗也，以求淑女之故，至于辗转反侧，使文公生于今，遇先生，危矣哉！《易》曰："一阴一阳谓之道。"又曰："有夫妇然后有父子。"阴阳夫妇，艳诗之祖也。傅鹑觚善言儿女之情，而台阁生风；其人，君子也。沈约事两朝，佞佛，有绮语之忏；其人，小人也。次回才藻艳绝，阮亭集中，时时窃之。先生最尊阮亭，不容都不考也。②

袁枚、沈德潜关于王彦泓《疑雨集》该选不该选的争论，引起了强烈反响，成为后来的热门话题，斥责袁枚者有之，折中者有之，批评沈德潜者亦有之。对此拙文《艳诗该如何对待——由袁枚、沈德潜之争谈中国艳诗的

---

① 沈德潜：《国朝诗别裁集·凡例》，清乾隆二十五年教忠堂刻本，《四库禁毁书丛刊》第158册。

② 袁枚：《再与沈大宗伯书》，《小仓山房文集》卷十七，《小仓山房诗文集》下，上海古籍出版社1988年版，第1504—1506页。

历史命运》已有论述,可参看。[1]

王彦泓诗究竟有什么特点?其接受过程为什么会如潮水般涨落起伏?后人的评价为什么会有如此巨大的分歧呢?

二、艳情:王彦泓诗的主要元素

如果仔细梳理王彦泓诗的接受材料,不难发现,无论是称赏还是贬斥,大都集中于艳体诗,如上文提到袁枚与沈德潜因王彦泓《疑雨集》而引发的争论,焦点就是王彦泓的艳体诗。毫无疑义,艳情是王彦泓诗最主要的元素。从表面看,袁枚与沈德潜的看迥然不同:沈德潜认为王彦泓诗"最足害人心术",[2]而袁枚却认为王彦泓诗"往往入人心脾"。[3] 可是,在根底里,两人对王彦泓诗的认识也并非不能相通。袁枚说的"往往入人心脾"固然指的是王彦泓诗具有打动人的力量;沈德潜所说"最足害人心术",如果转换一下价值判断,不也就是"最"具有打动人的力量么?那么,王彦泓艳体诗为什么具有这样强的感染力和魅惑性呢?

康正果《词淫和意淫:谈王次回及其〈疑雨集〉》一文中提到,有人说王彦泓艳体诗写得最为大胆和露骨,似乎在性表现方面有相当的突破;康先生对此予以否定。[4] 在这一点上我们与康先生看法一致。和遮遮掩掩描写艳情的诗人相比,王彦泓确实是够坦率大胆的,但露骨则根本谈不上,类似李商隐"小怜玉体横陈夜"这样的描写也非常少见。为节约篇幅,我们看斥责王彦泓为"妖中之妖"的潘德舆所举《疑雨集》中的例子:

---

① 耿传友:《艳诗该如何对待——由袁枚、沈德潜之争谈中国艳诗的历史命运》,《文艺理论研究》2011年第4期。

② 沈德潜:《国朝诗别裁集·凡例》,清乾隆二十五年教忠堂刻本,《四库禁毁书丛刊》第158册。

③ 袁枚:《随园诗话》卷十四,人民文学出版社1982年版。

④ 康正果:《词淫与意淫:谈王次回及其〈疑雨集〉》,《万象》第三卷第七期,2001年7月。

含毫爱学簪花格，展画惭看出浴图。（卷下《即事》）

翻成绣谱传人画，会得琴心允客挑。（卷下《席上》）

窗下有时思梦笑，灯前长不卸头眠。（卷下《代友人赠妓》）

陈王着眼先罗袜，温尉关心到锦鞋。（卷下《无题》）

体自生香防姊觉，眉能为语任郎参。（卷下《追和唐女冠鱼玄机十二韵》）

素艳乍看疑是月，清欢何暇想为云。（卷下《左卿阿锁》）

上文已提到，潘德舆批评这些句子“能以佻冶不堪之事，写到通微入玄处，此即朱竹垞《静志居琴趣》所本。然在词家，亦为下乘，况以之玷污风雅哉！古之燕女溺志，恐亦未臻此境也。”①其实，它们写的是否是“佻冶不堪之事”，算不算“玷污风雅”，都还难说，如周寿昌就认为这些诗句不过“写一憨慵小女子之情态”而已，不能算“佻冶不堪”，潘德舆“从淫荡处着想，故见得如此”，并批评潘氏“坛坫气太重”。② 至于露骨，则根本沾不上边。

王彦泓诗对艳情的叙写，可借严绳孙《〈疑雨集〉序》的评价来概括：“以闳肆之才，写宕往之致。穷情尽态，刻露深永。”（《疑雨集》卷首）这可从以下两方面来理解。

首先，情境繁多。王彦泓是个感情经历非常丰富的诗人，用他自己的诗句就是“一生多累为柔肠”（《疑雨集》卷上《吴行舟中漫兴》）。同时，他对自己的情感毫不掩饰，在诗里坦率地加以表现。他本人在诗中直接注明的，就有与阿姚和阿锁的恋情。

《疑雨集》点明为阿姚而作的诗有 22 首，包括《问答词》16 首、《代所思别后》5 首和《阿姚之归，凡同心皆为予喜，而向来知其事者，端己、韬仲叔也。于其来贺，赋谢一章》1 首。此外，至少还有 43 首也当是写王彦泓

① 潘德舆：《养一斋诗话》卷六，清道光十六年刻本，《续修四库全书》第 1706 册。

② 周寿昌：《思益堂日札》卷六“潘四农斥王次回诗”条，清光绪十四年刻本。

与阿姚的恋情，包括《席上》《有赠》《纪事》等。这些诗从追求到定情、到考验、到迎娶，都有具体叙述；追求时的激情表白、考验时的折磨煎熬、离别时的相思痛苦、成婚前憧憬期待以及迎娶时的欢喜激动等，也都有细致描写。

阿锁为王彦泓进京考贡时所识，乃京城名妓，进士介松年因迷惑她而惊动崇祯皇帝，后介松年被吏部除名，递解回籍。[1] 在《疑雨集》中，点明为阿锁而写的诗共有二十七首。这些诗篇有很强的纪实性，记载了二人情感发展的轨迹。如在临分别的筵席上，王彦泓一次就口占十六首。诗前小序记述了写诗的缘起：

> 临行，阿锁欲尽写前诗，凡十一首。既而色有未满，曰："斯语太文，妾不用此。可为别制数章，取数月来情事踪迹，历历于心者谱之。勿诳勿艳，勿誉妾姿艺，如一语有犯即罚君一杯。"余曰："固然，但每诗成而卿以为可，亦引满赏此，何如?"一笑许诺。遂口占为下酒。

且录其中的几首：

> 受郎珍惜只侬知，难忘霞侵月满时。最是将归犹未忍，阿娘传语怪来迟。（自注：听罢凄然取酒自斟，而泪已盈盈矣。）
>
> 来时尽意洗铅华，自炷炉熏自泼茶。纤手待操青锁钥，问郎堪否便当家。（自注：此二章是其最得意处，不拘原限，连举数觞。）
>
> 嗔怒才因半语讹，臂湾零乱指痕多。明朝翻向人前讳，不许檀郎卷袖罗。（自注：为欢笑绝倒。）
>
> 身轻秘事几回痴，口噤心衔梦里知。今日总来添别泪，不能填入断肠诗。（自注：见此掩面唏嘘，掷杯而卧，仆人促驾，余亦不能再劝以酒矣。）

---

[1] 参看《疑雨集》卷下《左卿阿锁》其二诗中自注。

这些诗有的写阿锁的情思，有的写阿锁的风调，有的写欢会时的调笑，有的写分别时的痛苦。从阿锁的反应看，她被深深打动了。阿锁似乎对诗人产生了真情，诗人大概也答应纳阿锁为妾，因此在即将分别时重温“历历于心”的“情事踪迹”，她感到非常痛苦。

王彦泓与婢女的恋爱事迹没有阿姚、阿锁那样清晰，却也有迹可循。这应是一场惊心动魄的恋情，试看《可叹》(卷下)四首：

> 捣麝成尘到底香，焚兰涅玉任披猖。传讹易惑人成虎，负气难甘父攘羊。薄命固当输织室，清言端合死排墙。东亭友爱风流尽，每读遗文泣数行。
>
> 由来巧妒擅机锋，江敩描摹总未工。阁后寂寥钗泽影，津头狂暴毁妆风。端忧孰敢窥南户，锁闭仍教记守宫。得谤似缘诗作祟，悔将吟笔教逢蒙。
>
> 消息难通问女巫，交无侠客信非夫。冠军宅外能来否，团扇歌成肯赦无。与杖敢逃平子嫂，报书堪念阮咸姑。襄阳幕后知音坐，谁递愁吟与绿珠。
>
> 见人偶语暗心惊，叵测风涛有变更。着布小怜姿韵在，啼妆孙寿病愁并。忍言憔悴羞相见，喜耐危疑表至诚。奇祸不妨含笑受，旧恩山重一身轻。

第一首是爱情遭到严重压抑后的抗议和悲歌。捣麝成尘、焚兰涅玉，压迫者是多么的猖狂！然而，美好的东西是压制不了的，如同麝香一样，哪怕被捣碎成尘，但香气也决不会消失。“捣麝成尘到底香，焚兰涅玉任披猖”是对恋爱对象的赞美，亦是对压迫者的蔑视！而由“传讹易惑人成虎，负气难甘父攘羊”看，婢女受惩罚很可能引谣言而起。第二首进一步刻画了压迫者的猖狂，对婢女责罚的严厉，并表达了悔恨之意，因从“得谤似缘诗作祟，悔将吟笔教逢蒙”看，引起事端的人大概曾向诗人学过诗。第三首连用多个典故描绘自己在爱情受到间阻时的无奈与无助。第四首写婢女在危疑之时依然表示了对诗人的“至诚”。

《疑雨集》还有很多写艳情的诗篇，不需再一一列举，已不难看出，王彦泓诗对男女恋情发展的不同阶段、各种情境都有生动的描绘。

其次，刻画深细。王彦泓博学好古，阅读面非常宽广，从《疑雨集》用典看，他不仅对宋玉、元稹、温庭筠、杜牧、李商隐、韩偓等人的香艳篇章甚熟，从中吸取养分，而且也读过《莺莺传》《裴航》《却要》《非烟传》《绿珠传》《飞燕外传》等以写男女之情为主要内容的小说及汤显祖的言情之作《牡丹亭》和《紫钗记》，这些都是其创作时的资源。由于具有真切的情感体验和极强的文学感受力与表现力，王彦泓善于描写处于相恋中的男女心态的微妙变化。如《短别记言》（《疑雨集》卷上）：

为郎愁绝为郎痴，更怕郎愁不遣知。叮咛寄书人说向，玉儿欢笑似平时。

这是一首颇具民歌风味的诗，诗人通过描写处在恋爱中的女性身与心、情感与理智之间的矛盾，构成一种情感张力，人物微妙的心态得以具体展现。郁达夫非常喜欢这首诗，曾赞为“妙绝”。①

写女性心态既然能宛肖其声口，写男性当然更能直抉其灵魂了。如《奏记妆阁》（卷下）：

此生幽愿可能酬，不敢将情诉蹇修。半刻沉吟曾露齿，一年消受几回眸。微茫意绪心相印，细腻风光梦借游。妄想自知端罪过，泥犁甘堕未甘休。

这首诗充分展现了抒情主人公对爱情的渴望、憧憬和因无法把握结局而在追求爱情时的矛盾犹豫、畏葸不前的微妙心态，同时也传达了抒情主人

① 于听：《郁达夫风雨说》，浙江文艺出版社 1991 年版。

公对待这份感情的珍视、坚定与执着。据冰心《两栖动物》回忆，他有一位表兄作了一回“文抄公”，把这首诗送给他心仪的表姐，虽然冰心的表兄并没有因此得到那位表姐的青睐，但冰心依然认为是很好的诗。①

在男女的互动中展示人物的心理情态，更是王彦泓的拿手好戏。如《再赋个侬》（《疑雨集》卷上）：

> 心期旧矣合欢新，蔗尾才尝味已珍。胆小易惊还易喜，眉弯宜笑更宜颦。未形猜妒思犹浅，肯露娇嗔爱始真。作计恼伊尝试看，自惭终近薄情人。

此诗写得十分生活化。“心期旧矣合欢新”，表明“合欢”者正是过去一直相思的对象，“新”与“旧”两个意义相反的词语在这里却和谐统一起来，让人体味到主人公渐入爱情佳境的欣喜，“矣”字的使用使这种欣喜的情态沛然纸上。她是一个情绪多变的女性，但无论是惊是喜，是笑是颦，都显得富有韵味，也正是由于她心情的捉摸不定，更惹人爱怜，让人心动。心旌神摇的抒情主人公对感情有一种理解和期待，他决定试探一下“个侬”的情深情浅。叙述者并没有描述“个侬”在被逗弄之后的反映，但从“自惭终近薄情人”陈述中我们不难想象出她情态的变化。“绮园”曾在《红楼梦》庚辰本第二十九回中的“看来两个人原本是一个心，但都多生了枝叶，反弄成两个心了”文字后评论道：“期望之情殷，每有是事。近见《疑雨》诗集中‘未形猜妒情犹浅，肯露娇嗔爱始真’，信不诬也。”②由此可见，王彦泓诗在两性情感的描写与表现上与《红楼梦》具有相通之处。王彦泓在崇祯辛未（1631）写有《问答词》十六首，这组诗注明是为阿姚写的，在最后一首里，诗人以阿姚的口吻总结道：

① 冰心：《两栖动物》，《冰心选集》第三卷，河北教育出版社1992年版。

② 俞平伯辑：《脂砚斋红楼梦辑评》，中华书局1960年版，第412页。

密绪还须对面论，意中言语意中人。饶他青鸟殷勤诉，不似郎诗道得真。

阿姚并非如柳如是那样绝艳高才，王彦泓就曾因她“诗思浅”而遗憾，但作为当事人，她的感受倒也值得重视。“饶他青鸟殷勤诉，不似郎诗道得真”不正是夸赞王彦泓心思熨帖，代自己说出了心中想说而没有说出的话吗？

若以描写艳情的深刻、细腻而言，王彦泓堪与李商隐、韩偓相媲美，有些地方，王彦泓恐怕还高明一筹，王士禛早就指出这一点：“次回艳情诗数百篇，刻画声影，有义山、致光所未到者。”①《才子牡丹亭》在批点《牡丹亭》第一出《标目》【蝶恋花】时也认为：“金坛王次回情深之至，诗过冬郎。”②正因为如此，《疑雨集》中的艳体诗具有极强的魅惑性，产生了很多王彦泓迷。李详在为注释本《疑雨集》所作的序中曾这样介绍：“其侔色揣称，尽态极妍，读之使人回肠伤气，狷薄子弟，为其所惑者多矣。”③

此外，王彦泓对香奁体有一种天然的嗜好，用他自己的话说就是“诗肠无奈近香奁”（卷上《春暮减衣》），因此他的诗有泛艳情的倾向。不仅服侍生病的琐碎细节使用了香艳的典故，如“愁看西子心长捧，冷透荀郎体自堪”（《疑雨集》卷下《侍疾》），连朋友赠答诗也经过了艳情化的处理，如“泪点寄来悲灼灼，口脂封去寄莺莺”（《疑雨集》卷下《寄怀端已白门》），甚至还将艳趣延展到写景诗，如“却羡身轻如柳絮，因风还近谢娘飞”（《疑雨集》卷上《京口雪》）等。

需要补充说明的是，由于王彦泓以艳体著称，而一般又认为王彦泓著有《疑云集》和《疑雨集》，于是一些徒闻其名的人误认为王彦泓专写男女

---

① 邹祗谟、王士禛编：《倚声初集》卷十五，顺治十七年刻本，《续修四库全书》第1729册。

② 吴震生、程琼：《才子牡丹亭》，华玮、江巨荣点校，学生书局2004年版，第8页。《才子牡丹亭》引用《疑雨集》中诗句110余处以批点《牡丹亭》，认为王彦泓和汤显祖都善于言情，是“能抉其臆而显摅之”的才人。参见耿传友：《“俱非才子不能道”——〈才子牡丹亭〉批评视野下的〈疑雨集〉与〈牡丹亭〉》，《戏曲研究》第八十五辑。

③ 《〈疑雨集〉注》卷首，民国扫叶山房石印本。

“云雨私情”。谭正璧在《诗歌中的性欲描写》中说：

至于《疑云》、《疑雨》二集，但观其名的人，以为内容写的至少十之七八是些云雨私情，孰知十之一二也没有！这正是王次回的有意欺人！他好似在替书局作广告，完全有名无实！①

其实，王彦泓并没有“有意欺人”。《疑云集》是一部托名王彦泓的伪书，是作伪者在清末俞廷瑛《琼花诗集》、《琼花词集》的基础上窜改而成②，《疑雨集》在内容的多样性上与一般文人的集子也没有根本差别，所谓“云雨私情”的联想，只不过是清末人以讹传讹罢了。

三、“颓废”：王次回诗的审美倾向

颓废最早是指建筑物的坍塌荒废，后逐渐被用于精神文化领域。在中国古代，颓与废合在一起作为文学术语使用似乎还没有出现，但曾使用与现代颓废接近的“颓靡”一词，指背离风雅传统的文学风格，如陈子昂《与东方左史虬修竹篇序》所云“思古人常恐逶迤颓靡，风雅不作，以耿耿也”③；也曾使用与颓废类似的“颓放”一词，指文学家不拘礼法、放荡不羁的个性，突出其不同于流俗的自由表现，如钱谦益《列朝诗集》小传说张献翼“晚年与王百谷争名，不能胜，颓然自放。与所厚善者张生孝资，相与点检古籍，刺取古人越礼任诞之事，排目分类，仿而行之”。④ 作为文学术语的颓废是一个西洋文学和艺术上的概念，源自拉丁文 Decadentia，本义是堕落、颓废，在中国曾被译为“颓加荡”，指的是 19 世纪下半叶欧洲的资产阶级知识分子对资本主义社会表示不满而又无力反抗所产生的苦闷彷徨

① 谭正璧：《诗歌中的性欲描写》，光明书局 1928 年版，第 59 页。
② 耿传友：《王次回〈疑云集〉辨伪》，《中国典籍与文化》2006 年第 4 期。
③ 陈子昂：《陈伯玉文集》卷一，《四部丛刊》影印明刊本。
④ 钱谦益：《列朝诗集小传》，中华书局 1959 年版，第 452 页。

情绪在文艺领域中的反映，最早表现在法国诗人波德莱尔和象征主义者马拉梅等人的创作中。《辞海》这样叙述“颓废主义”的内涵：

> 不满文艺对现实生活作自然主义的摹写，主张“为艺术而艺术”，认为文学艺术不应受生活目的和道德的约束，片面强调艺术的超功利性，否定文艺的社会作用，否定理性认识对文艺的作用，宣扬悲观、颓废的情绪，特别是从病态的或变态的人类情感中以及与死亡、恐怖有关的主题中去寻求创作灵感。

这种概括是否符合“颓废主义”真实的历史面貌，此处不拟讨论，因为颓废主义内涵的界定一直是学界的一个难题。本文所谓的“颓废”，指的是王彦泓诗的一种审美倾向，是忧郁、感伤等病态感情的诗意表现。之所以冠之以引号，是为了显示其与严格意义上的颓废、与西方“颓废主义”的区别与联系。

日本作家永井荷风早就敏锐地感觉到王彦泓诗的“颓废”倾向，他在《初砚》中曾谈到读《疑雨集》的感受：

> 我文坛是好西洋艺术的，说到中国诗，只是被作为倘非夸饰清寂枯淡就顽强表现豪壮磊落气概、一点都不说及人的内心的秘密弱点的东西。这或许是对的。但如一翻王次回《疑雨集》，那么，其全集四卷就都是情痴、悔恨、追忆、憔悴、忧伤的文字。其形式的端丽，辞句的幽婉而又重以感情的病态，往往可与波德莱尔相抗衡。我不知道中国诗集中是否还有其内容如同《疑雨集》那样的肉体性作品，而横溢于波德莱尔《恶之花》诗集中的倦怠、衰弱的美感直可移作《疑雨集》的特征。①

---

① 转引自章培恒、骆玉明：《中国文学史新著·下卷》（增订本），复旦大学出版社、上海文艺出版总社 2007 年版，第 397 页。

永井荷风引用了王彦泓九首诗以佐证自己的感受，包括《岁暮客怀》一首、《强欢》一首、《愁遣》一首、《不寝》一首、《述妇病怀》二首、《悲遣十三章》二首、《寒词》一首。[①] 或许正是受了永井荷风的影响，王彦泓被一些人称为"中国的波德莱尔"。[②] 除永井荷风所举例证之外，《疑雨集》中具有"颓废"因素的诗还有很多，"颓废"在王彦泓诗中占有重要的位置。

王彦泓诗的"颓废"倾向，与晚明特定的历史情境息息相关，是时代桎梏下的病态呻吟，是对黑暗现实的不满，但最关键的因素，还在于王彦泓本人独特的人生遭遇。侯文灿在为《疑雨集》作序时，曾这样总结王彦泓的一生：

> 次回先生穷年力学，屡困场屋。断瑶琴，折兰玉。其坎坷潦倒，实有屈子之哀，江淹之恨，步兵之失路无聊，与杜少陵无家垂老之忧伤憔悴。[③]

依照侯文灿的总结，王彦泓的人生遭遇已经相当惨烈，真所谓"世味如荼尝欲遍"（《疑雨集》卷上《感怀杂咏》）！然而，侯文灿所概括的，只是王彦泓不幸人生的一部分。据《三旌义门王氏族谱》记载，王彦泓的父亲王梂锟为县令时曾因秉公执法触怒权贵，最后被科道纠拾，坐藏至万余金，王家也因此陷入贫困，债台高筑。[④] 王彦泓在爱情上也遭受过巨大挫折，如他在《残岁即事》中说："满城箫鼓嫁人天，裘马郎君意气鲜。独有当年我惆怅，逢新偏忆旧缠绵。"（《疑雨集》卷下）可见在与妻子贺氏结婚之前，王彦泓有过一段没有结局的爱情。接踵而至的灾难，极端不幸的人生遭遇，

① （日）永井荷风：《初砚》，陈德文译，《永井荷风散文选》，百花文艺出版社 1997 年版，第 234—236 页。

② （美）韩南著、徐侠译：《中国近代小说的兴起》，上海教育出版社 2004 年版，第 221 页。

③ 《疑雨集》卷首。

④ 参看耿传友《族谱中所见王次回家世资料》，《文献》2007 年第 1 期。

让王彦泓感到悲哀和压抑，感到无奈与无助，形成了浓郁的“颓废”情绪。王彦泓是在骨子里带有“颓废”色彩的作家，他对悲哀、愁苦、抑郁、感伤等病态感情有一种特别的感受能力，而真率的气质使他强烈地渴望把胸中积郁的痛苦倾泻出去，渴望在诗歌中公开展览自己的灵魂。咏叹失恋哀怨的诗作上文已有论述。除此之外，王彦泓诗的“颓废”倾向还表现于以下几个方面：

其一，对家族衰落的慨叹。王彦泓的高祖王臬、曾祖王樵、叔祖王肯堂都曾中进士。特别是王樵，在当时享有很高的声誉。汤显祖《寿方麓王老先生七十序》云：“盖余未仕时，即知东南江海之上，明经术，守先王之道者，方麓王先生一人而已。”①生长在这样的家族里，王彦泓无疑非常自豪，他在诗里常以“王谢”子弟自居。如《昆季避暑分韵得清字》（《疑雨集》卷上）：

> 大地炎埃隙地清，乌衣游集葛衣新。已随雁序流三雅，更倚篪音奏四声。慕寂未能蠲尘拂，凌寒何事慰棋枰。阿连更借幽心句，一夕西堂梦草生。

其实此时王家已经失去了昔日的辉煌，开始衰落。天启乙丑王彦泓父亲的冤案，使他这一支彻底破落，他在《感怀杂咏》（《疑雨集》卷上）第一首中说：

> 何处青林好（一作可）卜居，布帆空载一船书。埋文有冢惭吞凤，避债无台敢食鱼。贫骨岂容仙药换，牢愁难借妙言除。临邛四壁今如此，谁更同时识子虚。

周赧王因为多负债而无以归，只好上台避债，此台因此而为避债台，而诗

① 《汤显祖全集》（二），北京古籍出版社1999年版，第1052页。

人现在连周赧三的处境都不如——避债无台！可见诗人当时已经陷入了多么贫困的境地。王彦泓对自己的文学才能是非常自信的，更准确地说是自负，“惭吞凤”其实就是暗示自己有“吐凤之才”。然而，这又有什么用呢？自己如“家徒四壁立”的司马相如，但司马相如很快受到赏识，摆脱困境，真正赏识自己的人又在哪里呢？在这一年的归家途中，诗人痛苦感叹道：

画屏人去锦鳞稀，愁见啼红染客衣。纵使到家仍是客，迢迢乡路为谁归。(《疑雨集》卷上《归途自叹》)

外出的游子要回到家时应该高兴才是，然而对王彦泓而言，家已不再意味着温暖的归宿，到了家又如何呢？正如他在一首诗中所说：“未必家园胜客边。”(《疑雨集》卷上《客中苦寒作》)这场家难对他的生活造成的影响当然不是短时能消减的，其后他写了不少感叹自己贫困的诗篇，如《愁遣》(《疑雨集》卷上)

眼前璧月照琼枝，剪断牢愁进一卮。记得风流江左字，破家时节酷裁诗。

诗人自比破家的陈后主，以写诗自遣，这既表明他的悲哀之深，也传达出他对环境压力的蔑视和对世俗所信奉的公认社会规范的鄙弃，因为在正统观念看来，陈后主毕竟不是一个光彩的角色。

其二，对科举困顿的感喟。王家开始曾对王彦泓寄托厚望，但是他却“穷年力学，屡困场屋”。在写于崇祯戊辰的《病妇》诗中，王彦泓曾夸赞妻子贺氏“苏季空归也下机”(《疑雨集》卷上)，如果换个角度看，正可看出王彦泓在科举上所遭受的折磨是多么巨大！然而，苏季很快便时来运转，而王彦泓却碰壁，碰壁，再碰壁，长期忍受着科举的煎熬。在崇祯己巳，他再次失意而归。他极为愤懑，写下《小试失意自遣》(卷上)：

国士那争月眼评，未应萧飒减欢情。有才轻艳真为累，作计疏狂不近名。酒肆不疑惭阮籍，春城无处忆韩翃。浮荣本自关心浅，未息尘机为夙盟。

这一年既不是会试年也不是乡试年，这次考试只是一场“小试”而已。根据明朝的科举制度，这意味着他连参加乡试的资格都没有。不过，他在诗中所传达的，最主要的不是失败的悲哀，而是对考官的蔑视：“国士那争月眼评。”自己以“国士”自许，而这些负责评选的考官乃是凡胎肉眼，见识短浅，他们怎能识别真正的有才之士，自己大不必因为考试失意而影响情绪。“酒肆不疑惭阮籍”反用《世说新语》中阮籍的典故：阮籍的邻居是开酒店的，老板娘很美。阮籍经常和朋友一块去喝酒，醉了，就在老板娘的旁边躺下。酒店的老板开始有些不放心，对阮籍观察后，见他绝无他意，便打消了疑虑。[①] “春城无处忆韩翃”出于《本事诗》：唐德宗读到韩翃《寒食》“春城无处不飞花”非常赞赏，为此特赐多年失意的诗人以“驾部郎中知制诰”的显职。由于当时还有一个官员叫韩翃，德宗特御笔亲书此诗，并批道：“与此韩翃。”[②]结合中间两联看，诗人自视甚高，对自己的境遇充满着强烈的不满：自己虽然如韩翃那样富有诗才，但因为偏于轻艳，不仅没有韩翃那样幸运，反而为才所累；自己一如好酒的阮籍，作计疏狂，但阮籍的行为为人赞美，自己却遭人怀疑。“浮荣本自关心浅，未息尘机为夙盟”，反复思考后，诗人觉得“浮荣”何足论，只是因为对自己真实的内心关注不够罢了，应该为了“夙盟”抛弃尘俗的心计与意念。这种对待科举的态度是很特别的，表现了他对科举公正性的极大失望。

科举考试不是想放弃就放弃了，它不仅是一些读书人施展抱负的方式，也是贫困的读书人改变生活的方式，其实质上成了许多读书人的生存方式。在崇祯癸丑，王彦泓再次参加了考试，这次大概考得还不错，试后

① 朱铸禹：《世说新语汇校集注·任诞第二十三》，上海古籍出版社 2002 年版。
② 孟棨：《本事诗·情感第一》，《四库全书》本。

他有诗写道：

> 出院身轻笑解绦，茶垆书市独游遨。童窥米尽慵逾甚，客觉瓶空饮不豪。掮去旋生新白发，赎来重典旧蓝袍。频年自笑于时拙，博得江城就蟹螯。（卷下《试后归舟杂兴》）

摘去新生的白发，赎来被典的旧蓝袍，诗人不禁哑然而笑，这笑的滋味是多么的苦涩呀！王彦泓获得了参加这一年秋试的资格，他到了南京，但不知什么原因，他没有参加最后的考试。

王彦泓在科举的道路上蹇涩不前，倍受煎熬，内心聚集着难言的苦痛，而他又毫不掩饰地予以表现，因此其所写的有关诗篇能给人以很深的感动。

其三，对人生悲剧性的体认。王彦泓对人生悲剧性的体认，首先体现在悼亡伤逝的作品上。王彦泓一个姓贺的朋友去世，他曾写有两首诗凭吊：

> 翔龙折翼性难驯，判向柔乡顿此身。奇药剩堪娱一夕，同栏何止浴三人。当时缥帙香沾粉，此日麻筵饭杂尘。欲觅窈娘重问讯，风窠飞散别枝春。
>
> 花间歌涯旧同群，烂熳风情独数君。寝次故持欢镜照（自注：殷蒨画鄱阳王事），病余犹出异香分。谁知国士终埋玉，早见神娥尽变云。今日席间谁认得，旧时家令沈休文。

诗前小序说明了写作原由：

> 贺生文战不利，愤懑悲骚，托之好内，以自发摅，竟得疾不起。比余再过其居，凄凉触目，即所最欢昵者，亦不复在燕子楼矣。因怅然书其壁上。（《疑雨集》卷下）

贺生也是一个科举考试的失败者，为了排遣“翔龙折翼”的牢骚，他把全部的热情都灌注在女性身上，求取官能的享受和情感的满足。然而，他竟为此得疾不起。诗序中燕子楼用的是唐代关盼盼的典故：据白居易《燕子楼》诗的小序，关盼盼为尚书张愔的爱妓，二人相爱甚深，张愔死后，盼盼念旧爱不嫁，居燕子楼十余年。为此，张仲素、白居易曾有过唱和。① 而贺生并没有张愔的幸运，在他死后，其姬妾都像云彩一样飘走了，就是平时“最欢昵”者也已离去。王彦泓诗中流露的观念并不高明，他所发出的感喟只不过是与“相逢尽说东风柳，燕子楼高人在否？枉抛心力付娥眉，身去相随复何有”相类似的平庸；②但是，由于王彦泓有着与贺生一样“愤懑悲骚”，为了排遣内心的悲哀，他也曾“托之好内”，把生命的追求停留在声色犬马上、疯狂的官能享受上，用他自己的诗概括就是“磨耗雄心渐已空，十年醇酒妇人中”（《疑雨集》卷下《晚示内》），因此作为“花间歌酒旧同群”，贺生的悲惨结局不能不使诗人联想到自己的命运，使诗人在感受到生命渺小和脆弱的同时，也对两性感情的可靠性产生怀疑，从而深深地体味到人生的无奈和虚幻。一个邻女上吊自杀，王彦泓有诗记之。诗前小序记叙了邻女自杀前的精心打扮和着意准备：

> 邻女有自经者，不晓何因，而里媪述其光艳皎洁，阅日不变，且以中夜起自结束，选彩而衣，配花而戴，绾髻涂妆，膏唇耀首，以至约缣迫，皆着意精好，尽态极妍，而始毕命焉。其所悬之带，以润州朱丝数百条，长九尺许，为十股细辫，手自盘制，逾月甫成。同伴以为缠腰物也，而不知其用意至此。噫！亦可悲矣，为诗以吊之。

诗的正文以刻画邻女的美丽身体始，以诗人的痛苦终：

① 白居易：《白氏长庆集》卷十五《燕子楼》，《四部丛刊》影印日本翻宋大字本。

② 吴伟业：《梅村家藏稿》卷十《过锦树林玉京道人墓》，《四部丛刊》本。

> 明姿靓服严妆乍，垂手亭亭俨图画。女伴当窗唤不应，还疑背面秋千下。娇痴小妹忽惊啼，懊恼春宵睡似泥。何刻停灯开钿匣？几时响屧度楼梯？肌肤到此真冰雪，颓玉峩峩扶不得。素颈何曾着啮痕？却教反缚同心结。红丝交结为谁容？约髻安花次第工。应爱自看妆镜里，岂须人见影堂中。千春不改凝酥面，媚眼微舒若流盼。候娘怨句鬼先知，玉儿艳质人犹羡。当时犀纛定沉埋，绣袜何人拾马嵬？乞取卿家（谓刘家也）通替样，许盛银液看千回。万转千回负此生，枉将偷嫁占虚名。（古乐府云："谁知刘碧玉，偷嫁汝南王。"）周郎已误难重顾，哭杀墙东阮步兵。

诗中对邻女身体的描写，不仅仅是展示其美丽，而是由美丽引向死亡，邻女正是在死亡之际，展示了其绝美之处。诗人描绘的是真正的最后的美丽，是一种优雅凄绝之美，让人惊骇，让人颤栗，其在内在精神上与西方"颓废主义"大概是相通的。此外，王彦泓的妻子贺氏去世后，他先后作有四十多首悼亡诗，这些悼亡诗凄切感人，了无造作虚饰之迹，永井荷风已以《述妇病怀》二首、《悲遣十三章》二首为例作了分析，此处不再讨论。

王彦泓对人生的悲剧性体认，还体现在他内在心灵深处的孤独上。他在《吴行舟中漫兴》（卷上）中写道：

> 睡足空船夕照黄，水程三日酒为粮。招谗宋玉因词貌，助懒嵇康是老庄。好友仅能（一作堪）同笔砚，美人难与共杯觞。醉偕俗客无聊甚，聊当长歌哭几场。

诗中表达的是因难以找到真正理解自己的人而感到自身存在的彻底的、无可告慰的寂寞、孤独和痛苦，说明了人类在心灵上不可能达到彼此完全了解的隔膜和障蔽。

在王彦泓诗病态情感的深处，还有着似乎不是那样的东西，它们支撑着那病态的外表。

首先，王彦泓善于以幽婉的语词、贴切的典故传达哀愁，他的诗“有愁必媚”，想要表现的病态情感与用以表现的措辞之间毫无阻隔。如《感旧游》(《疑雨集》卷下)：

迷藏斗酒旧成群，夜夜潜游抵夜分。罚盏任冤偏后醉，奇香虽秘得先熏。筝娘乞句留钿带，箫史求书展练裙。无限断肠踪迹处，坏墙风雨绣苔纹。

该诗的前三联津津有味地再现了过去的生活情景：首联概括描写游乐之盛；中间两联选取四个片段情境，构成了两组意象：颔联两句中的一后一先，显示了诗人备受女子青睐的浪漫风姿；颈联则以极为工整的对句展现了诗人的倜傥风流。如果没有最后一联，我们会把这首诗当作描绘诗人冶游生活的香艳篇章。然而，就是在最后一联，诗的情境发生了逆转，诗人构造了一个残破的意象：风雨中长满苔纹的断墙。原来前面所描述的一切只是诗人对往昔的怀想而已，随着时间的流逝都已经烟消云散。眼前残破的景象与昔日美好冶游之间构成张力，使诗歌弥漫着一种浓郁的感伤氛围，能够让读者从中感受到诗人对过去幸福岁月的深深眷恋和从“风月繁华”中走过来的梦幻感，使读者为青春、欢乐和美的消逝而惆怅。

其次，王彦泓诗的“颓废”，表面上消沉，而根底里有一种叛逆的精神，或者应当称为反抗的精神。王彦泓《疑雨集》有一个字出现的频率非常高，那就是“狂”。据我们统计，共出现了74次。在某种程度上，“狂”已经成为王彦泓的一种思维方式和行为方式，这样的思维方式和行为方式，既是诗人尊崇自我，反对束缚个性意识的显露，也是其对抗庸俗世界和痛苦人生的一种手段。如他在《不善治生，又最懒于报谒，客有咎余疏放者，四韵答之》(《疑雨集》卷下)中说：

莫笑书淫并水淫，生涯端的似蹄涔。男儿岂耐车中闭，病骨唯堪砚北吟。老后莫应销逸气，贫来浑未减狂心。凭君觅个当垆处，断送床头卖赋金。

人生如“蹄涔”般的渺小，这让敏感的诗人感到十分悲哀，或许正是在对生命价值的思考后，他对世俗的“治生”与“报谒”感到厌倦与鄙弃，“书淫”、“水淫”正是他对抗凡庸尘世、安顿痛苦灵魂的方式。这并非堕落，“老后莫应销逸气，贫来浑未减狂心”显示了他的高傲与激情。换言之，诗人虽写了对人生悲哀的感受与体验，表象是消沉，但消沉的背后是人格的尊严和生命的美感，是对平庸生活的鄙弃，本质上还是热爱人生而非厌弃人生。

从对后世读者的影响看，除日本作家永井荷风外，王彦泓诗的“颓废”倾向似乎并没有引起特别的注意。其实，王彦泓诗的“颓废”美很值得注意，其在情调上与后来的余怀《板桥杂记》、曹雪芹《红楼梦》是相通的。

四、“王彦泓现象”对文学史研究观念的挑战

与王彦泓诗有关的上述现象，某种程度上触及了文学史研究中的一些共性问题，启迪人们去思考和研究。

王彦泓诗歌接受高潮与低潮之间的两次起伏，明显能看出政治、道德及与之相关的文学批评观念的深刻影响。当政治对文学的影响减弱，文学接受的伦理教化目的淡化时，就会形成王彦泓诗歌接受的高潮；当政治对文学的干预增强，文学接受的伦理教化目的强化时，就会形成王彦泓诗歌接受的低潮。至于评价的巨大分歧，显然也与评价者的文学观念有关。

王彦泓诗中艳情与“颓废”，在中国人的观念中似乎都不是什么好字眼。在中国主流的价值观念中，儒家的诗教观影响巨大，一般强调文学在道德伦理上的意义，偏重文学的教化功能，所谓“不关风化体，纵好也枉然”。单纯写男女之情的作品，不可能有很高的教化功能，为了提高写艳情的作品的地位，有的阐释者有意识地调整、置换诗歌的重心，把男女情爱的描写引向政治或道德伦理的框架中，施予道德的装饰，说什么“词则

托之男女，义实关乎君臣有朋”。① 对于那些“缘情绮靡，结念芳华，意尽言中，羌无寄托”的写男女之情的作品，则以为不可取，非正人君子所为。② 因此，尽管王彦泓诗受到颇为广泛的欢迎，并滋养了王士禛、纳兰性德、永井荷风等中外著名作家的创作，但却受到持正统观念者的口诛笔伐，长期得不到正确的对待，在《中国文学史新著》之前，《疑雨集》并没有真正进入文学史家的视野，长时期被冷落。

受儒家思想主导的传统的主流意识和苏联社会历史批评的影响，从政治、道德的角度评价颓废，一直是主导性的观念。于是“谈颓色变”，颓废在中国语境里遂成了一个贬义词，一说某个作家“颓废”，这个作家就完蛋了，要么被有意冷落，要么被作为“反面教材”批判。而且常常把作家本人的“颓废”情绪与其作品的“颓废”倾向等同起来。从艺术风格上，中国传统重阳刚进取，轻阴柔感伤，希望文学能给人以希望、光明和感奋的力量。因此，我们的文学批评不敢正视或有意回避文学中“颓废”倾向，更不敢将其上升到审美的层面进行分析。近年来，受李欧梵《漫谈中国现代文学中的“颓废”》等文章的影响，颓废现象研究成为学术界的一个话题，一些学者开始正视颓废现象，有的学者在解读一些经典作家作品时，大胆地对其颓废美展开分析。然而，目前颓废研究成果多集中在现代文学研究领域，在古代文学研究方面成果寥寥。

假如我们正视感情的多样性，承认审美丰富性，那么，艳情其实是直接摇动我们内部生命的强有力的情感，“颓废”亦是一种精神现象和审美追求，甚至可能是“一种极致的艺术精神”。③ 在这样的文学观念下，王彦泓就是一个值得重视的作家。因此，“王彦泓现象”有可能引发我们对文学史研究观念的深入思考。

---

① 沈德潜：《唐诗别裁集·凡例》，上海古籍出版社 1979 年版。

② 参看钱锺书：《中国文学小史绪论》，《国风》第三卷第八期，1933 年 10 月 16 日。

③ 薛雯：《颓废主义文学研究》第七章《颓废：作为一种极致的艺术精神》，上海人民出版社 2012 年版。此书对本文“颓废”的论述多有启发。

进入新世纪以后，文学史研究似乎逐渐走入了困境，在重要作家作品研究方面该说的话似乎已经说完，很难再提出什么新见解，于是研究的视线逐渐下移，二流、三流甚至八流、九流的作家都进入了视野。每个研究者都有权选择自己的研究对象，小作家研究自有其价值，我们或许也能为其找到充分的学理根据：还原历史，构建当时的文学生态。可是，当这样的研究成为一种普遍化的态势时，就不能不让人感到忧虑。记得十年前章培恒先生在《中国古代文学概论》课上谈到我的博士论文选题时说：

假如论文能成功，即通过这个论文而引起大家对于王彦泓的注意，实际上是显示了我们现在在古代文学研究中具有普遍意义的问题：就是我们现在所肯定的作家其实都是根据前人的东西肯定，真正我们自己发现的很少。从受外国人的影响有中国文学史以来，中国文学史的书上所肯定的作家实际上都是《四库全书总目提要》上肯定的那些作家，真正是自己发现的就是五四时候提倡新文化的人所发现的，一个是从李贽到袁宏道、晚明小品的一条线，另外一个就是戏曲小说。除此以外就是《四库全书总目提要》的评价，不过我们翻新花样，杜甫原来说是忠君，现在说是人民诗人，换个标签而已。王彦泓是晚明精神的产物，五四新文化运动的人，周作人、林语堂等虽然对晚明精神肯定，但实际上他们在这方面做工作的时间不多，从二十年代到抗战爆发。抗战爆发后大家没时间去搞这些东西，而且后来评价的标准也越来越功利主义，他们没有来得及发现的王彦泓等人就没有人管了。清代到乾隆后，文学思想上有个很大的反复，对李贽、晚明的一批人全部加以否定，所以原来在康熙时期评价还不错的王彦泓后来虽然有袁枚在那里大声疾呼，说他是明代最好的诗人，但最后还是没有能够被重视。就是说在文学史上因为我们长期的评价还是受《四库提要》等传统思想的影响，许多应该提出的作家还是没有提出。另外，我们的评价标准还有许多和《四库提要》差不多，即不注重文学心灵上的作用，偏重文学所谓功利性的作用。如果你的论文能够成功就意味着在我们文学史上还有许多课题可以做。新的课题的注意并不是说所谓部长级的作家、局长级的作家都研究完了，我们开始研究处长级的，而是说以前的评价标准需要新的思考，等我们对评价标准有了新的想法以后也就有许多新的课题可以做，没有受到注意的我们可以发现应该注意的作家，已经受到注意的作家我们要看还可以从什么角度对他做评价。

今天看来，章先生的话仍然是新鲜而有力度的，而对我来说则是深深地感到惭愧。

谨以此文纪念敬爱的章培恒先生！

（原载《薪火丛刊》2015 年卷）

家谱在中国文学研究中的价值

——以《三旗义门王氏族谱》为例

关注中国文学史研究动态的学者可能会注意到，章培恒、骆玉明二位先生主编的《中国文学史新著》最近由复旦大学出版社和上海文艺出版总社联合推出。之所以称为《新著》，这是与1996年复旦大学出版社出版的《中国文学史》相比较而言的，其中一个非常重要的方面是对许多作品作了新的解读，对不少作家作了新的评价，包括一些长期被文学史忽视的重要作家。章培恒先生在接受记者采访时特别提到，明末诗人王彦泓因以艳体诗为代表作品而为主流文学界轻视，1996年版《中国文学史》并未提及，此次在《新著》中将其补充进去，正是看到了他的作品在表现人性方面的突出意义，实际上，王彦泓的诗不仅在明末，而且在二十世纪初到抗战爆发的30余年间都受到欢迎，冰心、钱锺书都曾给予很高评价，日本小说家永井荷风对其推崇备至，称其诗之美可与波德莱尔诗歌之美相通。在《中国文学史新著》中，他们认为王彦泓在竟陵派正盛之时异军突起，以其富于个性的诗歌，作出了自己的贡献，先后用了5页的篇幅对王彦泓诗歌的特色与价值进行论述。①

笔者从2003年春天开始关注王彦泓，并着手搜集相关的研究资料。

---

① 参看《文汇读书周报》2007年4月6日第一版《〈中国文学史新著〉"心""新"相映》；章培恒、骆玉明：《中国文学史新著》第八编《近世文学·徘徊期》第一章《缓步在下坡路上——明代末期的文学》第二节《竟陵派、王思任与王彦泓、陈子龙》，复旦大学出版社、上海文艺出版总社2007年版。

当时我翻阅了大量的文集、笔记、方志和目录等，虽然找到了一些有价值的资料，但这些资料多是对其作品的评价，涉及其生平、家世时却只是寥寥数语，且彼此之间还互相矛盾。在这种情况下，我想到家谱。如果找到王彦泓的家谱，不就能够获得有关王彦泓的直接资料吗？幸运的是，我们在国家图书馆发现了刻于清光绪庚辰(1880)的《三旌义门王氏族谱》，通过此谱，我们不仅可以知道王彦泓本身的情况，还可以了解他的世系，这对理解他的作品也是大有裨益的。这里举两个具体的例证：

一、王彦泓的生卒年。关于王彦泓的卒年，较早的文献记载就有三种说法：1. 明万历时期。这种说法是侯文灿在为王彦泓《疑雨集》写的序中最先提出的。他在序中说："明万历中，金沙王次回先生，以博学好古名闻于时"，并指出自己是"岁庚午(1690)"后在别人的建议下开始刊刻《疑雨集》的，而这时"先生之去今，百有余年矣"。① 2. 清初。清朝乾隆年间，袁枚和沈德潜曾因王彦泓《疑雨集》发生争论：沈德潜选《国朝诗别裁集》而摒弃王彦泓《疑雨集》中的作品，袁枚闻知，专门去信诘责。他们都把王彦泓当作清朝人。② 孙星衍《孙氏祠堂书目·内篇》把王彦泓《疑雨集》排在《渔洋山人诗集》、《渔洋山人精华录》、《曝书亭集》、《亭午文编》之后，说明他也把王彦泓当作清朝人。3. 明崇祯壬午。《疑雨集》壬午年下有一条小注："六月十八日戌时长逝矣。哀哉痛哉！廿二日闻讣后，记此。其青衣启详来说。"《疑雨集》是按年编排的，起自乙卯，终于壬午。《疑雨集》戊辰年下，收有十三首《新岁竹枝词》，其五有小注："是岁崇祯元年，新天子更化，朝野欣然，有再生之喜。"戊辰为崇祯元年(1628)，以此下推，壬午年

① 王彦泓：《疑雨集》，清康熙刻本。本文所引《疑雨集》文字，如不特别说明，皆据此本。

② 袁枚《再与沈大宗伯书》开头便说："闻《别裁》中独不选王彦泓诗，以为艳体不足垂教，仆又疑焉。"(《小仓山房诗文集》之《文集》卷十七，上海古籍出版社 1988 年版)沈德潜《国朝诗别裁集·凡例》中说："诗必原本性情，关乎人伦日用及古今成败兴坏之故者，方可为存，所谓其言有物也。若一无关系，徒辨浮华，又或叫号撞搪以出之，非风人之旨也。尤有甚者，动作温柔乡语，如王彦泓《疑雨集》之类，最足害人心术，一概不存。"(清乾隆二十五年教忠堂刻本，《四库禁毁书丛刊》第 158 册)

当为崇祯十五年壬午，即 1642 年。但叶德辉对此小注提出怀疑，认为其“与上下文不相属”。[①] 而关于王彦泓的生年，只有一条间接材料：清代的《金坛县志》说王彦泓“年甫艾而没”，而同时又说王彦泓为“国朝人”。[②] 到底王彦泓的生卒年是多少呢？《三旌义门王氏族谱》卷五有王彦泓的小传，记载得非常清楚：

元五讳彦泓，字次回，任九次子。以岁贡为松江训导，卒于官。博雅有俊才。诗工艳体，格调逼真韩致光。所著有《泥莲》、《疑雨》等稿，尝手录成帙，笔精墨妙，人称双绝；所评阅子史唐宋诗集十余种，并为好事者珍藏。而竟以湎于酒色，甫艾而逝。……生万历癸巳年九月十五日，卒崇祯壬午年六月十八日。

二、《三旌义门王氏族谱》卷五有王彦泓父亲王楙锟的小传：

任九讳楙锟，后更讳历昌，字伯弢，别号鎣生，亦称癸源。戊十四公长子。性姿警敏，博极群书。君自幼即濡染家学，祖研父书，生而习之，殆鸷鸟之禀气于掷卵时也。所著有《羼提集》。诗文在徐、庾、温、李之间，而抒之以性灵，标之以迥悟，采春华者却步焉。领万历癸卯乡荐。君门阀既高，方壮岁登科，兼才名倾一时，旁观拭目，谓将继太史公而起，骎度骅骝前矣。其后竟用数奇，伏枥以老。晚由学博迁南安令。南安故仕国，君用柱后惠文抨击豪强，无所避。有富人黄沧溪者，怒于郑公子鑅，鑅父毓麒官户部郎，居乡横甚，惑于其子肤诉，乃亲率苍头庐儿数十人，擒沧溪于其家，立扑杀之，而弃尸于道不收。君闻，为列上其事于两台，逮捕郑鑅对狱。鑅匿不敢出。两晋士大夫为郑父子居间求解者百端。终不听，追讨益峻。久之，购铨部某公书

① 王彦泓：《疑雨集》，清叶氏观古堂刻本。

② 于枋等撰：《金坛县志》，清康熙刻本。

至，请移狱家人，且要君以美迁。自持关节已到，乃出官就讯。比狱具，毓麒论死，鏶及家人俱从坐有差。方虑狱时，士民观者数千，见君讫法，欢声若雷。而衔君者于是切骨矣。无何蝎谮，语闻京师，会考察，遂摭他事为科道纠拾，坐赃至万余金。后虽遇赦豁免，而其家竟用是毁。有是哉，强项吏之不可为也！生嘉靖丙寅年八月二十二日，卒崇祯己巳年九月十六日。配姜氏，封孺人，生隆庆丁卯年十月十八日，卒崇祯癸酉年九月二十九日。

这段材料对理解王彦泓的一些诗作是非常有益的。这里有几点非常值得重视：第一，王楙锟的遭遇给王家带来灾难性的后果："其家竟用是毁。"家境的急剧变化使王彦泓对人生、对社会、对世情产生了一种不同寻常的感受和体验，王彦泓诗中的穷愁悲叹，一部分是与此相联系的。如《感怀杂咏》四首（《疑雨集》卷上）：

何处青林好（一作可）卜居，布帆空载一船书。埋文有冢惭吞凤，避债无台敢食鱼。贫骨岂容仙药换，牢愁难借妙言除。临邛四壁今如此，谁更同时识子虚。

旅梦初回百恨新，寸肠焚绝泪成冰。穷途易感如杨子，旧里难归似柏人。骏价有谁沽死骨，鲸波无分活枯鳞。多愁髀肉空如削，跃马何曾及病身。

梯攻百道是愁心，痛饮排愁肺病侵。无计散怀惟恸哭，难持孤愤寄登临。雪封客舍炊烟断，风度僧寮药气深。世味如荼尝欲遍，剩余残骨付（亦作一）哀吟。

病骨巉岩又见春，百忧丛集未亡身。朋欢散尽清言绝，家信来疏恶梦频。永夜独醒如露鹤，他年相吊只秋蝇。蒲团欲觅消除法，心似惊波恨（一作泪）转新。

诗中有因家难而陷入贫困境地的哀愁，有才华满腹而无人赏识的痛苦，有对人情冷暖的感喟,也有对命运乖谬的愤懑与抗争。诗人的感情犹如愤怒的海啸,肆意奔流,其中裹挟着浓郁的失望和无奈。不难看出,诗人与现实的冲突是多么的剧烈,环境对人性的压抑是多么的严酷! 由于以前的研究者对王彦泓家世或缺乏了解或认识错误,他们对王彦泓这一类诗所作的有些推测距事实甚远。第二,王楙锟"诗文在徐、庾、温、李之间,而抒之以性灵,标之以迴悟",这无疑对王彦泓的诗歌创作产生一定影响,王彦泓之所以能够成为中国艳体诗的集大成者,[1]恐怕与这种家庭背景不无关系。

不难看出,《三旌义门王氏族谱》对研究王彦泓具有重要的价值和意义。

需要说明的是,由于家谱多是私人撰修,有时出于显名扬德的目的往往会言过其实,有些内容甚至妄相假托,有意捏造,徐建华《中国的家谱》之《家谱的流弊》对此有详细的分析,[2]张廷银、张斌荣《族谱所见诗文中的佚作和伪作》一文也指出了族谱中出现大量伪作的现象;[3]而且,家谱在不断地增修中,国家图书馆所藏的《三旌义门王氏族谱》刻于光绪庚辰(1880),离王彦泓的时代已有二百多年。《三旌义门王氏族谱》所记载的有关王彦泓的资料是否可信呢? 我们的回答是肯定的。第一,现在所见到的《三旌义门王氏族谱》虽刊于光绪庚辰(1880),而据该谱卷十四《书后一条》,《三旌义门王氏族谱》中有关王彦泓的资料却是依照旧谱"重缮付较"的。而据该谱卷四《增修族谱记》,这些资料都来自于康熙庚戌(1670)所修之谱。第二,笔者把《三旌义门王氏族谱》与王樵《方麓集》、钱谦益《列朝诗集》、焦竑《南京都察院右都御史方麓王公行状》等相关资料作了对照分析,完全吻合,表明《三旌义门王氏族谱》有关王彦泓的资料是完全可靠的。

(原载《第二届地方文献国际学术研讨会论文集》,国家图书馆出版社 2009 年版)

---

① 李祥:《〈疑雨集〉注序》,《〈疑雨集〉注》,扫叶山房石印本。

② 徐建华:《中国的家谱》,百花文艺出版社 2002 年版。

③ 张廷银、张斌荣:《族谱所见诗文中的佚作和伪作》,《文学遗产》2007 年第 3 期。

后　记

章培恒先生在《〈献疑集〉自序》的开头引了龚自珍诗句"东涂西抹迫半生，中年何故避声名"后，感喟道："我无声名可避，'东涂西抹'却已过了半生。"如今我也"东涂西抹"过了半生，更是无声名可避。这些涂抹所得竟有结集出版的机会，很是有意外的欣喜，正好藉此交代它们的写作和发表过程，表达自己的感激之情。

我于1999年9月进入安徽大学攻读硕士研究生，就学于朱万曙教授门下，恰逢朱老师负责筹建徽学研究中心，毕业论文便被确定为《汪道昆商人传记研究》，这一选题属于徽学与古代文学的交叉研究。为了完成硕士论文，自然要系统阅读汪道昆的文集，自然要关注古代商人传记尤其是明中后期商人传记的整体状况，《汪道昆与明代隆庆、万历间的诗坛》、《论明清徽商传记的历史价值与文学价值》、《明代徽州文人结社综论》都是承硕士论文而撰写的，可以看作是硕士论文的延展。至于《视域的偏离和重合——徽学与中国文学关系论略》，则是日积月累形成的，是对徽学与中国文学关系的整体认识，对这一问题的思考起始于1999年底，当时徽学中心召开专家座谈会，探讨徽学的学科属性问题，我有幸旁听，一晃已过了二十年！

我的硕士论文《汪道昆商人传记研究》是由朱万曙老师、胡益民老师共同指导。胡益民老师为人厚道，为学痴诚，在《儒林外史》研究上用力甚深，2015年春节期间我去看他时，便和他叙及年前在全椒召开的"吴敬梓逝世260周年国际学术研讨会”的情况：由于宁楷《〈儒林外史〉题辞》等新文献的发现，一些学者认为《儒林外史》原貌问题的争论可以画上句号。记得我和胡益民老师交流了我的看法：宁楷《〈儒林外史〉题辞》究竟该如何理解还是个问题，《〈儒林外史〉题辞》恰恰是章培恒先生观点的旁证。胡老师对这一话题很感兴趣，便鼓励我形成文章。春节后，我决定到中国社科院图书馆去借阅宁楷的集子，对这一问题开展探讨，遗憾的是时间一直没能协调好，一拖再拖。记得有个上午，胡老师打来电话，专门谈《儒林外史》原貌问题，印象中胡老师说的时间很长很长，最后我的手机似乎没了电。没想到这是最后一次和胡老师通电话，不久他便遽然去世！《〈儒林外史〉原貌新探》是为纪念胡益民老师而写，2015年8月16日，我在安徽大学召开的第二届清代文学学术研讨会上宣读了该文。当时我邀约了叶楚炎、郑志良等参会，他们都提交了高质量的论文。会上会下大家围绕《儒林外史》的原貌问题展开热烈的讨论。这种交流延续到2015年9月26日在北京大学召开的“《儒林外史》新文献研讨会”，至2017年7月在湖南怀化的“《儒林外史》与中国传统文化学术研讨会”而达到高潮，至今余波不断。《关于〈随园集外诗〉的真伪问题》一文发表的过程颇为曲折，我最先投给《文学遗产》，因两位匿名评审专家中有一位觉得论文还不够成熟，《文学遗产》编辑部便提出两种处理意见：或把《随园集外诗》中的每一首诗的真伪都辨别清楚，三万字都可以发；或把论文删减成五千字左右，作为短文发。我反复考虑后便撤了稿，改投给《文献》杂志社，同时吸纳了《文学遗产》匿名评审专家的评审意见。上述两篇文章在会议上宣读或公开发表后，引起了一些同行的商榷或讨论，他们的意见促进了我对问题的理解，为了表示尊重和感谢，我便分别写了《〈儒林外史〉原貌再探——兼答李鹏飞先生》和《再谈关于〈随园集外诗〉的真伪问题》予以回应。让我感动的是，李鹏飞先生得知我要写文章回应时，把他刚写好尚未发表的八万多字的文章发给我供我参考，这种胸襟让人钦佩。王英志先生虽不同意拙文《关于〈随园集外诗〉的真伪问题》的观点，但在将《随园集外诗》作为袁枚的作品收入《袁枚全集新编》时，还是在拙文的质疑处出校记说明，这种审慎对待学术争论的态度，值得后辈学习。《戴名世〈画网巾先生传〉并非篡窃的文学经典》是与我指导的研究生徐翔合写的，记得当时徐翔提交了一篇课程作业，涉及戴名世《画网巾先生传》是否篡窃的问题，我觉得有的学者可能对古人缺乏“了解之同情”，便让徐翔搜集相关资料，共同完成了这篇论文。

硕士毕业后，我进入复旦大学跟随章培恒教授攻读博士学位，集中所收，有 12 篇论文与博士毕业论文选题直接相关，其中最早的一篇是发表在《中国韵文学刊》2006 年第 3 期上的《王次回：一个被文学史遗忘的重要诗人》，这篇文章 2004 年就已成文，其发表过程颇为有趣。我开始不知天高地厚，先后将论文投给《文学评论》、《文学遗产》，自然是石沉大海。进入安徽大学工作后，我退而求其次，便选择了学校规定的国家级期刊投稿，基本上每三个月换一家刊物。每次投稿都是我爱人帮我打印，几次之后她似乎也对我的论文失去了信心：王次回真的有那么重要吗？为什么这些期刊都不认可呢？有一天我到单位资料室借书，正好看到《中国韵文学刊》，回来后便投了稿。时来运转，这次从投稿到出刊，前后仅一个月。心里既高兴又不免遗憾：《中国韵文学刊》虽然是学界同行很认可的刊物，但不在学校规定的国家级期刊之列，评职称不算！幸运的是，这篇文章后来被人大复印资料全文转载，弥补了缺憾，也算对我爱人的辛劳有了交代。坦率地说，集中之作，有不少是为评职进级而写，不过聊以自慰的是，这些论文都经过一定时间的积累，都颇耗过一番心血；集中所论或不免拙陋，但没有一篇是随声附和的。

如果从攻读硕士研究生开始算起，我走上学术研究之路已二十年，其间朱万曙老师给予了莫大的鼓励、支持和帮助，本书所收与徽学有关的论文，就是在他影响和指导下写成的，其他论文也大都程度不等地得到他的点拨，若没有他的督导，有的论文不可能写成。在一些论文的写作中，蒋寅老师也给予了切实指教，2012 年前后我曾跟他访学一年，受益匪浅。这些论文之所以能够发表，要感谢一批刊物编辑的帮助，他们是《苏州大学学报》的罗时进先生，《文学遗产》的马昕先生，《明清小说研究》的徐永斌先生、王思豪先生,《中国文化研究》的黄卓越先生,《文献》的张廷银先生,《学术界》的马立钊先生,《江淮论坛》的黄胜江先生等。有些论文发表时,杂志是以编辑部的名义和我联系的,如《文艺理论研究》、《中国韵文学刊》、《中国典籍与文化》等,我并不知道发文时主事者是谁,在此一并对他们表示感谢。感谢安徽大学文学院的领导们,使这部集子得到了出版的机会;感谢单位同事们,他们的帮助和宽容使我能愉快地从事教学和科研工作;感谢我指导的研究生们,他们不仅帮助校对书稿,也给我生活带来诸多快乐。

2019 年 11 月 2 日